Tout
Rien
Quelqu'un

Alice Carrière

Tout
Rien
Quelqu'un

Traduit de l'anglais (États-Unis)
par Clotilde Meyer

Flammarion

Titre original : *Everything/Nothing/Someone*
Éditeur original : Spiegel & Grau, New York

ISBN : 978-2-0804-6065-3

À Gregory

Wo aber Gefahr ist, wächst das Rettende auch.
Là où est le danger, croît aussi ce qui sauve.

Hölderlin

Être fou c'est être enragé c'est être insensé c'est être hors de contrôle c'est commettre des actes violents c'est être tendance, comme fait de vent ou de vague.

Jennifer Bartlett,
History of the Universe

I

Tout

1

La voix désincarnée de ma mère dans l'interphone :

— Alice. Alice.

À moins que ce n'ait été : Alice ! Alice !

Ou encore : Alice ? Alice ?

Si je ne répondais pas assez vite, elle raccrochait, et je ne pouvais pas la rappeler car sa ligne était paramétrée de telle sorte qu'elle pouvait me joindre, mais moi non. Il fallait alors que je parte à sa recherche pour savoir ce qu'elle voulait. Or le temps que je la trouve, elle était généralement passée à autre chose. Peut-être ma mère n'était-elle qu'une voix dans ma tête. Peut-être n'étais-je que le fruit de son imagination.

Elle avait installé son lit au deuxième étage, dans la même pièce que la piscine intérieure, dotée par ailleurs d'une cheminée et donnant sur un luxuriant jardin. La journée, elle était en dessous de moi, occupée à peindre dans l'un de ses deux ateliers du bas, et la nuit elle était au-dessus, avec sa bouteille de blanc et ses livres. Ma chambre se trouvait au premier étage, sous la piscine. Quatre-vingt-dix tonnes d'eau, suspendues au-dessus de ma tête. Dans mon lit, le soir, je m'imaginais que le plafond cédait. Je me demandais quelle forme prendrait l'eau une fois sortie de ses digues, violemment libérée.

L'interphone nous permettait de communiquer d'une pièce à l'autre, dans cette immense maison du cœur de New York. Plus précisément, le 134 Charles Street était situé entre Greenwich Street et Washington Street, dans le West Village. Aucune plaque n'avait jamais indiqué le numéro de la maison ; seul un vieux bout de papier, avec 134 écrit dessus, était scotché à l'intérieur de la porte vitrée. La bâtisse – 1 500 mètres carrés répartis sur trois niveaux, façade en béton, larges baies vitrées et portes en acier – était une ancienne usine de pièces ferroviaires, datant de l'époque où des trains circulaient encore sur la côte ouest de Manhattan.

Au rez-de-chaussée se trouvaient un bureau et un gigantesque atelier, qui menait, via un escalier en colimaçon, à un atelier encore plus grand en sous-sol, où ma mère peignait tous les jours de six heures du matin à sept heures du soir, ne s'interrompant que pour une sieste de deux heures en milieu de journée. Coincée entre le bureau et l'atelier du haut, il y avait une petite pièce où mon père se replia après que ma mère l'eut chassé de son lit et avant qu'elle ne le chasse de la maison. C'est là également que mon oncle Roy s'installa pour mourir, Max pour se vider de son sang et Michael pour pleurer toutes les larmes de son corps. Les gens venaient là pour s'enfermer et s'effondrer.

Les immenses baies vitrées laissaient voir à tous nos allées et venues dans la maison. Un jour, à l'occasion d'une de ses extravagantes soirées, ma mère avait demandé au personnel d'allumer des centaines de lumignons le long des fenêtres. Au beau milieu de la fête, les pompiers avaient débarqué, équipés de pied en cap, persuadés qu'il y avait le feu. Un voisin avait pris la lueur délicate des bougies pour les flammes d'un dangereux incendie – à moins qu'il n'ait perçu en nous quelque chose, identifié une menace invisible à nos propres yeux.

Au premier étage, on trouvait : ma chambre ; une deuxième chambre, que j'appelais « mon bureau » ; la chambre de Nanny ; la bibliothèque, équipée d'une cheminée et d'échelles coulissantes qui montaient jusqu'au plafond pour accéder aux livres tapissant intégralement les murs ; la cuisine où Katy, la cuisinière, préparait nos repas ; et le salon, doté lui aussi d'une cheminée et, sur tout un pan de mur, de baies vitrées ouvrant sur un jardin. « Nanny », c'était Eileen Denys Maynard : son vrai nom était Denys, mais tout le monde l'appelait Nanny. Elle n'avait d'autre existence, pour nous, que celle d'une Mary Poppins de papier, réduite à deux dimensions, à son rôle de gouvernante anglaise payée pour s'occuper de moi. À mes yeux, toutefois, elle était comme une mère – mais une mère susceptible à tout moment d'être congédiée et de disparaître.

Le jardin du premier étage comprenait des arbres fruitiers et un bassin à carpes ainsi qu'un escalier en colimaçon couvert de roses, qui menait à un autre jardin, agrémenté d'une vigne grimpante et de pommiers. Ma mère aimait à s'entourer de cette vie en développement, pour contrebalancer son impression tenace d'être un facteur de destruction, de tuer tout ce qui entrait en contact avec elle. Il y avait également une remise à outils, comme dans une ferme – je n'avais jamais vu de ferme, mais j'imaginais que ça y ressemblait –, à ceci près que nous étions sur un toit-terrasse en plein cœur de Manhattan.

J'aimais bien me glisser dans la remise, sentir son odeur de fertilité, de fermentation. Les sacs d'engrais, les outils rouillés, le petit bois qui séchait : tout cela formait une brume apaisante, comme une couche protectrice entre moi et la ville, en bas. Notre monde possédait les mêmes éléments divers que le monde dont nous étions déconnectés : le métal et les arbres, le feu et l'eau, la terre et la décomposition.

À l'intérieur de la maison, les portes n'avaient pas de serrures. Elles n'étaient que des plaques de verre opaque dans des cadres en acier. Même les salles de bains ne fermaient pas à clé. Un jour, Nanny m'a surprise en train de me masturber ; elle s'est écriée : « Oh là là, j'avais oublié que tu étais une femme, maintenant », avant de refermer la porte. Un jour, Nanny m'a surprise en train de me scarifier et s'est mise à hurler. En l'absence de verrou, je ne pouvais pas dire « Défense d'entrer ! ». À l'âge de six ans, j'avais punaisé une pancarte « Interdit de fumer » sur la porte de ma chambre. Cela n'avait pas marché. Mes parents étant tous deux des fumeurs invétérés, la fumée de leurs cigarettes entrait dans ma chambre avant eux, me piquant les yeux et la gorge. Seules les créatures légendaires avaient ce pouvoir de s'immiscer dans le corps d'autrui. Dans cette maison, les frontières étaient poreuses : on ne faisait pas la distinction entre fiction et réalité, œuvre d'art et objet concret, parent et enfant. Dans cette maison, je n'aurais su dire ce que je représentais pour ma mère. Dans cette maison, je n'aurais su dire qui j'étais pour mon père : sa fille, sa femme ou sa mère.

La salle de bains attenante à ma chambre avait deux accès : l'un par le couloir ; l'autre par ma chambre. Quand ma mère organisait des fêtes, il arrivait que des gens ne remarquent pas cette deuxième porte et omettent de la fermer, si bien que je les entendais se soulager. Parfois même je voyais depuis ma chambre leur reflet dans le miroir de la porte. J'aimais bien les observer, j'aimais l'instant précis où ils se rendaient compte qu'on les avait vus. S'ensuivait en général un gros flottement, tandis qu'ils cherchaient à se souvenir des bruits qu'ils avaient faits ou des parties de leur corps qu'ils avaient exposées. Ils se raclaient la gorge avant de refermer leur braguette, de remonter d'un coup leur pantalon ou de laisser l'étoffe retomber sur leurs cuisses. Dans cette maison, ce qu'on avait de plus intime, les situations les plus personnelles étaient sujets à spectacle et à commentaires. Dans les toilettes, la chasse d'eau était si puissante qu'elle me faisait systématiquement sursauter. Les robinets du lavabo, de la baignoire et de la douche étaient estampillés des lettres C et F, les initiales françaises de « chaud » et « froid ». Il n'était pas rare que les invités occasionnels s'ébouillantent en se lavant les mains. Cette maison vous obligeait à modifier vos gestes routiniers. C'était un lieu potentiellement déroutant, voire dangereux pour qui n'en connaissait pas les codes.

J'avais l'impression de vivre dans la tête de ma mère. Tout avait été conçu pour elle et elle seule. L'espace avait été organisé pour répondre à la particularité, à l'excentricité de ses gestes et de ses habitudes. La maison présentait par exemple de nombreuses surfaces horizontales – divans, plans de travail de cuisine, vastes manteaux de cheminée, parquets – lui permettant d'adopter sa posture favorite : allongée sur le flanc, le bras replié pour soutenir sa tête tandis qu'elle fumait, lisait ou téléphonait. Elle s'alanguissait sur ces plateaux domestiques telle l'Olympia de Manet, et la vie se déployait autour d'elle. Elle avait transformé cette ancienne fabrique en forteresse, en un mélange irrésistible de bizarrerie, de luxe et d'hyperfonctionnalité : telle était l'architecture des désirs de ma mère. Tout notre environnement portait sa marque. Elle avait dessiné elle-même ses bijoux (l'une de ses collaboratrices était gemmologue ; elle faisait du monocycle et avait travaillé sur le diamant Hope), des pièces si sophistiquées qu'elles touchaient aux limites de la joaillerie. Elle avait dessiné elle-même son très inconfortable mobilier. Elle avait dessiné et fait fabriquer les verres dans lesquels nous buvions, des cylindres soufflés artisanalement, si légers qu'on les sentait à peine en main. L'idée était de créer un objet se rapprochant au maximum du rien, mais néanmoins fonctionnel. Moi, je les détestais car je ne cessais de les casser. Et malgré cela, j'étais contrainte de les utiliser car ils faisaient partie de la routine fondamentale de mon existence. Dès lors, les détruire était aussi, par nécessité, une routine fondamentale de mon existence. Les dimensions les plus utilitaires de nos vies ne faisaient pas exception : le concept l'emportait sur la praticité, l'esthétique sur la vie concrète.

Dans ma chambre, rien de ce qui était aux murs ne m'appartenait en propre ; je n'avais rien choisi. Il n'y avait pas d'affiches ni de dessins, seulement les œuvres de ma mère et de ses amis. Chaque année, pour mon anniversaire, ma mère redécorait ma chambre. Elle accrochait ou décrochait des choses, ajoutait ou retirait, réarrangeait, reconfigurait la pièce jusqu'à ce qu'elle soit transformée, méconnaissable. Chaque année, j'identifiais les changements en consultant une liste officielle, et constatais ce qui avait été enlevé ou ajouté. Cette nouvelle chambre avait de nouvelles règles, exigeait de nouveaux modes de vie : nouveau coin pour faire mes devoirs, nouvelle orientation du lit, nouveau décor sous les yeux au réveil, nouveau moi – le tout selon les directives de ma mère. Je sentais bien que c'était excessif, tout ce neuf : peluche, rocking-chair, ordinateur, coiffeuse, lit à baldaquin ou encore constellations phosphorescentes collées au plafond dans la bonne disposition par les assistants de ma mère. J'en tremblais d'exaltation, mais aussi de panique, d'angoisse à l'idée de faire connaissance avec l'occupante de cette chambre inconnue.

Dans la maison, on croisait également, vadrouillant d'une pièce à l'autre, Charlie de Charles Street, le Welsh terrier pure race que ma mère m'avait offert. Pour l'éduquer, elle l'avait envoyé dans une pension canine très sélect, mais il y avait été maltraité, si bien que, en guise de dressage, nous avions récupéré un animal rompu à tout un répertoire de comportements déviants : mordre, se cacher derrière les toilettes, manger ses excréments. J'ai vite compris que je ne devais surtout pas le toucher ou l'approcher pendant qu'il mangeait, sans quoi il me montrait les dents, prêt à me mordre. Si je le croisais dans le couloir en train de chier par terre, je rasais les murs et le laissais grogner, sachant pertinemment que si je me mêlais de son festin fécal, il m'agresserait. J'avais beau essayer de me montrer affectueuse, il était manifestement rongé par la guerre imaginaire qui bouillonnait en lui.

La maison était peuplée d'employés : une cuisinière, une femme de ménage, un intendant, un jardinier, un préposé aux poissons qui s'occupait des carpes, un chef d'atelier et son assistant, trois assistants d'artiste ainsi qu'une stagiaire chargée de laver les pinceaux. Ces gens faisaient quasiment partie de la famille, particulièrement les assistants d'artiste, qui travaillaient avec ma mère dans l'intimité de son atelier. Ils connaissaient sa tournure d'esprit, discutaient avec elle de chiffres, de motifs, de la prochaine toile d'une série. Leurs fonctions n'étaient pas clairement définies. S'ils œuvraient surtout à l'atelier, il leur arrivait aussi de décorer la maison pour Noël, d'organiser mes fêtes d'anniversaire, de jouer avec moi. Quand mon oncle agonisait dans la chambre du bas, Nancy, l'une des assistantes de ma mère, lui apportait sa marijuana. Et à la toute fin, ce fut Ricky, le stagiaire, qui demeura à son chevet. Ces personnes étaient entièrement dévouées à ma mère. Elles veillaient continuellement à ce que tout fonctionne, que tout soit propre, que je ne sois pas seule, que la peinture soit fraîche et les toiles tendues. Au cœur de cette ruche, tête baissée et pinceau levé, ma mère peignait.

Dans l'atelier, je contemplais les toiles monumentales : un mur de feu dévorant un carré de tartan, des cartes à jouer, une maison formée de milliers de petits points, un homme muni d'une hache. S'y trouvait également un véritable squelette humain, que ma mère nommait Lucy. J'aimais prendre dans ma main la main décharnée de Lucy, caresser les bosses et les creux de ses doigts, en une version morbide du thème pictural de « La mère et l'enfant ». Que ma mère puisse, en toute désinvolture, posséder un squelette humain me fascinait. Par son seul caprice, elle convoquait dans son atelier l'entière dépouille d'un homme mort, qu'elle baptisait, manipulait, prenait pour modèle. Plus tard, lorsqu'un ami de mon père, photographe de guerre, mourut écrasé dans l'effondrement de la seconde tour, le 11-Septembre, ma mère hérita des images qu'il avait filmées et représenta ses dernières heures en un immense tableau coloré. Elle détenait ce pouvoir : récupérer les vestiges d'une personne, s'emparer des traces qu'elle avait laissées dans le monde et des traces que le monde avait laissées en elle, pour les magnifier, les immortaliser. Lorsqu'elle se vit confier la décoration du plafond d'un temple japonais – devenant ainsi la seule Occidentale jamais chargée d'une telle commande –, ma mère me fit tremper les pieds dans la peinture et marcher sur une feuille de papier. À l'idée que mes pieds allaient traverser le plafond d'un temple, au Japon, elle m'apparut comme une magicienne. Elle avait le pouvoir de me rendre éternelle ; voués à grandir sous peu, mes petits pieds resteraient pour toujours inchangés au plafond de ce lieu de prières. En contemplant le carré de papier une fois peint, l'espace d'un instant je me vis à travers les yeux de ma mère, je vis qu'elle m'avait considérée.

Je passais le plus clair de mon temps au 134 Charles Street, seule dans ma chambre, à écouter des livres audio. Je n'avais pas beaucoup d'amis. Je ne savais pas comment me comporter avec les autres enfants. J'écoutais des livres audio en permanence : le soir avant d'aller me coucher, sous la douche, en faisant mes devoirs, en jouant dans ma chambre, sur le chemin de l'école. Les mots glissaient dans mes oreilles et m'éclairaient, m'aidant à discerner la frontière entre moi et les autres. J'apprenais ainsi les mots justes pour désigner les choses ; tant que je possédais ces mots justes, tout irait bien. Je peuplais ainsi ma vie de toutes sortes de personnages, humains ou animaliers. Quand j'écoutais ces histoires, je savais qui étaient mes amis, je savais qui j'étais. Je contrôlais ces espaces, ces pièces langagières. Je pouvais inviter les mots, ou au contraire leur dire : « Interdit d'entrer ! » Ces univers m'étaient familiers, j'en connaissais les rythmes et les règles. Je savais comment tel comédien prononçait tel ou tel mot, à quel moment il marquait une pause pour reprendre son souffle, quelle était l'inflexion précise de sa voix juste avant le coup de théâtre, et même si je m'y attendais à force, je n'en frissonnais pas moins chaque fois. Ces voix avaient beau être aussi désincarnées que celles de ma mère, elles ne raccrochaient pas si je ne répondais pas assez vite ; elles me laissaient les convoquer et les congédier à ma guise. Elles pouvaient me joindre, et moi de même.

Quand je n'étais pas occupée à écouter des livres audio, je pensais à moi à la troisième personne. Sur le chemin de l'école, je songeais par exemple : « Elle marche dans la rue. Il pleut. La pluie dégouline sur sa veste. » Je devenais mots, ma vie devenait histoire. Des années plus tard, à une époque où je ne reconnaîtrais même plus mon visage dans le miroir, où mon corps me paraîtrait étranger, à nouveau je me raconterais à moi-même, me redonnerais vie par la narration, en m'efforçant de me situer dans mon histoire.

Dans celle du 134 Charles Street, les personnages étaient riches, brillants, tapageurs, ivres, perchés, beaux, insouciants, imprudents, géniaux, voraces, élégants. Anna Wintour passait déposer des vêtements, Steve Martin plaisantait à table, Wynton Marsalis jouait de la trompette dans l'atelier du rez-de-chaussée, Joan Didion sirotait une vodka on-the-rocks dans le jardin, Al Gore engrangeait des voix dans notre salon après vérification de la sécurité des lieux par des chiens démineurs, Merce Cunningham traversait d'un pas gracieux l'atelier du haut, Susan Sarandon et Julia Roberts échangeaient des histoires de coloscopie autour d'un brunch dans la salle à manger. À compter de mes sept ans, j'avais pour mission de raconter l'histoire du 134 Charles Street. « Voulez-vous visiter ? » demandais-je poliment dans ma robe Bonpoint à chaque invité qui se présentait aux folles soirées de ma mère. Je les guidais dans les studios, les jardins, la piscine intérieure, leur indiquant au passage les noms des artistes et des designers. J'étais douée pour parler des lieux et de l'organisation de notre vie ; simplement, je n'avais aucune idée ce faisant de qui je parlais.

J'ai commencé à me scarifier à l'âge de sept ans. À l'époque, pour fêter la fin de l'année scolaire, ma mère invitait toute ma classe autour de la piscine : une vingtaine d'enfants, qui tous se moquaient de moi cruellement, à l'école comme en dehors. Je n'ai toujours fréquenté que des adultes. J'aimais rester après les cours pour approcher mes enseignants, les interroger sur leur vie. J'étais très forte pour deviner ce que les adultes attendaient de moi ; en revanche je ne comprenais pas mes camarades de classe. Chaque année, donc, ils débarquaient chez moi, envahissaient ma forteresse. Une fois, alors que je m'étais réfugiée dans ma chambre pour leur échapper, j'ai trouvé tout le contenu de mes étagères par terre, en grande partie cassé. Nous avions Charlie depuis peu, et toutes mes peluches avaient été entassées dans son panier. Je ne voyais même plus le sol de la pièce. Je me suis sentie mal, j'ai failli m'évanouir. L'adrénaline me brûlait à l'intérieur, jusqu'à faire palpiter toute la surface de ma peau. Retenant mon souffle, j'ai senti une énorme pression exercée contre tout mon corps ainsi que, du plus profond de moi, une poussée vers l'extérieur, comme s'il était possible d'être écrasée et d'exploser tout à la fois. J'étais en colère, j'étais triste, j'étais terrifiée par ce mélange de colère et de tristesse en moi. Il fallait que je fasse sortir ces émotions. Alors j'ai attrapé le couteau suisse que mon père m'avait offert. J'ai ouvert la plus grande lame, et pressé le tranchant contre ma paume. J'ai pressé et tiré jusqu'à voir du sang sortir. Les palpitations dans mes oreilles ont instantanément cessé, elles sont retournées sagement se ranger dans ma cage thoracique, et mon esprit s'est replié comme un cerveau en origami : selon des lignes nettes, propres, calmes. Au violent tangage a succédé une profonde sérénité ; la lacération avait comme dessiné un horizon brûlant qui me stabilisait, me donnait un cap. Ce geste m'était venu naturellement, avec une facilité étonnante, et cela avait fonctionné. J'ignorais comment j'avais su que me taillader me ferait du bien ; je n'avais jamais entendu parler d'automutilation. Ce jour-là, la lame brillante de mon petit couteau m'a appris que je pouvais ouvrir un passage vers un lieu n'appartenant qu'à moi, quand bien même mon séjour y était limité à quelques douloureuses secondes. Je ne comprenais pas encore que la rage et le chagrin que je ressentais n'étaient pas seulement le fait de la méchanceté de mes camarades. Ils provenaient de gisements souterrains, de niches caverneuses où résonnaient les voix désincarnées de mes parents, qui me racontaient des choses que je n'avais pas à savoir, me serinaient les désirs et les peurs qui les gouvernaient jusqu'à ce que je ne fasse plus la différence entre ma voix et la leur. Chaque entaille ordonnait en symboles intelligibles des désirs confus – ceux de mon père, ceux de ma mère, les miens propres –, qui tour à tour me donnaient le sentiment d'être excessivement importante puis de n'être rien. À l'adolescence, quand je me suis mise à me scarifier régulièrement, c'était comme une passion, une vocation. Maman est en bas, qui hachure ses toiles de peinture à l'huile ; Alice est en haut, qui hachure sa peau à la lame de rasoir : chacune raconte son histoire.

Chez nous, il était difficile de savoir ce qui était vrai ou non. Il n'existait pas de vérité absolue car il y avait mille façons de dire les choses, d'innombrables angles sous lesquels les regarder, tant de vecteurs capables de les transformer. À tout moment, une chose pouvait être à la fois elle-même et son contraire. Au 134 Charles Street régnaient simultanément l'abondance et l'absence. Dans le garde-manger de la cuisine, tout figurait en multiples exemplaires. Quatre sachets de chips côtoyaient cinq bouteilles de sirop d'érable côtoyant elles-mêmes quatre paquets de sablés. Dans la buanderie, je restais ébahie devant la série de flacons de lessive orange alignés sur les étagères, gage s'il en était que rien n'avait jamais de fin. Je n'identifiais pas cette profusion comme le privilège qu'elle était. Je n'avais pas conscience que tout le monde n'avait pas ce que nous avions, que nos possessions n'étaient pas une qualité inhérente à notre être. L'excès était pour moi comme un exosquelette, une coquille imperméable qui faisait partie intégrante de nous. Il ne m'est jamais venu à l'esprit d'en éprouver de la gratitude, pas plus que ne m'inspirait de gratitude la peau que j'avais sur les os.

À force de jeter l'argent par les fenêtres, ma mère était, pour ainsi dire, presque toujours fauchée. Un jour, elle est entrée dans ma chambre, s'est assise sur mon lit et, en fixant un point derrière moi, m'a annoncé qu'elle venait de gagner deux millions de dollars. Quelques mois plus tard, elle est entrée dans ma chambre et, fixant des yeux sa cigarette, m'a annoncé que nous étions ruinés. Elle était le genre de femme à ne pas connaître son propre numéro de sécurité sociale, à ne pas savoir combien elle avait sur son compte en banque ni le coût exorbitant de ses folles dépenses. Elle ignorait comment gérer ses gains qui, dans les années 1970, 1980, 1990, ne cessaient de croître, et qu'elle finirait par dilapider. Elle ne savait faire qu'une chose : peindre. Elle travaillait constamment, infatigablement, ce qui voulait dire qu'à tout moment nous pouvions passer du tout au rien. Perdre de l'argent, perdre un proche, perdre l'esprit : tout pouvait basculer, disparaître du jour au lendemain.

Personne ne m'a rien appris de la vie réelle. Je savais où se trouvaient les fresques de Fra Angelico, je pouvais réciter en allemand tout le livret de *L'Opéra de quat'sous*, de Brecht, ou encore énumérer les plus grands chefs-d'œuvre de l'architecture gothique. Mais à quinze ans, je ne savais toujours pas comment utiliser un tampon, parce que personne n'avait songé à me l'expliquer et que je n'avais pas songé à demander. Personne ne me faisait la leçon ; pas de punitions ni de récompenses. Tous les matins, quelqu'un faisait mon lit à ma place ; dès que j'utilisais une serviette, quelqu'un la remplaçait aussitôt ; mes sous-vêtements étaient repassés. J'avais beau arpenter en tous sens le 134 Charles Street, je flottais sans laisser la moindre trace. Pas plus sur mes vêtements, qui n'avaient pas un pli, qu'aux murs ou au sol de ma chambre, où même mon bazar ne subsistait pas. Plus tard, je m'efforcerais par tous les moyens de faire tenir quelque chose : sur moi, sur les murs de mon corps et les sols pentus, glissants de mon esprit, jusqu'à ce que je trouve enfin l'espace capable de me contenir : celui de la page.

Un jour, lors d'une fête organisée par ma mère pour préparer notre sapin de Noël, à un âge suffisamment avancé pour que la réaction que je vais décrire paraisse inappropriée, embarrassante, bizarre, j'ai fait tomber une décoration, qui s'est cassée. Je suis restée figée, à regarder les débris, sans rien trouver de mieux à dire que : « Je fais quoi, là ? » L'assistant de ma mère et un ami de la famille, qui étaient présents, en sont restés stupéfaits, vaguement affolés. Il y a eu un blanc, un silence de plomb, qui n'a fait que souligner l'éclat des guirlandes lumineuses et de mon insondable ignorance. « Tu vas chercher un balai et tu nettoies », m'a lancé l'un d'eux, d'une voix empreinte d'incrédulité. Je séchais complètement. Détruire, c'était facile, mais que faire après, comment nettoyer et passer à autre chose, voilà qui me laissait perplexe. Dans une maison sans serrures, une famille sans règles, un esprit sans limites, c'est avec la destruction que j'étais le plus à l'aise.

La maison, pensée à l'origine comme une structure de rassemblement, est devenue le lieu de notre lente désunion. Les œuvres de ma mère reflètent son obsession pour l'image archétypale de la maison : un carré surmonté d'un triangle. La forme la plus élémentaire qui soit, la plus identifiable, et qui symbolise tellement plus : l'habitation, mais aussi le foyer, la famille, l'héritage. Ce motif, ma mère l'a représenté via toutes les techniques imaginables : encre, pastel, peinture Testors, fusain, peinture à l'huile. Des maisons grandes ou petites, composées de hachures ou de points. Des maisons coupées en deux, estompées, fragmentées. Des maisons encore et encore, comme si elle s'échinait à assimiler le sens de ce mot, à en déchiffrer les secrets.

La démesure de ma mère s'accompagnait d'une générosité spectaculaire mais distante. Notre maison devint ainsi un refuge pour toutes sortes de personnes dans la tourmente. Qu'ils soient en train de mourir du sida, de fuir un parent maltraitant ou un conjoint abusif, qu'ils soient aux prises avec la pauvreté ou la spirale infernale des troubles bipolaires, les gens venaient s'installer chez nous. Ces nouveaux venus suscitaient mon émoi, ma curiosité ; ils cristallisaient mes pensées, mes émotions. Je me prenais d'affection pour eux à force de passer devant les chambres où ils dormaient ou bien pleuraient. J'aimais m'asseoir à côté de ces gens, causer de leur souffrance, de leurs peurs, hocher la tête en songeant comme la vie pouvait être pesante, inconfortable. J'aimais ces personnes qui semblaient si perdues, j'espérais de toutes mes forces que notre maison parviendrait à les protéger. La sollicitude de ma mère était plus distante. Elle n'était pas du genre à vous apporter elle-même un bol de soupe : elle payait quelqu'un pour le faire. Mais c'était sa façon à elle de montrer qu'elle tenait à ce que vous receviez cette soupe. Plus tard, quand mon état nécessiterait des soins particuliers, elle me prodiguerait également sa fameuse attention par procuration, sous la forme de psychiatres et de cachets que j'avais pour ordre de prendre sans discuter. Plus tard, dans les moments où j'avais l'impression de disparaître, je voulais que ma mère me parle, s'assoie à côté de moi, me touche. Je rêvais qu'elle me transmette une chaleur trop profondément enfouie en elle pour parvenir jusqu'à moi. Je voulais l'entendre me dire « Alice ? Alice ? » en toute conscience, déroulant les points d'interrogation jusqu'à ce qu'ils forment quatre murs et un toit triangulaire où elle m'inviterait enfin à la rejoindre. Je voulais que ses mains infatigables, qui avaient construit tout ce qui m'entourait, m'aident à étayer les parois de mon être. Sans doute s'imaginait-elle que le 134 Charles Street nous protégerait comme par magie, que rien ne pourrait nous arriver. Sauf que le mal qui voulait ma peau était déjà dans la place. Mais cela, elle l'ignorait.

2

Ma mère, Jennifer Bartlett, perça sur la scène artistique new-yorkaise dans les années 1970. Née en 1941 à Long Beach, en Californie, elle avait pour parents une femme d'une grande beauté, mais froide et aigrie, dont la carrière dans l'illustration de mode avait été contrariée par sa grossesse, et un entrepreneur en génie civil, charmeur et alcoolique, qui menait en secret une double vie de famille. À cinq ans, campée sur la plage, la petite Jennifer déclarait à l'océan qu'elle deviendrait une grande artiste. Elle qui avait toujours rêvé de larguer les amarres réalisa son rêve : diplômée de Mills College, elle partit pour la côte est, suivre un cursus en beaux-arts à Yale. Elle épousa un bel étudiant en psychiatrie, dont elle eut tôt fait de divorcer pour mieux lancer sa carrière à New York. Chargée de cours à la School of Visual Arts, elle loua un studio sur Greene Street, à SoHo, et se mit à fréquenter les milieux artistiques, où elle serait amenée à croiser des personnalités comme Richard Serra, Brice Marden, Lynda Benglis, Susan Rothenberg, Elizabeth Murray ou encore Jasper Johns. « J'étais dingue de New York, témoigna-t-elle. Je me souviens de la première fois où j'y ai mis les pieds, je me suis fait renverser par une grosse bonne femme alors que j'essayais d'attraper un taxi. Je ne saurais dire pourquoi, mais cela m'a beaucoup plu. » En 1976, elle acquit subitement une notoriété internationale grâce à une œuvre intitulée *Rhapsody* – laquelle fut qualifiée par le critique d'art John Russell, dans le *New York Times*, d'« œuvre d'art la plus ambitieuse [qu'il ait] eu l'occasion de contempler depuis [son] arrivée à New York [...]. Elle élargit notre conception du temps, de la mémoire, du changement, de la peinture elle-même ». Sur plus de 45 mètres de longueur, l'installation était composée de 987 plaques d'acier carrées de 30,4 cm de côté, émaillées puis sérigraphiées, un support de son invention, inspiré des enseignes en céramique du métro new-yorkais. *Rhapsody* était une œuvre colossale dans ses dimensions comme dans son ambition. Lorsque, par la suite, elle fut exposée dans l'atrium du Museum of Modern Art, elle y occupa trois murs entiers. Selon ses propres dires, l'artiste avait voulu faire une œuvre totale, qui « contienne tout » (« *had everything in it* »).

Après ce succès, Jennifer Bartlett acheta son premier manteau de vison, s'accoutra d'immenses lunettes de soleil et d'un rouge à lèvres qui coulait sans cesse, s'aspergea lourdement de Fracas, un parfum de Robert Piguet qu'elle faisait venir directement de Paris, et fut bientôt surnommée par le magazine *New York* « la Joan Collins de SoHo ». Un portrait de douze pages paru en 1985 dans le *New Yorker*, fort à propos titré « Getting Everything In », décrivait « son franc-parler déconcertant, ses cheveux bruns coiffés en carré court, sa tendance à se moquer volontiers d'elle-même », tout en se demandant comment la Californie avait pu « engendrer une artiste douée d'une telle énergie, d'une telle rigueur analytique, d'une ambition aussi ouvertement affichée ». À cette époque, elle était devenue « l'une des artistes les plus largement exposées de sa génération ». Sa meilleure amie, la peintre Elizabeth Murray, la décrivait comme « une sorte d'enfant gâtée. Elle n'avait pas la langue dans sa poche, paraissait très sûre d'elle, et elle agaçait les gens – surtout les hommes ». Selon une autre amie, elle était une « emmerdeuse de première ». Dans un article de *Vanity Fair* signé Joan Juliet Buck, on lisait : « Aucune actrice n'est assez glamour pour incarner Jennifer Bartlett. Elle ne jure que par les repas chauds, les beaux vêtements et le champagne. Et elle travaille nuit et jour. »

Ma mère avait la beauté de l'imperfection : dents du bas de travers derrière un rouge à lèvres approximatif, cheveux de jais coupés court, yeux d'un bleu cristallin empreints d'une douceur étonnante. Où qu'elle aille, une atmosphère bien à elle l'accompagnait : un nuage de parfum, un nuage de fumée, un nuage de total détachement. Elle dégageait une énergie retentissante, qui n'était pas seulement une affaire d'ondes acoustiques, mais de pression orogénique : c'était comme une force tellurique, qui amenait ses désirs (qu'une chose cesse ou continue, lui soit donnée ou épargnée) à se soulever telle une montagne, supprimant du paysage ce qui ne la concernait pas pour ne conserver que ce qui la concernait. Elle était en permanence au centre de l'attention, mais sa façon même d'embrasser les feux de la rampe semblait protectrice, comme si elle utilisait la lumière pour mieux se cacher. Il y avait en elle une vulnérabilité, qui affleurait précisément quand elle manifestait le plus de rudesse, de détermination, d'obstination ; comme une faille dans sa gloutonnerie attentionnelle. Elle était extrêmement réservée. Ne se livrait à personne. Ne connaissait pas l'affection. De temps en temps, elle me tapotait maladroitement, comme pour vérifier que mon corps était entier, pour me rajuster ou s'assurer de ma présence, mais sans jamais se connecter intimement à moi. Et quand il arrivait que l'on s'étreigne, au moment où nos corps se touchaient elle se mettait à rire ou laissait échapper une exclamation ironique, et je sentais cette chose entre nous : comme un coussin trop rembourré empêchant le contact, la liaison. Elle était absolument incapable d'exprimer ses émotions, et régulièrement en ruinait l'occasion en déclarant nonchalamment qu'elle « avait envie de travailler » ou qu'elle « avait l'impression de ne rien ressentir », amputant ainsi le sentiment à la racine. Le *New Yorker*, la citant, expliqua qu'elle « avait développé une capacité de travail infinie, mais aucune capacité d'introspection ». De fait, elle travaillait continuellement et n'aspirait à rien d'autre.

J'observais ma mère mener sa vie autour de moi, passer devant moi pour descendre à son atelier, monter dans sa chambre, redescendre, toujours enveloppée de parfum et de fumée, pour travailler ou festoyer. Je lisais les traces de son passage comme autant de lettres. Je connaissais l'histoire ; je savais ce que racontaient ses allées et venues. En bas ou en haut, elle était occupée à créer ou à méditer des choses spéciales, mystérieuses. Peut-être que si je devenais moi aussi spéciale et mystérieuse, elle s'intéresserait à moi. Plus tard, toutefois, lorsque les mystères cachés dans ma tête manqueraient de me coûter la vie, lorsque la folie me rendrait vraiment spéciale, elle éviterait encore davantage de croiser mon regard.

Mon père était un sex-symbol européen. À treize ans, Mathieu Carrière travaillait déjà pour le cinéma et la télévision ; par la suite, il joua en anglais, en français, en allemand, en italien, avec Orson Welles, Isabelle Huppert, Brigitte Bardot, Marlon Brando, Romy Schneider ou encore Antonio Banderas. Après une brève carrière de champion de saut d'obstacles équestre, en 1969 il quitta la petite ville de Lübeck, située à 45 minutes de Hambourg, pour rejoindre Paris : là, il se produisit dans des cabarets, grimé en femme, coucha avec la princesse Caroline de Monaco, suivit des cours de philosophie à la Sorbonne, devint le protégé du philosophe Gilles Deleuze. Il partagea un trip à l'acide avec Visconti et Alain Delon, au domaine de Monthyon. Avec Andy Warhol, au salon de thé parisien Angelina, il s'amusa à dessiner des pénis de différentes formes au dos de photos Polaroid : « Il y a des bites tordues, dissertait Andy, et même des bites en spirale. »

Mon père parlait six langues, était l'auteur d'un livre sur le poète Heinrich von Kleist, fut décoré de la Légion d'honneur. Grand et mince, il avait des cheveux châtains ondulés qui blanchiraient dès ses quarante ans, des yeux bleus perçants et des lèvres pulpeuses dégageant une impression de sensualité et d'innocence. Il ne tenait pas en place, ne s'arrêtait jamais : de fumer, de boire, de jouer aux échecs en blitz, de sniffer de la cocaïne, de déballer des histoires délirantes ou des théories fumeuses. Son corps ne supportait pas l'inertie ; il passait continuellement ses pouces sur ses doigts, comme pour vérifier, par ce geste compulsif, qu'ils restaient bien attachés à sa main. Il était bruyant, explosif, chahuteur. Il agaçait et ravissait, dérangeait et captivait tout à la fois. Il posait des questions personnelles, intrusives, auxquelles les gens répondaient en lui racontant leurs pires expériences, celles qu'ils n'avaient jamais confiées à personne.

Mes parents se rencontrèrent lors d'un dîner, à New York, en 1980 : à l'époque, ma mère avait trente-neuf ans et mon père trente. Il lui prépara des sandwichs au saumon, qu'il empila dans son assiette. Elle alluma une Marlboro Red et se mit à fumer tout en mangeant.

— Tu n'aurais pas plutôt intérêt à faire une seule chose à la fois ? lui demanda mon père.

— J'aime bien fumer et manger en même temps, répliqua ma mère, en laissant échapper un épais nuage de ses lèvres luisantes d'huile piquante.

À table, elle était assise à côté d'un autre homme prénommé Matthew. En la regardant droit dans les yeux, mon père lui lança devant tout le monde :

— Quel Matthew tu veux ?

— Toi, déclara-t-elle, avant de l'emmener chez elle, à SoHo.

Depuis le succès de *Rhapsody*, il restait à ma mère un objectif à atteindre. Comme l'explique en effet le dossier psychiatrique de ma dernière hospitalisation, *Alice est née d'une mère portée par deux ambitions : devenir une artiste renommée, et avoir un enfant.* Après des années à essayer de tomber enceinte sans succès et une tentative d'adoption ratée, ma mère apprit enfin, à quarante-trois ans, qu'elle attendait un enfant.

Pendant la césarienne, mon père tenta de distraire ma mère :

— Cite-moi un écrivain français qui porte le même nom qu'un plat de viande.

— Colette, proposa ma mère.

— Pas mal, mais on dit côtelette, corrigea-t-il.

— Chateaubriand, dit alors le chirurgien en m'extrayant triomphalement du corps de ma mère, comme si j'étais moi-même la réponse à cette double devinette.

Nous avons passé les quatre premières années de ma vie à Paris, non sans traverser régulièrement l'Atlantique à bord du Concorde. Pendant le vol, ma mère tenait sur ses genoux son chat abyssin, Kanga, qu'elle nourrissait de caviar. Nous habitions, rue Vavin, un vaste penthouse disposant de plusieurs terrasses et d'une grande pièce sous les toits, surmontée d'une verrière, qui servait d'atelier à ma mère. Un escalier en colimaçon menait à la chambre de mes parents. Il était raide et très ajouré, m'interdisant l'accès à l'étage, mais de toute façon je n'habitais pas là. Nanny et moi occupions un petit appartement voisin du leur. Je passais mes journées avec Nanny. Elle m'emmenait au jardin du Luxembourg, où elle me regardait caracoler, juchée sur les chevaux du carrousel. Nous poussions des petits bateaux en bois sur le bassin central, et donnions des noms aux canards. Nous regardions les vieux messieurs fumer leur cigare et jouer aux boules, emplissant nos oreilles des entrechocs métalliques et de leurs rires épais. Parfois, elle m'emmenait à La Coupole, où je m'asseyais au comptoir, les jambes ballottant dans le vide et où, à l'aide d'une aiguille, je tirais de leur petite maison hélicoïdale des escargots semblables à des crottes de nez, que j'avalais. Un jour, mon père a ramené à la maison un crabe gros comme ma tête, que, pour s'amuser, il a installé dans notre baignoire. J'avais une terreur absolue des crabes, et j'ai préféré mouiller mon pantalon plutôt que de faire pipi à côté de ce monstre, qui agitait ses pinces et tentait bruyamment de s'échapper.

Tandis que Nanny et moi suivions notre train-train dans notre petit appartement, au gré de nos petits plaisirs et de nos petits chagrins, mon père et ma mère s'efforçaient de cohabiter. Mon père regardait Jennifer peindre et diriger ses assistants pour fabriquer une gigantesque maquette de maison, la couper en deux avant de la recoller. Il était en admiration devant elle. C'était là son univers, à elle seule, analysera-t-il plus tard ; lui et moi ne faisions que lui rendre visite de temps en temps. Tout ce qu'elle faisait, elle le faisait seule. Il la regardait annihiler tout le reste par le travail – ses sentiments, son environnement, ses états d'âme. Mon père, qui passait son temps à jouer aux échecs et à sniffer de la coke, disparaissait parfois pendant des jours, puis rentrait dans un état d'irritabilité et de nervosité maximales. À l'époque, il a écrit, produit et réalisé un film intitulé *Fool's Mate* (*L'Éveil du démon*) : c'était l'histoire d'un pianiste allemand accro à la cocaïne et au jeu, marié à une brillante architecte. Dans le film, l'épouse, qui s'appelle Alice, le met dehors pour protéger leur fille, Isabelle (qui est mon deuxième prénom) ; lui s'accuse d'un crime qu'il n'a pas commis pour s'acquitter de ses dettes. Il m'avouera plus tard avoir fait ce film pour éviter qu'une telle issue ne se produise dans la vie : une sorte de prophylaxie créative, par laquelle l'art distord le réel pour mieux lui tordre le cou. Je jouais sa fille, Nanny jouait la nounou, et dans le rôle de la maîtresse du protagoniste, mon père avait recruté celle qui était réellement son amante. Ma mère, qui concevait les costumes, a donc dû habiller la femme que mon père baisait. Quand elle l'a découvert, mes parents se sont retrouvés au café Le Select, à deux pas de notre appartement, pour peser les solutions qui s'offraient à eux. Ma mère a décidé qu'ils devaient rester ensemble et ne jamais reparler de cette affaire.

3

Nous avons emménagé à New York, au 134 Charles Street, en septembre 1990 ; j'avais alors cinq ans. Mon père passait ses journées à écrire des scénarios et jouer aux échecs à Washington Square, se liant d'amitié avec ses adversaires : les ivrognes, les voyous et les sans-abri qui squattaient là en permanence, recroquevillés sur les bancs ou affalés sur les tables d'échecs en béton du parc. L'entourage de ma mère le trouvait adorable, et ses amis la charriaient de l'avoir épousé uniquement pour sa belle gueule.

Ma mère commença une thérapie avec la Dre Viola Bernard. Elle buvait trop, avait des problèmes relationnels, et le souvenir dérangeant d'avoir un jour surpris son père en train de sauter une amie de la famille. Aux bons soins de la Dre Bernard – d'intenses séances de psychothérapie et d'hypnose –, ma mère fut bientôt submergée par ce que sa thérapeute appelait des souvenirs refoulés, d'atroces scènes d'abus sexuels ritualisés et de meurtres d'enfants, perpétrés quand elle était petite par un couple d'amis de ses parents : Bertie et Russell. La Dre Bernard l'encouragea à « se souvenir », à exhumer un maximum d'éléments et à les noter dans un journal. Ma mère, véritablement hantée par ces images, se mit en quête d'indices dans son passé. Elle embaucha un détective privé, qui ne trouva rien. Elle se procura le numéro de Bertie et Russell et les accusa frontalement au téléphone. Persuadée que ses parents avaient été complices, elle incrimina également sa mère, Joanne, qui lui répliqua que tout cela était absurde. Ma mère était convaincue que son cadet avait été violé par Bertie et Russell alors qu'il était bébé. Elle demanda à Jessica – entre-temps, son frère était devenu une femme trans – s'il se pouvait que sa dysphorie de genre résulte d'un viol que, selon elle, elles avaient toutes deux subi. Jessica lui assura que non, mais se rappela en revanche avoir parfois passé la nuit chez Bertie et Russell sans qu'il y ait eu de lit d'appoint pour elle, de sorte qu'elle avait dormi avec eux. Elle se souvenait également de leur mère la prévenant qu'elle n'irait plus jamais là-bas. S'il était arrivé quelque chose, personne en tout cas n'était en mesure de confirmer les affirmations de ma mère. Elle raconta à ses amis ce qu'elle avait découvert en thérapie. Ceux-ci se souviennent de l'avoir entendue décrire cliniquement, sans émotion particulière, un viol et un meurtre d'enfant, tout en sirotant verre sur verre de vin blanc. Des années plus tard, ma marraine Paula s'étonnera : « Si autant d'enfants avaient disparu, où sont les articles de journaux ? Où sont les avis de recherche ? » Même incrédulité chez un autre ami : « Comment pouvaient-ils être si bien organisés, comment auraient-ils pu garder tout cela secret ? » Cela ne semblait ni possible, ni plausible. Et pourtant, elle y croyait dur comme fer.

J'avais onze ans lorsque j'ai appris l'histoire de ma mère. Je l'espionnais pour le compte de mon père. Elle avait demandé le divorce quand j'avais six ans, démarrant une bataille pour ma garde qui durerait elle-même six ans. Alors que nous baignions tous dans cette atmosphère, mon père m'avait demandé de chercher une liste des témoins que ma mère envisageait de citer à la barre. En fouillant dans son placard, j'ai trouvé un journal. L'ouvrant au hasard, j'en ai lu une entrée. Ma mère y racontait ceci : elle faisait une fellation à mon père lorsque, tout à coup, elle avait eu un « flash-back ». Elle s'était revue sur un bateau, avec Bertie et Russell : alors qu'elle était en train de vomir, Russell lui avait plongé la tête sous l'eau en lui disant : « Vas-y, donne à manger aux poissons. » Les coins de ma bouche se sont étirés pour dessiner ce sourire inapproprié qui me venait quand je sentais le malaise tortiller en moi tel un ver venimeux. Lorsque ma mère est sortie de son atelier pour déjeuner, je lui ai avoué ma découverte. Nous sommes allées nous asseoir dans ma chambre, et elle m'a expliqué comment un couple marié, des amis de ses parents, l'avaient utilisée dans le cadre d'un rite sexuel. Ils l'avaient violée, elle et son petit frère âgé d'un an et demi. Ils les emmenaient sur leur bateau, où ils s'adonnaient à des orgies avec d'autres gamins. Ils enrôlaient des enfants de domestiques noirs du quartier dans des jeux sexuels ritualisés. Ils avaient ainsi tué par asphyxie érotique un garçon noir de sept ans, qu'ils appelaient « Monkey Boy » (l'enfant-singe) et forcé ma mère à ensevelir son corps, de nuit, sur la plage, en la menaçant de finir sa vie en prison si jamais elle révélait les faits à quelqu'un.

Elle m'a raconté cette histoire sans prendre aucune pincette, avant de partir faire sa sieste. Elle m'a livré ce récit comme si je le connaissais déjà, comme si nous en avions déjà parlé, et moi je l'ai écoutée sagement, comme s'il s'agissait d'un de mes livres audio. Elle ne m'a pas dit quels sentiments lui inspiraient ces événements, ne m'a pas demandé comment je me sentais en les apprenant. Elle n'a pas pleuré, n'a pas lutté contre une émotion que sa voix aurait trahie. Je suis restée assise, à la fixer des yeux, trop heureuse qu'elle soit là, dans ma chambre, à me faire des confidences. Elle m'a aussi expliqué que la série de toiles qu'elle avait intitulée *Earth Paintings* – dont certaines étaient accrochées chez nous – avait pour sujet ces abus sexuels. Ensuite, ma mère m'a laissée dans ma chambre, à m'imaginer mon père en train de se faire tailler une pipe, et à me demander comment s'orthographiait « asphyxie érotique ».

Je me suis postée devant l'un des tableaux en question. Ma mère avait créé plusieurs versions de chaque image : à l'huile sur des toiles de grand ou moyen format, à la gouache sur papier, aux pastels, à l'encre – jusqu'à atteindre un total de 108 œuvres. Inlassablement elle avait peint, dessiné, badigeonné, donné contour, forme et vie à ces souvenirs qu'elle venait de ranimer. Durant des jours, des semaines et des mois, elle avait fait sortir ses terreurs au grand jour, aux yeux de tous, les figeant ainsi pour toujours. Tout comme elle-même était peut-être restée figée dans ces scènes. J'ai contemplé la peinture figurant l'ensevelissement de « Monkey Boy » sur la plage. Et soudain, je me suis retrouvée dans la tête de ma mère. J'étais avec elle, sur la grève, forcée d'enterrer un cadavre. J'étais elle. Plantée devant cette toile, j'imaginais tout ce qu'elle avait dû ressentir. J'ai compris également le pouvoir de l'insensibilité. Le pouvoir de raconter son histoire, en peinture ou en mots, et puis d'aller se coucher.

J'apprendrais plus tard que ma mère avait certainement compté parmi les victimes de la panique satanique, une hystérie morale qui s'était emparée de l'ensemble des États-Unis dans les années 1980-1990. Des accusations infondées, selon lesquelles des enfants auraient fait l'objet de rituels sataniques incluant des jeux sexuels et des sacrifices, visèrent des employés de crèche et des parents. Des patients en psychothérapie se laissèrent persuader par des praticiens trop zélés qu'ils avaient refoulé les souvenirs de toutes sortes d'abus indicibles – inceste, pédophilie, meurtres –, qu'il leur fallait désormais exhumer. La « thérapie de la mémoire retrouvée » serait par la suite discréditée, mais le mal était fait : des familles déchirées par ces accusations, des patients tourmentés par la croyance tenace en ces inventions convaincantes, ou au contraire par la prise de conscience de leur caractère fictif. Les souvenirs de ma mère étaient sans doute des faux, de simples histoires. Mais ces « simples histoires » étaient puissantes. Ces simples histoires l'avaient énormément isolée socialement, avaient anéanti quelque chose en elle.

De son côté, mon père composait avec une autre forme d'endoctrinement. Depuis dix ans, en tant que poulain de Gilles Deleuze, il baignait dans les théories philosophiques les plus anthropologiquement anarchistes, les plus ébouriffantes auxquelles il avait jamais été confronté. Il ne s'agissait pas simplement de philosophie, expliquait-il, mais d'un mouvement militant, activiste, ambitionnant de changer le monde sur la base d'une théorie du désir. La production constante de désir était la seule chose réellement existante ; l'État, le capitalisme, les lois n'étaient que des moyens de dompter cette force débordante, de la contenir dans des structures oppressives. Deleuze et ses étudiants se considéraient comme des révolutionnaires radicaux. En 1977, un groupe d'intellectuels français influents rédigea une lettre ouverte au Parlement prônant la décriminalisation des relations sexuelles entre adultes et mineurs. Parmi les signataires : Gilles Deleuze. Un extrait du journal de mon père, écrit alors que j'avais trois ans, illustre parfaitement la logique en vogue au sein de ce mouvement : *Une sexualité non contrainte, non traumatisante entre des enfants et des adultes est possible. La nudité, la tendresse, la détente en présence du corps de l'autre personne est possible. Ma fille ne m'excite pas. À mon avis, les gens qui font les lois ont peur de voir resurgir leurs propres désirs refoulés, c'est pour cela qu'ils jugent inconvenant le domaine des relations entre enfants et adultes. C'est probablement une façon pour eux de garder sous contrôle leurs propres désirs incestueux.* L'affinité de mon père avec cette idéologie allait bientôt se heurter de plein fouet au puritanisme américain qu'il exécrait, et ses efforts, malgré cet antagonisme, pour ancrer son identité dans ces théories ne feraient qu'augmenter, chez moi, la confusion et l'anxiété.

Ma mère, sous l'influence de la Dre Bernard, voyait la transgression partout. Elle a commencé à se méfier du comportement de mon père envers moi. Une nuit, alors qu'elle était ivre, en entrant dans ma chambre elle a vu mon père installé dans le lit avec moi, sous les draps, en train de me lire une histoire. Elle s'est mise à hurler et, rejetant la couverture au pied du lit, l'a traîné hors de ma chambre. Le lendemain, elle l'a exilé en bas, dans la petite chambre du rez-de-chaussée, entre le bureau et les ateliers. La nuit suivante, comme je m'étais réveillée, je suis descendue à pas de loup pour aller voir mon père.

Je suis demeurée un moment sous le panneau luminescent « Sortie », vestige du temps où le bâtiment servait d'entrepôt, qui surplombait la grande porte en acier séparant l'étage supérieur du rez-de-chaussée. Comme, de façon générale, nous chauffions peu la maison, je frissonnais dans ma chemise de nuit. À tâtons dans le noir, j'ai cherché le bouton de la porte. Le contact glacé avec la poignée a eu quelque chose de magique, comme une morsure gelée au creux de ma paume marquant le seuil d'un monde interdit. J'ai retenu mon souffle, actionné la poignée. Comme si ma main avait déclenché quelque puissant maléfice, des alarmes se sont mises à hurler dans toute la maison, faisant vibrer l'air froid qui m'entourait. Le cri strident résonnait dans tout mon corps, le bruit m'avait saisie par les bras et me secouait, tâchant de me transmettre un message que je n'écoutais pas. Figée à la lisière des univers maternel et paternel, une frontière minée d'alarmes, je tremblais de peur et de désarroi.

Quelques mois plus tard, ma mère a entamé une procédure de divorce qui durerait six ans. Des années farcies d'avocats et de témoins, de juges et de psychologues judiciaires. Ma mère ne me disait rien du procès. Mon père me racontait tout : ce dont on l'accusait, comme tout le monde s'acharnait contre nous, ce que je devais dire au juge. Dans le cabinet du juge, tout en récitant les consignes dictées par mon père, je fixais la dactylo : son visage crispé, le crépitement de sa machine paraissant émaner d'elle-même, comme si elle avait été un automate. Après cela, pendant plusieurs dizaines d'années, j'ai conservé l'ordonnance du juge dans une enveloppe kraft, jusqu'à ce qu'elle jaunisse et s'efface à moitié, tant je l'avais lue et relue en quête de la vérité.

Les avocats de ma mère accusaient mon père de « divers comportements inappropriés », parmi lesquels : grimper dans mon petit lit le soir, s'allonger sur le canapé avec la main dans ma culotte, m'emmener nager dans l'océan à des endroits où je n'avais pas pied sans gilet de sauvetage, me faire monter à cheval sans bombe, me mettre entre les mains une BD contenant des images « inappropriées » comme « un homme en train de se masturber, une femme exécutant des mouvements obscènes », garder dans sa chambre des magazines porno, m'embrasser sur la bouche pour me dire au revoir, me donner à manger avec ses doigts comme si j'étais un bébé, me faire passer un chewing-gum de la bouche à la bouche, emporter mes petites culottes quand il partait en voyage, me montrer des films dans lesquels il jouait mais inadaptés à de jeunes enfants, m'offrir en cadeau des couteaux et des briquets, me laisser, à sept ans, lui administrer les injections sous-cutanées que lui avait prescrites un médecin, ou encore me laisser seule au coin d'une rue de Manhattan le temps d'aller acheter ses cigarettes et son journal.

Certains de ces griefs m'évoquaient des souvenirs ; d'autres non. Je me rappelais toutes les fois – à cinq ans, six ans, sept ans – où, gênée, j'avais patienté auprès d'un inconnu à qui mon père m'avait confiée le temps de passer un coup de fil ou de faire une course à l'épicerie. Je me rappelais cette boulette caoutchouteuse que sa langue poussait dans ma bouche, humectée par sa salive, puis rendant notre bave à tous les deux quand je commençais à mâcher. Je me revoyais me pencher sur son ventre, enfoncer une aiguille dans sa chair, retenir mon souffle tout en poussant la seringue pour lui faire sa piqûre, je me rappelais les bleus qui apparaissaient à la surface le lendemain. Je me souvenais de l'avoir regardé glisser dans sa valise le petit carré d'étoffe de ma culotte, celle avec les jours de la semaine ou le petit chat imprimé dessus. Je ne me souvenais pas, en revanche, de ses mains dans mon slip. Les documents ne faisaient état « d'aucune accusation d'abus sexuel », néanmoins les gens ont commencé à regarder mon père d'un œil soupçonneux, tandis que la réprobation et les rumeurs nous collaient à la peau. Une histoire se mit à circuler, selon laquelle il aurait affirmé que la première expérience sexuelle d'une fille devait se faire avec son père. Sa version à lui était différente : lors d'un dîner, il aurait donné la réplique à un ami anthropologue, qui lui parlait d'un article universitaire consacré à ces mères japonaises gratifiant leur fils d'une fellation avant ses examens. Pour plaisanter, mon père se serait exclamé : « L'inceste, il n'y a que ça de vrai » – sortie que Nanny aurait entendue et répétée à ma mère. En passant de bouche à oreille – de mon père à Nanny, à ma mère, à nos amis –, l'histoire me parvint sous la forme de ce postulat : « La première expérience sexuelle d'une fille doit se faire avec son père. » J'ai probablement gardé cette maxime quelque part dans ma tête pendant très longtemps. Mon père s'opposa farouchement à ces calomnies. Certaines étaient le fruit de malentendus ou de réactions excessives, d'autres étaient montées en épingle, voire carrément inventées par les avocats de la partie adverse. Les magazines porno que la femme de ménage avait trouvés et remis à ma mère furent présentés devant la cour. Le juge les feuilleta un à un avant de conclure, à l'issue de cette inspection, qu'étant donné qu'il n'y avait là que des images de femmes mûres (mon père avait une prédilection pour les femmes d'un certain âge), ce n'était pas très grave, quand bien même l'accusé n'aurait pas dû les conserver au domicile familial. Un psychologue judiciaire dut appeler un collègue en Europe pour se faire confirmer que les Européens, parfois, embrassaient leurs enfants sur la bouche ou prenaient des bains avec eux. Malgré tout, mon père supportait mal la surveillance et la réprobation constantes auxquelles il était soumis.

Mes visites à mon père – dans l'appartement qu'il avait loué à côté de chez nous, ou en Europe une période de vacances sur deux et la moitié de l'été – se déroulaient sous la surveillance de chaperons désignés par les juges. Nanny fut la première à jouer ce rôle. Puis ce fut ma babysitter Pem, qui s'occupait de moi quand Nanny était en congés. Ensuite il y eut la cousine de Pem. Puis l'assistante de ma mère, une jeune de dix-neuf ans, que personne ne connaissait vraiment. Puis l'assistante de mon instit' de CE2, qui était totalement allergique aux fruits et légumes et ne supportait pas que je grimace en tripotant avec ma langue une dent qui bougeait. Ces surveillants étaient l'incarnation du système d'alarme déployé entre l'univers de ma mère et celui de mon père : le rappel constant que nous n'étions pas une famille normale, que quelque chose clochait chez nous.

Pour ma part, je ne trouvais rien d'anormal chez mon père ni dans les moments que nous passions ensemble. Quand il était avec moi, il me racontait des histoires en permanence : des histoires de son invention ou inspirées des livres qu'il lisait, des légendes tirées de la mythologie grecque ou empruntées à la philosophie, à la psychologie, à l'histoire (de l'art, de l'architecture, de l'humanité). Son savoir paraissait infini, et il voulait le partager avec sa fille. Il jouait tout le temps avec moi, ce à quoi ma mère se refusait, sous prétexte qu'elle « ne supportait pas de perdre ». Lui me lançait de petits défis : trouver, dans différentes langues, des mots ayant le plus d'acceptions possibles ; résoudre des devinettes ; prononcer une phrase en mettant l'accent chaque fois sur un mot différent de façon à en modifier la signification. Il disposait des allumettes sur la table, et m'invitait à dessiner une maison en ne déplaçant qu'un seul bâtonnet. Il voulait tout savoir sur tout le monde, il était capable d'interroger sur leur enfance des inconnus qui lui donnaient du feu, d'inviter à dîner des chauffeurs de taxi ou des serveurs. Il forait le monde pour s'imbiber, et moi avec, de ce qui jaillissait de ses profondeurs. Outre ces jeux et ces histoires, mon père me racontait tout du procès. Plus d'une fois il me parla de la pudibonderie américaine, de la façon dont ma mère projetait sur lui son passé. J'observais son visage se contracter puis se relâcher tandis qu'il m'exposait les accusations et les attaques qu'il subissait : ses traits, tel un électrocardiogramme, enregistraient les distorsions de signal qui rythmaient nos vies. Ses yeux s'emplissaient de larmes tandis qu'il s'allumait une nouvelle cigarette et passait son pouce sur ses doigts. Ma mère, de l'autre côté, ne me disait rien, ne me posait aucune question.

J'avais pris le parti de mon père. Je suivais ma mère partout dans la maison – qu'elle aille se servir un café ou un verre de vin, jardiner, chercher un livre dans la bibliothèque – et la bombardais de questions et de reproches.

— Pourquoi tu détestes papa ? Pourquoi tu veux m'éloigner de lui ? Il y en a marre de ta pudibonderie américaine, lançais-je dans son dos.

— C'est compliqué, me répondait-elle. Tu parles comme ton père.

— Tant mieux, concluais-je.

Je ne comprenais pas qu'elle était terrifiée, qu'elle avait peur de mal faire, de ne pas me parler comme il fallait, de ne pas me toucher comme il fallait. Alors elle s'abstenait. Elle se retirait dans des lieux où elle avait le contrôle, s'exilait dans ces mondes sur lesquels elle régnait avec assurance : son atelier et sa chambre. En bas, dans son atelier, si elle faisait une erreur, elle pouvait repeindre par-dessus. En haut, l'erreur n'existait tout simplement pas : le moyen de se tromper en lisant un livre, en fumant une cigarette ? Son enfant, en revanche, était une matière totalement différente ; son enfant était un photogramme : le résultat irréversible de l'exposition d'un objet à la lumière et au temps. Les horreurs qu'elle croyait avoir subies l'avaient marquée irrévocablement, et elle était persuadée que, par simple contact, elle risquait de me souiller irréparablement.

Tandis que le procès pour ma garde s'éternisait, que je voyais des psychologues judiciaires, rencontrais le juge, que mon père m'expliquait tout par le menu, je sombrais dans le désespoir. Un jour, à sept ans, alors que ma mère et moi étions invitées chez des amis, dans le Connecticut, je me suis mise à lui crier dessus dans la cuisine, en lui reprochant de bousiller ma vie et celle de mon père. Elle est restée les bras ballants, impuissante. Prenant cette attitude pour de l'indifférence, j'ai attrapé un couteau sur le comptoir de la cuisine. « Si tu ne me laisses pas passer plus de temps avec papa, je me tue », ai-je hurlé.

Elle s'est approchée de moi pour me retirer le couteau. Je me suis enfuie en courant. Au pas de course, j'ai traversé les pièces luxueuses, foulant des tapis crème si épais qu'ils absorbaient le bruit des pas, menaçant de me poignarder sous les yeux des amis de ma mère. Ma mère m'a couru après, en m'implorant de lâcher cette arme. Enfin, elle était après moi. Il avait suffi pour cela d'un couteau brandi contre moi-même.

Malgré l'opposition de mon père, j'ai été soumise à l'examen de psychologues judiciaires, qui m'ont observée jouer avec des poupons à l'anatomie réaliste, ont pris des notes puis rédigé des rapports sur moi. On m'a envoyée en thérapie auprès d'un psychologue pour enfants. À l'issue de ma première séance avec le Dr Shore, je me suis plainte à mes parents : le docteur m'avait frappée. Mon père était furieux. Ma mère a refusé de me croire, et m'a engagée à y retourner en me faisant miroiter l'achat d'une brosse à dents électrique. J'y suis donc retournée. Et puisque j'y retournais, je me suis persuadée qu'il ne s'était rien passé de grave, voire rien passé du tout, car si cela avait été le cas, on ne m'y aurait pas renvoyée. Je me suis mise à douter de moi. Quand bien même cette histoire incroyable (avoir été frappée par mon pédopsy) avait pour moi l'épaisseur du réel – je me rappelais son bras fendant l'air, mon corps minuscule face à un homme qui me dominait de toute sa hauteur –, une part de moi se demanderait toujours si je n'avais pas forgé de toutes pièces ce souvenir dans la matière brute fournie par les réticences de mon père. J'avais perdu la notion du vrai.

Mon père tenait des journaux de bord, où il notait tout ce qui se passait chaque jour. Si un désaccord survenait entre nous, il allait chercher l'un de ces cahiers, le feuilletait jusqu'à trouver la page voulue et lisait à voix haute le récit des événements tels qu'ils s'étaient déroulés. « Non, tu ne m'as pas demandé la permission de regarder un film cet après-midi », disait-il par exemple, en brandissant le document et pointant l'entrée concernée. Plissant les yeux, je m'efforçais de déchiffrer son écriture, sachant qu'il rédigeait alternativement en allemand, en anglais et en français. Je cherchais les mots qui auraient pu correspondre à la version de la réalité que j'avais personnellement en tête mais, ne les trouvant pas, je doutais de moi-même.

Nanny aussi tenait registre de tout ce qui se passait quand j'étais avec mon père. Ses journaux racontent l'histoire d'une petite fille qui veillait jusqu'à minuit, buvait de la bière, ne se lavait pas (*de toute la semaine*), livrée aux sautes d'humeur de son père et de son instable famille. *Si seulement je pouvais dire à M à quel point il est nul, comme type. Je n'ai jamais autant détesté ou méprisé quelqu'un. Mais je suis bien obligée de le côtoyer. Au fond de moi, je suis contente qu'il souffre, tant il a peu de considération pour les autres, que ce soit sa mère ou ses collègues, sauf quand cela sert ses intérêts. Pauvre Alice. Je vois bien comme elle est blessée, sur les nerfs. C'est effrayant de songer qu'une personne peut pourrir la vie à tant d'autres, sans qu'on n'y puisse rien. C'est ça le pire, je trouve. Le fait que M s'en tire bien. Il a un tel ego ! Ça me révolte tellement que je n'arrive pas à dormir.* Chacun avait une version différente des événements, de ce dont j'avais besoin, de qui j'étais. Tous paraissaient des narrateurs crédibles, mais comment tant de choses pouvaient-elles être vraies simultanément ? J'étais au centre d'innombrables histoires, de piles de documents dont le volume n'irait que croissant – cahiers, décisions du tribunal, dossiers psychiatriques et même une étude de cas en psychologie –, qui prétendaient me dire qui j'étais alors même que ces pages concouraient à me faire disparaître.

Par moments, ma fidélité à mon père vacillait. Quand j'avais sept ans, ma mère m'a emmenée au Japon. Elle s'était vu confier la conception et la peinture du plafond du temple Homan-ji, à Chōshi, et je l'ai accompagnée pour l'inauguration. Je la suivais partout où elle allait, elle dans son *yukata* – un kimono d'été en coton léger – bleu et blanc et moi dans le mien, blanc avec des grues rouges. Nous prenions côte à côte le petit déjeuner raffiné servi chaque matin à l'hôtel : des tables basses regorgeant de poissons d'une infinie variété, crus ou rôtis tout entiers, de porcelaines bleue et blanche, de bols noirs laqués emplis de soupe – des bols de facture grossière et si énormes qu'on eût dit qu'un géant les avait creusés à même la roche. Elle m'a conduite à une source d'eau chaude, située à proximité d'un célèbre *noodle shop*. Nous avons barboté dans l'eau fumante tandis que les gens jetaient dans le cours d'eau voisin leurs restes de nouilles, dont les tortillons blancs venaient grossir, façon pop art, les ondulations du bassin. Nous nous sommes perdues toutes les deux dans une forêt, avant de finir par émerger sur une route de montagne et de rentrer à l'hôtel en stop. Je regardais attentivement ma mère évoluer avec assurance dans ce monde étranger, qu'elle m'invitait à explorer à son côté. Loin du champ de nos tourments, dans un lieu où ni l'une ni l'autre n'avions jamais mis les pieds, vêtues de tenues assorties, c'était comme si je la voyais pour la première fois. Puis mon père est arrivé. Son avocat l'avait mis en garde – ma mère ne pouvait pas ainsi décider pour moi unilatéralement, il se devait de répliquer –, si bien qu'il avait pris un billet d'avion pour nous rejoindre au Japon. Il a tenu à assister à une cérémonie que les moines avaient préparée spécialement en l'honneur de ma mère.

Nos hôtes chantaient, dispersant autour de nous, qui étions agenouillés au sol, des morceaux d'un épais papier doré découpé en forme de feuilles. J'observais la gestuelle de ma mère durant la cérémonie. Elle savait quand s'incliner ou sourire, quand parler ou se taire. Jamais auparavant je ne l'avais vue suivre des règles et prêter ainsi attention aux autres. Elle dégageait un calme, une aisance qui me fascinaient, quand elle reçut des mains d'un moine un chapelet de perles gravé. Elle avait l'air contente, compétente, et je me suis surprise à l'admirer. C'est alors que j'ai senti quelque chose heurter ma jambe. Pendant que les moines chantaient, mon père avait entrepris de faire rouler des Mentos jusqu'à moi. Comme nous étions agenouillés en ligne, la manœuvre exigeait de se pencher en avant et de faire passer le bonbon devant ma mère et ses respectables hôtes. J'étais extrêmement gênée. Chaque fois que je voyais les gros disques blancs tournoyer vers moi, cela me tordait le ventre. Je ne voulais pas que les gens croient que j'approuvais ce jeu ou que je m'ennuyais, mais en même temps je craignais que mon père joue encore plus les trublions si je ne tentais pas d'attraper les pastilles. Je les ai donc laissées venir se lover dans le creux de ma main, où j'en ai accumulé une petite pile, en priant à chaque nouvel arrivage pour que ce soit le dernier. Non sans remarquer les regards réprobateurs, voire hostiles, que ma mère et les autres participants jetaient à mon père. Je me suis alors sentie très vieille, fatiguée, comme si mon père était mon fils, un ingérable fils. À ce moment-là, je ne demandais qu'à suivre les règles. J'aurais voulu me distinguer de lui, affirmer haut et fort que ses désirs n'étaient pas les miens.

Mon père avait loué un appartement non loin du 134 Charles Street, pour qu'on se voie plus facilement quand il venait aux États-Unis. Il m'avait offert un rat à capuchon noir, pour chez lui. Comme ses taches blanches m'évoquaient le reflet des nuages dans l'eau, je l'avais baptisé Claude, en référence à Monet. Nous crûmes d'abord que c'était un gros mâle, mais Claude s'avéra être une femelle enceinte, si bien que nous eûmes bientôt neuf rats. J'aimais bien en placer un dans ma manche, le laisser remonter le long de mon bras, passer d'une épaule à l'autre puis ressortir par mon autre manche. Nanny s'affola quand elle remarqua, alors que je me changeais, de grandes balafres rouge vif sur tout mon torse. Un jour, j'étais chez mon père, sur le canapé, je regardais la télé. Mes rats batifolaient autour de moi. Mon père est arrivé et s'est assis. Nous avons regardé la télé ensemble un moment, puis j'ai décidé de remettre les rats dans leur cage. Mais je n'en ai trouvé que huit. Edgar, ainsi nommé d'après Degas, manquait à l'appel. Tirant mon père du canapé, j'ai soulevé le coussin sur lequel il était assis. Edgar gisait sur le sofa. Il ne bougeait plus. Il avait la gueule ouverte – pas grande ouverte comme pour crier ; plutôt entrouverte, comme pour interrompre quelqu'un qui n'arrête pas de parler. J'ai pris Edgar dans ma main : il tenait pile au creux de ma paume. Il était chaud : pas juste tiède comme tout être vivant, mais excessivement chaud, à cause du poids du coussin et de mon père. J'ai fondu en larmes.

Mon père, qui ne voulait pas m'avouer que mon petit compagnon était mort, m'a pris Edgar des mains, en m'assurant qu'il allait se remettre. Tenant le rat dans sa main gauche, il s'est mis à lui masser la poitrine de son index. Il prétendait pouvoir relancer le cœur de l'animal en y forçant artificiellement le passage du sang. Je l'observais. Edgar ne bougeait pas. Alors, me dit mon père, il n'y avait qu'à le mettre au congélateur et dans quelques heures il irait mieux. Il a emmené Edgar à la cuisine, l'a enveloppé dans du papier d'aluminium et l'a déposé au congélateur, à côté des Pop-Tarts. Je n'avais jamais goûté de Pop-Tarts avant ; ma mère ne me laissait pas manger ce genre de choses, mais mon père si, et je savais que c'était ce dont se régalaient les enfants normaux. Nous avons attendu sur le canapé qu'Edgar reprenne vie.

Quelques heures plus tard, j'ai rouvert le congélateur, en ai ressorti Edgar, l'ai déposé doucement sur le plan de travail et, lentement, j'ai déroulé le papier. Edgar n'a pas bougé. Il était gelé. Je me suis mise à pleurer. Alors mon père a dit qu'il n'y avait qu'à mettre Edgar sur le radiateur et qu'il allait certainement se ranimer. Il a jeté le papier d'alu, a enveloppé l'animal dans une serviette propre et l'a déposé sur le radiateur. Assis sur le canapé, nous avons attendu qu'Edgar reprenne vie.

Plus tard dans la soirée, j'ai sorti Edgar de la serviette et l'ai pris dans mes mains. Il était très chaud, tout à fait vivant. Ça avait marché ! Il ne bougeait pas encore, mais cela n'allait pas tarder, j'en étais sûre. Je l'ai mis dans ma poche, d'où je sentais sa chaleur contre ma jambe. Je l'ai trimbalé comme ça, avec moi, guettant sa réanimation. Edgar n'a pas repris vie. Au cours de cette journée, mon père avait tellement trituré la frontière entre la vie et la mort, entre son pouvoir personnel et les lois de l'existence, qu'à la fin il ne me restait plus qu'un intense regret et une carcasse de rat réchauffée.

Les adultes de mon entourage, ai-je appris plus tard, s'interrogeaient sur ce que j'allais devenir. Les employés de ma mère échangeaient des prédictions à voix basse. Enfant extrêmement bavarde, j'avais hérité de la voix forte de ma mère, de sa volonté tenace, de son besoin d'occuper tout l'espace où qu'elle se trouve. Quand les mots me manquaient, que j'avais la tête sur le point d'éclater et le cœur battant à tout rompre, je piquais des colères monumentales, jusqu'à trépigner et me rouler par terre. Si ma culotte faisait des plis sous mes collants, si mes chaussettes glissaient dans mes chaussures, ou encore que les nœuds de mes robes n'étaient pas serrés à bloc, je me mettais à pleurer et à hurler. Les seules émotions que je ressentais, affirmais-je à sept ans, étaient « la culpabilité, le regret et l'excitation nerveuse ». Comme je ne connaissais pas le mot « anxiété », j'appelais ce ressenti de l'« excitation nerveuse ». Mon anxiété me plongeait dans une douloureuse indécision. Tous les matins, avant l'école, je choisissais avec ma mère ma tenue du jour. Je restais plantée dans ma chambre, à regarder les différents pulls, le pantalon de laine, le jean, la jupe de flanelle étalés devant moi, suffoquant au moment de choisir un cardigan et pleurant à chaudes larmes jusqu'à rejoindre ma classe une heure et demie en retard. Tous les soirs, après l'école, chez l'épicier du coin, je me penchais au-dessus du congélateur et contemplais désespérément les Sundae Crunch Bars aux éclats de riz soufflé, les Rocket Pops aux couleurs patriotiques, les élégants mini-pots Häagen-Dazs, tandis que, avivées par le souffle froid de la machine, mes larmes me piquaient les joues. Je n'arrivais pas à choisir. J'inventais des rituels et des règles pour me donner l'impression de contrôler un tant soit peu mon « excitation nerveuse » et ma vie. Je rassemblais mes peluches, je faisais semblant de leur extraire des pierres du ventre puis je les alignais sur le rebord de la fenêtre de ma chambre, à divers stades de convalescence, après leur avoir retiré cette tumeur d'excitation nerveuse que je ressentais, moi, dans mon ventre. Je détestais aller me coucher. Afin de me calmer suffisamment pour m'endormir, je disposais mes peluches en arc de cercle autour de moi. Leur agencement obéissait à des règles très précises, et si l'une d'entre elles tombait, je devais me lever – achevant de démolir et de faire effondrer l'entière structure – pour rebâtir solidement mon cordon protecteur. Il n'était pas rare que je réitère l'opération plusieurs fois dans la soirée. Bien des nuits, je mouillais mon lit.

Nanny ne me quittait jamais. Mes parents l'avaient embauchée trois mois avant ma naissance pour son caractère « franc et direct » et sa capacité à gérer des « problèmes non conventionnels ». C'est elle qui s'efforçait de me consoler quand les nœuds de ma robe n'étaient pas assez serrés, quand mes chaussettes ou mes culottes s'emberlificotaient, quand je devais prendre une décision. Malgré sa dyslexie, elle me lisait des histoires le soir. Elle restait à côté de moi pendant que je faisais mes devoirs car je n'arrivais pas à me concentrer quand j'étais seule. Elle demandait à sa sœur, Thelma, de m'envoyer des livres audio depuis l'Angleterre : *The Peppermint Pig*, *The Animals of Farthing Wood*, *The Wolves of Willoughby Chase*. Les narrateurs avaient tous le même accent que Nanny ; parfois, je m'imaginais qu'ils étaient tous parents, qu'ils constituaient ma famille. Nanny faisait partie de la famille, et en même temps non. La ligne de partage me semblait tantôt imposée par les miens, et tantôt par elle-même. Tous les ans, à Noël, tandis que nous ouvrions nos cadeaux, Nanny passait la matinée à nettoyer la cuisine. Ce n'était pas son boulot et ce n'était pas nécessaire, mais elle le faisait quand même. Je courais du sapin à l'évier, tirant sur son tablier pour qu'elle vienne avec nous. Mais elle refusait. Tous ces va-et-vient me donnaient l'impression que je m'efforçais de nous coudre tous ensemble. Plus tard, elle m'avouerait qu'elle aurait voulu en faire plus, me protéger mieux, mais qu'elle avait peur. Elle craignait de se faire renvoyer et de m'abandonner, sans plus personne pour me défendre.

Comme en a témoigné Nanny, ma mère travaillait dans son atelier et mon père, à l'étranger. Quand il était absent, il m'envoyait des fax – depuis le Lalitha Mahal Palace Hotel de Mysore, en Inde, le Gran Hotel Havana de Barcelone, le Hilton de Luxembourg, le Kurhotel Vollererhof près de Salzbourg –, me racontait tout ce qu'il faisait et tout ce qu'il voyait, émaillant ses messages de dessins d'animaux qui agissaient comme des humains : un éléphant sur des patins à roulettes, un cochon qui apprenait les voyelles juché sur le dos d'une tortue, une cigogne qui transportait une carte postale, un rat muni d'un pinceau. Il me disait tout sur le film, la pièce ou le feuilleton télé dans lesquels il jouait, sur les scénarios auxquels il travaillait ; qu'il avait hâte de me parler de films, de poésie et de ses scénarios, à moi qui étais si « perspicace, si douée pour les personnages et les intrigues ». Il m'écrivit : *Comme j'aime ton nom, Alice, Alice, comme une porte qui s'ouvre sur un autre monde, un monde nouveau. Tu m'aides à comprendre un peu mieux le monde. Grâce à toi, le monde est plus beau.* Même quand il s'absentait, il était avec moi, me donnait le sentiment d'être reconnue et désirée – contrairement à ma mère. J'étais une porte ouvrant sur un monde nouveau et différent, un monde rien qu'à nous. Quand il revenait, j'avais l'impression que j'allais me désintégrer tant mon excitation était intense. En l'attendant, je restais collée à la fenêtre ; j'essayais de l'imaginer d'abord dans l'avion, puis dans le taxi, puis en train de remonter la rue. Depuis les baies vitrées de la bibliothèque du 134 Charles Street, je guettais en contrebas le moment où poindrait la vague blanche de ses cheveux qui, ondoyante, se rapprocherait avant de se figer juste sous mes yeux tandis qu'il sonnerait à la porte.

Un soir – j'avais sept ans, son temps de visite touchait à sa fin –, nous nous disions au revoir dans l'entrée du 134 Charles Street. Du haut de son mètre quatre-vingt-cinq, il m'a regardée. Ses cheveux blancs lui donnaient l'air d'une de ces méduses luminescentes qui brillent dans le noir des abysses. Il pleurait ; dans la pénombre, ses larmes transformaient son visage en un masque d'ombre et de douleur. Me surplombant, il m'a enjoint :

— Lèche mes larmes.

J'ai hésité. Un courant faible, comme une vibration, s'est mis à me parcourir, de légères palpitations qui me donnaient mal au cœur. Ça semblait important, ce qu'on attendait de moi. Étrange, mais certainement nécessaire. Alors, tirant la langue, je me suis hissée sur la pointe des pieds. Sa peau était si fine que je la sentais frémir sous la pression de ma langue, qui remontait le parcours de ses larmes jusqu'à leur source. Je sentais dans ses cheveux l'odeur du tabac froid. Je me suis arrêtée quand j'ai rencontré le petit triangle mou et plat signalant la lisière du globe oculaire. Comme je ne voulais pas lui faire mal à l'œil, j'ai retiré ma langue. J'avais recueilli en moi quelque chose de mon père, quelque chose d'intime : son liquide lacrymal, son isolement, son manque. Dans le sas d'entrée, entre les deux portes d'acier qui assuraient l'étanchéité entre l'extérieur et l'intérieur, voilà que les frontières étaient floutées, brouillées par une petite goutte salée. Mon père m'a souri à travers ses larmes, il m'a dit qu'il m'aimait puis il est parti. Je suis restée seule dans l'entrée, un goût de sel dans la bouche.

4

Chaque année, je passais une période de vacances sur deux et la moitié de l'été avec mon père, en Europe, sous la surveillance d'un tiers nommé par le tribunal : ce fut d'abord Nanny, puis un défilé aléatoire de chaperons divers, enfin la compagne de mon père quand il eut une relation stable. J'ai beaucoup voyagé avec mon père, ses tournages l'amenant à partir aux quatre coins du monde. En Tunisie, quand j'avais douze ans, il m'a raconté l'histoire des peuples touareg et berbère au cours d'une excursion à dos de dromadaire dans le Sahara. Nous avons marché sur la plage et dégusté la chair orange vif de l'oursin de mer – en fait ses glandes sexuelles –, que des jeunes gens vendaient pour un dinar dans des boîtes en plastique. Ils ont ouvert la bête à l'aide de vieux ciseaux mal aiguisés, avant de me tendre une cuillère et un quartier de citron. Au bout du dix-huitième, j'ai commencé à me sentir mal. Reprenant la voiture, nous avons roulé dans le désert jusqu'à une cabane, où un vieil homme nous a servi un thé à la menthe aux pignons de pin et, d'après mon père, aurait proposé de nous vendre sa fille. Dans le souk, nous avons flâné, bu encore du thé à la menthe dans des arrière-boutiques encombrées de piles de tapis et de kilims. À Madrid, nous avons acheté deux chatons de gouttière, que mon père parvint à faire adopter par son réalisateur à notre départ. Dans une petite ville en périphérie de Berlin, mon père m'a acheté un sanglier, que j'ai baptisé Obélix, et qui lui aussi dut se trouver un nouveau foyer à notre départ. À Saint-Tropez, j'ai siroté des Bellini, plongée dans des romans d'Agatha Christie. À Rome, je suis restée en contemplation devant le *Galate mourant*, me retenant de passer mes doigts sur les bords purulents de sa plaie de marbre. Étendus sur le sol dallé de la chapelle Sixtine, les yeux au plafond, nous avons admiré un Dieu à barbe blanche tendant son index créateur vers un mortel musclé, jusqu'à ce que des gardiens nous demandent de partir. J'accompagnais mon père sur les plateaux de cinéma ; au théâtre je l'attendais derrière le rideau, d'où je le regardais s'effondrer au sol à la lueur des bougies, ou combattre à l'épée l'époux de sa bien-aimée. J'allais de découverte en découverte. Mes seules routines étaient les consignes que je connaissais par cœur : attacher ma ceinture et replier ma tablette, ou encore garder bouche cousue une fois que le réalisateur avait crié « Action ! ». Voyager avec mon père était une aventure, mais une aventure qui, tel un fragile bâton de dynamite, était minée par une instabilité explosive. Il était impatient et colérique. Je le surveillais comme le lait sur le feu quand nous faisions la queue pour passer sous le détecteur de métaux, ou attendions de récupérer nos valises ; je guettais les crépitements d'une crise de rage imminente, qui, telles les bulles d'un soda, pétillaient en lui juste avant qu'il n'explose. Il jetait son sac par terre ou partait en trombe, en me plantant sur place avec la moitié de nos bagages. Dans ces moments-là, je me sentais responsable ; il fallait que je prenne la situation en mains. Je balbutiais des excuses, faisais la girouette entre lui et les témoins de la scène, je me débrouillais pour sortir nos valises du tapis à bagages et me hâtais de le rattraper, gagnée par la honte et la panique.

À chacun de nos séjours en Europe, nous rendions visite à mes grands-parents, qui habitaient à Lübeck, plus précisément au 70 Weberkoppel. Mon grand-père ou « Opa », le Dr Bern Carrière, était un bel homme, psychiatre souffrant lui-même de dépression nerveuse, dont la mère, aux dires de mon père, fut l'une des premières Allemandes à subir une lobotomie « avec succès ». Opa fumait la pipe et ne se mettait jamais à table sans son dictionnaire. Il jouait au solitaire et recevait ses patients – qui comptaient des détenus de la prison voisine – dans son bureau, au domicile familial. Ma grand-mère ou « Oma », Jutta Muhling Carrière, qui se qualifiait elle-même de « radicale », était passionnée de littérature, de politique, de polémique ; elle avait ce que mon père appelait une « personnalité à la Dr. Jekyll et Mr. Hyde », marquée par une rage fondamentale, que j'étais trop petite pour discerner. Je n'ai compris son insondable colère que le jour où j'ai pris connaissance d'une lettre, dénichée par mon père. Rédigée par ma grand-mère en 1968, elle était adressée à mon père et sa sœur cadette, Mareike. Un mot indéchiffrable résistait à mon père : « Si à l'époque la – avait existé, toute cette horreur ne serait pas arrivée. » Mareike décrypta le mot. C'était *pilule*. Si la pilule contraceptive avait existé, elle ne serait pas tombée enceinte de mon père, n'aurait pas épousé Bern et serait demeurée une femme libre. Mais les choses ne s'étaient pas passées ainsi.

Mon père est né à Hanovre, en Allemagne, en 1950. Il passa les dix premières années de sa vie dans des institutions psychiatriques, où son père était employé, et où médecins et patients vivaient ensemble. On donnait aux patients des petites missions, parmi lesquelles s'occuper des enfants des médecins. Frau Feit, par exemple, qui n'avait qu'une dent, internée pour avoir tenté de brûler vifs ses deux enfants au cours d'un épisode psychotique, se vit confier la garde de Till, le frère de mon père, alors âgé de dix-huit mois. Elle passait la journée assise à la fenêtre, un journal étalé à ses pieds ; quand l'enfant faisait pipi ou caca, elle le tenait à bout de bras, tout nu, au-dessus des pages. Au bout de six heures, elle pliait le journal et le jetait.

Le babysitter de mon père s'appelait Herr Lachs – M. Saumon. Herr Lachs avait un trou au milieu du front, une vieille blessure de guerre, assez grande pour loger une balle de ping-pong. Il installait mon père dans le panier avant de son vélo et le trimbalait comme ça dans tout le village. Les gamins lui couraient après et se moquaient de lui en répétant en boucle son drôle de nom ; alors Herr Lachs sortait son couteau et le leur jetait. Quand Oma lui demanda s'il en ferait autant à Mathieu si d'aventure l'enfant le taquinait, Herr Lachs répondit : « Non, Frau Jutta. Il me rappelle bien trop mon caporal. » Un autre homme était parfois chargé de surveiller les deux frères : un type persuadé que Dieu s'appliquait à le transformer en femme pour lui faire un enfant. Un jour, il emmena mon père dans la cave à charbon pour le peloter. Dans cet environnement, mon père n'aurait su dire qui était malade et qui était sain d'esprit ; il savait simplement qui était gentil avec lui ou pas. Pour avoir ainsi passé son enfance aux côtés de malades mentaux, plus rien ne le surprendrait jamais dans la nature humaine.

Par la suite, la famille déménagea à Lübeck : le 70 Weberkoppel devint lui-même une cellule capitonnée pour ses habitants abîmés par la vie, qui passaient du fantasme au déni, de l'amour à la rage. Jutta pourchassait ses enfants – Mathieu, Till, et désormais une petite fille, Mareike – dans tout le jardin et les battait jusqu'au sang avec une tapette à tapis. Mon père, étant l'aîné, s'efforçait de protéger ses petits frère et sœur. Forcé de se soumettre à l'autorité de cette mère violente, il combattrait toute forme d'autorité sa vie durant.

Quant à Bern, il souffrit jusqu'à la fin d'une dépression qu'il s'appliquait à soigner lui-même ; lorsque mon père entendait du Bach résonner derrière la porte close de son bureau, il savait que son père se débattait dans l'une de ses crises, et qu'il lui faudrait bientôt le dissuader de se suicider.

« Mais je t'aime », disait mon père à son père, mollement appuyé au chambranle de la porte, tandis que les violons vibraient de plus belle.

« Je te déteste », hurlait-il à sa mère, en bombant son torse de gamin de dix ans, cependant que sa petite sœur se cachait sous la table et que son petit frère se roulait en boule dans un coin de la pièce, les mains plaquées sur les brûlures que venait de lui infliger le fer chaud de Jutta.

À l'époque de ma naissance, la maison du 70 Weberkoppel était devenue un repaire de vieilleries – vieux aliments, vieilles gens, vieux fantômes – revivifiées par des odeurs : odeur de crème Nivea sur le visage d'Oma, de fumée sortant de la pipe d'Opa, de pourriture dans la cuisine, de moisi dans le fromage, de compost en décomposition et de crottes de cygne dans le jardin. Ce bouquet épicé – vapeurs de désespoir et bourgeons de colère – parvenait aux narines de quiconque évoluait parmi les gens et les choses du 70 Weberkoppel. Les choses en question étaient différentes de celles du 134 Charles Street. Elles étaient saturées d'émotions, truffées des traces laissées par les habitants – qu'ils soient morts ou provisoirement épargnés. Chaque objet distillait une essence, qui nous maintenait dans un état chronique de souvenance, parfois au détriment de la vie même. À une extrémité du salon, en face de sa collection de poupées, Oma avait érigé un sanctuaire à son fils décédé. Le 19 décembre 1979 – Till avait alors vingt-six ans –, Opa, Oma et Mareike étaient partis à l'anniversaire du père d'Oma, à deux heures de route de Lübeck. Till était resté à la maison. Il souffrait depuis longtemps de troubles psychiatriques, qui se manifestaient notamment par des sautes d'humeur et des épisodes psychotiques. Ce soir-là, il décrocha le téléphone, avant de se préparer un cocktail de LSD, qu'il s'était procuré lui-même, et de somnifères, qu'il avait trouvés dans l'armoire à pharmacie du bureau d'Opa. Il laissa un mot, disant : « Voici l'argent que je vous dois. Merci de me l'avoir prêté », puis glissa soixante-dix Deutsche marks dans une enveloppe. Bientôt, poussé par la faim, il se traîna à la cuisine, où il s'évanouit et s'étouffa avec son vomi. Quand la famille, de retour, le trouva gisant au sol, bleuâtre et inanimé, Oma attrapa un couteau sur le comptoir de la cuisine et lui tailla la gorge pour tenter d'évacuer le vomi. Jamais elle ne pardonnerait à Opa de lui avoir laissé le soin de trancher la gorge de son fils, d'avoir quant à lui immédiatement renoncé devant son visage macabre et violacé. Mareike appela mon père, qui se trouvait à Berlin ;

lequel sauta dans sa voiture pour les rejoindre au plus vite. À son arrivée, Opa était prostré dans son bureau, pétrifié et mutique. Oma se trouvait dans un état de rage qui ne l'a plus jamais quittée. Un peu plus tard, sur la route de la morgue, Oma se déchaîna contre Opa parce qu'il roulait trop lentement. Comme si le temps comptait encore, comme si elle pouvait encore ranimer son fils par la seule force de sa pensée et de son désir.

Après la mort de Till, Oma confia à l'un des patients de mon grand-père la fabrication d'une poupée qui soit l'exacte réplique de son fils à l'âge de cinq ans. Cette effigie trônait au centre du sanctuaire, sous un grand portrait de Till qu'elle avait également fait peindre l'année de son décès. La cuisine d'Oma, où Till avait trouvé la mort, devint également une sorte de temple du souvenir. Bien organisée, la pièce était par ailleurs notoirement crasseuse, comme si, pareillement à la graisse et à la saleté, tout ce dont ces lieux avaient été le théâtre, la rage et le chagrin, s'était accumulé au point de s'incruster irrémédiablement. Ma tête arrivant juste au niveau du comptoir, je voyais les contours de résidus poisseux, la rouille semblable à du sang séché sur les rainures de l'égouttoir, l'anneau malpropre dans l'évier, les toiles d'araignée aux angles des fenêtres. Hormis Oma, personne n'avait le droit d'utiliser la cuisine. Elle braillait contre quiconque entreprenait de rincer un plat ou de jeter une vieille éponge. Till ayant autrefois élu domicile dans le grenier, Oma avait également conservé cette pièce dans l'état exact où elle se trouvait le soir de sa mort. Sa pipe reposait couchée sur le flanc, encore pleine de tabac à moitié fumé. Son lit était défait, l'oreiller encore creusé.

Quand nous venions à Noël, nous nous rendions immanquablement sur la tombe de Till. Oma apportait des seaux et des brosses pour nettoyer la stèle, ainsi que des bougies et des fleurs pour la garnir. Personne ne se touchait. Personne ne parlait. Oma comblait le silence par le bruit de succion qu'elle émettait systématiquement quand elle se donnait du mal – une inspiration ronflante suivie d'un sifflement saliveux qui lui gonflait les joues. Elle devait faire ce même bruit quand elle coursait ses enfants dans le jardin, quand elle les battait et les brûlait. Elle dut faire ce bruit lorsqu'un médecin incompétent arracha la tête du bébé qu'elle était en train de mettre au monde – un autre enfant de perdu. Ce bruit dégoûtant et effrayant me glaçait, me plongeait tête la première au cœur même, tendre et gangrené, de son immense détresse.

Je dormais juste en dessous du grenier-reliquaire de Till, dans l'ancienne chambre de ma tante Mareike, également conservée dans son jus depuis qu'elle avait quitté la maison : tubes de rouge à lèvres à demi entamés, vieux numéros de *Penthouse* des années 1970 toujours empilés dans le placard. Le plafond, recouvert d'un papier peint à la mode des années 1960, orné de gigantesques tourbillons multicolores évoquant une lampe à lave, était tellement penché qu'une fois allongée, j'étais coincée entre le lit et la paroi supérieure, le nez collé à ce mur-plafond. Cette soupente accueillait des affiches en noir et blanc du célèbre mime Marcel Marceau : le visage peint en blanc, la bouche réduite à un simple trait noir, trop mince pour laisser place aux mots. Terrifiée par ce portrait, je me levais la nuit pour aller chercher Nanny – qu'Oma avait envoyée dormir au sous-sol. Dans son journal, Nanny décrivit ainsi l'organisation des couchages : *J'ai l'impression d'avoir été complètement neutralisée en tant qu'observatrice, par une habile manœuvre de Mathieu et Jutta. Ma chambre n'aurait pu être plus loin de celles d'Alice et de Mathieu : j'ai été remisée en bas, à la cave, à l'autre bout de la maison. Je ne connaissais même pas l'existence de cette pièce. D'après Jutta, c'est Mathieu qui a eu l'idée.* Pour rejoindre Nanny, il me fallait traverser discrètement l'habitation dans le noir complet, dépasser à tâtons la chambre d'Opa, puis celle d'Oma, descendre les escaliers, longer le couloir, jusqu'à la porte du sous-sol. J'avançais lentement. L'obscurité était semblable à un être de chair, un corps invisible qui m'enserrait, et dont à chaque pas je m'efforçais de me libérer. L'escalier menant au sous-sol était raide et étroit, mon cœur battait la chamade tandis que je descendais les marches. Parfois, la peur me figeait sur place ; j'étais trop effrayée pour avancer, mais trop effrayée pour retourner dans mon épouvantable chambre. Pour finir, acceptant ma défaite, je repassais à pas de loup devant Oma, Opa et Marcel, et retournais me coucher.

À Lübeck, Nanny passait ses journées à observer et à prendre des notes. Assise à la table ronde du dîner, dans sa longue jupe de laine et son pull à col, tout en salant sa demi-tomate sans un mot, elle observait : *Grosse dispute à table. Jutta, Mathieu et Bern, tout en allemand. Comme j'aimerais les envoyer paître, tous autant qu'ils sont. Bon sang, encore quatre semaines. Qu'est-ce que j'ai fait pour mériter ça ? Qu'en pense Bern en tant que médecin ? Il a beau être un professionnel doué et respecté, il a de sérieux problèmes avec sa famille.* Le lendemain soir, elle écrivait : *Quelle vie, bon sang ! Nous avons dîné en silence. Comme si on marchait sur des œufs. Chacun a son idée sur ce qu'Alice doit faire. Alice, elle, se tient à carreaux en ce moment ; elle a bien conscience que la situation est tendue.*

Oma était constamment fâchée. Contre mon père parce qu'il ne jouait pas assez avec moi, ou parce qu'il jouait trop avec moi ; contre moi parce que j'avais mangé un yaourt ou refusé de manger un yaourt ; contre Nanny pour n'avoir pas fait le lit ou l'avoir mal fait ; contre Opa quand il parlait alors qu'elle-même voulait parler, mais aussi quand il ne parlait pas alors qu'elle voulait discuter avec lui.

Le lendemain, Nanny avait noté : *Mon Dieu, à quoi jouent donc les gens ? Mathieu et Jutta veulent tout contrôler. Mathieu met dans la tête d'Alice des idées lamentables quant à la façon de mener sa vie. J'oubliais la meilleure. Quand tout le monde est rentré, à 18 heures, Mathieu a dit à sa fille : « Ça fait six heures que je suis avec toi, j'ai besoin d'une pause. » Quelle remarque grotesque ! Et dire que cet homme est persuadé d'être un père merveilleux. Tant qu'il embarque Alice dans son monde, tout va bien, mais quand elle ne le suit pas, il se lasse. Il traite Alice tour à tour comme une adulte ou comme une enfant gâtée, et ensuite il voudrait qu'elle reste bien sage quand lui veut s'occuper de ses affaires. Au dîner, hier soir, Mathieu n'arrêtait pas de dire à Alice « Je sais que tu es jalouse », sous prétexte qu'il discutait avec une jeune fille de treize ans et sa mère.*

Mon père pouvait se montrer absolument charmant, mais Nanny n'était pas dupe. *M joue le jeu*, écrivit-elle. *Mais je reste convaincue qu'il donne le change. Après tout, il a grandi entouré de médecins, il sait comment ils fonctionnent.* Parfois, il la poussait dans ses retranchements. *J'ai fini par avoir deux mots avec Mathieu. Pour de bon. Il prétend que c'est à cause de moi s'il est fichu. Que je l'espionne pour le compte du tribunal. Pourquoi je fais ça, selon lui ? Il voudrait bien me le dire, mais pas devant sa fille. « Et pourquoi pas ? » ai-je répliqué. Ça ne vous dérange pas, d'habitude.*

Elle évoque aussi une dispute que j'ai eue avec mon père : *Alice est très fâchée contre Mathieu, elle lui a fait comprendre qu'il ne la protège pas comme un père devrait le faire.* Puis, elle finit par craquer : *Ils sont tellement arrogants, tous autant qu'ils sont !!! Je me sens tellement rabaissée. Comment réagir face à ça ? Quand je les regarde, je ne vois qu'une bande de sales égoïstes égocentrés.* Nanny était un témoin attentif mais impuissant. Aussi se considérait-elle comme en guerre, engagée dans une lutte constante qu'elle devait mener seule, pour moi. *Cela m'étonnerait que j'arrive à me taire plus longtemps*, note-t-elle encore. *Ils critiquent sans cesse tout ce que je dis et ce que je fais. Il n'y a pas mieux pour détruire quelqu'un. Moi, je m'imagine que je suis une prisonnière de guerre : j'ai été capturée mais je suis plus forte que mes ennemis ; et dans un peu plus de trois semaines, je serai libre de poursuivre le combat sur mon terrain.*

Elle me protégeait farouchement. La mine de son stylo faillit transpercer le papier du cahier lorsqu'elle écrivit : *ALICE NE DOIT PAS ÊTRE TENUE POUR RESPONSABLE DES ACTES DE SON PÈRE.* Elle prenait ma défense quand Oma m'accusait d'être une enfant gâtée. Nanny me comprenait, voyait bien que ma souffrance était trop souvent confondue avec un caractère colérique. *Alice m'a tendu la main : elle sait bien que je suis là pour elle*, lit-on dans son journal. *Alice est venue me faire un gros câlin pendant qu'on balayait le jardin.*

Nanny, qui était dyslexique et n'aimait pas écrire, s'appliquait néanmoins à prendre des notes dans de minuscules carnets, qui tenaient dans la main. Son récit témoigne d'une forme d'urgence, comme si les mots étaient le seul moyen de résistance à sa disposition. Lorsque j'ai découvert ses journaux près de trente ans après les faits, j'ai reconnu cette urgence : cette intuition que les choses ne deviennent réelles qu'une fois mises en langage ; et que ce langage est souvent la seule chose qui reste quand la réalité s'écroule.

Malgré le chaos ambiant, les séjours à Lübeck m'apportaient aussi leur lot de plaisirs. Le 70 Weberkoppel obéissait à des règles et des rythmes particuliers. La journée commençait par le muesli du petit déjeuner. Je passais ensuite la matinée à courir dans le jardin, à nager nue dans le lac ou à lire dans le hamac. Le repas important de la journée était le déjeuner. Oma préparait des pancakes aux pommes de terre, agrémentés de crème aigre et de sauce aux pommes confectionnée avec les fruits du jardin, que je l'aidais à cueillir. Elle possédait une série d'assiettes peintes, représentant des scènes diverses : un fermier dans son champ, une femme descendant d'un chariot. Avant le repas, je les examinais une par une, pour décider dans laquelle je mangerais. L'après-midi, j'accompagnais Opa dans son bureau embrumé des vapeurs épicées de sa pipe, où je jouais au solitaire ou lisais des BD d'Astérix et Obélix. Pour le dîner, Oma grattait le moisi des fromages avant de les disposer sur un plateau tournant, avec des tranches de tomate, un tube de Leberwurst, un pot de quark, un pot de graisse d'oie, un pot de margarine et des œufs durs. J'adorais presser le tube pour étaler le pâté sur une tranche de pain grillé et attendre que l'arôme puissant, riche du foie, renforcé par la chaleur, atteigne mes narines. Parfois, pour le dessert, elle faisait du Rote Grütze, une sorte d'entremets gélatineux à la cerise, de couleur rouge vif et d'une consistance proche du mucus. J'y ajoutais une épaisse crème anglaise. Oma était fière de sa cuisine, fière que même sa petite-fille américaine réclame du rab. De temps en temps, elle me régalait d'un Labskaus, autrement dit la potée des marins : un hachis de betteraves, de bœuf et de pommes de terre, servi avec des rouleaux de hareng, qu'elle me regardait engloutir en riant et en me tapotant le bras. Concession à mon américanité, Oma gardait un paquet de corn flakes dans son placard. À chacun de mes séjours, elle me le proposait le premier matin, pour joyeusement entériner mon refus en voyant mon bras tendu vers le muesli. Elle conserva le même paquet de céréales pendant vingt ans. À la veillée, Oma jouait aux dés en buvant du schnaps ; installée à côté d'elle sur un pouf crasseux, je regardais *Mr. Bean*, qu'elle enregistrait exprès pour moi sur des cassettes VHS.

La maison disposait d'un immense jardin, qui s'étendait jusqu'au lac Wakenitz. L'hiver, je marchais sur la croûte gelée du lac. Les chiens de mes grands-parents me tiraient sur un traîneau, à une vitesse telle que je peinais à garder les yeux ouverts face au vent glacial. Les voisins installaient des tables sur la glace et nous servaient du vin chaud aux pommes et à la cannelle. L'été, je faisais du vélo sur les petits chemins, m'arrêtant pour secourir des limaces sorties à la faveur de la pluie. Avec mon père, on allait à la pêche aux grenouilles dans les étangs ; on les ramenait dans le jardin pour qu'elles nous débarrassent des nuisibles.

On avait construit une cabane dans les arbres, et une tyrolienne. Un an sur deux, le 14 août, jour de mon anniversaire, on faisait un gigantesque feu de joie dans le jardin. Toute l'année, Oma amassait brindilles et autres bâtons, rameaux et branches, qu'elle empilait au fond du terrain dans un cercle délimité par des pierres, jusqu'à ce que le tas me dépasse. J'avais le droit de l'allumer moi-même, je courais tout autour et le flattais jusqu'à ce qu'il devienne une montagne de flammes. On organisait une grande fête autour du feu : Oma cuisinait des saucisses, de la salade de pommes de terre, du plum-cake, et invitait tous les voisins. On jouait aux mimes, en anglais et en allemand. Les cygnes, menaçants et majestueux, nous rejoignaient depuis le lac. Cette fête éveillait en moi un mélange d'excitation et de malaise. J'adorais me retrouver entourée des enfants avides, curieux, qui surgissaient chaque été dans ma vie comme s'ils avaient passé l'année à m'attendre. Ils me traitaient mieux que mes camarades américains. Loin de se moquer, ils s'intéressaient à moi. Ils me posaient de vraies questions, et si d'aventure je ne comprenais pas tel ou tel mot, on embarquait pour un voyage collaboratif de décryptage réciproque. J'étais friande de ces moments suspendus avec ces gamins, où nous partions en quête des mots justes. Chaque année, je revenais avec un allemand un peu meilleur, et donc de nouveaux mots à offrir au pot commun – une contribution lexicale qui, tel un feu de joie, pouvait s'embraser pour mieux nous éclairer.

L'été, mon père et moi sortions parfois en barque sur le lac ; nous passions la journée à explorer, nager, embarquer les enfants du voisinage ou simplement faire des allers-retours à la rame. Il me racontait des histoires

– inventées ou tirées de la grande Histoire, ou encore des épisodes de sa vie. Il me parla ainsi d'un poète devenu fou, qui s'était enfermé dans une tour. De cette reine qui se baignait dans du sang d'enfants pour conserver sa jeunesse. Des Borgia, de Romulus et Rémus, de Gilles de Rais. Quand j'écoutais les récits de mon père, j'étais comblée. Un jour – j'avais dix ans –, tout en nous baladant sur le lac, mon père me racontait la trame du livre qu'il était en train de lire, qui s'appelait *Smilla et l'amour de la neige* ; j'essayais d'imaginer comment il pourrait finir. Mon père ramait ; j'inventais des dénouements. Au bout d'un moment, j'eus épuisé les ressources de mon imagination. Je me sentais bien. Le soleil était chaud, je laissais mes doigts filer dans l'eau fraîche. C'est alors que nous sommes tombés sur un gros bateau abandonné, pris dans les roseaux. Mon père nous a rapprochés et nous avons grimpé à bord. J'ai passé des heures à explorer l'embarcation, à épier par les hublots, à échafauder la mystérieuse histoire de ce vaisseau abandonné – pirates, soldats, enfants fugitifs. De retour dans la barque, mon père m'a dit, de but en blanc :

— J'ai fourré mon doigt de pied dans la chatte de ta mère.

J'ai eu l'impression qu'on était entré de force dans mon esprit, resté béant tandis que l'image de l'orteil de mon père dans le sexe de ma mère pénétrait à son tour en moi. J'aurais voulu trouver les mots justes, une réponse qui montre que j'étais effectivement la confidente parfaite. En contemplant la surface du lac, je m'imaginais toutes les données qu'il renfermait. Toutes les bagues perdues, les chiens noyés, tous les secrets – actes, scènes, sentiments – enclos sous ces eaux si calmes. À présent, mon père me racontait qu'une de ses anciennes maîtresses était « frigide », qu'elle ne parvenait à jouir qu'à l'aide d'un pommeau de douche, mais pas lors des rapports sexuels. C'était mon rôle d'accueillir ces histoires, de les mouliner dans ma tête jusqu'à ce qu'une pensée ou une opinion se forme à la marge, que je puisse récupérer et présenter pour prouver que j'étais capable de méditer et de comprendre n'importe quoi, qu'il s'agisse d'un meurtre d'enfant ou des blocages sexuels des gens de mon entourage.

— C'est intéressant, ai-je articulé. Il s'est passé quoi ensuite ?

J'étais le réceptacle des histoires de mes parents. Ma mère finirait par brûler les journaux où étaient consignés ses souvenirs d'abus sexuels, comme si leur incinération, leur disparition physique, pouvait également en effacer les conséquences. Mais ces histoires resteraient vivantes en moi, dans mon esprit et dans mon corps. Son silence, également, agissait comme un brasier. Un feu rugissant, violent, qui se propageait dans ma vie tandis qu'en face, le mur brûlant des révélations déversées par mon père se rapprochait à toute vitesse. Je tentais moi aussi de noter des choses, de mettre en mots mes ressentis avant qu'ils ne s'envolent. En août 1996, alors que je venais tout juste de fêter mon onzième anniversaire à Lübeck, j'ai ainsi écrit dans le journal qu'Oma m'avait offert : *Il n'y a rien eu de dégueu aujourd'hui.* Je n'ai jamais précisé ce que j'entendais par ce terme, ni comment je me sentais par rapport à ça. Le lendemain, j'ai ajouté : *Je suppose que c'est bien qu'il ne se soit rien passé de sexy. Même si, quand j'ai massé les épaules de mon Papa, j'ai eu l'impression d'être plus que sa fille, si vous voyez ce que je veux dire !* En retombant sur cette entrée vingt ans plus tard, je me suis interrogée sur le point d'exclamation. Traduisait-il un choc, de l'amusement, de la curiosité ? À onze ans, j'étais déjà capable de documenter froidement ma vie.

Mon père s'était mis à me faire remarquer que j'avais un « cul magnifique ». Et moi à l'appeler par son prénom. Un changement pas totalement réfléchi, mais j'avais besoin de créer une distance entre nous, de tracer les contours d'espaces qui n'en avaient pas. Remplacer « Papa » par son prénom était donc une bonne chose, en un sens, mais qui m'a aussi donné le sentiment d'être à la dérive. Je n'étais plus la fille à son « Papa », j'étais autre chose, ou disons un peu de beaucoup de choses. J'avais toujours été plus que simplement moi. Pour ma mère, j'étais un symbole, la preuve qu'elle était capable de créer tout ce qu'elle désirait, contre toute probabilité, toute attente, contre la nature même. Pour mon père, j'étais la mère qui ne regrettait pas de l'avoir enfanté, l'épouse qui ne l'avait pas quitté, la collaboratrice qui ne lui ferait jamais d'ombre.

Cette même année vit la naissance de ma demi-sœur, Elena. Mon père avait commencé à sortir avec sa mère, Bettina, pendant la procédure de divorce ; à présent ils vivaient ensemble dans l'appartement de mon père, à Hambourg. Après la naissance d'Elena, Bettina a remplacé Nanny dans le rôle de surveillante pour le tribunal. Une fois Nanny hors jeu, toute exigence d'ordre ou de routine, toute attache avec le monde de ma mère a disparu, et j'ai dû me débrouiller toute seule pour trouver ma place dans celui, fraîchement reconfiguré, de mon père. Bettina était une belle blonde au cul généreux, à la peau et à la voix douces. Elle était gentille, affectueuse, je l'aimais bien. Et j'étais ravie d'avoir une sœur. Je faisais sauter

Elena sur mes genoux tout en regardant MTV en allemand dans le salon. Je la calais sur ma hanche pour l'emmener en balade dans le quartier. C'est moi qui lui ai fait goûter sa première huître, écouter sa première chanson des Beatles. J'adorais ma sœur et j'adorais m'occuper d'elle. Sa présence me faisait aussi ressentir un attachement particulier à mon père, que je n'aurais su définir. Un jour – Elena avait six mois et moi onze ans et demi –, je l'ai sortie de son berceau pour la prendre dans mes bras. Imitant Bettina, j'ai soulevé ma chemise et me suis efforcée de faire téter à Elena mon petit bout de sein. Elle a refusé. J'ai essayé encore et encore mais chaque fois, elle détournait la tête. Pour finir, elle s'est mise à pleurer. J'étais vexée qu'Elena veuille quelqu'un d'autre que moi, que Bettina puisse lui donner une chose que je ne pouvais lui offrir.

La plupart du temps, Bettina se montrait spontanément maternelle envers moi, mais elle était hypersensible et mon père n'était pas franchement facile à vivre. Ils ont très vite commencé à se disputer. Je les faisais asseoir face à moi dans le salon, et je menais une véritable thérapie de couple, les invitant à exposer leurs griefs, tandis que, les mains jointes, j'imitais les thérapeutes que j'avais moi-même consultés. Mon père avait l'air d'aimer ces séances, qu'il prenait en tout cas très au sérieux. Penché en avant, il acquiesçait à tout ce que je disais.

— Comment tu te sens, là, maintenant ? demandais-je à Bettina, pour sa part plutôt mal à l'aise.

J'aimais être au centre de leur relation, je me sentais compétente et utile.

Un soir, au lendemain d'une de ces séances, particulièrement tendue, ils se sont mis à se quereller alors que j'étais assise sur les genoux de mon père. Je ne comprenais pas leur propos, parce qu'ils parlaient très vite et en allemand, mais je sentais sous moi sa colère monter. Je regardais Bettina lui parler, puis lui crier après, par-dessus ma tête. Je me sentais invisible, mais aussi puissante, ainsi nichée entre eux, au cœur de leur conflit, en spectatrice. Je me sentais bercée par l'indéchiffrable animosité qui faisait rage autour de moi, quand soudain je me suis retrouvée gelée et mouillée. Bettina venait de me jeter un verre de vin blanc à la figure. Il était destiné à mon père, mais avait atterri sur moi. Mon père m'a chassée de ses genoux et s'est mis à hurler sur Bettina. Je me suis relevée et écartée, tout en léchant les gouttes de pinot gris qui coulaient le long de mon nez, et me demandant comment j'aborderais cet épisode lors de notre prochaine séance.

Ce même été, mon père a pris part à une émission de téléréalité, où des *Promis*, le terme allemand désignant les « célébrités », aidaient à construire des maisons pour des associations caritatives. Il m'a emmenée avec lui sur le plateau. Le rôle des « people » consistait surtout à poser, tout sourire, avec des outils électriques, à grand renfort d'autodérision envers leur sympathique incompétence. Mon père ne cessait de me pousser devant la caméra. Je ne doutais pas que les gens seraient fascinés par une fille de onze ans inconnue au bataillon, débitant des platitudes en anglais dans un feuilleton de téléréalité allemand. Je me suis creusé la cervelle pour trouver un truc drôle ou spirituel à dire. Ils nous ont filmés, mon père et moi, en train de scier quelque chose avec une immense scie. Tandis que mon corps d'enfant se balançait d'avant en arrière, je me suis mise à hurler, en allemand :

— Mieux que le sexe !

Ils nous ont filmés en train de planter des clous dans un mur, et j'ai crié :

— Mieux que le sexe !

Ils nous ont filmés en train de creuser un trou, et j'ai claironné : « Mieux que le sexe ! », en lançant un clin d'œil. Dans l'arrière-cour du chantier de construction, il y avait une sorte de fosse remplie d'une eau boueuse. Mon père a retiré ses vêtements et plongé dedans. Je l'ai imité, abandonnant ma petite culotte à motifs chatons. Nous étions délirants, déjantés, déchaînés, à barboter ainsi, dans ce trou d'eau froide et bourbeuse sous l'objectif des caméras. Pour briser le silence général causé par notre geste, j'ai gueulé :

— Mieux que le sexe !

Mon père a éclaté de rire.

5

J'étais partagée entre deux mondes, tout aussi anarchiques l'un que l'autre : il n'y avait pas de règles chez mon père, car les règles non seulement ne nous concernaient pas, mais étaient de toute façon faites pour être enfreintes ; il n'y avait pas de règles chez ma mère, car il ne lui était jamais venu à l'idée d'en édicter. Quand je rentrais à New York, je m'asseyais à l'îlot de cuisine pendant que Nanny préparait mon petit déjeuner tout en me racontant des histoires. Nanny adorait parler de son passé. Elle était née en 1926 à New Cross, en périphérie de Londres. Sa famille s'était retrouvée ruinée après que son oncle avait pillé les caisses de l'entreprise familiale, si bien qu'ils avaient dû emménager dans un petit appartement au-dessus d'une boutique de clous et de linoléum. Elle avait connu la Seconde Guerre mondiale, se souvenait des missiles V1 tournoyant dans les airs, et avait échappé à une tentative de viol. Sa tante s'était suicidée sous ses yeux. (« Elle m'a demandé un verre d'eau, je le lui ai donné. Alors elle a avalé tous ses médicaments d'un coup et est tombée raide morte. ») Nanny étant dyslexique et moins jolie que sa sœur, personne ne s'attendait à ce qu'elle réussisse dans la vie, mais ce scepticisme n'avait fait que l'aiguillonner davantage. Elle se forma comme gouvernante et, son diplôme en poche, quitta l'Angleterre. Quand elle prit sa retraite des années plus tard, elle avait vécu à Montréal, à Telluride (dans le Colorado), à Paris et à New York, voyagé aux quatre coins du monde et rencontré toutes sortes de célébrités.

Tout en remuant mon porridge ou en chauffant mes vêtements dans le four les jours de grand froid, elle me parlait des familles pour lesquelles elle avait travaillé. Comment, chez les Johnson, le père avait quitté la mère pour un homme. L'époque où elle était au service d'Edward Litchfield, le président de l'université de Pittsburgh, et comment toute la famille, y compris les deux petits garçons, étaient morts dans un accident d'avion au-dessus du lac Michigan.

« J'étais effondrée, me confia Nanny. Mais le reste de la famille a fait comme si ma peine n'était pas légitime, comme si je n'avais pas aimé ces garçons depuis leur naissance. »

Nanny m'emmenait et venait me chercher à la St. Luke's School, à cinq minutes à pied de la maison. Ma classe comptait une vingtaine d'enfants, auprès de qui je tentais de m'intégrer. Mon meilleur ami et mon premier grand amour s'appelait JP. Nous nous étions rencontrés à trois ans, au cours de natation, chez les Têtards, puis avions fréquenté la même école, le même collège, le même lycée, et pour finir je serais la dernière personne à le veiller la nuit où il est mort d'un cancer du cerveau à vingt-sept ans. Tout le monde aimait JP. C'était un vrai génie des claquettes, qu'il avait apprises auprès de Savion Glover. Il était gentil, drôle, et avait la coupe en brosse la plus cool qu'on ait jamais vue, avec ses initiales dessinées au rasoir sur la nuque et surmontées d'une couronne. Quand j'étais invitée chez lui, on regardait des clips de Michael Jackson en se gavant de cookies glacés à la menthe et de crème glacée au café. On jouait à Street Fighter sur sa Nintendo puis pour de vrai dans son couloir. Comme je me posais plein de questions sur la sexualité, quand on faisait des soirées pyjama je lui demandais de se déshabiller et je m'allongeais sur lui.

Tous les autres enfants de l'école se moquaient de moi. Ils se moquaient de l'accent européen avec lequel je prononçais certains mots. Ils se moquaient de ma coupe de cheveux bizarre – courts comme ceux d'un garçon, comme ceux de ma mère. Ils se moquaient parce que je levais tout le temps le doigt en cours d'anglais pour me lancer dans des interventions interminables et décousues. Ils se moquaient de mes vêtements. C'est ma mère qui m'habillait : en primaire, j'arrivais en classe dans des ensembles pull et cardigan, avec collier de perles assorti. Ils se moquaient des repas que j'apportais à l'école, mitonnés par notre cuisinière, Katy – saumon fumé et crackers, jeunes pousses de fougère quand c'était la saison, bouillabaisse. Les repas des autres enfants regorgeaient des aliments fantastiques qu'on voyait à la télé : flacons souples en forme de bonshommes emplis de liquides fluorescents, cookies en forme de kangourous nappés de glaçage, boissons fruitées où surnageaient de petites perles colorées, bonbons gélatineux qui libéraient sous la dent un goût tropical, ronds parfaits de charcuterie et cubes de fromage bien rangés dans des compartiments en plastique. En sortant de l'école, j'ai acheté les mêmes trucs qu'eux à l'épicerie et me suis forcée à les goûter. J'ai détesté, et détesté devoir admettre que ce plaisir unanime m'était inaccessible. Je ne comprenais pas. Les autres enfants étaient incollables sur les tubes musicaux de l'époque. *Dookie*, de Green Day, venait de sortir, et tout le monde avait le disque. Je me le suis procuré aussi et, l'album entre les mains, j'ai contemplé la couverture colorée qui me rappelait une peinture de Jérôme Bosch. Je me suis forcée à l'écouter, en boucle, en tâchant d'apprécier. Je n'avais pas eu tellement l'occasion d'écouter de musique jusque-là. Ma mère n'écoutait que des livres audio, pas de musique. De six heures du matin à sept heures du soir, elle écoutait des livres audio en travaillant. Quand, en partant à l'école, je passais devant l'atelier du haut, j'entendais sortir des enceintes Bose du Trollope ou du Dickens lu à voix haute, qui couvrait le livre que j'écoutais moi-même sur mon Walkman. Leurs mots m'entouraient, me poursuivaient, comme si j'avais été une part d'eux-mêmes, qu'ils avaient perdue et s'attachaient à récupérer.

J'écoutais également les livres audio de ma mère quand je travaillais avec elle dans son studio. Elle m'aidait pour mes projets d'art plastique. Je la rejoignais dans son atelier, et nous sortions tout mon matériel. Je nous revois, elle peignant et moi transpirant sur ma reproduction du désert du Sahara. Des petits Bédouins en bois se tenaient accroupis autour d'un feu, que j'avais fabriqués à l'aide de spirales de verre soufflé – des chutes d'une œuvre de ma mère. Nous avions construit un personnage de jeune Égyptien, grandeur nature – que nous avions baptisé Nofret –, accompagné de ses jeux et jouets, ainsi que d'un rouleau couvert de hiéroglyphes. Nous ne parlions pas ; nous travaillions et laissions la prose des romanciers du XIXe siècle nous emplir la tête.

Ma mère et moi formions une bonne équipe, dans ces moments-là. J'avais une idée qui l'impressionnait, et elle m'aidait à la mettre en œuvre. Je bossais dur sur mes projets – j'adorais apprendre et j'étais bonne en classe –, et cela forçait manifestement le respect de ma mère. Quand nous nous appliquions côte à côte, totalement concentrées sur la tâche de transformer une représentation mentale en un objet concret, beau, existant dans le monde, alors je me sentais connectée à elle. L'art, la création nous réunissaient, comblaient le vide entre nous.

Pour mes douze ans, ma mère m'a emmenée en Toscane ; nous avons visité une minuscule chapelle délabrée, qui abritait, sans aucune surveillance, une fresque de Fra Angelico. J'avais beau être toute jeune, je mesurais combien c'était exceptionnel de se retrouver en tête à tête avec une œuvre aussi spectaculaire.

— C'est extraordinaire, non ? avait articulé ma mère, d'une voix douce et calme que je ne lui connaissais pas.

— Oui, avais-je répondu, impressionnée – autant par la révérence de ma mère que par la fresque elle-même.

Je m'entendais bien avec la sœur de ma mère, Julie, qui avait installé son studio de design graphique au premier étage du 134 Charles Street. Chaque jour, en rentrant de l'école, je filais directement la voir dans son bureau : elle me parlait, me montrait ses projets en cours et me dessinait des personnages rigolos sur les orteils. Julie, qui adorait les comédies musicales des années 1950 et 1960, m'avait offert un coffret de DVD, qui contenait : *South Pacific*, *Gigi*, *Guys and Dolls*, *Singin' in the Rain* et *My Fair Lady*. Je connaissais les chansons par cœur, et je les chantais à tue-tête dans son bureau. Chaque année, pour le réveillon du Nouvel An, elle m'invitait chez elle, où elle et mon oncle Takaaki cachaient un pyjama neuf, que je devais trouver. Tous deux avaient l'air de s'aimer réellement. Je les regardais évoluer dans leur petit appartement, j'étudiais leurs interactions : comme ils se faisaient rire mutuellement, s'effleuraient le coude. Jamais je n'avais vu une telle proximité. Cette intimité facile nuançait fugacement la grammaire de l'amour que j'apprenais par ailleurs.

C'est aussi vers mes douze ans que Roy, le frère cadet de ma mère, a emménagé au 134 Charles Street. Son addiction au jeu l'avait mis sur la paille, et il venait en outre de se faire diagnostiquer un cancer. Il mesurait près d'un mètre quatre-vingt-dix, était chauve et extrêmement maigre. Il s'est installé dans la chambre du rez-de-chaussée qui avait été celle de mon père. J'avais appris l'existence de Roy un matin de Noël, alors que j'avais neuf ans. Sous le sapin, j'avais trouvé une pochette plastique, sur laquelle était écrit au marqueur : « Pour Alice, de la part de Roy ». Le sac contenait : des badges frappés d'étranges symboles, des écussons brodés d'inscriptions en différentes langues et une montre d'homme sans bracelet.

— Maman, avais-je appelé, tandis qu'à l'autre bout de la pièce ma mère déballait un jeu de maniques de cuisine de chez Moss, aux motifs tape-à-l'œil.

— Quoi donc ? avait-elle dit sans lever les yeux, en bataillant avec une bande de tulle qui s'était enroulée autour de son bras.

— Il y a une pochette, ici ; c'est marqué que c'est pour moi de la part de Roy, et dedans il y a tout plein de trucs…

— Oui, ça vient de ton oncle Roy. (Elle avait marqué une pause, distraite par un gigantesque cygne en origami.) Il a sans doute gagné tout ça en jouant.

— Pourquoi tu dis ça ?

— Il est accro au jeu. Il vit à Las Vegas et travaille au KFC.

Elle avait prononcé ces mots sans lever les yeux une seule fois.

J'ai passé au crible le contenu du sac. Ma mère ne m'avait jamais parlé de Roy. Je ne l'avais jamais rencontré ni même entendu parler de lui, mais lui me connaissait, et manifestement je comptais suffisamment à ses yeux pour qu'il m'envoie des trésors durement gagnés.

J'aimais beaucoup Roy. Presque chaque soir, après dîner, nous faisions une partie de Scrabble. Nous nous installions sur les canapés de cuir vert dans la bibliothèque, et jetions des mots sur le plateau de jeu. Il prenait la partie très au sérieux. Jamais il ne me donnait de coup de pouce, et c'est toujours lui qui gagnait. Il m'aidait à réviser pour mes contrôles, inventant toutes sortes de trucs et de stratégies pour me faciliter la tâche. Quand j'avais des bonnes notes, il me donnait de l'argent, glissé dans des cartes de vœux humoristiques, qu'il signait « Uncle Wiggly » – le nom d'un personnage de mon jeu de société préféré. Nous aimions jouer à « Gotcha last », un jeu bébête qui consiste à se taquiner mutuellement et où le premier qui dit : « gotcha last » (je t'ai eu !) a gagné. Un jour qu'il l'avait emporté, Roy m'a remis une lettre tapuscrite, imitant le style d'un courrier officiel, qui s'ouvrait par la formule « À qui de droit » et était signée « Le conseil d'administration de *Gotcha* ». Dans un jargon professionnel, il m'informait qu'en guise de gage, je devrais obéir à ses ordres toute la semaine.

Nanny, ma mère et moi avions l'habitude de prendre nos repas ensemble ; je leur faisais lecture de mes travaux scolaires : le discours, que j'avais rédigé en CM1, en faveur d'une légalisation du mariage gay (que l'on m'interdit de lire à l'assemblée scolaire), ou encore le mythe de la création que j'avais inventé, où le ciel faisait l'amour à la mer (qui me fut retourné assorti d'un smiley et d'une remarque du professeur m'incitant à bien vouloir revoir ma copie et proposer un récit « plus approprié », alors que pour ma mère, ma première version était « géniale et parfaitement acceptable »). Désormais Roy prenait part à ce rituel : assis en face de moi à table, il commentait mes projets comme si j'étais une adulte. Puis, il est vraiment entré dans la fin de vie, et surveiller son déclin est devenu mon nouveau rituel. Sa vitalité l'a déserté : ce fut brutal, sournois, rapide. Il a fondu progressivement. Ses membres, que la perte de poids faisait paraître encore plus longs, n'en étaient que moins maniables. Sa faiblesse déformait chacun de ses gestes, qu'il ne parvenait plus à accomplir jusqu'au bout. Au fil des mois, il s'est laissé gagner par la torpeur ; ses yeux se sont mis à éviter les miens, mais moi je ne pouvais m'empêcher de regarder.

Un jour, ma babysitter, Pem, m'avait emmenée au cinéma voir *Maman, j'ai raté l'avion !*. Parmi les bandes-annonces, fut projetée celle d'*Edward aux mains d'argent*, qui me terrifia au point que, par la suite, pendant des années, visionner les bandes-annonces me fut insupportable. J'étais obligée d'attendre devant la salle, jusqu'à ce qu'on vienne me chercher pour me dire que c'était bon, que le film démarrait. Mais à présent, avec Roy dans la maison – dans la cuisine, se traînant dans l'escalier ou dans sa chambre, la porte ouverte – qui n'en finissait pas de mourir, j'étais comme forcée de regarder en permanence ces terrifiantes bandes-annonces. Chaque jour, en rentrant ou en quittant la maison, je passais devant sa porte ouverte, je le voyais assis au bord de son lit, les yeux hagards. J'avais beau détourner le regard, la fumée du cannabis qu'il consommait pour soulager sa douleur pénétrait en moi. Quand je me réfugiais dans ma chambre, je l'entendais encore trafiquer dans la cuisine tard dans la soirée. Je ne pouvais pas l'éviter, je ne pouvais pas non plus attendre à l'extérieur que ce soit fini, car personne ne savait quand ça finirait, et de toute façon personne ne me disait rien.

Ce n'était pas facile de savoir quoi faire pour lui. Un jour, je lui ai fait réchauffer des macaronis au fromage, que je lui ai apportés dans sa chambre. J'ai eu l'impression que je n'étais pas censée voir ce qu'il se passait là-dedans. L'unique fenêtre était fermée, et la pièce était saturée de fumée de cigarette. Les murs étaient devenus jaunes, du même jaune jaunâtre que sa peau. La chambre contenait deux lits jumeaux, un fauteuil inclinable, une télé et une bibliothèque. Chargée de nombreux livres, celle-ci accueillait aussi une coupe emplie de multiples paquets de cigarettes American Spirit. Mon oncle aimait les romans d'aventures. Avec en couverture des cow-boys coiffés de grands chapeaux. D'invariables soleils rouge sang et des ciels incandescents. Roy était assis dans le fauteuil inclinable, en train de fumer une American Spirit et de regarder un match de boxe à la télé. J'ai posé le plateau sur ses genoux. J'ai regardé son visage. Il avait tellement maigri que la peau pendouillait, flappie. J'en oubliai presque que c'était un visage que j'avais en face de moi.

— Merci, a-t-il dit sans quitter l'écran des yeux.

— De rien.

Je me suis retenue de dire la seule chose qui m'est venue à l'esprit :

— Je suis désolée de ne pas être mourante.

À ce stade de sa déchéance, c'en était fini du Scrabble, des révisions, de discussions sur nos lectures. Jeune fille en pleine croissance, j'avais pourtant le sentiment irrépressible que j'aurais dû accompagner Roy ; que, par ma jeunesse et ma santé, je le trahissais.

6

Je grandissais. Je me maquillais, je portais un soutien-gorge léopard dont les bretelles dépassaient sous mon débardeur. Mes cheveux avaient poussé ; à la place du carré court et épais que j'arborais au collège, j'avais désormais des boucles jusqu'aux épaules. Du haut de mes quatorze ans, je démarrais mon lycée à la Dalton School, dans l'Upper East Side. Ravie d'être là, j'étais très démonstrative. J'abordais tout le monde avec un grand sourire, en demandant comment ça allait. A posteriori, une fille m'avouera : « La première fois que je t'ai rencontrée, j'ai cru que t'avais un grain. Mais en fait, t'es très sympa. »

Si j'étais avide d'attention, d'amitié, ma personnalité demeurait hésitante, mal définie. J'avais encore besoin de ma mère pour m'habiller. Je n'arrivais pas à savoir si j'aimais ou non un vêtement tant qu'elle ne l'avait pas validé. Chaque journée commençait donc toujours par une heure de tergiversations, dans une tension maximale, pour décider de ma tenue – séance dont je sortais invariablement en pleurs.

Dalton était fréquenté essentiellement par des enfants de familles ultrariches – des gamins de quinze ans habillés en Chanel de pied en cap ou exhibant le T-shirt du club de foot dont leurs parents étaient propriétaires, qui brandissaient des noms par ailleurs attribués à des hôpitaux ou des ailes de musée. Sculptés par le ciseau étincelant du fric, ces enfants avaient perdu les traits réguliers de l'immaturité juvénile. Dalton ressemblait à une nation souveraine gouvernée par des adultes miniatures. Des règles vestimentaires, linguistiques et esthétiques strictes y avaient cours. Toutes les filles possédaient le même sac à main Longchamp. Elles se lissaient les cheveux et portaient des bas de pyjama en cours. À ce qu'on disait, leurs parents leur offraient une rhinoplastie l'été précédant leur entrée au lycée. J'ai observé, écouté mes camarades, j'ai adopté leurs tics de langage – les « genre » et les « sérieusement » qui ponctuaient leurs phrases –, espérant ainsi me fondre dans la masse… même si, un jour, je me suis pointée avec la même jupe que ma prof d'histoire. Je n'étais pas harcelée comme au collège, mais pour autant je ne rentrais pas dans le moule.

Au milieu de cette première année de lycée, mon père est venu me voir, depuis Hambourg, où il vivait désormais à plein temps pour sa carrière et pour être plus proche d'Elena. La perspective de le voir me réjouissait. Il avait toujours été la personne à qui je pouvais confier mes pensées et mes sentiments. Je pouvais lui demander n'importe quoi, il répondait toujours honnêtement. Par exemple, la question « Tu as déjà songé à te suicider ? » suscitait de longues conversations, où il était question de Till, de folie, de solitude, d'altérité. Il avait une façon de parler de tristesse, de compulsion que je comprenais et qui me donnait le sentiment d'être comprise.

Mais ce soir-là, ce fut différent. Assise à la table d'un restaurant chinois, j'étais nerveuse, je n'arrivais pas à le regarder en face. Je me sentais mal à l'aise ; cet inconfort me déroutait et m'effrayait.

— Alors, quoi de neuf ? m'a-t-il demandé.

— Pas grand-chose. Tu sais bien… Beaucoup de boulot. Comme d'hab'.

— Non, je ne sais pas. On ne m'a pas trop laissé me mêler de ta vie récemment, a-t-il répliqué d'un ton piquant et chargé de mépris.

Je battais des jambes ; lui passait et repassait son pouce sur ses doigts.

Je fixais le menu, décortiquant le nom des entrées, m'efforçant de calmer le malaise qui montait en moi. Je sentais mon père de l'autre côté de la table, ma tête bourdonnait autant que les néons, au plafond. J'ai reposé le menu.

— Je n'aime pas décider.

— Je sais, a-t-il dit.

Je me suis sentie agressée par cette affirmation d'un savoir sur moi. Qu'il puisse connaître quoi que ce soit de constitutif de ma personnalité m'est soudain apparu comme une violation au lieu du réconfort que c'était auparavant.

Pour finir, le repas terminé, mon père a hélé un taxi. Une fois dans le véhicule, je me suis retrouvée pressée contre la portière, son bras autour de moi. Ses longues jambes étendues devant lui, il était à moitié affalé sur le siège. Nos deux corps étaient collés l'un à l'autre. Je sentais mon cœur dans ma poitrine qui, tel un poing serré, se recroquevillait pour mieux se retrancher, s'extraire de moi, qui étais captive de son étreinte, au fond de ce taxi, au cœur de la nuit. J'aurais voulu m'enfuir. J'ai réalisé que j'étais agrippée à la poignée de la porte.

— Alors les tourtereaux, vous allez où ? a demandé le chauffeur du taxi.

J'ai tourné la tête pour capter dans le rétroviseur le regard de cet inconnu.

Mon père a éclaté de rire.

— Je suis son père.

J'ai détourné les yeux du rétro pour ne pas croiser le regard du chauffeur.

— Je ne tiendrais jamais ma fille comme ça, a-t-il commenté.

Mon père s'est esclaffé de nouveau. Du bout des doigts, il a effleuré mon front. J'ai senti cette caresse dans mon ventre, qui me retournait les tripes à m'en donner la nausée.

Mes joues se sont mises à chauffer, la poitrine me brûlait. J'ai ouvert la vitre. Ainsi les mains de mon père, placées de telle manière, pouvaient totalement modifier mon identité, métamorphoser son enfant en fiancée.

Cet été-là, ma mère m'a emmenée quatre semaines en Islande. Nous nous sommes allongées dans les champs de lave, avons laissé l'empreinte de nos corps dans l'épais tapis de mousse qui recouvre le magma refroidi. Sur une plage de sable noir, nous avons planté la tente, où des poneys sauvages sont venus fouiner. Le vent soufflait si fort que la tente s'est écroulée sur nous ; nous avons dû ramper pour nous extraire de la toile, en riant comme des bossues. Nous avons mangé des sandwichs d'omble chevalier tout en dessinant le paysage, toutes les deux. Je me sentais calme, heureuse, tandis que, assises côte à côte, nous nous passions les pastels, faisant resurgir sous nos doigts le décor fascinant où nous étions plongées. Nous avons gravi un glacier en motoneige, dans un brouillard si épais que nous ne voyions pas le bout de nos mains. Chaque soir, pendant le dîner, nous discutions. Ma mère m'a parlé de son impression d'être une « extraterrestre ». De la distance qu'elle sentait toujours entre elle et les autres, comme si elle observait les gens derrière un panneau vitré sans comprendre les règles qui les gouvernaient. Je lui ai répondu que je voyais parfaitement ce qu'elle voulait dire. Cet effet d'étrangeté, produit parfois même par ce qui nous est le plus familier. J'espérais toutefois qu'elle ne me comptait pas parmi « les autres », que pour ma part j'étais bien du même côté de la vitre qu'elle. Pour prolonger cette soirée au maximum, j'ai mangé lentement, commandé deux desserts. Dans l'interminable jour polaire, l'une et l'autre occupées à retirer les arêtes de notre poisson, nous étions momentanément rapprochées par un même sentiment d'aliénation.

Au pied d'un glacier, nous sommes allées voir un cartomancien. Il nous a reçues l'une après l'autre. Après observation des cartes que j'avais tirées, il m'a demandé si j'avais été victime d'abus sexuels.

— Je ne sais pas, lui ai-je répondu. Je me le suis déjà demandé.

Ensuite, ma mère et moi sommes allées manger un ragoût de poisson. Je lui ai rapporté la question que l'homme m'avait posée.

— Tu crois que j'ai été victime d'abus sexuels ? Tu crois que Papa a fait ça ?

— Je ne sais pas, a-t-elle répondu. Peut-être.

— Peut-être que mon ressenti vient de ce que toi, tu as subi. Peut-être que je confonds ton expérience et la mienne.

— Je ne sais pas. Peut-être, a-t-elle répété sans s'arrêter de manger.

Je me suis rendu compte que j'enviais les abus subis par ma mère. Qui lui servaient d'alibis pour tout. Elle était incapable de me manifester de l'affection ou d'exprimer ses sentiments parce que des satanistes pédophiles l'avaient détruite. Elle buvait parce qu'elle avait assisté à des meurtres et enduré des tortures. Je ne pouvais pas avoir ma mère pour moi, parce que ces agressions en avaient volé la plus grande part, et qu'elle dédiait le reste à son travail.

*
* *

Lorsque je suis entrée en deuxième année à Dalton, j'avais étonnamment gagné en popularité, pour deux raisons : j'étais très mince et j'étais devenue jolie, ce qui compensait mon excentricité. J'ai rejoint la troupe de théâtre du lycée, où je me suis fait une meilleure amie. Effie était une comédienne de talent, d'origine suisse, embarquée dans les pires projets de tout New York. Elle était boursière à Dalton. Toutes les deux, on allait à l'Angelika Film Center voir des films indépendants, on flânait des heures dans les rues à discuter des pièces de théâtre qu'on écrirait un jour, on composait de la poésie dada en piochant des mots sur les panneaux et les affiches publicitaires, on se racontait qu'on allait poser nues pour un photographe de cinquante ans avec lequel Effie entretenait une correspondance. Effie avait connu des galères à la fois proches et différentes des miennes, qu'elle avait surmontées grâce à une résilience intrépide et solaire. D'un trait de son humour noir, elle rendait drôle n'importe quelle situation, mais se raidissait s'il m'arrivait d'évoquer l'automutilation ou de partir dans des envolées lyriques sur le suicide. Bien que venant de milieux différents, nous avions l'impression de partager la même maladie rare, la même fragilité face au monde.

Non seulement je m'étais fait une meilleure amie, mais j'avais aussi un petit copain. Quand j'ai commencé à sortir avec Nate, j'avais quinze ans et lui dix-huit. Nous appartenions à la même bande de théâtreux. Dans l'album de promo de sa dernière année au lycée, Nate avait obtenu la mention « beau gosse », et j'étais très flattée de sortir avec lui. Lui et ses amis présentaient un bon équilibre entre originalité et conformité – contrairement à moi. Je parlais trop et trop fort, j'étais trop speed, j'en faisais trop. Quand quelqu'un me demandait comment j'allais, je répondais : « Il y a un soupçon de nouveauté dans ma vie. » Dans la conversation courante, j'utilisais des mots de plus en plus pompeux, dont je ne maîtrisais pas toujours le sens. Je craignais tellement d'être oubliée, privée d'attention et d'amour, que je m'apposais sur la toile du présent comme on peint au couteau : j'en mettais une bonne couche.

Nate me donnait attention et amour. Tout se passait bien avec lui, si ce n'est que j'étais incapable de toucher, ou même simplement regarder, son pénis. La panique me faisait freiner des quatre fers rien qu'à l'idée d'approcher la main de son sexe. Nate se montra patient. Pour détendre l'atmosphère, il me fit la surprise de déposer dans mon casier un énorme sucre d'orge en forme de phallus, aussi gros que mon avant-bras. Parfois, quand on se chauffait, j'avais des hallucinations : je voyais le visage de mon père en surimpression, par-dessus celui de Nate. Je passais outre, pour éviter d'avoir à expliquer pourquoi j'arrêtais tout. Quand nous faisions l'amour, j'en ressortais toujours avec un sentiment de colère et de culpabilité. « Tu as un cul fantastique, tu sais », me disait Nate. Je songeais : Oui, mon père trouve aussi.

Tandis que je m'efforçais de me conformer aux attentes d'un groupe d'ados cool et de mon beau gosse de petit ami, Roy était toujours en train d'agoniser chez nous. Une nuit, Nate et moi étions dans ma chambre, en train de faire l'amour. Et là, j'ai entendu les chaussons de Roy, qui raclaient le sol de la cuisine. Ma chambre et toute la maison avaient beau être plongées dans l'obscurité, le flap-flap des chaussons de Roy m'a fait l'effet d'une lampe torche, dont l'éclat inquisiteur me découvrait entièrement, éclairait toute la scène. Nate s'est figé et m'a dit :

— Merde, faut qu'on arrête.

Il a commencé à se retirer, mais, m'agrippant à son dos, je l'ai replaqué contre moi.

— Non, c'est bon, continue.

— Mais ça craint. Il va nous entendre.

— T'inquiète. Il se balade toujours pendant la nuit. C'est bon, je te dis.

Le flap-flap a continué. Je me suis concentrée sur le frottement du corps de Nate sur le mien pour ne plus entendre le frottement des pas de Roy. J'ai insisté :

— Continue !

Nous avons continué. Le bruit des chaussons de Roy s'est estompé tandis qu'il redescendait dans sa chambre.

Comme ma relation avec Nate durait, j'ai eu l'occasion de passer du temps avec sa famille. Ses parents paraissaient très amoureux, et il avait une petite sœur, jolie et intelligente, de deux ans de moins que lui. Ils me fascinaient. Amateurs d'art, ses parents savaient aussi ce qu'était un compte épargne retraite ; lecteurs d'ouvrages sérieux, ils consultaient aussi les bulletins de notes de leurs enfants. L'affection mutuelle qui régnait dans la famille me frappait tout particulièrement : le papa, la maman, le frère, la sœur discutaient entre eux, s'adressaient des marques de tendresse, avec une franchise émotionnelle qui me bouleversait profondément. Bientôt, mon trouble s'est transformé en colère et en paranoïa. J'ai développé une jalousie farouche envers sa sœur. Lorsque Nate m'a emmenée au cirque et m'a offert un T-shirt, j'ai enragé de le voir en acheter un autre pour sa sœur. Je les aimais, je les enviais, je les détestais, je voulais être absorbée par eux, je voulais les détruire. Leur amour si facile ne me semblait pas possible ni réel : c'était plutôt une sorte d'illusion, sur laquelle Nate devait ouvrir les yeux. Mes efforts pour lui faire considérer sa famille comme je voyais la mienne ont échoué et, alors que nous étions ensemble depuis seize mois, Nate m'a quittée ; j'étais en troisième et avant-dernière année de lycée. Il a été la première personne à reconnaître calmement qu'on me prenait pour « une folle ».

Comme si ce mot était de l'air pur, je me suis précipitée à la surface pour l'inspirer, prendre de grandes bouffées de « folle », cependant que je peinais à me concentrer sur mes devoirs, que je m'arrachais les cheveux, que je me scarifiais les cuisses. Mes notes ont chuté. Les commentaires des profs ont suivi : moi qui étais auparavant première de la classe, on ne savait même plus si j'écoutais vraiment.

Quand j'ai demandé à ma mère de me trouver un psy, elle ne m'a pas posé de question : elle a chargé son assistante de me prendre un rendez-vous avec une femme, dans le nord de Manhattan. Parallèlement, on m'a envoyée chez un psychiatre, qui, diagnostiquant une dépression, m'a mise sous Paxil. Une torpeur s'est emparée de moi, aussi épaisse qu'un bourrelet cicatriciel, traversée tout de même par des accès d'angoisse, d'irritabilité, d'hyperactivité. Comme mes compositions d'anglais, les séances de psy me paraissaient autant d'occasions de forger de belles histoires sur moi, pour recueillir des félicitations.

Ma mère ne m'a jamais demandé comment je me sentais, ni posé aucune question sur le traitement que je suivais. On se saoulait ensemble en soirée, on parlait des livres qu'on lisait, des ragots qu'on avait entendus. Gavées de vin rouge et de petits-fours, on s'allongeait sur les canapés du salon où on riait aux éclats au milieu du va-et-vient des invités ultrachics. Je faisais toujours visiter la maison, comme quand j'étais petite, à présent dans une robe Miu Miu rouge que ma mère m'avait achetée en Italie, conduisant acteurs, écrivains, personnalités politiques, mannequins ou rock stars aux ateliers, aux jardins, à la piscine. Nous formions une bonne équipe, ma mère et moi, lors de ces fêtes. Elle aimait que je présente bien et que je m'exprime parfaitement. À cette époque – quand mes troubles n'avaient pas encore été détectés –, j'étais conforme à ses désirs. Mais cela n'allait guère durer.

Chaque année, pour Pâques, nous nous rendions à une fête organisée par Joan Didion dans son appartement de l'Upper East Side. L'année de mes seize ans, nous étions dans le salon, avec Patti Smith, l'artiste Brice Marden et sa femme, Helen. Cette dernière dissertait sur la superstition. Un mot s'est alors éclairé dans ma tête : *imprégné*.

Je voulais l'utiliser parce qu'il était spécial, difficile, imagé. Je voulais impressionner ces gens.

— C'est intéressant comme ces superstitions sont *imprégnées de…*

— Tu veux dire *empreintes*, m'a coupé ma mère.

Je me suis sentie déstabilisée, flageolante, comme si ce terme précis structurait ma personne et que, sans lui, je risquais de m'écrouler. Pour me ressaisir, je me suis représenté le dictionnaire que j'avais consulté cette semaine-là. J'ai vu distinctement le *i* initial, digne et droit. J'ai senti dans ma bouche la consistance pâteuse de la palatale *gn*. Tout cela était bien réel. Mais voilà : ma talentueuse, ma brillante mère avait décrété que j'avais tort. J'ai tenté de ne pas paniquer alors que Patti Smith et Joan Didion nous fixaient du regard.

— Heu… le mot *imprégné* existe aussi, comme dans « imprégné de sang », je l'employais dans un sens métaphorique, ai-je prudemment avancé.

— Je crois qu'elle a raison, a dit Patti.

J'aurais voulu l'embrasser. J'ai ouvert la bouche pour poursuivre mon raisonnement, mais ma mère était déjà en train de raconter autre chose. Plus tard, au moment de partir, ma mère a attrapé une bouteille de vin blanc non entamée, qu'elle m'a enjoint de fourrer dans mon sac à main. Elle n'avait pas la place dans sa petite pochette. Nous allions rentrer avec un chauffeur privé. Nous avions plein de bon vin à la maison. Quel besoin avait-elle de voler cette bouteille ? Toutefois, quelque chose dans son geste m'était familier : une certaine urgence, un vertige, un besoin d'avoir les rênes en main. Personnellement, j'avais pris l'habitude d'avoir toujours une lame de rasoir dans mon sac. Même si je n'avais pas prévu de m'en servir, j'aimais la savoir là. Je comprenais pourquoi elle prenait ce vin, mais je ne pouvais pas le lui dire. J'ai préféré me convaincre que partager cette transgression était une forme de communication entre nous.

*

* *

J'ai quitté ma mère et Roy agonisant pour aller rendre visite à mon père et sa famille. À Lübeck, j'ai passé beaucoup de temps dans la chambre mansardée de Till. Je restais assise là des heures, à contempler les insectes morts, unique signe tangible du passage du temps. Sur son bureau se trouvaient des documents noircis de son écriture soignée, toute en arabesques ; je les examinais, convaincue qu'ils contenaient des informations précieuses, que moi seule étais à même de comprendre. J'aimais porter sa pipe à mes lèvres et aspirer, me branchant ainsi à lui, à une source cosmique à laquelle seuls nous deux pouvions puiser – et dont ma langue ressortait couverte de résidus de tabac. Oma m'avait toujours dit que Till et moi nous serions bien entendus, que nous nous ressemblions beaucoup. Nous nous serions fait rire. Nous nous serions compris. Je me l'imaginais décidant s'il devait ou non continuer à vivre. D'après mon père, la question était simple pour son frère. « Si ta vie est nulle à 51 % et bonne à 49 %, alors tu as la réponse, aurait soutenu Till. Ce 1 % suffit à tout faire basculer. »

Mon père s'était lancé dans une deuxième bataille de garde d'enfant. Bettina avait épousé un Italien et emmené Elena avec elle à Venise. À cette époque – les étés de mes quinze, seize et dix-sept ans –, mon père et moi buvions et parlions beaucoup, nous gavant jusqu'à saturation d'alcool, de mots, d'idées grandioses, pour tenter de calmer l'oiseau déchaîné qui palpitait en nous, boule de malêtre au cœur de nos poitrines. Mon père s'entourait de toute une clique de fêtards, des hommes d'âge mûr à la moralité douteuse, que je ne laissais pas indifférents. Tim était journaliste pour la presse tabloïd, notamment le *Bild Zeitung*, le quotidien le plus largement diffusé en Allemagne. Il était petit et trapu, affublé d'un nez pointu ; il portait des chemises flashy dont il laissait ouverts les quatre premiers boutons, était fan de heavy metal et composait des poèmes sombres et tourmentés, qu'il me lisait à voix haute. Mon père m'a présentée à Tim alors que j'avais quinze ans et lui trente. Je lui ai plu immédiatement, ce dont mon père tirait manifestement fierté. À chacun de mes séjours à Hambourg, Tim m'emmenait dans des clubs de heavy metal. On buvait de la Jägermeister ; il me coinçait dans des recoins sombres pour m'embrasser. Puis nous parlions de la mort et de la souffrance. Tim adorait m'entendre raconter ce qui me faisait souffrir et comment je me mutilais.

— Je te préfère quand tu vas mal, m'a-t-il dit un jour.

Je restais des heures dans ces bars lugubres, à siroter la fameuse liqueur brune et herbacée, à regarder Tim se trémousser sur la piste de danse, se rapprocher de plus en plus, avec son petit sourire satisfait. Tim ne m'attirait pas, mais son intérêt pour moi m'obligeait. Être aimée de cet homme me donnait de l'importance, quand bien même je le trouvais inintéressant et répugnant. Comme j'étais plus grande que lui, je devais retirer mes talons pour que nos bouches puissent se rejoindre. Je me demandais si mon père était au courant de tout cela, s'il m'avait présentée à Tim pour que son ami m'accule dans un coin et m'embrasse. Quand les yeux de Tim se plantaient dans les miens, qu'il plantait ses mains sur mes hanches tout en plaquant son bassin contre moi, j'avais le sentiment de faire du bon boulot. Quand il me lisait sa minable poésie, j'avais la certitude d'être à la bonne place au bon moment dans la bonne attitude. Quand je lui racontais que je me scarifiais, il prenait mon poignet dans sa main, effleurait, parfois embrassait mes cicatrices. Ma souffrance avait désormais une raison d'être, qui était de divertir cet homme. Son visage s'adoucissait, son corps tournoyait de désir, et dans ce club ténébreux, où les Beatles avaient donné leur tout premier concert, je trouvais une forme de gratification, un sens à mon existence.

Lorsque mon père a invité Jürgen Schmidt chez lui, il m'a avertie avec beaucoup d'emphase, et par allusion à son rôle dans la série *Derrick*, que son ami était le pire truand et le plus fameux proxénète de Hambourg. J'étais très impatiente de le rencontrer. Qui disait proxénète disait pouvoir. Pouvoir de décider qui valait quoi. Jürgen Schmidt portait la moustache, des lunettes d'aviateur et un fédora. Les premiers boutons de sa chemise étaient défaits, exhibant une toison bouclée qui lui remontait jusqu'au cou. Quand mon père m'a présentée à lui, on aurait dit qu'il lui ouvrait l'accès à une pièce somptueuse, jusque-là gardée secrète.

— Alors, tu prendrais combien pour elle ? a demandé mon père.

Dans l'attente de l'estimation de Jürgen, je me sentais comme suspendue au-dessus du vide. Et si jamais il ne m'évaluait pas assez haut ? Quel chiffre signifierait que j'étais assez bien ? Comment saurais-je si je valais quelque chose ? Pour finir, Jürgen a lâché un chiffre. Mon père a paru satisfait, et tout le monde s'est esclaffé. Nous avons joué aux fléchettes dans le salon. Comme mon père m'avait expliqué que Jürgen n'enlevait jamais ses lunettes de soleil, je me suis mise à lui tourner autour, à m'appuyer sur lui, à flirter, essayant par tous les moyens de les lui faire retirer. Si j'y parvenais, cela voudrait dire que j'étais hyper sexy, irrésistible, que je valais cher – et mon père serait fier.

Nous allions régulièrement à des soirées organisées par le milliardaire Udo Müller, personnage sulfureux de la nuit hambourgeoise, et dépravé notoire. Il avait la cinquantaine, le teint hâlé, de l'or dans la bouche et les cheveux gominés. Un soir, j'étais assise sur un canapé avec Udo, mon père et un bel acteur de trente-trois ans prénommé Johann. Johann était à ma gauche et mon père à ma droite. Nous fumions un joint. Je n'ai jamais aimé la marijuana, mais l'idée d'en fumer dans un club en compagnie d'un bel acteur de trente-trois ans et de mon père me plaisait. J'aimais montrer à mon père que j'étais une créature rebelle, indomptable, une ensorceleuse. J'ai dansé, bu, flirté avec Johann qui, empoignant ma longue crinière, m'a embrassée. À trois heures du matin, mon père a déclaré qu'il était l'heure de partir. J'ai fait la gueule, refusé de le suivre. Il m'a attrapée par la queue-de-cheval et l'a tirée violemment. J'ai rigolé en filant me cacher sous la table. Il a fait semblant de me traîner par les cheveux, on s'est marrés tous les deux. Mais je refusais toujours d'y aller. Alors, en levant les bras au ciel, il a dit à Udo et à Johann, sans un regard pour moi, « Très bien. Vous me la ramenez entière, les gars », et il s'est tiré. On a passé le reste de la nuit à se peloter sur le canapé avec Johann, jusqu'à ce qu'Udo décrète qu'il était l'heure d'y aller. Il avait repéré une prostituée, une jolie petite brune ; cette fille, Udo, Johann et moi avons donc pris un taxi. J'ai supposé qu'ils me ramenaient chez moi. Mais, après avoir longé le fleuve, le taxi s'est arrêté devant une maison qui n'était pas la mienne, dans un quartier de Hambourg que je ne connaissais pas. Apparemment, aucun des adultes n'avait d'argent sur lui. Le chauffeur s'est mis à hurler ; Udo a répliqué en hurlant aussi. J'ai trouvé du cash au fond de mon sac et j'ai payé le chauffeur, avant de pousser hors du véhicule mes compagnons, qui s'étaient mis à insulter le type. Nous étions chez Udo ; dès que nous sommes entrés dans l'appartement, la fille s'est jetée sur le canapé en pleurant. Les hommes sont allés se chercher à boire. Je me suis agenouillée à côté d'elle pour la consoler dans un allemand approximatif. Udo et Johann, debout derrière nous, nous regardaient en buvant leur bière. Udo a tendu la main, paume ouverte. La fille s'est levée et, sans cesser de pleurer, a mis sa main dans celle du milliardaire et l'a suivi au fond de l'appartement. Mon père m'avait expliqué qu'Udo possédait une pompe à pénis spéciale, qu'il utilisait quand il avait pris trop de cocaïne et n'arrivait plus à bander. Je me suis sentie mal pour elle et ce qui l'attendait. Johann est allé aux toilettes. J'en ai profité pour me donner une contenance : appuyée à l'encadrure de la porte-fenêtre du balcon, déhanchée, la tête inclinée. De retour, Johann m'a dit :

— Pour qui tu poses, comme ça ?

Et, arrivant derrière moi, il m'a attrapée par les seins.

— Pour personne, ai-je répondu en minaudant.

Johann m'a emmenée dans une chambre. Je me suis allongée sur le lit, en lui tournant le dos. Mon cœur battait à tout rompre, j'avais du mal à respirer. J'avais l'impression que quelque chose s'échappait de moi, à toute vitesse. J'ai agrippé le drap, le désolidarisant du matelas. J'ai entendu la boucle de ceinture de Johann cogner au sol. Il a rejoint le lit et s'est allongé contre moi. Sa peau était douce et chaude ; sa douceur et sa chaleur m'ont enveloppée d'une moiteur écœurante. Je suis restée immobile, j'ai fait semblant de dormir, m'efforçant d'émettre un souffle régulier alors même que mon cœur battait la chamade. Il m'a demandé :

— Tu dors ?

Je n'ai pas répondu. Il s'est branlé contre mon dos, a poussé un râle. Après quoi, il n'a plus bougé. J'ai attendu de l'entendre ronfler, puis je me suis levée et enfermée dans la salle de bains. Assise par terre, dos à la porte, j'ai attendu que la chaleur suffocante du corps de Johann se détache de ma peau. J'ai fixé mon téléphone, hagarde, puis j'ai appelé mon ami JP, alors à New York.

— Je suis coincée quelque part, dans une salle de bains, mais je ne sais pas où, lui ai-je débité, le souffle court. Je ne sais pas quoi faire. Il faut que je sorte de là.

JP m'a conseillé d'appeler mon père. Après avoir raccroché, je suis restée perplexe devant mon téléphone. J'ai appelé mon père, mais il n'a pas répondu. J'ai réussi à joindre mon oncle allemand, qui a promis de venir me chercher. Comme je ne connaissais pas l'adresse, je suis sortie pour lire le nom des rues. J'ai marché, seule, dans le silence du petit matin. En attendant mon oncle, j'ai contemplé le fleuve qui paraissait figé, tel un lingot d'acier, dans l'aube grise et brumeuse. J'ai contemplé mes mains, poids mort au bout de mes bras. J'ai fermé les yeux, et je me suis vue, moi, dansant dans un club pour mon père et ses amis. On s'était bien amusés, non ? Enfin, mon oncle est arrivé, je suis montée dans sa voiture. On a roulé jusque chez lui, où je suis allée me coucher. Quand je me suis réveillée, j'ai téléphoné à mon père. Il m'a hurlé dessus : il avait contacté tous les hôpitaux de Hambourg. Johann l'avait appelé, totalement flippé parce que j'avais disparu ; il avait affirmé qu'il m'avait installée sur le canapé avec une couverture pour que je dorme. Je devais des excuses à Udo et Johann, a conclu mon père. Quand je suis rentrée à la maison, il a composé le numéro d'Udo et m'a tendu le combiné. J'ai balbutié des excuses et remercié Johann de s'être occupé de moi.

Cet hiver-là, mon père a donné une fête pour le Nouvel An dans son appartement de Hambourg. Dans chaque pièce où je mettais les pieds, les amis de mon père me tripotaient, me passaient la main sur les cuisses, dans les cheveux, sous la jupe. Était-ce là ce qu'il aurait aimé faire lui-même ? Quand je suis entrée dans ma chambre, Karl s'est approché de moi. Karl était photographe, il avait une quarantaine d'années, de longs cheveux ondulés, un menton prononcé couvert de poils blonds, des lèvres minces et ourlées, des yeux d'un bleu intense. Il s'est collé à moi et m'a serré les bras. Sa langue dans ma bouche était molle, trop mouillée. Il en usait énergiquement. Ses poils de barbe, que je sentais dans ma bouche, étaient drus et piquants. Cette combinaison de mou et de dur m'a rappelé l'oursin de mer – le collier luisant des molles glandes sexuelles, bordé d'aiguilles. Pour finir, Karl s'est écarté de moi, il m'a toisée puis a tourné les talons. J'ai passé le restant de la soirée à me placer dans son champ de vision. Lui et mon père sont ensuite sortis pour aller dans un club. Il était tard, j'avais sommeil. Je me suis glissée dans mon lit et j'ai noté dans mon journal, çà et là maculé de sang séché : *Papa est bourré. Plus ambigu que quand c'est Maman. Lequel est le pire ? Papa est tellement déchiré. Il a tenté un truc avec moi. Je n'ai pas envie de commencer l'année comme jouet sexuel d'un vieux type.* Je n'expliquais pas davantage ce que j'entendais par « Il a tenté un truc » – si cette tentative était d'ordre sexuel ou conflictuel. *Peut-être que ce monde n'est pas fait pour moi ? Pourquoi je me sens aussi coupable ?* J'ai éteint la lumière ; je m'apprêtais à m'endormir, quand Detlev, un ami de mon père, s'est glissé dans mon lit. Je me suis levée et j'ai quitté la pièce. J'ai voulu me rabattre sur la chambre d'amis, mais elle était fermée à clé. Je suis entrée dans la chambre que je partageais avec ma sœur avant que Bettina l'emmène à Venise. Il y avait des gens en train de baiser. Je les ai interrompus, le temps d'attraper un matelas, que j'ai installé à même le sol, dans le couloir. J'ai réussi à somnoler quelques heures.

Le lendemain après-midi, Karl a appelé pour me gronder de l'avoir embrassé. Il m'a mise en garde : il était trop vieux pour moi, et, ce serait peut-être dur à encaisser, mais cela ne devait pas se reproduire, quand bien même il aurait aimé coucher avec moi. Il parlait d'une voix apaisante, conciliante, qui me fit douter de mes propres souvenirs. Ces hommes savaient-ils donc mieux que moi qui j'étais, quels étaient mes désirs ? J'ai présenté mes excuses à Karl.

Dans l'avion qui me ramenait à New York, je lisais *Crime et Châtiment.* Un beau blond, assis à côté de moi, m'a demandé ce que j'en pensais. Il s'est présenté : Captain Will Price. Il avait trente-trois ans et enseignait la littérature à l'Académie militaire de West Point. Je lui ai répondu que je lisais ce livre pour mon cours de littérature russe, et que j'avais seize ans. Il m'a alors expliqué qu'il était resté vierge jusqu'à ses vingt-trois ans, par conviction religieuse, et qu'aujourd'hui, à trente-trois ans, il avait bien l'intention de le redevenir. Nous nous sommes embrassés au moment où l'avion atterrissait : une scène digne d'une comédie romantique. À New York, nous nous sommes donné rendez-vous pour aller manger des sushis. Il a commandé deux sakés et m'en a refilé un en douce, vu que j'étais mineure. Je l'ai ramené au 134 Charles Street. La maison était plongée dans l'obscurité, silencieuse. Je l'ai conduit dans ma chambre et j'ai fermé la porte. Nous nous sommes embrassés à pleine bouche, ses mains se sont faufilées jusqu'à mon corps. Je me suis mise à genoux sur mon lit, il s'est penché pour trouver ma bouche. Je me suis agrippée au col de son manteau, qu'il n'avait toujours pas enlevé. Il s'est dégagé pour balayer la pièce du regard : les grilles de mots croisés que j'avais affichées aux murs, les peluches étalées sur mon lit, mon sac à dos jeté par terre – le bazar d'une ado. D'un suçon, je l'ai ramené à nos ébats. J'ai glissé la main sur son entrejambe : il bandait. Quand il s'est à nouveau écarté, son visage était cramoisi. Il semblait aux aguets.

— Ne t'inquiète pas, ma mère dort.

Moi, je ne m'en faisais pas, convaincue que si jamais elle nous surprenait, elle s'excuserait et refermerait la porte, tout simplement.

Il s'est mis à bafouiller. Il n'a pas dit clairement que ça l'embêtait de baiser une adolescente, qu'il avait peur que ma mère nous surprenne en pleine action, ni qu'il redoutait que la fureur divine lui ferme les portes du paradis. Au lieu de cela, il a marmonné des excuses avant de s'enfuir à toutes jambes. Je suis restée prostrée, à genoux sur mon lit, à me demander ce que j'avais raté.

L'été de mes dix-sept ans, mon père et moi avons séjourné au Kempinski Hotel de Berlin. Quand il n'était pas en tournage, nous passions nos journées au bord de la piscine, à nager, lire et manger des frites. Je lisais dans le sauna, jusqu'à ce que les pages du livre se gorgent d'humidité et se mettent à coller. Nous parlions de films et de livres ; il m'a demandé mon avis sur le scénario qu'il était en train d'écrire. Nous étions attablés à côté de la piscine, encore tout mouillés, nos peignoirs ouverts. Mes coupures me démangeaient sous mon maillot de bain. Je sentais les frites et le chlore. Nos cahiers étaient ouverts sur la table. Des gouttes tombaient de mes cheveux sur la page, faisant baver l'encre en longs filets. Nous discutions de cinéma et de réalisation. Mon père m'a dit alors :

— J'ai toujours rêvé de faire un film dans lequel un père et sa fille joueraient le rôle de deux amants, avec une scène de sexe entre eux. Cela n'a jamais été fait. Ce serait une première. Ce serait révolutionnaire. Et les acteurs, ce serait nous.

Nous parlions sans cesse d'art, de repousser les frontières de l'art, de collaborer tous les deux. J'adorais ça. Cette fois-ci, l'idée était donc de mimer un rapport sexuel devant la caméra. À moins qu'on ne parle d'un véritable rapport sexuel ? Je n'étais pas tout à fait sûre de comprendre. J'ai serré la frite que je tenais dans ma main, mon corps se préparant à l'impact de cette image distillée en moi. Mais cette suggestion d'un inceste filmé sombra, comme si mon corps, telle une étendue d'eau infinie, insondable, avait étouffé la détonation. Devenues banales, les remarques de ce genre n'en étaient que plus dangereuses. Elles s'immisçaient dans ma psyché, travesties en pensées ou sentiments ordinaires, et polluaient l'écosystème entier.

De retour à Hambourg, nous avons décidé qu'il nous fallait absolument faire quelque chose de subversif avant mes dix-huit ans et mon entrée dans l'âge adulte.

— On devrait faire des photos de nu tant que tu es encore une Lolita, suggéra mon père.

Cela m'a paru tout à fait pertinent. Plus qu'un an, et je ne serais plus une « Lolita ». Cette perspective m'a inspiré un indicible sentiment de perte : qu'est-ce que le temps me volait, au juste ? Karl, le photographe, est venu chez nous. Mon père et moi avons opté pour le thème d'une reine amazone, inspiré de la pièce de Heinrich von Kleist, *Penthésilée.* Mon père s'est assis dans un coin pour tailler en pointe le bout d'un long bâton : ce serait ma lance. Il m'a donné un morceau d'étoffe grise à nouer autour des hanches avec une ficelle. Nous sommes tous trois partis en forêt, où mon père s'était procuré un cheval. Posant mon pied nu au creux de ses mains, je me suis hissée sur le dos de l'animal. C'était la première fois que je chevauchais nue ; voir mes seins ballotter aussi vigoureusement m'a surprise et amusée. Par souci d'exactitude historique, je montais à cru, sans culotte, et le mince tapis pelucheux sur lequel j'étais assise agaçait ma vulve. La friction mêlée au mouvement, l'alternance de pression et de relâchement sur mon entrejambe me procuraient tour à tour excitation et douleur – deux sensations distinctes mais aussi parfois très proches.

Je me sentais puissante. À la fois exposée et valorisée, sous le regard des deux hommes qui me dirigeaient, tandis que mon corps racontait une histoire. Mais à l'intérieur, je grelottais d'angoisse, comme si je pouvais à tout moment être désarçonnée, bannie de ce système, du fantasme forgé par ces hommes, et voler en éclats insignifiants, invisibles.

7

Je m'efforçais de franchir les grandes étapes prévues pour moi. Mes camarades préparaient les tests d'admission à l'université depuis leur entrée au lycée, coachés par des tuteurs spécialisés. Moi, c'était à peine si j'avais ouvert les volumineux et rutilants manuels préparatoires. Quand j'ai passé l'examen, l'une des questions de compréhension orale portait sur ma mère. Un extrait d'article commentait une commande qui lui avait été faite : la conception d'un jardin pour le quartier de Battery Park City. Stupéfaite, j'ai regardé partout autour de moi, brûlant de le dire à quelqu'un. Mais tous les autres étaient penchés sur leur copie, s'échinant déjà à répondre à des questions sur ma mère, sur notre vie. J'ai rempli les QCM, en espérant ne pas me tromper.

Ma mère m'a emmenée visiter différentes universités. J'aurais aimé prendre une année de césure, mais elle a rejeté cette idée. Nous avons donc roulé jusqu'à Yale, Middlebury puis Vassar. Sa conduite était catastrophique, à la fois agressive et mal assurée ; je me cabrais et plaquais les mains sur le tableau de bord, tandis qu'elle s'efforçait de changer de file à grandes embardées. Dans le noir, tandis que nous attendions le dépanneur (elle avait cassé un essieu contre un trottoir) tout en grignotant du chocolat et en essayant de statuer sur mon avenir, je contemplais la silhouette de ma mère, comme pour mieux cerner cette femme dont les désirs pour moi, dont le désir pour moi me préoccupaient et me déroutaient tant. Elle m'a emmenée faire des courses pour mon installation à l'université ; nous avons épilogué sur les motifs de la literie. C'était bon de partager avec elle une représentation de mon futur, de savoir que nous avions toutes deux en tête une image de moi en train de traverser le campus, ou de faire mon lit avec la couette que nous aurions choisie ensemble. Pour finir, je n'ai postulé qu'à Vassar, la seule fac où j'avais vraiment envie d'aller. J'ai menti au *college counselor*, en lui assurant que j'avais bien candidaté au nombre requis de *reach*, *target* et *safety schools* [1]. J'ai consacré mon essai d'admission à Till. J'ai été acceptée.

Je suis arrivée à Vassar College en août 2003. Je me sentais bien. Les autres avaient l'air de m'apprécier, les garçons surtout. J'avais des discussions, interminables et exaltées, avec de nouveaux amis, qui surgissaient en pleine nuit pour me tirer du lit et m'emmener faire les

1. Le *college counselor* est un conseiller spécial chargé d'aider les lycéens à préparer leurs dossiers d'admission dans les universités. Pour se donner une chance d'accéder aux meilleures universités tout en s'assurant d'être pris quelque part quoi qu'il arrive, il est recommandé de dresser une liste des établissements demandés allant des plus compétitifs, les *reach schools* (moins de 15 % de chances d'admission pour l'élève concerné), aux plus « sûrs », les *safety schools* (plus de 70 % de chances d'admission), en passant par les *target schools* (de 15 à 70 % de chances d'admission). [NdT.]

quatre cents coups. Nous arpentions le campus en tenue de nuit – en ce qui me concerne, une nuisette en satin rose assortie d'une veste de smoking. J'ai rencontré des tas de gens intéressants, originaires de lieux où je n'étais jamais allée – comme la Bulgarie ou la Pennsylvanie. Nous nous sommes inventé un répertoire de *private jokes* absurdes. Je ne me scarifiais plus. Durant la semaine d'intégration, j'ai écrit dans mon journal : *Me voici à Vassar. Je souris en écrivant ces mots. J'hésite à dire que c'est super. J'ai du mal à croire que je suis là, toute seule comme une grande. Je me sens tellement bien.* J'ai acheté mes manuels. J'ai noté mon emploi du temps dans mon nouvel agenda. J'ai convaincu ma coloc', une Texane enjouée au visage poupin, d'afficher sur la porte de notre chambre un poster de l'actrice porno Jenna Jameson. Les cours ont commencé. J'adorais le cours de littérature gothique, au point d'esquisser d'hypothétiques dissertations avant même que les sujets ne soient donnés. Même la nourriture de la cafétéria me plaisait. J'allais à des soirées, j'ai flashé sur des mecs. Mais mon euphorie était aussi fragile qu'une pièce de dentelle. Redoutant que cette belle harmonie ne se rompe, j'ai noté dans mon journal : *Je ne veux pas que tout ça parte en vrille. Je ne sais pas trop quoi faire pour calmer le jeu et m'assurer que cela n'arrivera pas. Il faut que j'écrive. Je dois absolument accomplir quelque chose.* Au cours des semaines suivantes, j'ai continué à lever la main en classe, à parader en soirée dans mes robes rétro, m'efforçant d'incarner celle que je croyais être, mais à chaque réponse volubile, chaque éclat de rire exagéré, j'avais le sentiment de m'éloigner un peu plus de moi-même, comme des autres. Je me suis mise à paniquer. Y avait-il vraiment une personnalité en germe blottie au creux de la grandiose construction que j'étais parvenue à ériger en assemblant les fragments les plus fameux, les plus brillants de mes parents ? Je n'aurais su le dire. Comme si quelqu'un tournait lentement la mollette de fréquence d'une radio, le tempo animé de ma vie étudiante se dissolvait en grésillements parasites. Je me suis mise à dormir plus longtemps, plus tard. Je n'allais quasiment plus en cours, et quand j'y allais je n'arrivais pas à me concentrer. J'ai arrêté d'étudier.

J'ai laissé un bazar monstre s'accumuler dans ma minuscule chambre universitaire. J'ai cessé de laver mes vêtements. Comme les toilettes mixtes au fond du couloir me paraissaient le bout du monde, je me suis mise à uriner dans des tasses, que je vidais la nuit par la fenêtre. Quand ma coloc' s'est installée dans la chambre de son copain, j'ai eu encore plus de place pour étaler mon bordel. Sur la tablette placée à la tête du lit du bas, où je dormais, s'accumulaient tasses de café froid, mugs de thé oubliés, bols de nouilles ramen à moitié pleins – qui restaient là parfois des semaines. J'observais la moisissure changer de couleur, épaissir, prendre différentes textures. Je m'enterrais littéralement dans le lit du bas, avec en guise de linceul un duvet que j'avais acheté pour ne plus avoir à laver mes draps, plus souvent endormie qu'éveillée, cernée par la putréfaction. Des taches de sang striaient mon oreiller. J'errais sur le campus dans une brume somnambule en peignoir de bain au tissu-éponge imprégné de sang, une tasse de vodka à la main. Je me mutilais tous les jours, numérotant chaque entaille au stylo, pour tenter d'imposer un sens et un ordre là où ma raison se délitait, là où je me délitais. J'ai alors écrit dans mon journal : *Je rêve de faire une incision nette sur tout mon corps, qui remonterait le long du flanc, passerait sous le bras, puis par-dessus, autour du cou, redescendrait sur l'autre bras, puis dessous, suivrait l'autre flanc, jusque sous mon pied, fin de l'histoire. Coupée en deux.* Un mois avant la fin de mon premier, et unique, semestre à Vassar, je me suis décidée à me rendre au centre médical du campus, où j'ai montré mes bras et mes jambes. Ils m'ont gardée sur place – sous surveillance constante – et ont appelé ma mère. Le lendemain, une amie de ma mère est venue m'aider à faire mes bagages pour me ramener au 134 Charles Street.

De retour à la maison, j'ai réussi à uriner aux toilettes et à m'habiller, mais j'avais l'impression de me regarder faire de l'extérieur. J'ai repris les séances de psychothérapie et continué à prendre les antidépresseurs prescrits par mon psychiatre. Un mois après mon retour de Vassar, Roy est entré en soins palliatifs pour finir ses jours. Je ne lui ai rendu visite qu'une seule fois là-bas, avec ma mère. Ma mère à qui, au moment de monter en voiture, j'ai tendu les histoires que j'avais écrites au cours des dernières années : un homme qui construit une maison pour ensuite l'incendier, des obsèques où l'on exige des proches du défunt qu'ils le mangent, un médecin-meurtrier qui procède à l'autopsie du corps de sa propre victime.

— Qu'est-ce que c'est que ça ? m'a-t-elle demandé.

— Des histoires que j'ai écrites. Je voudrais les faire lire à Roy.

— Ah ! Mais il ne peut plus lire, m'a-t-elle assené en me rendant la liasse.

De chaque côté du long couloir de l'unité de soins palliatifs, il y avait des portes ouvertes, une interminable série de portes ouvertes, et dans chaque chambre une personne en train de mourir. J'avais le sentiment d'être témoin de quelque chose que je n'aurais pas dû voir, quelque chose d'obscène, d'intime. Chacun des corps, dans chacun des lits, formait la même pyramide : le drap tendu tel un tipi depuis le bout des orteils. La même forme encore, et encore et encore, dans chaque chambre, tout au long du couloir, comme si quelqu'un, suite à une erreur de manipulation, avait démultiplié le réel. Nous étions là pour trouver une forme précise, pour trouver le bon nom sur l'ardoise blanche fixée au mur à l'entrée de chaque pièce. J'ai observé une infirmière qui effaçait un nom pour le remplacer par un autre sur la porte d'un patient.

Roy reposait dans sa chambre, la porte ouverte ; il faisait des bruits étranges, affreux. Nous nous sommes assises sur des chaises à côté de lui, au son de ses borborygmes mystiques, ses râles venus de l'espace.

Un rabbin s'est avancé vers nous.

— Quel est votre lien avec Roy ? De quelle confession était-il ? a-t-il demandé à ma mère.

— Il n'était pas religieux, ai-je répliqué.

— Était-il comme un père pour vous ?

Je n'ai pas su quoi répondre car je n'étais pas certaine de comprendre ce que cela voulait dire.

— Je refuse de parler de lui comme s'il n'était pas là, a tranché ma mère.

Le rabbin m'a alors demandé de l'aider à nettoyer une petite salle de réunion. Je l'ai suivi. J'ai transporté jusqu'à la poubelle un plateau en plastique chargé de cubes de cheddar orange fluo tout desséchés. J'ai demandé au rabbin s'il y avait autre chose à faire, mais il m'a dit :

— Non, vous pouvez rejoindre votre famille.

Je n'avais aucune idée de ce qu'un tel acte était censé impliquer pour moi, des sentiments qu'il était censé m'inspirer. Je voulais jeter d'autres choses à la poubelle, écrabouiller des déchets, dépoussiérer les tables. Je voulais rester dans l'action.

Une semaine plus tard, ma mère m'a appris que Roy était mort.

— Je n'étais pas là quand c'est arrivé. Je suis sortie passer un coup de fil, et c'est là qu'il est mort.

Je ne savais pas quoi dire. J'ai guetté sur son visage les signes d'une réaction appropriée face à ce genre d'événement. Je me demandais si j'allais la voir pleurer pour la première fois. Mais non. J'ai accompagné ma mère et ma tante au funérarium. J'ai pris mon journal avec moi car c'était là une situation inédite, des informations qu'il me paraissait impératif de recueillir. L'entrepreneur de pompes funèbres nous a conduites dans un bureau aveugle, garni d'une épaisse moquette. Sur tous les murs, des étagères exposaient des urnes à vendre, dont le prix était indiqué sur de petites étiquettes chevalet. J'ai fait le tour de la pièce en consignant le prix de chaque urne.

Nous avons pris l'ascenseur jusqu'au troisième étage.

— C'est la dernière sur votre gauche, a indiqué le directeur.

La pièce était immense, garnie de moquette. Sur une longue table rectangulaire disposée contre le mur du fond, reposait le corps de Roy, dont la tête dépassait d'un énorme sac plastique bleu. Je ne comprenais pas ce que j'avais sous les yeux. J'avais le tournis, je me sentais loin. Ma mère et Julie ont quitté la pièce. Moi, je me suis approchée du corps. Je n'arrivais pas à déterminer s'il était réel, si j'étais moi-même réelle. Je me suis vue avancer la main pour toucher le front du cadavre. Il était glacé. La pièce était chauffée, donc je ne comprenais pas pourquoi sa tête était froide. Je sentais la chair gelée sous ma main.

Je m'efforçais de distinguer, tandis que le froid du front gagnait le bout de mes doigts, où se trouvait la frontière entre nous, où son corps se terminait et où commençait le mien. Un instant, je me suis imaginé que j'étais une projection, l'ultime image, la dernière étincelle jetée par son cerveau avant qu'il ne grille. J'avais l'impression d'être un rêve rêvé par les gens autour de moi, un songe qui s'estompait au fur et à mesure qu'il rejoignait l'état de veille. Je suis retournée dans le couloir, où m'attendaient ma mère et ma tante, assises dans de confortables fauteuils tapissés ; quand elles ont levé les yeux à mon approche, j'ai été surprise qu'elles puissent toujours me voir. Le directeur du salon funéraire est apparu et nous l'avons suivi dans un ascenseur, puis le long d'un couloir, jusqu'à une petite pièce sans fenêtre. S'arrêtant sur le seuil, il nous a dit :

— Cette pièce est à votre disposition si vous le souhaitez.

Et il a refermé derrière lui. À l'intérieur, il y avait une fontaine à eau munie de petits gobelets en papier de forme conique. Quelqu'un m'en a rempli un et me l'a déposé dans la main. L'eau était très fraîche et la tasse très fine. J'avais l'impression qu'il n'y avait rien, aucune séparation, entre l'eau et moi, et qu'à tout moment l'eau pouvait perdre sa forme et se répandre sur moi. À tout moment, les choses pouvaient perdre leur forme et se répandre partout.

II

Rien

1

J'ai traversé une période confuse, chaotique. J'ai caressé l'idée de devenir strip-teaseuse. Ou correspondante de condamnés à mort. Je gambergeais dans ma chambre : distraire des hommes esseulés ou en sursis, en club ou en prison, pouvait-il donner sens à ma vie ? Finalement, je ne me suis engagée dans aucune de ces activités. Certains soirs, pour réussir à m'endormir, je buvais ; d'autres soirs je me scarifiais. Je ne quittais pas ma chambre de la journée ; je m'efforçais d'écrire tout en écoutant Nanny parler toute seule dans la cuisine. Désormais âgée de soixante-dix-sept ans et bien qu'à la retraite, elle était restée vivre avec nous, comme ma mère le lui avait proposé. Malgré tout, l'isolement lui pesait. Et cette solitude, portée par sa voix désincarnée, franchissait ma porte sans serrure pour s'immiscer en moi, jusqu'à ce que je sois saturée de notre double marginalité, emplie à ras bord d'un vide appelé à croître encore, au-delà de l'imaginable.

Je m'efforçais d'être normale. En l'occurrence, être normale, c'était traîner avec un gars portant un bouc, et tirer d'un bong une énorme bouffée de cannabis – une première pour moi. J'ai inspiré tout ce que je pouvais puis retenu mon souffle au maximum. En expirant, j'ai senti la fumée emporter avec elle tout mon être. Je me suis entendue répéter en boucle « waouh, waouh, waouh ». Je ne pouvais plus m'arrêter de dire « waouh », comme si ce son avait pu me faire adhérer au corps dont j'étais maintenant loin, très loin. J'ai rampé jusqu'à la salle de bains, où je me suis enfermée et allongée par terre. Là, mes yeux se sont fixés sur l'étiquette d'une bouteille de Clorox qui se trouvait sous le lavabo, à quelques centimètres de mon visage. J'avais beau lire et relire les mises en garde de la notice, je n'avais aucune idée de ce que *contact avec les yeux* ou *appelez le centre antipoison* voulaient dire ; et moins je comprenais, plus je paniquais. Mon corps tout entier pulsait à tout rompre – réduit à une coquille vide, secoué de tremblements, gisant au sol de la salle de bains. J'ai touché mon visage, mon bras, pour tenter de me convaincre que la membrane entre l'intérieur et l'extérieur était toujours là. Mais le contact de ma peau m'a donné la nausée et je me suis mise à vomir. Quand j'ai tiré la chasse, l'eau a débordé. Comme elle s'approchait de moi, je me suis traînée lentement pour m'éloigner. Puis, le liquide me rattrapant, j'ai ouvert la porte et traversé le salon à toutes jambes pour me précipiter dehors. J'ai couru pieds nus dans la rue, poursuivie par mister Bouc. Une voiture de police passait par là, je lui ai fait signe de s'arrêter. Mon ami a expliqué aux flics que j'avais fumé du cannabis, que je devais aller aux urgences, pouvaient-ils m'y emmener ? Ils étaient d'accord, mais dans ce cas ils seraient obligés de m'arrêter. Prenez plutôt un taxi, nous a-t-on conseillé. Bouc a donc hélé un taxi, cependant que je me recroquevillais en position fœtale sur le trottoir.

De l'hôpital St. Vincent, on m'a renvoyée chez moi avec toute une documentation sur les crises de panique, mais je savais qu'il y avait autre chose. Ce soir-là, je suis allée me coucher en croisant les doigts pour que le sommeil dissipe la terrifiante sensation de dissolution qui m'avait envahie. Mais à mon réveil, le lendemain, je me suis retrouvée, haletante, dans une chambre que j'avais peine à reconnaître, un corps que j'avais peine à sentir, un esprit dont j'avais peine à suivre les représentations. L'arythmie caractéristique de la « déconnexion », comme j'appelais désormais ce phénomène qui avait fait irruption dans ma vie, se faisait plus forte, plus insistante, tel un second cœur battant parallèlement au mien, hors du temps, hors de mon corps.

*

* *

Trois mois après la mort de Roy, on a diagnostiqué à ma mère un cancer de l'utérus. Julie et moi l'avons accompagnée au Sloan Kettering Cancer Center pour son hystérectomie. Tandis qu'on la préparait pour l'opération, ma mère avait l'air terrifiée. Enfin, c'était difficile à dire ; une telle expression n'était pas à sa place sur son visage. Je n'aimais pas la voir comme cela.

Comme l'attente se faisait longue après son départ au bloc, j'ai commencé à avoir faim. Quand je traversais une crise, j'avais toujours la fringale. (Le 11-Septembre, quand nous avons été confinés au lycée après le deuxième crash contre les tours jumelles, j'ai filé au self engloutir en solo deux assiettes de nouilles chinoises.) De même, ce jour-là, à l'hôpital, je suis descendue à la cafétéria me remplir l'estomac. Quand je suis remontée, on nous a donné le feu vert pour aller voir ma mère. Elle avait les yeux fermés, elle faisait de drôles de bruits.

Je l'ai touchée. Elle était chaude et douce, comme de la cire fondue.

Le lendemain, nous sommes retournées la voir. J'ai assisté à l'examen postopératoire quand bien même le médecin me l'avait formellement déconseillé. La plaie était énorme – grosse comme mon poing –, et profonde. Ma mère avait contracté une infection à SDRM, qui empêchait la cicatrisation. Les semaines passaient, et la blessure ne se refermait toujours pas : une bouche béait au beau milieu de son corps, comme figée d'étonnement ou bâillant d'ennui. Une équipe entière de chirurgiens avait beau prescrire, curer et débrider la plaie, l'infection ne se résorbait pas. Pour finir, on l'a renvoyée chez elle avec un pansement TPN, une grosse ventouse posée sur la plaie et raccordée à des tubes. Ces tuyaux, qui partaient de l'appareil d'aspiration fixé à son abdomen et lui passaient par-dessus l'épaule avant de redescendre dans un réservoir qu'elle portait tel un sac à dos, avaient pour fonction de drainer et d'évacuer les sécrétions infectieuses de la lésion. Elle devait garder cet attirail en permanence. Un bruit sourd, pareil à des pneus roulant sur du gravier, accompagnait la circulation du fluide rougeâtre, qui traversait sa poitrine puis franchissait ses épaules pour disparaître dans le trou noir du sac à dos. Je voyais donc, à l'extérieur, l'intérieur de ses entrailles – la frontière entre le dedans et le dehors encore une fois mise à mal. Mais plus j'en voyais, moins je comprenais. Dans sa fragilité comme dans son invincibilité, ma mère demeurait inaccessible.

Tandis qu'elle récupérait, dans l'espace piscine transformé en chambre, je n'ai absolument rien fait pour elle. Qu'elle demande à me voir, réclame telle ou telle chose, je refusais systématiquement de monter jusqu'à elle. De lui apporter ses lunettes, de venir lui parler. Cela me paraissait trop loin, trop haut. En réalité, j'étais déboussolée. L'histoire n'était pas censée se dérouler ainsi. Ma mère n'était pas censée ressembler à l'un de ces paumés en fin de course qui venaient mourir chez nous. Ce n'était pas son genre, de rester allongée dans sa chambre, dans le noir, défaillante et indécise. Elle était celle qui commandait à des squelettes, qui conférait au monde comme à elle-même grandeur et puissance, elle était l'exception à toutes les règles.

Durant la convalescence de ma mère, j'avais un mal fou à me trouver, à stabiliser une conscience de moi. J'ai tenté de décrire à ma psy cette impression de ne pas être réelle, de ne pas exister. Elle n'a pas compris. Mes gestes de mutilation d'abord, et maintenant ce sentiment croissant de déréalisation la désarçonnaient. J'ai essayé à de multiples reprises de lui expliquer ce que je traversais. Je ne pouvais pas me regarder dans le miroir car je ne reconnaissais pas mon visage. J'ignorais qui j'étais, ce que j'étais. Je n'avais pas souvenir d'avoir été quelqu'un. J'avais des souvenirs, mais qui m'apparaissaient sans lien avec moi. Quand je regardais mes mains, je n'avais pas conscience que c'étaient les miennes : parfois elles me semblaient toutes petites, et d'autres fois très grandes. Quand je parlais, je ne savais pas d'où venait le son, de qui ou de quoi il émanait. Tout m'apparaissait trop lumineux, extrêmement éloigné, étrange. Au lieu d'être linéaire, le temps s'enroulait sur lui-même en une boucle funeste. Chaque instant me ramenait à la naissance de l'univers, quand la matière commençait juste à prendre forme sans toutefois parvenir à se solidifier. Parallèlement, j'avais en permanence une sensation de déjà-vu, comme si tout ce qui arrivait s'était déjà produit. Je me sentais loin, très loin. La chose qui était moi s'était retirée tout au fond de mon cerveau, où elle restait recroquevillée, à scruter par un petit trou un monde devenu méconnaissable.

Pour me reconnecter à moi-même, je m'automutilais sans arrêt. Rien d'autre ne me procurait un tel effet. Je suivais divers modes opératoires. Parfois, aspirant une grande goulée d'air, j'entaillais ma chair le plus vite et le plus profondément possible, en détachant le maximum de peau. D'autres fois, je tirais la lame lentement, comme pour tester mes limites, voir jusqu'où je supporterais la douleur. C'était comme une conversation. Je posais une question à mon corps, et une bouche écarlate s'ouvrait dans ma chair pour me répondre. Si la réponse n'était pas assez forte, s'il fallait une douleur plus vive, je chauffais la lame de mon couteau suisse à l'aide d'un briquet jusqu'à ce qu'elle rougeoie, j'en appuyais les plats sur mon épiderme et, prenant une brève inspiration, j'écoutais la peau grésiller. Au bout de quelques secondes, je retirais la lame ; l'afflux d'endorphines m'enveloppait comme un velours douillet. Mon esprit et mon corps se dénouaient, se relâchaient. La brûlure activait mes neurones un à un, qui se lançaient dans un tour de chant polyphonique propre à révéler les diverses tonalités de la blessure – le vibrant falsetto de la douleur, les basses texturées de l'analgésie. La peau enflait, je perçais les cloques et regardais sortir le liquide. Parfois je recueillais ce fluide émanant de mon corps mutilé comme un précieux antidote.

J'aimais ces meurtrissures, je les révérais. Mon corps scarifié était un monument que j'érigeais jour après jour en l'honneur de cet esprit de destruction, cette divinité sulfureuse étrangère à moi et si puissante. La croûte qui recouvrait bientôt l'entaille était le dôme pourpre d'une cathédrale ; les lignes blanches des cicatrices, des gravures ornant les façades. Chaque coupure, chaque brûlure me ramenaient à mon corps, de nouveau je sentais les contours de mon être. C'était aussi une façon de prendre la mesure du temps. La mutilation marquait le jour numéro un, les suivants ponctuaient la guérison. Alors j'avais au moins une certitude : mon corps était humain. J'étais vivante, encore capable, que je le veuille ou non, d'évoluer du présent vers le futur.

Un jour de mars 2004, j'étais sous la douche, en train de me couper. Je regardais l'eau virer au rouge, les traînées de sang dégouliner le long de mes jambes tel un réseau de veines parallèle. J'avais démonté un rasoir, dont j'utilisais la lame fine et affûtée pour m'entailler les cuisses. Au contact de l'eau, le sang, dilué, devenait plus transparent, plus clair, et dévalait mon corps en rigoles sanguinolentes. La projection des gouttes sur mes blessures me cuisait violemment. Je me suis assise par terre dans la douche, j'ai regardé autour de moi. J'avais reçu un nom, mémorisé toutes les données sémantiques relatives à Alice Carrière, mais j'étais quelqu'un, quelque chose d'autre. Je me suis mise à pleurer. Non pas à cause de la douleur physique, dont mon cerveau ne faisait plus cas depuis longtemps, mais de cette sensation d'effondrement, de vide intérieur, si intense que le monde trop plein s'écroulait sur moi tel un plafond gorgé d'eau. Mes pleurs résonnaient dans la salle de bains, gagnaient tout l'espace, rebondissaient en écho sur les murs pour mieux me revenir. Pourtant, ce n'était pas moi qui produisais ce bruit : la pièce me hurlait dessus, m'avertissait à grands cris de ce qui pourrait arriver si je continuais comme ça – et de ce qui risquait de se passer dans le cas contraire. J'ai soudain réalisé que je ne parvenais pas à m'arrêter de me couper. Le rasoir voltigeait de-ci de-là sur ma peau. C'était comme s'il faisait partie de ma main – perfide extrémité, appendice rebelle. Je ne sais comment, j'ai réussi à le poser sur le rebord de la baignoire, à côté de la douche. À cause de la vapeur qui avait empli la pièce, j'avais l'impression d'évoluer dans un rêve, telle une apparition dans la brume. Sous l'effet de l'eau brûlante, ma peau avait pris une teinte crevette, striée de rouge vif aux endroits où je m'étais tailladée. J'ai éteint le robinet, je me suis séchée en évitant les coupures, puis habillée. J'ai appelé ma psy :

— Je crois que j'ai besoin d'aide.

Elle m'a indiqué le Lenox Hill Hospital.

Il faut que je prévienne ma mère, ai-je pensé. Mais sur l'interphone, le voyant rouge en face de « chambre » signifiait : « Ne pas déranger ». J'ai appelé sa secrétaire, en bas :

— Je vais entrer en hôpital psy.

— Tu devrais prévenir ta mère.

D'après la secrétaire, ma mère était dans sa chambre avec deux amies, des célébrités. Il me semblait que ce n'était pas moi qui venais de passer ce coup de fil à ma psy, que quelqu'un d'autre avait décidé de me faire hospitaliser. Je devais faire vite. J'ai attrapé du cash, un haut de rechange, un flacon de Chanel n° 19, une brosse à dents, et j'ai fourré le tout dans mon sac. Je suis sortie de ma chambre comme une flèche – avant de tomber sur elles dans la cuisine. La secrétaire de ma mère avait dû monter leur répéter mes propos. Toutes les trois me fixaient dans un silence de plomb, brisé seulement par la pompe aspirante du pansement TPN. J'ai croisé le regard de ma mère. Je me suis enfuie à toutes jambes.

Une fois dehors, j'ai hésité : je ne savais où me diriger tout simplement parce que j'ignorais pourquoi je me sauvais ainsi. J'ai descendu la rue en courant, les amies de ma mère sur mes talons. L'une d'elles a crié à son chauffeur de m'arrêter. Le type a fait vrombir le moteur et m'a prise en chasse. Les deux femmes m'ont rattrapée et acculée dans un coin. Elles m'ont présenté leurs bras graciles, leur teint pâle, lisse, éclatant. Elles avaient la même chevelure, toutes les deux : soyeuse, volumineuse, brillante, bouclée aux pointes, comme une calligraphie travaillée, pleine d'arabesques. Le mouvement régulier de leurs cheveux, qui retombaient sur leurs épaules tandis qu'elles se balançaient d'avant en arrière en m'enserrant dans leurs bras, dégageait une forme de calme, de sérénité. Elles n'étaient pas faites pour ces postures démentes, ces déplacements effrénés. Leurs yeux n'étaient pas censés être hallucinés. Je les ai regardées qui me regardaient. Elles avaient l'air effrayées ; or ce qui les effrayait, c'était moi – et ça m'a fait flipper.

— C'est moi, Sally, a dit Sally. Tu ne te souviens pas de tous les vêtements que je t'ai donnés ?

— Je sais qui vous êtes. Je ne suis pas folle à ce point, ai-je rétorqué.

Essayer de comprendre pourquoi on lui parlait de fringues en cet instant a exigé de mon cerveau un tel effort de concentration qu'il s'est apaisé. À la faveur de ce bref moment de calme, la sollicitude, la douceur pastel de ces deux femmes, qui s'efforçaient d'aider ma mère malade en aidant sa fille malade, ont eu raison de ma combativité, et j'ai accepté de rentrer à la maison.

Dans la cuisine, ma mère avait l'air affolée, accablée par les tubes aspirants de son pansement et par sa faiblesse physique. Dans ma chambre, j'ai ouvert le petit tiroir où je rangeais mon matériel de scarification : une pochette LeSportsac noir brillant garnie de couteaux suisses offerts par mon père, de recharges de cutter tranchantes chipées dans l'atelier de ma mère et de fines lames de métal extraites de rasoirs manuels. De retour à la cuisine, j'ai déposé le tout entre les mains de ma mère, sans un mot. Ce geste – remettre les arêtes tranchantes qui me servaient à m'écorcher au creux, doux et chaud, de sa paume – renfermait un tel concentré de rage qu'il m'a complètement laminée. Je me suis soudain sentie toute petite, honteuse, animée d'un regret si vif qu'il m'a coupé le souffle. J'aurais voulu la serrer dans mes bras, pleurer avec elle.

Mais je n'ai rien dit.

Ma mère m'a accompagnée au Lenox Hill Hospital. Pendant tout le temps où j'ai rempli les papiers, elle n'a pas ouvert la bouche. Elle est restée muette cependant que l'ascenseur nous emmenait au huitième étage, au service Psychiatrie. La porte a buzzé, nous sommes entrées. Un technicien a fouillé mon sac, feuilleté les livres que j'avais apportés – *La Cloche de détresse* de Sylvia Plath et *Vol au-dessus d'un nid de coucou* de Ken Kesey –, pour vérifier qu'aucune lame n'y était cachée. Je me sentais bizarrement euphorique. Une étrange exaltation m'électrisait le bas du dos tandis qu'on m'observait, qu'on passait mes affaires au crible, qu'on tentait de me cerner. Cet endroit était nouveau. Inhabituel. Être quelqu'un ici était nouveau et inhabituel. Cette personne était peut-être moi. Dans ce cas, tel un morceau de scotch, cette identité pourrait me servir à reboucher la brèche dans mon être.

— Comment pouvez-vous être sûrs que je n'ai pas planqué un truc dans ma bouteille de shampoing ? ai-je demandé.

— On ne peut pas. Pourquoi, c'est le cas ? m'a répondu l'employé d'un air las et condescendant.

— Non.

Sur quoi, il m'a confisqué ma bouteille de shampoing.

Ma mère est partie ; je me suis retrouvée seule, au huitième étage, entourée d'inconnus. J'ai suivi une infirmière dans un couloir, puis dans la deuxième chambre sur la gauche. Une femme âgée était penchée sur l'un des lits, le buste et le visage enfouis dans le matelas, les fesses en l'air.

— Voici votre compagne de chambre, m'a annoncé l'infirmière. Elaine, je vous présente votre nouvelle voisine de chambre.

Mais Elaine, manifestement excédée, grognait et marmonnait dans sa barbe.

— À tous les coups j'ai grossi, cette culotte me rentre dans les fesses. Il n'y a rien qui va, quelle torture !

C'est le mot, ai-je songé.

Je suis allée repérer la salle commune, qui était équipée de tables et de chaises, d'un rameur cassé et d'un petit écran de télé suspendu au plafond. J'ai entrepris de me présenter aux gens avec qui j'allais passer la semaine.

Evelyn souffrait d'un trouble dissociatif de l'identité, ce qu'on appelait autrefois trouble de la personnalité multiple.

— J'ai dix personnalités différentes, sans alter dominant, m'a-t-elle expliqué.

Certaines de ces identités étaient masculines, d'autres féminines ; certaines gays, d'autres hétéros ; l'une était même un bébé.

— C'est comme de l'eau froide qui devient chaude, a-t-elle précisé pour décrire le passage d'une personnalité à une autre.

On voyait son crâne à travers ses cheveux secs d'un blond vénitien, qu'elle perdait à cause de son traitement.

Ray avait toujours des gants en caoutchouc dépassant de la poche arrière de son pantalon.

— Quelle est ta passion ? m'a-t-il demandé avant de répondre lui-même à sa question. Moi, le patin à glace. Non, en vrai, j'adore lire les notices nécrologiques, je ne m'en lasse pas. J'ai dit le patin à glace juste pour être sociable.

Rachel était une survivante d'Auschwitz. Elle était très âgée, son corps était menu et noueux. Instinctivement, j'ai eu envie de la bercer, comme un bébé. Tout en lui caressant le dos, je lui ai parlé doucement en allemand. Elle se balançait d'avant en arrière, autant que son corps frêle le lui permettait, en murmurant : « J'hallucine. J'hallucine. »

Marlene, également rescapée d'Auschwitz, s'est approchée. Rachel, levant les yeux, lui a demandé si moi aussi, j'avais été détenue comme elles.

J'ai joué au Scrabble avec un jeune Russe qui se croyait traqué par des tueurs.

— Ici, c'est comme des vacances, m'a-t-il dit. On mange gratos et on est en sécurité.

Il a tenté de deviner ma date de naissance, a déclaré qu'il allait écrire un traité philosophique sur moi. Il comprenait aussi les équations mathématiques complexes.

Une jeune patiente me demandait plusieurs fois par jour :

— Vous avez bien dormi ?

À quoi je répondais invariablement :

— Oui, très bien.

— Et la nuit dernière, vous avez bien dormi ?

Pour elle, c'était une question différente.

— Bof, ai-je fait, juste pour donner une réponse différente.

Un programme d'activités nous était proposé, afin de morceler les grandes plages de temps qui, ininterrompues, pouvaient devenir oppressantes. Nous avons fait de l'aromathérapie. De la danse-thérapie. En balançant les hanches et en levant les bras, j'ai fait remonter mon T-shirt. Le thérapeute, en tirant dessus, a alors dit aux hommes du groupe :

— Dansez, messieurs, ou alors tournez-vous.

Mais eux regardaient, sans bouger.

Nous avons également participé à une séance d'art floral. Chacun s'appliquait au mieux à sélectionner et assembler les fines tiges et les fleurs à froufrous. Moi, j'ai coupé les fleurs et réuni les queues vertes ainsi décapitées avant de les mettre dans l'eau. On aurait dit des asperges. Ou plutôt, dirais-je a posteriori, l'expression de ma rage.

Ce soir-là, nos compositions florales ont été disposées sur les tables du dîner. Tous les bouquets ont été exposés sauf le mien. J'ai laissé exploser ma colère.

— Et mon bouquet ? Qu'en avez-vous fait ?

— Je crois qu'il a été jeté. Il n'avait pas une seule fleur, m'a rétorqué une infirmière.

— C'était volontaire. Ma façon de m'exprimer. Pourquoi le beau ne serait-il que ce que vous jugez beau ? Comment osez-vous ! ai-je hurlé.

Puis ce fut l'heure du dîner ; ma colère est retombée devant une portion de poulet bouilli.

J'aimais bien être là. Les règles étaient claires et simples ; leur existence à elle seule, une nouveauté divertissante. Les attentes n'étaient guère élevées : nous n'étions pas ici pour aller mieux, mais pour éviter d'aller plus mal. Les gens étaient intéressants. Les patients se présentaient en déclinant leur diagnostic. Ils parlaient sans s'émouvoir de tentatives de suicide, de parents maltraitants, d'hallucinations. Telle une liane, une intimité s'installait entre nous au fur et à mesure que nous partagions notre histoire et dévoilions nos blessures. Dans le huis clos de ces couloirs, au huitième étage, nous avions l'impression d'être les derniers hommes sur terre. Quelque puissance magique, naturelle ou divine, nous avait élus pour percevoir plus que le tangible, voir au-delà du visible, entendre parfois un peu trop de voix. Nous avions tous une défaillance, suffisamment grave pour marquer notre peau, figer notre regard, encercler nos poignets d'un bracelet d'hôpital. Dans mon esprit, je planais au-dessus de la ville non pas comme une personne mais comme une atmosphère, transformée en quelque chose d'immense, de puissant, qui attirait le regard, suscitait l'étonnement des gens, leur donnait des sueurs ou des frissons. Je ne me sentais pas malade : je me sentais spéciale.

Une infirmière m'a emmenée au sous-sol en fauteuil roulant pour le bilan médical imposé à tous les nouveaux patients. Quand je suis ressortie dans le couloir, l'infirmière n'était plus là, alors j'ai continué à avancer. Je n'avais pas de chaussures, seulement des chaussettes d'hôpital, quand bien même nous étions autorisés à porter nos vêtements de ville. J'ai pris l'ascenseur jusqu'au hall d'entrée. Je suis sortie du bâtiment, toujours en chaussettes ; je m'attendais à déclencher une alarme, à ce que quelqu'un remarque le bracelet du service psy à mon poignet, m'interpelle et me ramène au bercail. Mais personne n'a fait attention à moi. L'air sur ma peau, les inconnus qui défilaient, la simple masse d'autres vies vécues autour de moi m'ont paru d'un autre monde. Peut-être n'appartenais-je plus à ce monde-ci. J'étais une patiente désormais. Ma place était là-bas. Là-bas, j'avais une raison d'être. Là-bas, j'étais une personne accomplie. Je pouvais être, par exemple, la danseuse la plus sexy, la fleuriste la plus furieuse ou, moyennant un petit effort, la patiente la plus malade. Je suis retournée dans le hall, j'ai pris l'ascenseur pour remonter au huitième étage. Lorsque je suis arrivée à la porte vitrée, le chef du service, le Dr Brune, se trouvait dans le couloir. J'ai toqué. En m'apercevant, il a écarquillé les yeux. Je lui ai fait signe de la main, avec un grand sourire. Il est venu m'ouvrir à grands pas, comme se retenant de courir.

— Vous êtes remontée seule ? m'a-t-il demandé.

— Oui. On m'a laissée en bas.

— Et vous êtes revenue ?

— Oui.

Il a eu l'air perplexe.

Au troisième jour de mon hospitalisation, ma mère m'a apporté des chocolats de chez Li-Lac, ma confiserie préférée. Je m'en suis empiffrée, sans penser un instant aux efforts déployés par ma mère pour me procurer mon péché mignon. Je ne me la suis pas représentée habitée de telles considérations, d'une telle attention. Je n'ai retenu qu'une chose : j'avais reçu un cadeau qui me comblait. Susan, une patiente qui ne parlait jamais et s'échinait à nettoyer les marques de chaussures au sol, a fondu sur la boîte et chipé trois chocolats. Ce geste m'a mise en rage. Sur la défensive, je me suis repliée jalousement sur mon bien, refusant de partager, incapable du reste de partager ce moment avec ma mère, qui s'efforçait pourtant de me donner tout ce qu'elle était capable de donner.

Le lendemain, mon père, arrivant d'Allemagne, a accompagné ma mère à l'hôpital ; c'était seulement la deuxième fois en dix ans que je voyais mes parents ensemble. Il a demandé au Dr Brune comment les médecins sauraient que j'étais suffisamment rétablie pour sortir.

— Quand elle arrêtera de se mutiler, a répondu le psychiatre.

— Et comment saurez-vous qu'elle a arrêté, puisqu'elle est dans un endroit où elle ne peut matériellement pas le faire ? a insisté mon père.

— C'est une question intéressante, philosophiquement, a conclu le médecin.

On m'a fait passer le Minnesota Multiphasic Personality Inventory, un test psychométrique composé de plus de cinq cents affirmations, que je devais valider ou non, par exemple : « J'aime cueillir des fleurs ou faire pousser des plantes vertes », « J'ai peur du feu », « J'aime les magazines automobile », « Parfois, j'ai l'impression que mon âme se sépare de mon corps ». Je me sentais si déconnectée de moi-même que je n'arrivais pas à savoir quelles propositions correspondaient ou non à mes ressentis. J'ai laissé mon père remplir le test à ma place. Le seul moment où j'ai failli intervenir, ce fut pour l'item « Mon père est un homme bon ». Mais je me suis contentée de le regarder cocher sans un mot ni aucune hésitation la case « oui ».

Le lendemain, mes parents étaient attablés en face de moi dans la salle commune. On aurait dit un étrange phénomène climatique, comme si trois fronts météo différents s'étaient fondus en un seul point. Tandis que j'essayais de leur expliquer ce que je vivais, ma mère n'a pas bougé ni pipé mot. Mon père, penché en avant, gribouillait des notes. Les jambes tremblantes, j'ai tracé sur une feuille les contours d'un corps, comme dans une scène de crime ; et autour de la tête, j'ai dessiné une sorte d'aura, elle-même entourée de petits traits. Je leur ai expliqué que je me sentais déconnectée de mon corps, de mes souvenirs, de ma personnalité. Mon père écoutait en opinant du chef et notant le moindre de mes propos. Il m'a massé les pieds et les mains, pour vérifier si je percevais ses pressions. Je lui ai demandé d'appuyer plus fort, jusqu'à ce que ça fasse mal, mais en vain.

— On dirait un trouble bipolaire, a remarqué ma mère.

— Je ne ressens plus l'amour, dis-je encore. Je n'ai pas plus accès à moi-même qu'aux autres.

Mon père a tout consigné en détail.

Ma mère, elle, voulait entendre l'avis du médecin.

Au moment de partir, mon père a sorti un appareil jetable et s'est mis à prendre des photos : de moi, du service, des patients. Une infirmière a confisqué l'appareil ; j'ai ressenti un pincement de voir ainsi disparaître la preuve de notre présence ici, à tous les trois.

Quand je me suis retrouvée dans ma chambre, le vide s'est déployé à l'intérieur de moi. Le noyau dur de mon être n'était plus qu'un cachet d'aspirine plongé dans l'eau, qui se dissolvait, s'annihilait par effervescence, se fondait avec son contenant. Je voulais sortir de mon esprit et de mon corps. En même temps, je voulais me retrouver. Comme je ne pouvais pas me scarifier, j'ai attrapé mon cahier. J'ai tenté d'écrire, ce à quoi je passais désormais mes nuits. Mon écriture était devenue ronde et pleine de boucles, très enfantine. *Je ne sais pas ce qui ne va pas chez moi. Mais ça prend trop de place. J'ai perdu le contrôle. Je ne suis plus connectée à moi-même. J'ai l'impression d'avoir appris par cœur qui j'étais – mes facultés, mes goûts, mon caractère – et d'agir de mémoire, en appliquant ces données. Tout est trop lumineux. Cristallin et mouvant, comme dans un kaléidoscope. Puisque écrire me fait du bien, je devrais écrire tout le temps. J'ai la tête qui tourne, j'ai chaud. Je me sens faible. Je tremble. Je n'ai plus de souffle. Je ne sais pas qui je suis. Mais qu'est-ce qui m'arrive ? Si je deviens folle, est-ce que je vais me tuer ? Suis-je en train de devenir folle ? Oui.* J'ai écrit sans m'arrêter pendant une heure, implorant la page de me protéger. J'ai couché sur le papier une liste de mots : *insalubre, subreptice, fessée, puanteur, lamentation, tachéométrie.* Je suis allée dans la salle de bains, qui ne fermait pas à clé, et me suis tapie sous le lavabo. J'ai ramené mes genoux sur ma poitrine, les ai entourés de mes bras en réunissant mes deux mains, étrangères l'une à l'autre. J'ai commencé à me taper l'arrière de la tête contre le mur. Je prononçais mon nom, mon adresse, mon numéro de téléphone, en boucle, sans m'arrêter. « Alice Isabelle Carrière. 134 Charles Street, entre Greenwich et Washington Street. 212 675-2421. »

Je m'étais brisée en mille morceaux, et disséminée aux quatre coins du globe. Chaque particule était une part de moi, mais aucune ne contenait suffisamment de moi pour être moi. J'ai essayé de battre le rappel, en martelant ces mots et ma tête contre le mur. Je répétai ce mantra de plus en plus fort. Je n'avais pas d'autre solution. Pour me comprimer, me ramener à l'intérieur de moi-même. Peu à peu, j'ai abandonné certains mots, pour ne plus hurler que mon seul nom.

Une infirmière est arrivée.

— Vous faites peur aux autres patients, m'a-t-elle signalé en m'aidant à me relever. Venez, nous allons faire votre lit, vous allez m'expliquer ce qu'il se passe.

— Je ne sais pas. C'est difficile à décrire. J'ai l'impression d'être en dehors de moi, de ne pas reconnaître ce que j'ai sous les yeux. Tout ce qui m'entoure me paraît étranger, comme si je le voyais pour la première fois.

— C'est un état de dissociation, ce que vous me décrivez là...

Je n'avais jamais entendu ce mot, pas même en thérapie. Plus j'essayais de décrire ma déconnexion, plus ma psy suspectait un cas de schizophrénie, et plus je me sentais seule. Mais voilà que cette femme, que je connaissais à peine, m'offrait un élément crucial. Elle me donnait LE mot.

— Qu'est-ce que ça veut dire ?

Mon cœur battait à tout rompre, comme un naufragé s'agrippant à la planche de salut.

— Vous devriez en parler avec votre médecin.

— Vous pourriez m'apporter un livre, ou m'imprimer un document là-dessus ? ai-je demandé, tout en tirant le drap vers moi. Je veux absolument en savoir plus.

L'idée que ce qui se développait en moi, ce vide indescriptible, existait quelque part officiellement, noir sur blanc sur une page, m'a redonné espoir, la conviction que moi aussi j'existais quelque part. Peu importaient mon effacement, mon retrait de la vie, mon retour fracassant et sanglant : je restais une personne, dès lors qu'il y avait un mot pour me désigner.

Au bout de sept jours, on m'a laissée sortir. Une semaine plus tard, allongée dans mon bain, j'ai pris un rasoir et fait jouer la lame sur mon avant-bras gauche, épargnant je ne sais comment les veines et les artères principales. La peau s'est ouverte, laissant éclore une fleur de sang, opaque en son centre et transparente aux bords. Je me suis imaginé que, par cette entaille, ma peau parlait, qu'elle proclamait le mot nouveau qu'elle venait d'apprendre : *dissociation.*

2

De retour au 134 Charles Street, je me suis remise à flotter dans la maison. J'ai lu tous les livres sur la dissociation que j'ai pu trouver. Je me reconnaissais dans le dégoût généralisé mis en scène dans *La Nausée* de Sartre. Je comprenais l'insondable angoisse, telle une nova explosant dans le vide sidéral, qui bouillonnait dans *La Passion selon G.H.*, de Clarice Lispector, laquelle passe près de deux cents pages à méditer sur un cafard et à scruter sa propre pensée. Je percevais le même désespoir écrasant dans la nouvelle d'Octavia Butler *Le Soir et le Matin et la Nuit*, quand les personnages s'efforcent de s'extraire de leur corps. La dissociation s'accompagnait d'un autre phénomène : une dangereuse porosité de mes humeurs, dont les frontières se liquéfiaient – la joie versant dans le désespoir, dans l'euphorie, dans l'affliction. Quand je me sentais bien, c'était un bien intense, une vapeur brûlante jaillie d'une canalisation rompue. Mais bientôt surgissait la tristesse, qui transformait la vapeur en liquide, puis en pierre, où mon souffle se noyait, étouffait. Quand je me sentais bien, je passais des heures à lire le dictionnaire et à jeter des mots sur la page. Des jours entiers à mémoriser les capitales de tous les pays du monde, en réquisitionnant les employés de ma mère pour m'interroger ou arpentant la pièce en murmurant : « Burkina Faso, Ouagadougou ». Je tentais de mettre la mort en équation : des pages et des pages d'un charabia de graphiques, de schémas, de symboles mathématiques fantaisistes, le tout assorti de notes marginales indiquant « aura de Winnicott » ou « Schrödinger ». La semaine d'après, c'était le calme plat. Je restais des heures sur mon lit, à regarder mes comédies musicales préférées, en pleurant de dépit de ne pas y prendre le même plaisir que d'habitude. Dans le cellier, je lisais les étiquettes des paquets de cookies et des bouteilles de Coca light auxquelles ma mère était accro, tâchant de trouver une forme d'apaisement dans ces brèves listes d'ingrédients révélant la composition des produits. Dans la piscine, je me mettais au défi de rester le plus longtemps possible sous l'eau. Un jour, j'ai trouvé une pierre précieuse coincée entre les joints du bassin – souvenir des séances de ma mère avec la gemmologue : quand ma mère modifiait l'arrangement des gemmes, qu'elle réalignait à l'aide d'une carte de crédit, tel un rail de coke étincelant, il arrivait que des pierres glissent au sol, la gemmologue se précipitant alors pour ramener au bercail telle ou telle émeraude égarée. Dans toute la pièce flottaient les parfums que ma mère avait élaborés avec Robert Isabell, célèbre planificateur d'événements pour la jet-set, des rangées de petits flacons en verre noir alignés au bord du bassin, qui exhalaient le musc, le cuir, la bergamote – à l'image de sa vie si extravagante, si colorée, si parfumée, en contraste total avec mon impression, à moi, d'être essorée de toute énergie vitale.

Je passais beaucoup de temps dans la chambre de Nanny, à boire du thé Red Rose et à regarder la télé avec elle. Je me calais à côté d'elle dans son fauteuil, jouais parfois avec la chaîne en or qu'elle portait autour du cou, comme quand j'étais petite, tout en me laissant absorber par les sitcoms ou autres émissions de ventes aux enchères qui défilaient sur l'écran. Elle était parfois tentée de poser des questions sur ce qu'il m'arrivait, mais, comme elle ne savait comment s'y prendre, nous restions pelotonnées l'une contre l'autre, suspendues à l'estimation d'un encrier victorien. Si les mots étaient vains ici, la promiscuité de nos corps et le calme de sa chambre me ramenaient à quelque chose de solide et d'essentiel.

Un soir, elle m'a trouvée en train de me scarifier. Cette intrusion dans mon intimité m'a fait le même effet que si elle m'avait surprise en train de faire l'amour.

— Qu'est-ce que tu fais ? m'a-t-elle demandé en plissant les yeux pour me voir dans l'obscurité.

— Je me coupe, ai-je répondu, sans songer un instant à mentir.

Son visage s'est empreint de douleur. Elle s'est assise au bord de mon lit, a posé la main sur ma jambe. Le contact m'a fait tressaillir.

— Ça va, ça va, ai-je dit en gémissant. Tu peux y aller.

— Je ne te laisse pas toute seule.

— C'est bon, je t'assure. Je te jure, tu peux partir.

Ce dernier mot s'est étiré dans ma bouche, comme pour l'entraîner vers la porte. Nanny est restée à mon chevet un long moment, jusqu'à ce que je m'endorme. Le lendemain matin, le rasoir et le briquet qui me servait à le stériliser n'étaient plus sur ma table de nuit.

Deux semaines plus tard, revigorée, installée à la table de la salle à manger, je m'escrimais sur mon clavier à terminer un roman que j'avais entrepris. Quand j'ai eu fini, je l'ai donné à lire à ma mère. Elle l'a lu dans sa chambre puis m'a laissé à son tour un petit mot, rédigé sur une page arrachée d'un cahier et maculée de café, qui disait : « Tu as d'ores et déjà réussi : tu as écrit ce texte. À toi de jouer, maintenant. Va chez Kinko et fais-le relier. » J'ai encadré le message, et l'ai conservé sur mon bureau.

Ma mère ne savait absolument pas quoi faire avec moi, ni quoi me dire. Notre seul moment privilégié, à toutes les deux, c'était le jeudi soir : je la rejoignais dans sa chambre-piscine et nous regardions ensemble *The L Word*, une série mettant en scène un groupe de lesbiennes, à Los Angeles. Assises sur son lit, on grignotait des chips en commentant leurs fringues, la forme de leurs seins et comme elles surjouaient quand elles baisaient ensemble. Le reste du temps, je voyais bien qu'elle faisait tout pour m'éviter. Quand je voulais lui montrer un truc, lui jouer une chanson, lui lire un texte, ses yeux esquivaient les premiers : les bras tendus, les mains à plat sur la table, le regard fuyant. Je la regardais s'en aller.

— Tu t'en vas ? demandais-je à son dos.

— Oui, répondait-elle sans se retourner.

Parfois, j'essayais de m'imposer. J'allais la trouver dans son atelier et je lui balançais que j'avais taillé une pipe à un mec.

— Beurk, je ne veux pas le savoir, répliquait-elle en s'éloignant.

Tel un fantôme, je hantais ma mère pour obtenir sa reconnaissance. Pendant une semaine, je me suis baladée avec une entaille sur l'avant-bras sans qu'elle ne remarque rien, ou en tout cas ne me dise rien. J'exhibais mes blessures, lui mettais mon bras sous les yeux, l'invitais ostensiblement à franchir ces failles pour venir jusqu'à moi.

Un jour, ma mère accueillait un défilé pour le designer de mode Ronaldus Shamask. Avant le début de la soirée, je traînais dans la cuisine cependant que les employés du traiteur, de charmants garçons en chemises blanches amidonnées et cravates, disposaient des canapés sur des plateaux en argent. Quand ma mère est passée vérifier si tout allait bien, je lui ai mis mon bras sous le nez.

— Qu'est-ce que je fais avec ça ? ai-je demandé en exhibant les plaies en cours de cicatrisation sur mon bras. Comment je peux les masquer ?

J'avais parlé plus fort que nécessaire, pour m'assurer d'être entendue des serveurs et du chef.

— Tu n'as qu'à mettre du fond de teint, m'a-t-elle soufflé, non sans jeter des regards obliques embarrassés aux inconnus qui vaquaient autour d'elle et feignaient de ne pas entendre.

Je n'avais pas besoin de ses conseils pour masquer mes coupures. Je ne voulais pas les masquer. Je voulais qu'on les voie, au contraire. Puis la fête a commencé, j'ai fait visiter la maison d'innombrables fois, circulant tel un globule rouge dans les couloirs du 134 Charles Street. Au bout d'une heure, les invités ont rejoint l'atelier du bas pour y contempler des mannequins vêtues de robes trapèze en organza, zébrées de rayures colorées réalisées à la peinture caoutchouc, qui fendaient l'espace de leur démarche déterminée, tandis qu'un artiste jouait du violoncelle tout en récitant un poème. La réception terminée, je me suis attardée dans la cuisine, j'ai bavardé avec les serveurs occupés à envelopper des tranches de thon poêlé dans du film alimentaire. Je n'avais pas envie qu'ils partent. Je voulais qu'ils restent, qu'ils continuent à me parler, à m'offrir à manger, à rire à mes blagues. J'étais toujours dans la cuisine quand ils ont dénoué leurs cravates et enfilé leurs manteaux ; le 134 Charles Street s'est vidé jusqu'à ce qu'il ne reste plus que nous trois : ma mère ivre à l'étage, Nanny toute seule dans sa chambre devant la télé, et moi dans la cuisine déserte, qui picorais des restes d'amuse-bouches et buvais au goulot des bouteilles de rouge entamées.

Je suis allée dans la bibliothèque, où j'ai parcouru du regard les rayonnages. Apercevant le nom de ma mère sur le dos d'un livre, je m'en suis emparée. C'était l'autobiographie fictive qu'elle avait écrite et publiée l'année de ma naissance. Cela s'intitulait *Histoire de l'Univers*, et c'était son histoire – autrement dit, l'univers c'était elle. Logique. L'ouvrage comptait modestement 197 pages, tirées des près de deux mille qu'en comptait son journal. Le texte s'organisait en cinq chapitres : Famille, Mariage, Carrière, Amis et Mort, dans lesquels elle décrivait par le menu tous les gens qu'elle connaissait, tout ce qu'elle pensait, tous les produits qu'elle utilisait – du dentifrice Crest à la poudre Clinique – et les moindres détails de sa physionomie. Plongée dans son livre au beau milieu de la nuit, je me félicitais de sa précision quasi obsessionnelle et de son nombrilisme. Parce qu'elle était persuadée que la moindre de ses pensées avait de l'intérêt, j'ai pu mieux connaître ma mère ; j'ai pu l'approcher via la seule façon de communiquer qu'elle ait connue : son travail. La seule chose qu'elle ne décrivait pas, c'était ses émotions, sauf à énumérer des synonymes du mot « colère ».

Qu'est-ce qu'un territoire aussi vaste, puissant et mystérieux que l'univers pouvait bien avoir à faire avec les émotions ? Je suis tombée sur cette phrase : *Si seulement je pouvais arrêter de penser que je suis seule au monde.* Cette affirmation témoignait-elle davantage d'une arrogance inouïe ou d'une immense solitude ? Je n'aurais su le dire. Être seul au monde, c'est n'avoir personne à qui parler, rien pour contrecarrer les pouvoirs de votre imagination. Seul au monde, vous avez certes tout loisir d'inventer la réalité, mais il vous faut aussi subir en solitaire les conséquences d'une création incohérente. Et que dire de l'enfant de cette personne seule au monde ? Une invention parmi d'autres…

Je m'étais mise à sniffer le Dilaudid laissé par mon défunt oncle Roy, un puissant opiacé qui lui avait été prescrit à la fin de ses jours et que j'avais trouvé dans la salle de bains de ma mère. Quand la substance faisait effet, je me sentais ancrée. Bordée. Douze jours avant mon dix-neuvième anniversaire, j'ai invité Effie et un autre ami, David, à venir se baigner pendant que ma mère était en déplacement. Effie et David m'ont regardée sniffer deux comprimés ; j'ai servi de la vodka à tout le monde. Nous sommes montés à la piscine, où nous nous sommes déshabillés. David est entré dans l'eau, Effie et moi avons commencé à danser. Je me sentais super bien. J'étais un lapin géant : petits bonds, chaleur, douceur. Je me suis penchée pour embrasser David. Mais bientôt, j'ai senti la nausée s'introduire sous ma douillette fourrure. Chancelante et toujours nue, j'ai descendu l'escalier et titubé jusqu'à la cuisine. J'ai lancé la bouilloire pour préparer du café. En attendant que l'eau chauffe, j'ai pris un muffin anglais dans la boîte à pain. J'ai aperçu mon reflet sur le métal bombé : comme si mon visage n'était qu'une extension de l'ustensile – un bouton ou une poignée. J'ai sorti de son bloc un couteau dentelé pour couper le muffin en deux. Mais au lieu de couper le petit pain, j'ai calmement entaillé mon bras droit, à quatre reprises. Cela m'a paru très naturel, comme si ce geste s'inscrivait dans la routine d'une préparation culinaire. Café, muffin, peau. Cela semblait automatique, normal. Ce n'est que lorsque le sang s'est mis à couler le long de mon bras que j'ai pris conscience, lentement, que je venais de faire un truc anormal. Saisissant le combiné, j'ai appelé Effie dans l'interphone.

— Effie ? Effie ? Tu voudrais bien descendre un moment, s'il te plaît ?

Je parlais d'un ton bizarrement soutenu.

En l'attendant, j'ai contemplé mon bras. Je n'avais pas mal. Il s'était ouvert tellement facilement. Je l'ai enroulé dans un torchon. Effie et David sont arrivés dans la cuisine. Effie a poussé un cri.

— Qu'est-ce que t'as fait ? Mais qu'est-ce que t'as fait ? répétait-elle.

— Il faut qu'on aille à l'hôpital, a dit David.

Je suis montée dans ma chambre pour enfiler quelques habits ; j'ai entrepris de me maquiller, mais David m'a écartée du miroir. Nous nous sommes serrés dans sa voiture, il nous a emmenés à l'hôpital St. Vincent.

Sur le trajet, il m'a suggéré :

— Dis-leur que c'est un accident.

Mais je ne voulais pas mentir. J'allais dire la vérité aux aides-soignants et aux médecins, et nous parlerions de tout ça. Ils trouveraient le sujet passionnant, ils acquiesceraient en disant : « Très juste ! » Ils comprendraient.

Sur place, un homme muni d'un porte-bloc m'a demandé ce qu'il s'était passé. Je lui ai servi mon petit laïus : les cachets, la vodka, le couteau de cuisine. Une infirmière m'a fait une prise de sang et m'a retiré mes vêtements, avant de me mettre sous perfusion de sérum physiologique. Quelqu'un s'est chargé d'appeler ma mère, qui se trouvait à trois heures de là, dans les Hamptons. Effie est partie. Après avoir vérifié que ça allait pour moi, David a filé aussi. On m'a emmenée dans une autre pièce pour me faire des points de suture. J'ai regardé la docteure me recoudre, broder mon corps, me décorer. Puis elle m'a raccompagnée à mon lit. Une jeune psychologue est arrivée, l'air effrayé. Menue, ravissante, elle s'agrippait à son porte-bloc comme si elle craignait de basculer dans l'abîme. Elle m'a demandé pourquoi j'avais fait ça. D'une voix claire, trop forte, j'ai déclaré :

— Je ne vais tout de même pas disserter sur la contingence de la vie.

Il se peut que j'aie esquissé un sourire en prononçant ces mots. Elle a marqué un arrêt avant de gratter quelques lignes sur son bloc puis de quitter la pièce.

— Quel vocabulaire ! a commenté un homme posté au pied du lit voisin.

— Merci, ai-je répondu, ravie.

À cause de la perfusion, j'avais constamment envie de faire pipi. J'ai donc entrepris d'aller aux toilettes, dans ma blouse jetable bleue, en traînant ma potence derrière moi. Le sol était couvert d'urine, qu'ont tout de suite absorbée mes chaussettes bleues à picots en caoutchouc fournies par l'hôpital. Je me sentais étrangement compétente, prête à relever de nouveau les défis attachés à la condition de patient.

Après le lever du soleil, une fois les médocs et l'alcool évacués de mon organisme, j'ai commencé à m'agiter. Mais quand j'ai réclamé mes vêtements, on me les a refusés.

— Vous avez failli vous tuer, de trois manières différentes, m'a-t-on renvoyé.

— Il se passe quoi si j'arrache ma perf' ? ai-je demandé en retour.

Pour finir, les médecins ont contacté ma thérapeute. Je l'ai convaincue de faire en sorte qu'ils me laissent sortir. Elle a accepté à condition que je passe la voir dans la journée, et que je consente à m'inscrire sur liste d'attente pour être hospitalisée. On m'a rendu mes vêtements et je suis sortie.

Vingt jours plus tard, j'ai été internée en hôpital psychiatrique, à Austen Riggs. Dans son rapport, le Dr Palton a décrit ses impressions sur moi lors de l'entretien d'admission : *Jeune femme charmante, brillante et volubile, vêtue d'une robe affriolante, qui dévoilait un peu trop d'elle-même étant donné le temps et la situation.* C'était un jour d'automne assez doux, je portais une robe jaune en coton élastique, qui descendait au genou et laissait voir le haut du buste et mes bras, mais sans décolleté.

Ma mère, qui m'avait conduite à Austen Riggs, attendait dans le hall d'accueil. Le médecin l'a invitée à nous rejoindre pour discuter du coût de mon hospitalisation.

Le dialogue s'est détérioré, nota le Dr Palton dans son rapport. *La question du financement a ouvert un gouffre dans la discussion. Bien que la mère, sa secrétaire et Alice aient toutes été informées par écrit et/ou par téléphone des conditions financières, Ms. Bartlett est arrivée à la consultation sans chéquier, sans nous avoir transmis les informations relatives à son assurance ou celle de sa fille, sans avoir rempli la demande de tarif réduit que nous lui avions adressée.*

Le Dr Palton nous a expliqué que mon assurance ne suffirait pas à couvrir les frais du séjour. À cette époque, ma mère ne pouvait pas assumer le coût du traitement, et elle avait supposé que l'assurance le prendrait en charge. J'ai regardé ma mère, assise sur le canapé couleur crème. Je ne percevais plus ni pouvoir ni mystère en elle. Elle était petite, apeurée. L'espace d'un instant, j'ai compris ce que je lui coûtais, les sacrifices auxquels mon existence l'obligeait. Tandis que le Dr Palton la réprimandait, j'avais envie de la protéger. Elle comme moi, nous avions une croyance naïve en l'infinitude de toutes choses – des ressources, des bonnes grâces, des exceptions –, mais le tribut de ma maladie battait en brèche cette illusion. Fugacement j'ai entrevu la réalité de ce qu'il se passait, de ce que mon mal impliquait pour moi et ma famille, ce qu'il allait nous coûter. Mon incapacité à me conformer à mes camarades, aux attentes de mon entourage ne serait pas sans conséquences. Je suis partie pleurer dans les toilettes, où ma mère m'a suivie. Je ne pouvais pas être hospitalisée, lui ai-je dit. C'était trop cher, et je n'en valais pas la peine. Elle m'a assuré que tout allait bien, qu'on allait trouver une solution.

Ma mère a passé un coup de fil sous les yeux du Dr Palton, posté à la porte de son bureau. J'ai su plus tard qu'elle avait appelé une amie pour lui emprunter le montant astronomique des frais d'admission. L'assurance maladie de mon père, en Allemagne, achèverait de boucler le budget. J'ai donc été admise à Austen Riggs, et cette prise de conscience fugace – que non, tout ne m'était pas dû, que le monde n'allait pas se mettre à genoux devant moi – s'est évaporée à peine avais-je franchi le seuil de l'imposante bâtisse blanche à colonnades, où je devenais, pour l'année à venir, une malade à plein temps.

3

L'Austen Riggs Center, situé dans la rue principale de Stockbridge, une petite ville du Massachusetts, était un prestigieux hôpital psychiatrique, accueillant « en milieu ouvert » des « patients résistant aux traitements ». Chacun était libre de partir quand il le souhaitait. Les patients pouvaient à leur guise entrer et sortir de l'établissement, fréquenter les quelques restaurants du quartier, faire du shopping à Great Barrington, aller au cinéma à Pittsfield, voire quitter le Massachusetts. Le personnel soignant ne portait pas d'uniforme ; nos chambres fermaient à clé. Les repas étaient cuisinés sur place. Pour le petit déjeuner, nous avions le choix entre omelette, œufs brouillés, pancakes et pain perdu. Dans la cafétéria, un énorme réfrigérateur contenait des yaourts de brebis de chez Old Chatham Sheepherding Company, nature ou au sirop d'érable, et des smoothies de chez Naked. On pouvait se servir à toute heure et à volonté. J'ai décidé d'amortir le coût de mon séjour en mangeant un maximum de ces yaourts de luxe. Parfois, des touristes prenaient Riggs pour un hôtel et faisaient la queue avec les patients pour accéder au buffet.

Nous étions logés dans une grande bâtisse blanche, qui accusait son âge : escalier en acajou au vernis écaillé, tapis élimés aux motifs rouge et jaune, rideaux poussiéreux courant du sol au plafond, lustre en laiton terni auquel manquaient des pendeloques, vaste salle commune dotée d'un demi-queue marron en piteux état, désaccordé, avec quelques touches cassées. Ma chambre bénéficiait d'un bow-window, d'une cheminée et d'un lavabo rose – installé, m'expliqua-t-on, pour Judy Garland lorsqu'elle y avait séjourné. Le personnel, par ailleurs, n'était pas peu fier de rappeler qu'en ces lieux, James Taylor avait composé *Fire and Rain*. Bref : l'institution avait un pedigree impressionnant. Parmi mes compagnons du moment, on comptait : la fille d'un grand restaurateur new-yorkais, la fille d'un célèbre auteur amérindien, la belle-fille d'une interprète dont le tube de Noël hantait toutes les boutiques américaines d'octobre à janvier, ou encore la fille d'un richissime producteur de fragrances omniprésentes sur le marché. Angela était une ancienne junkie, naine, par ailleurs productrice de cinéma, qui avait la phobie des poils et des cheveux. Paula était une lesbienne souffrant d'obésité morbide, qui avait menacé de se jeter de la fenêtre du cabinet de son psy (laquelle, du reste, ne se trouvait qu'à deux mètres du sol). Chad, qui avait dix-sept ans, pouvait se faire vomir sur commande, sans même avoir besoin de s'enfoncer les doigts dans la gorge. Beth, qui était quasi muette, produisait d'étranges sons gutturaux d'un volume sonore étonnant. Bob, un patient entre deux âges hospitalisé depuis une bonne dizaine d'années, draguait toutes les filles qui passaient en leur demandant avec insistance : « Je peux regarder ce que vous avez sous le capot ? » D'après lui, son séjour au Centre revenait moins cher à son père que ses multiples cautions pour sortir de prison ou les voitures qu'il fichait en l'air. Brad, qui faisait un petit mètre soixante-dix, racontait à tout le monde qu'il mesurait un mètre quatre-vingt-dix et pourrait toujours, au besoin, se lancer dans le mannequinat. Steven, qui répétait sans cesse qu'il allait organiser un club de lecture, cachait une arme dans sa chambre. Derek, qui avait vécu dans une secte, dansait auparavant dans une troupe de Chippendales.

À Riggs, la durée de séjour recommandée était « indéfinie » : les patients étaient incités à rester des années, ou du moins jusqu'à épuisement de leurs ressources financières. Pour passer le temps, les gens baisaient ensemble, fumaient de l'herbe en cachette, forçaient parfois un peu trop sur le Doliprane ou le Klonopin, formaient des clans, se persécutaient mutuellement. Notre principale occupation était d'expliquer notre cas les uns aux autres ; nous ne nous en lassions pas. Et comme Riggs se targuait d'accueillir bon nombre d'intellectuels autoproclamés, nous excellions dans cet exercice. Des activités et toutes sortes d'événements visaient à empêcher les patients de se morfondre durant de trop longues plages d'introspection. Pour Halloween, par exemple, une soirée costumée fut organisée. Déguisée en Vocabulaire, avec des mots comme *insalubre* inscrits sur les bras, je me trouvais adorable et super futée. Pour Thanksgiving, il y eut un concours de sculpture de citrouilles. J'ai représenté une citrouille dans une citrouille, œuvre que j'ai intitulée *Narcissisme*, et je me suis sentie particulièrement intelligente. Sur place, on trouvait aussi une serre, divers ateliers d'ébénisterie, de poterie, de dessin, de création textile ; ou encore un théâtre de poche, dont les deux productions annuelles, qui réunissaient sur les planches des comédiens de la région et des patients, étaient dirigées par un metteur en scène de Shakespeare & Co. Surtout, il y avait en permanence ce que nous autres patients, naïfs, blasés, pourris-gâtés et malades que nous étions, appelions « du drama ». Un inconnu qui appelle les chambres de toutes les patientes du Centre en se faisant passer pour leur amoureux ou simplement un de leurs amis, et les entraîner dans des conversations érotiques. Je m'y suis personnellement laissé prendre, persuadée que c'était mon copain Hicham. Un patient de cinquante ans, qui réussit à convaincre une patiente de dix-huit ans de prendre un Valium pour la sodomiser. Le mot *youpin* tagué sur un carton de pizza. Une fille qui jette un téléviseur dans l'escalier juste pour le plaisir de l'entendre se fracasser. La même qui décroche l'immense peinture à l'huile du salon et l'expose, sous la neige, dans la rue principale de la ville, assortie d'un écriteau « Tableau gratuit ». Quand le personnel avait vent de ces dérapages, toute la communauté se rassemblait pour en discuter. Mais les règles étaient quasi inexistantes, sans parler des conséquences pour qui ne les respectait pas. Or, c'était précisément de cela, de règles et de conséquences, que j'avais le plus grand besoin. Ma chambre était un bazar sans nom, qui bien souvent ne passait pas l'inspection. Mais au Centre, cet « échec » n'avait aucune incidence. J'étais censée participer à des séances de thérapie de groupe, mais si je n'y allais pas, il ne se passait rien. Tout le monde partait du principe que nous étions là pour un bon moment, aussi ne ressentais-je aucune urgence, aucune obligation. Les médecins et les conseillers eux-mêmes n'exprimaient aucune urgence, ne nous imposaient aucune obligation.

Bientôt, la passivité, le luxe propres à ce traitement me mettraient en colère. Comment progresser quand on ne rencontre aucune résistance, rien qui nous encourage à changer ? L'extrême abondance – de temps, de possibilités, de yaourts – et l'extrême profusion – chronologique, spatiale, psychique, culinaire – agissaient comme des sédatifs. Nous perdions progressivement de vue les raisons de notre présence ici, la nécessité de les dépasser. Pourquoi voudrait-on quitter un tel endroit ? Ici nous étions importants, spéciaux, et traités comme tels. Le moindre de mes gestes était digne d'être consigné par le personnel ; la moindre de mes plaintes, d'être écoutée et analysée, la moindre de mes pensées, prise au hasard, rencontrait un auditoire captif. Si c'était cela, être malade, je n'étais pas sûre de vouloir guérir.

Ma thérapeute à Riggs, la Dre Lampen, était une jolie blonde peu loquace, au visage de marbre. J'avais l'impression qu'elle portait une espèce de masque par-dessus son vrai visage. J'essayais d'imaginer sa vie intérieure, le jardin secret que cachait cette impassibilité, mais celle-ci était si absolue que j'en venais à douter de la réalité de cette femme. Dans la pièce où elle me recevait, il n'y avait pas de bureau, seulement deux chaises et un divan. Pas de photos aux murs, aucune touche personnelle. Tout cela était calculé. Le genre de thérapie qu'elle pratiquait reposait sur l'anonymat : comme je ne savais rien d'elle, je ne pouvais pas projeter quoi que ce soit sur elle. Or, dans mon cas, cela faisait écho à une situation familière, et rageante : encore une femme inaccessible. Le cabinet comportait toutefois une patère, où elle accrochait son manteau. Ce manteau – ainsi suspendu, lourd de sens – était la seule preuve qu'elle existait bel et bien en dehors de cette pièce. Parfois, si je remarquais que le vêtement était mouillé, ou qu'une feuille s'y était collée, j'avais l'impression de transgresser un interdit.

J'ai commencé la thérapie en expliquant ce que je n'étais pas : « Je ne suis pas humaine », « Je ne ressens rien », « Je n'ai pas d'histoire ou d'identité propre ». Au bout de quelques semaines, je suis parvenue à me décrire par des tournures affirmatives : « Je souffre de dépersonnalisation », « Je suis fille unique et je vis dans une grande maison », « À mes yeux tout est toujours totalement nouveau », « Je transforme la souffrance en œuvre d'art, comme ma mère ».

La Dre Lampen m'imposait de longues plages de silence, qui rendaient son impassibilité encore plus extrême et inquiétante.

— Je n'aime pas le silence, parce qu'alors j'ai peur de mes propres pensées, lui ai-je expliqué.

Elle n'a pas relevé.

Je lui ai demandé pourquoi elle ne parlait pas.

— J'étais plongée dans une rêverie sur ce que vous venez de me dire, avoua-t-elle.

— Voilà, c'est ça que je veux : pouvoir me plonger dans une rêverie…

Je me suis raccrochée à ce mot comme au seul point fixe de mon espace mental sans bornes. Je voulais que mon esprit puisse jouer, flâner sans pour autant se dissoudre dans l'univers sombre et infini de mon cerveau dissocié.

Tous les professionnels auxquels je parlais insistaient pour que je leur explique encore et encore ce que j'entendais par « dépersonnalisation » : un type de trouble dissociatif dont j'avais eu connaissance dans les livres et les articles que j'avais lus. Un phénomène généralement déclenché par un traumatisme psychique.

— Je n'arrive pas à savoir qui je suis, ai-je ainsi expliqué à la Dre Lampen. J'ai l'impression de n'avoir aucun souvenir de mon passé. Je n'arrive pas à distinguer mes propres pensées sur moi de celles de mes parents. J'ai l'impression que mes bras et mes jambes ne m'appartiennent pas. Je me sens irréelle. Je ne ressens rien. Je me sens totalement étrangère à moi-même.

— Qu'est-ce que l'automutilation vous apporte ?

— Quand je vois le sang, je me sens mieux. Cela m'aide à me recentrer, cela rétablit la notion de causalité. Quand je me coupe, je sais que je vais saigner, et ensuite je sais que je vais guérir. Le reste du temps, je ne comprends pas le rapport cause/conséquence, comment une chose mène directement à une autre. Je crois que c'est à cause de mes parents, qui pensent que nous sommes au-dessus des règles, que ce qui s'applique aux autres ne vaut pas pour nous.

— À votre avis, quel bénéfice vous apporte la dissociation ? Est-ce que, d'une manière ou d'une autre, elle vous aide également ?

— Je dirais qu'elle me protège, comme l'hibernation protège certains animaux, l'hiver, ai-je expliqué avant d'ajouter, en désignant l'arrière de mon crâne : Je me suis retirée là, au fond. Pour observer discrètement.

Je me sentais virtuose dans la description de mes problèmes. Je n'avais pas d'identité fixe ? J'étais une « rhapsodie de places vides ». J'avais du mal à me différencier de mes parents ? J'étais un « triptyque de désorientation ».

Des séances de thérapie de groupe, facultatives, se tenaient au sous-sol, dans une pièce sombre aux murs verdâtres, meublée de canapés tout aussi verts et tellement mous qu'ils vous avalaient comme un estomac en pleine digestion. La discussion portait ce jour-là sur le comportement d'Amy, qui, à l'aide d'un briquet, avait mis le feu à un téléphone du hall d'entrée.

— Juste une question : qu'est-ce que ça nous dit, symboliquement, qu'Amy s'en soit prise à l'appareil qui nous sert à communiquer ? Peut-être qu'elle ne se sent pas écoutée, ici ? suggéra l'un des conseillers.

— C'était un acte extrêmement agressif, et il se peut effectivement qu'Amy ne soit pas entendue dans cette communauté, renchérit un autre encadrant.

— Un cigare n'est jamais un cigare, et tu me fais chier, fit Angela.

Sans répliquer, Amy se mit à fixer ses pieds.

— Mon ressenti, à moi, c'est que… c'est comme si tu nous brûlais nous, là maintenant, en refusant d'en parler, dit une aide-soignante.

J'étais assise à côté de Kim, qui m'avait déjà demandé trois fois depuis ce matin comment s'épelait le mot *pamplemousse*. Je ne sais pourquoi, il y avait une raquette de tennis près de moi sur le canapé ; je faisais glisser mes doigts sur les cordes, sautant d'échelon en échelon.

Amy pleurait, à présent. Elle s'était lancée, et racontait comment un soir, quand elle était petite, sa mère avait mis le feu à ses draps. Peut-être, suggérait-elle, son geste d'enflammer ce téléphone avait-il un lien avec ce souvenir. Peut-être avait-elle tenté de reproduire ce que sa mère lui avait fait afin de retrouver un sentiment de contrôle sur une situation qu'elle avait à l'époque totalement subie. Les conseillers opinaient du chef très lentement, comme s'ils applaudissaient de la tête. Chacun s'exprima. Tout le monde avait pris une posture concernée, en se penchant en avant. Tout le monde était focalisé sur la source des mots, des larmes, des émotions. Moi, discrètement, j'essayais de résoudre un mot croisé abandonné à côté de moi sur le canapé. Je commençais à avoir mal aux yeux à force de scruter la grille obliquement dans la pénombre.

Se tournant vers moi, le Dr Shapiro m'a soudain demandé :

— Comment vous sentez-vous, Alice ?

Il avait une barbe blanche rasée de près, des cheveux blancs et des lunettes rondes.

— Pardon ? ai-je dit en levant les yeux.

— Là, maintenant. Comment vous sentez-vous ? a répété le médecin.

J'ai haussé les sourcils, sans répondre. La question m'effrayait.

— J'ai l'impression que tu ne ressens rien, a fait Derek, les paumes levées au ciel en signe de frustration.

— Je t'ai jamais vue pleurer, ajouta Angela. T'as tellement toujours la banane, putain !

Ils avaient raison. J'étais passée maître dans l'art de donner le change en remplissant de bulles le vide de ma personnalité, jusqu'à pétiller de gaieté, puis quand le gaz et l'enthousiasme retombaient, je m'enfermais dans ma chambre avec des réserves de nourriture, pour me mater l'intégrale des *Experts*.

Comment je me sentais ? Je n'en savais rien. Je ne parvenais pas à localiser en moi le mécanisme générateur d'émotions, et j'étais incapable de déchiffrer les infimes remous émotionnels qui clapotaient tout de même à la surface.

En revanche, j'avais en stock d'innombrables métaphores, que je mêlais entre elles, pour manifester un semblant de sensibilité.

— Les émotions, c'est comme des guirlandes luminescentes tendues entre l'endroit où mon esprit s'est replié et celui où mon cerveau s'effondre inconsciemment, ai-je dit.

Ou encore :

— Les émotions, c'est moi qui écris une phrase sur un tableau noir, tandis qu'une chose me suit armée d'une brosse, en effaçant les lettres au fur et à mesure que je les écris.

Le silence régnait dans la pièce. Je m'étais mise à employer – souvent mal à propos – des mots ampoulés dans chacune de mes phrases, comme si incruster mon propos de ces précieuses gemmes pouvait éblouir mes interlocuteurs et occulter son inanité foncière.

— Tu dis que de la merde, fit Derek, cette fois-ci les paumes tendues en avant comme sur les panneaux « Accès interdit ».

— À mon sens, il n'est pas anodin qu'Alice soit parmi nous aujourd'hui. Qu'elle ait fait l'effort de venir montre qu'elle est disposée à travailler sur elle, a commenté le Dr Shapiro.

— Tu te ramènes avec tes fringues sexy et tu te crois super maline, a lancé Angela.

— Mais t'es qui, en vrai ? a enchaîné Derek.

C'était une bonne question. C'était même *la* question.

— Je dis simplement beaucoup beaucoup de mots, et puis je les suis avec leurs synonymes, peut-être pour essayer de cerner ce truc essentiel et primordial, ou au contraire pour m'en éloigner le plus possible.

— Mais purée, qu'est-ce que tu racontes ? fit Angela. Amy est en train de nous expliquer ce qu'elle ressent, comme elle est mal, mais toi, là, tu dis que des conneries. Ça t'arrive d'écouter les autres, de temps en temps ?

J'ai regardé Amy. Je la voyais pleurer. J'avais entendu son histoire. Mais ce n'était qu'une histoire. J'avais vu combien ce récit avait été éprouvant pour elle, mais je n'avais pas vraiment compris. J'étais tellement angoissée de ne plus me sentir humaine que je n'étais plus sensible à l'humanité des autres. La réponse au numéro 24 Horizontalement était *motus* : le nom d'un célèbre jeu télévisé, mais aussi une interjection invitant au silence ou à la discrétion.

— Comment vous sentez-vous, là, tout de suite ? insista le Dr Shapiro.

Je savais qu'ils attendaient tous quelque chose, mais j'ignorais quoi. J'ai gardé le silence un moment, et le silence a pompé l'air de la pièce.

— Mon esprit est un amas de colluvions mentales accumulées à la base de la colline qu'est mon cerveau. Il est insalubre, ai-je déclaré.

Pas de réaction.

— Je ne fais pas la différence entre ma mère et une télécommande, ai-je ajouté.

Personne n'a dit mot. Derek s'est levé et a quitté la pièce.

Je me suis liée d'amitié avec une fille prénommée Carly. Jolie juive de l'Upper East Side, Carly souffrait de troubles de l'alimentation et de la personnalité borderline, avec notamment une estime de soi au plus bas. Elle avait un humour noir mordant, qui offrait un contraste saisissant avec sa douceur et sa profonde gentillesse. Elle parlait sans cesse, d'une petite voix juvénile, n'interrompant ce bavardage que pour improviser d'absurdes et néanmoins brillantes tirades de rap. Sa mère, très critique et tyrannique envers elle, l'avait amenée à se blesser sur la poutre installée dans leur appartement, graine de championne oblige ; les hommes avec qui elle sortait étaient toujours affreusement égocentrés. Assise à même le sol de sa chambre, avec des Frownies (des patchs faciaux semblables à des morceaux de carton) collés sur la figure, pour prévenir l'apparition de rides sur sa peau de jeune fille, elle créait : des têtes phrénologiques peintes à la main, un journal de broderie, des présentations PowerPoint sur les pratiques BDSM. Nous étions toujours fourrées ensemble. Nous parcourions le Massachusetts dans la Lexus de Carly, passant des friperies aux salons de piercing ou au karaoké du coin. Je lui dois ma première épilation du maillot : toutes deux allongées par terre dans sa chambre, nous passions du fou rire aux hurlements au moment délicat d'arracher la cire tiède de mon pubis. Nous écoutions « Hospital » des Modern Lovers et « Get Me Away from Here, I'm Dying » de Belle and Sebastian pendant qu'elle me teignait les cheveux en noir. On se racontait tout : nos mutilations, nos mères et leurs manquements, la pipe qu'elle avait taillée à Colin, un patient du Centre, ou ma baise avec Nick, un autre patient, à toute vitesse de nuit sur l'autoroute.

J'adorais être une meilleure amie. Être essentielle à quelqu'un, servir de médiatrice entre cette personne et ses vérités les plus intimes. Toutefois, je ne prenais pas soin de ces sentiments et de ces confidences ; pour peu que je sois distraite par autre chose ou simplement lassée, je me détournais de ces amitiés sans me soucier de l'autre personne, en face. Je ne savais pas entretenir des relations. J'étais toujours amie avec Effie, par exemple, mais à cette période, comme je ne la voyais pas, j'avais oublié jusqu'à l'existence de notre amitié. Riggs était un monde en soi, de sorte qu'une fois à l'intérieur, j'avais oublié tout ce qui n'en faisait pas partie : mes anciens amis, ma sœur en Europe, les besoins ou les désirs des autres. Mon amitié avec Carly était la seule qui comptait… jusqu'à ce que je décide que ce n'était plus le cas.

Lorsqu'une nouvelle fille est arrivée, j'ai laissé tomber Carly pour passer tout mon temps avec elle. Sophia, une grande Californienne, qui avait les dents du bonheur, des épaules carrées et un beau visage large, était moins intéressante et plus méchante que Carly, mais elle m'aimait beaucoup. Un an après notre rencontre, elle recopierait le numéro de carte de crédit de ma mère et s'en servirait pour acheter trois mille dollars de fringues. Sophia se moquait de Carly, et je l'imitais. Dès lors, quand je croisais Carly dans les couloirs, nous évitions soigneusement de nous regarder. Je me sentais mal, mais je ne savais pas comment me réconcilier avec elle. Il y avait quelque chose d'à la fois écœurant et inéluctable dans ma façon de traiter les gens, quelque chose qui me rappelait mes parents.

À Riggs, j'assistais à de nombreuses séances de thérapie familiale, parfois avec ma mère et Nanny, parfois avec mes deux parents et parfois juste avec ma mère. Quand celle-ci était seule, elle évoquait l'impasse où elle s'était trouvée, tiraillée entre ses deux passions : son travail et moi.

— Mais je suis résolue à changer, affirma-t-elle. Cette année, je n'ai prévu aucune exposition, je passerai plus de temps à peindre à Amagansett.

Sa remarque m'a blessée, mais je n'ai rien dit. Le psychologue familial nous observait tourner prudemment autour du pot de nos besoins respectifs.

Bientôt, toutefois, nous avons abordé notre difficulté à manifester nos sentiments, à faire connaître nos attentes, et notre incapacité à exprimer notre amour et notre besoin mutuels. Nous avons repéré des similitudes dans notre façon de gérer nos émotions – par le repli, l'évitement –, et reconnu que cela générait de la colère et de la distance entre nous.

Ma mère a fait le lien entre son incapacité à exprimer ses sentiments et son ancien traumatisme.

— Je ne sais pas pleurer, a-t-elle confié, parce que c'est trop douloureux d'atteindre un tel degré d'émotion. J'ai toujours eu peur de te faire du mal à cause de ce qui m'est arrivé, c'est pour cela que je n'ai jamais réussi à assumer pleinement mon rôle de mère.

Les plis sur son front m'indiquaient combien cet aveu était difficile pour elle, douloureux. Éprouvant.

— Je t'envie ton trauma, ai-je avancé à mon tour.

Elle eut l'air perplexe.

Ce que je voulais dire par là, c'est que j'avais besoin moi aussi de pouvoir attribuer mes maux à quelque chose de tangible. Ce que je voulais dire, c'est que j'avais besoin qu'on soit à la fois semblables et différentes. Ce que je voulais dire, c'est que j'avais besoin d'elle.

Quand mon père venait passer une semaine aux États-Unis, nous en profitions pour organiser un maximum de séances familiales.

— Tous les deux, expliquais-je alors, vous avez des versions tellement différentes des événements, ou de ma personnalité. Si je suis incapable de retracer ma propre histoire, c'est parce que je n'arrive pas à distinguer mes souvenirs des vôtres. C'est pour cela que je n'arrive pas à prendre des décisions toute seule. J'ai l'impression que votre univers, vos sentiments, vos idées prennent toute la place, qu'ils l'emportent sur ce que moi je pense ou ressens. J'aimerais que vous vous posiez, tous les deux, devant témoin, pour mettre de l'ordre dans votre histoire, et que je sache enfin ce qui m'est arrivé pour de vrai.

Mon père hochait la tête en répétant : « Oui, oui, oui. » Ma mère regardait dans le vague.

— D'une certaine façon, j'aurais presque envie de vous voir vous entretuer, ai-je ajouté.

— Oui, oui, parfaitement. Je comprends tout à fait, a dit mon père en riant.

— Je dois absolument me séparer de vous, ai-je poursuivi. Surtout de toi, Maman. Je ne suis pas au clair sur ton histoire, ces abus. Quand j'ai lu ton journal, j'ai presque eu l'impression d'avoir moi-même vécu ces traumatismes. Et toi, ai-je poursuivi en me tournant vers mon père, as-tu vraiment affirmé que la première expérience sexuelle d'une fille devait se faire avec son père ?

— Non, je n'ai jamais dit cela.

— Tu l'as entendu le dire ? ai-je demandé à ma mère.

— Je ne sais pas.

Mon père a levé les bras au ciel. Le regard de ma mère trahissait une sorte d'apathie.

Le psychologue a interrogé mes parents sur leur enfance. Tous deux ont reconnu avoir grandi dans des foyers dysfonctionnels, voire violents, au sein desquels, bien qu'étant les aînés de leur fratrie, ils s'étaient trouvés incapables de protéger leurs frères et sœurs cadets de la mort ou de la maltraitance – d'où par la suite leur sentiment d'impuissance, d'anxiété, d'incompétence en tant que parents. Ils ont admis que leur consommation de drogue et d'alcool avait contribué à brouiller les contours de ce que chacun s'accorde à appeler « réalité ». L'un et l'autre avaient peur que je mette fin à mes jours, comme Till. Je leur en ai voulu d'invoquer son nom, et d'utiliser son histoire comme un récit édifiant.

J'avais pensé que voir mes parents s'accorder ferait bouger quelque chose en moi, mais leur collaboration ne me valut que de l'angoisse, de la peur, de la colère. De mon enfance, je n'avais gardé qu'un seul souvenir de mes deux parents ensemble : j'avais trois ans, ils s'apprêtaient à sortir, j'étais éblouie par leurs tenues de soirée et légèrement étourdie par la dose de parfum dont s'était aspergée ma mère. Je pleurais. Je ne voulais pas qu'ils s'en aillent. Après leur départ, j'ai continué à pleurer sans discontinuer, si bien que, quand ils sont rentrés, j'ai cru que c'était parce qu'ils m'avaient entendue depuis tout là-bas. J'avais l'impression d'avoir passé ma vie à chercher la bonne distance, à ajuster l'écart entre : moi et mon père (dont la proximité était à la fois un baume et une menace), moi et ma mère (dont la distance était une épreuve et un deuil permanents), mon corps et mon esprit (dont la scission tant redoutée risquait de me tuer). À présent que mes deux parents étaient réunis, avec moi, dans une même pièce, il m'était impossible d'interpréter correctement leur présence, leur effort, comme le signe qu'ils m'aimaient et s'inquiétaient pour moi. Au lieu de cela, mon corps lisait leur unité, au demeurant éphémère, comme une nouvelle menace.

On m'a fait passer des tests psychologiques. Le premier consistait à me dessiner moi-même. Quand j'ai eu terminé, j'ai tendu ma feuille au médecin.

— Et le corps, où est-il ? a-t-elle demandé.

J'ai examiné mon autoportrait. J'avais dessiné un immense ovale vide, entouré de tourbillons de cheveux bouclés. La tête et le gribouillis des cheveux occupaient toute la page.

— Heu…, ai-je fait en fixant mon dessin. Je crois que je l'ai oublié.

Pour le test d'aperception thématique, on me soumettait une carte, où était imprimée une image neutre, dont je devais m'inspirer pour raconter une histoire. En réaction à une carte représentant un garçon tenant un violon à la main, j'ai suggéré au médecin que le garçon avait démonté le violon afin de se venger de sa mère en orchestrant une réplique exacte du suicide de son père. Face à une autre carte, j'ai expliqué que « la narcissique ultime », après avoir repéré une femme de même carrure et de même chevelure qu'elle-même, l'affublait d'un masque imitant son propre visage, afin de se libérer du solipsisme en tuant cette version d'elle-même en cette femme.

— C'est ainsi que le suicide devient un meurtre, quand on se coupe de soi-même, ai-je conclu.

Je sentais peser sur moi une pression énorme pour que j'invente des histoires extraordinaires. J'imaginais que mes parents m'observaient, attendaient de moi que je me lance dans des récits fascinants, que je fasse ce que je savais faire. Je ne connaissais pas le langage simple des émotions, la mécanique ordinaire de l'observation, j'ajoutais systématiquement les fioritures d'un imaginaire violent. Quand je racontais des histoires, je maîtrisais le code, j'étais dans mon élément.

La thérapeute qui m'avait fait passer les tests résuma ainsi mes réponses dans son dossier : *La tentation du fantasme psychotique vient de ce que, ouvrant le champ de tous les possibles, il détourne Alice de peurs vertigineuses et d'une profonde tristesse. Elle ne supporte que très peu le calme, la détente ou la passivité, préférant les situations stimulantes, qui laissent libre cours aux grandes idées et aux scénarios imaginaires.* Les résultats des tests étaient ainsi synthétisés : *Sur la base des tests, le diagnostic révèle une personnalité narcissique proche d'un état psychotique, caractérisé par un brouillage des frontières entre le soi et l'environnement, un trouble de la pensée intermittent, une méconnaissance de ce qui est communément admis comme étant la réalité.* Je fus diagnostiquée comme étant atteinte de trouble dissociatif de l'identité et de trouble psychotique non autrement spécifié. Le dossier concluait :

> *Présentement, le sujet est incapable de localiser une frontière psychologique extérieure marquant la fin de sa personne et le début d'autre chose – un désir pour quelqu'un de distinct d'elle-même, ou un monde circonscrit, qui ne soit pas soumis à son imagination. Bien que privée d'une identité claire, elle n'en est pas moins autocentrée, au sens où elle est enfermée dans sa tête, où le peu de sens relationnel dont elle fait preuve se trouve être extrêmement, terriblement sadomasochiste. Miss Carrière vit dans un monde où rien n'est stable, où tout peut être remis en question, comme s'il n'existait aucune limite au pouvoir de son esprit de créer et de détruire. Elle renverse mentalement toute forme de convention sociale, de sorte que rien n'est ce qu'il semble être, ni les structures familiales ou religieuses, ni les contraintes spatio-temporelles ordinaires, ni même les catégories de vie et de mort. Ses spéculations philosophiques atteignent des proportions psychotiques et sa pensée, bien que soutenue par une intelligence hors norme et une vaste culture générale, est*

trop rapide et fantaisiste pour pouvoir entrer aisément en contact avec celle des autres.

Si j'avais lu ces lignes à l'époque, j'aurais trouvé ça beau. Mais je les ai lues plus tard, et cela m'a surtout évoqué une grande solitude.

Un jour de printemps, j'étais en bas, dans la salle informatique, où Angela passait sa commande mensuelle de rouleaux anti-peluches, de bocaux de choucroute et de collants Wolford, tandis que Chad montrait à quelqu'un le site de la National Rifle Association. Je suis allée aux toilettes. J'ai uriné et me suis essuyée. Mais au moment de retirer ma main, j'ai senti un truc qui dépassait. J'ai d'abord cru que c'était la ficelle d'un tampon, mais je n'avais pas mes règles à ce moment-là, et j'étais certaine de ne pas avoir mis de protection ; et puis, quelle que soit cette chose, elle n'avait pas l'air de sortir de mon vagin. J'ai tiré dessus, c'est sorti sans problème. Je l'ai récupérée, dans un morceau de papier toilette.

C'était un ver. Un ver – d'une vingtaine de centimètres de long et quasiment de l'épaisseur d'un crayon – que je venais de retirer de mon anus. De la main gauche, j'ai remonté et reboutonné ma salopette tant bien que mal. J'ai avancé jusqu'au lavabo et déposé le ver sur le bord. Il bougeait. Il était vivant. Il avait l'air propre. Comme un sou neuf. Je l'ai plongé dans l'eau savonneuse. Puis, après l'avoir enveloppé dans une feuille de papier absorbant, je l'ai mis dans ma poche.

Je me suis regardée dans le miroir. Mon visage, bouche entrouverte et sourcils froncés, avait l'air sur le point d'improviser un discours. Mon corps était parfaitement immobile, j'étais calme. C'est alors que j'ai senti enfler en moi un énorme, un colossal éclat de rire. Quelque chose se soulevait en moi, irrépressiblement : des choses sortaient, des choses que je ne contrôlais pas. J'ai frotté mes mains sous l'eau chaude, quasi bouillante. J'ai de nouveau scruté mon visage dans le miroir. Je me suis frotté sous l'œil pour enlever une trace de maquillage. J'avais l'air bien.

Je suis sortie des toilettes. Sophia m'attendait devant la salle informatique.

— Un ver vient de me sortir du cul, ai-je informé Sophia.

Je me sentais puissante. Fière. Je souriais.

— Mais non ! Il n'y a pas moyen. Oh putain…, a fait Sophia.

Elle a reculé, hurlé, agité les bras en tous sens.

Je l'ai laissée pour gagner le bureau des infirmières au deuxième étage, le ver toujours dans ma poche. J'ai longé un long et sinueux couloir, recouvert de moquette marron clair. Mon ver était le secret que je gardais sans le savoir. J'étais moi-même le secret de mon ver, le secret qu'il me révélait. Et ce secret, c'était que j'avais un corps. Un corps qui se trouvait abriter quelque chose de vivant.

— Je peux vous aider ? m'a demandé Linda, une infirmière, en me voyant arriver.

— Je viens d'excréter un ver, ai-je annoncé d'une voix aussi lisse qu'un lombric.

Les infirmières n'ont pas réagi. Comme si elles attendaient la chute de l'histoire. Alors, j'ai fouillé dans ma poche et j'en ai sorti mon ver. Lentement, j'ai déroulé le papier et déposé le tout sur le comptoir. Silence. Les infirmières contemplaient mon ver. Les lèvres de Linda étaient pareilles à des vers. Brenda plissait les yeux si fort qu'on eût dit que des vers allaient en sortir. Debra retenait son souffle comme si ses poumons étaient emplis non pas d'air mais de vers.

— Je suis navrée, mais je n'ai jamais rien vu de pareil, a dit Brenda.

— Que voulez-vous faire ? a demandé Debra, comme si j'étais une experte en parasites qui vous sortent de l'anus.

— Je voudrais aller aux urgences.

Je me sentais plus lucide que jamais. Je sentais mon corps. J'avais un corps. J'étais dans ce corps. Et ce même corps avait abrité un ver.

— Non, a dit Debra. Il ne s'agit pas d'une urgence.

Dans ma tête, j'ai vu le mot *urgence*. Il contenait le cœur du mot *surgir*. Un ver avait surgi de mon anus. Son surgissement était une urgence.

— Emmenez-moi aux urgences, bordel ! ai-je insisté.

— Je suis désolée. Il ne s'agit pas d'une urgence, a répété Debra.

— Je dois aller aux urgences.

— Vous n'êtes pas en danger immédiat. Vous allez devoir attendre jusqu'à demain. Et on vous emmènera chez le médecin.

Je me suis imaginé passer une nuit entière, seule avec mon ver, ou peut-être pas, justement, car ils étaient peut-être plusieurs. Si ça se trouve, mes intestins grouillaient littéralement de vers. Il fallait absolument que je sache ce qui se cachait dans mon ventre.

— Mais il faut que j'y aille tout de suite. Il faut que je sache ce que c'est. Pouvez-vous me dire ce que c'est ?

Non. Vous n'avez jamais rien vu de pareil. Il faut que je sache ce que c'est.

— Vous sentez-vous mal physiquement ? m'a demandé Debra.

C'était surtout le sentiment d'urgence qui me rendait malade.

— Non.

— Alors je suis désolée, mais nous ne pouvons pas vous emmener aux urgences, a conclu Brenda.

J'ai laissé tomber.

— Il me faudrait une pochette plastique, ai-je réclamé.

Une infirmière m'a tendu prudemment une pochette zippée. Tendrement, j'y ai déposé le ver emmailloté dans son papier. Sophia et moi avons emprunté la voiture de Derek pour filer à l'hôpital. Par la vitre, j'ai contemplé Riggs de nuit. Éclairé de l'intérieur, l'établissement revêtait une beauté irréelle. Peut-être allais-je rester là des années, comme Bob. Peut-être y serais-je heureuse. Mais, en tout cas, j'avais quelque chose en moi, qui me rappelait que j'avais une place à prendre, des capacités que j'avais sous-estimées et négligées.

Devant l'hôpital, on a fumé deux cigarettes chacune.

Puis on a patienté à l'intérieur. Le médecin nous a fait entrer dans une pièce. Il avait une plastique superbe : on aurait dit un acteur, dans une série médicale, qui d'une minute à l'autre allait tomber le maillot.

— Et si vous me montriez ce dont il s'agit ? a-t-il suggéré après m'avoir écoutée.

J'ai déballé le ver et, bras tendus, l'ai soumis au médecin, telle une offrande sacrée à une divinité.

Je l'ai vu s'efforcer de cacher son désarroi, avant d'avouer :

— Je suis désolé, mais je n'ai jamais rien vu de tel.

Il a quitté la pièce. Je me suis appliqué du gloss sur les lèvres. Il est revenu.

— Avez-vous mangé des excréments ?

— Pas que je me souvienne, mais je n'en mettrais pas ma main au feu.

— C'est un ver rond. En général, ils infectent plutôt les animaux, pas les humains. Je ne sais pas comment ni quand vous l'avez attrapé. Il se peut que sa présence dans votre intestin remonte à des années. Je vous prescris un traitement antiparasitaire. Suivez-le bien, et donnez aux infirmières un échantillon de selles chaque jour pendant deux semaines. Si jamais vous avez d'autres vers, ce médicament les tuera. Vous allez peut-être en voir passer quelques-uns.

À Riggs, les infirmières m'ont remis un siège en plastique pour faciliter le recueil des selles, des pots en plastique, des pochettes zippées et des sacs en papier kraft. Chaque jour de la semaine suivante, j'ai déféqué dans le truc en plastique, prélevé un échantillon de matière fécale que je déposais dans les pots, inséré ces derniers dans les pochettes plastiques, et celles-ci dans les sacs en papier. Chaque fois, je guettais de nouveaux vers. Mais je n'en ai jamais vu d'autre. Mon ver était unique ; personne n'avait jamais rien vu de tel.

4

Je me sentais mieux. Plus calme, plus lucide. Je prenais à petite dose un antipsychotique, l'Abilify, qui contribuait manifestement à mettre de l'ordre dans mes pensées et à en ralentir le flux. Grâce à ce traitement, je parvenais à m'adonner à la « rêverie », en passant tranquillement d'une idée à une autre. J'arrivais à pleurer. J'avais cessé de me scarifier. Je jouais dans les pièces de théâtre montées à Riggs, avec un engagement total et beaucoup de plaisir, je fréquentais l'atelier d'ébénisterie, où Eduardo, un charmant septuagénaire, atteint de vitiligo et doté d'une infinie patience, m'entretenait des chansons de Nellie McKay et des livres de Carlos Castaneda. À l'aide d'un appareil que j'avais emprunté au studio photos du Centre, je prenais des clichés en noir en blanc de tout ce que je voyais : une aire de jeux déserte, de la neige à la lueur d'un lampadaire, le reflet dans le miroir du buste de ma tante, de mon oncle, de Nanny ou de ma mère, qui étaient tous venus me voir. Les aides-soignants et les médecins notaient mes progrès. Nous avancions.

Puis, au bout d'un an, Sophia et moi avons commencé à nous rendre à New York chaque week-end. J'avais gagné en liberté, en latitude, ai-je songé. On s'habillait dans ma chambre : elle était plus grande et j'avais plus de vêtements. J'enfilais ma tenue préférée : des leggings fins et un T-shirt rouge moulant, que j'avais déniché dans une friperie du coin, sur lequel était imprimée en lettres jaunes sur la poitrine cette phrase : JE SUIS UNE GRANDE MALADE. J'aimais bien quand on me demandait ce que ça signifiait : j'avouais alors que j'étais folle. J'avais l'impression de porter un uniforme, qui indiquait ma fonction, ou un badge avec mon nom. On se maquillait, on rassemblait quelques affaires pour deux jours, on trouvait quelqu'un pour nous emmener à la gare, quatre heures plus tard on débarquait à Grand Central Station, et là on sautait dans un taxi pour aller poser nos sacs au 134 Charles Street. On écumait les bars, on se saoulait la gueule, on retrouvait mon lit pour dormir quelques heures avant de reprendre le train pour Riggs le dimanche soir, puis on passait la semaine suivante à sécher les séances de thérapie de groupe pour organiser notre prochain week-end.

Un soir de septembre 2005, un mois après mon vingtième anniversaire, nous sommes allées au Joe's Pub dans l'East Village pour assister au spectacle d'une amie. Je portais un pull en cachemire près du corps, dont les rayures me donnaient un air de Freddy Krueger qui nous faisait bien rigoler. Sophia portait un T-shirt vintage Harley Davidson volontairement troué, et un jean taille basse. Au beau milieu du show, Sophia m'a donné un coup de coude et m'a chuchoté :

— Oh putain, vise un peu qui est là.

Elle me désignait un type tout maigre vêtu d'un costume trois pièces mais sans la veste, la tête auréolée d'une masse de cheveux crépue. Je ne l'ai pas reconnu. J'ai haussé les épaules en fronçant les sourcils. Elle m'a alors expliqué que c'était le guitariste de son groupe favori, un célèbre groupe de rock indé qui avait le vent en poupe depuis quatre ans. J'ai reconnu le nom du groupe. La première fois que j'en avais entendu parler, c'était deux ans plus tôt, dans une fête organisée par mon pote Josh à LA. À cette soirée, j'avais rencontré Paul, qui était assis dans un coin, ses lunettes de soleil sur le nez. Je lui avais demandé ce qu'il faisait dans la vie.

— Rien, je suis un dilettante, m'avait-il répondu.

Paul était plus âgé que moi de cinq ans, bien sapé et amusant. Il était resté toute la nuit à discuter avec moi, tout en me faisant bien sentir qu'il me faisait une faveur. Il m'avait parlé notamment de son meilleur ami, qui était guitariste dans un groupe connu.

Il m'avait fait une liste de groupes ou d'artistes à écouter : Elliott Smith, Guided by Voices, Modest Mouse, Adam Green. Je l'avais trouvé super cool. De retour à New York, je lui avais écrit un mail, où j'épiloguais sur les nouvelles chaussettes que je venais d'acheter. Il m'avait répondu que c'était le meilleur texte qu'il ait jamais lu. Deux ans et un séjour en HP plus tard, je n'avais pas oublié Paul. Et voilà que surgissait devant nous son meilleur ami, le fameux musicien.

— Viens, on va lui dire bonjour, ai-je proposé à Sophia.

Nous nous sommes avancées vers lui.

— Je suis totalement fan de toi, a avoué Sophia au meilleur ami de Paul.

Le guitariste a souri, en enlaçant la petite blonde à côté de lui qui, avec sa moue pulpeuse à la Bardot, avait l'air totalement blasée. J'observais la fille tandis que Sophia attendait que son idole se montre sensible à son ardeur. La blonde paraissait si douée pour jouer les potiches, calée sous l'aisselle de ce mec cool et célèbre, que je me suis dit qu'elle avait peut-être des choses à m'apprendre. Sophia, de son côté, s'évertuait à exprimer toute la profondeur de son adoration :

— En vrai, genre, ton groupe c'est comme la bande-son de ma vie.

— Merci.

Sophia se tenait trop près du gars, et ses mains, qu'elle avait agitées devant elle comme des griffes pour insister sur l'immensité et la force de son amour, étaient désormais figées en l'air entre eux deux. Elle voulait en dire plus, approfondir, mais ne savait apparemment plus trop comment faire.

— Salut, tu connais Paul Elroy ? l'ai-je abordé.

— Ouais, a-t-il répondu, d'un ton différent du « merci » un peu sec qu'il avait servi à Sophia.

— Je l'ai rencontré il y a longtemps, à LA.

— Ah ben justement, il est dans le train, là, il arrive à New York. Attends, je l'appelle.

Il n'a eu qu'à tapoter les touches de son Motorola Razr pour avoir Paul au bout du fil. Ce dernier lui a confirmé qu'il me connaissait et proposé qu'on le rejoigne dans un bar du Lower East Side. Sur place, autour du billard où j'ai joué quelques coups maladroits, j'ai expliqué à Paul, son ami rock star et sa fiancée, que Sophia et moi étions exceptionnellement sorties pour le week-end de l'institut psychiatrique où nous étions internées.

Ils ont tous cru que je blaguais. J'ai ri avec eux, tout en leur certifiant que je ne plaisantais pas : j'étais bel et bien dérangée. À ces mots, je me suis sentie cool, mystérieuse. J'ai invité tout le monde à poursuivre au 134 Charles Street. Ma mère était absente et Nanny dormait. Paul et moi avons fait des allers-retours dans la piscine en papotant. Le guitariste nous a joué en avant-première le prochain album de son groupe. Sophia, complètement saoule, a supplié la fiancée de son idole de l'accepter comme demoiselle d'honneur à leur mariage. Puis les premières lueurs de l'aube sont apparues. Chacun est rentré chez soi ; Sophia et moi avons regagné Riggs plus tard dans la journée.

À partir de là, Paul et moi nous sommes mis à discuter au téléphone chaque soir pendant des heures. On parlait de films, de nos années collège, de garnitures de pizza, de trahison et de coiffure. Il logeait dans l'East Village, dans le pied-à-terre d'une célèbre actrice descendante d'une grande lignée hollywoodienne ; aussi, le week-end suivant, me suis-je rendue dans l'appartement de cette actrice pour notre premier rendez-vous. J'étais en retard parce que j'avais pris le temps de défriser mes cheveux bouclés, qui m'allaient jusqu'aux fesses, et de farder mes paupières de noir, Paul m'ayant prévenue qu'il aimait les filles aux cheveux lisses et très maquillées. Je portais un chemisier en soie sous une veste en tweed marron, un jean moulant et des escarpins Manolo Blahnik jaune vif, que j'avais empruntés à ma mère et tenté d'ajuster à ma pointure en y ajoutant des semelles. Paul, qui semblait réellement ravi de me voir, m'a proposé un verre. Il portait un T-shirt vintage affichant la silhouette d'un État du sud assorti d'un slogan provocant, une veste, un Levi's noir ajusté et des Converse montantes, qu'il avait pris soin de salir dans les caniveaux avant de les porter officiellement parce que les Chucks flambant neuves, c'était pas cool. Il avait d'immenses yeux ronds et un menton fuyant qui donnait l'impression, à regarder son visage de haut en bas, que quelqu'un était en train de baisser le son. Il dissimulait cette imperfection sous une barbe de trois jours. Il était très drôle ; nous sommes restés un moment sur le canapé, à rigoler. Tandis que je lui racontais l'histoire de mon ver, il s'est approché de l'îlot de cuisine et a commencé à étaler des lignes de poudre blanche.

— C'est de la cocaïne, a-t-il précisé avant de sniffer le tout.

Je le regardais tout en poursuivant mon récit.

Une heure plus tard, il a étalé de nouveaux rails, qu'il a sniffé de même.

— En fait, c'est de l'héroïne, a-t-il corrigé, comme si je lui avais fait une remarque. C'est juste pour me détendre.

On s'est assis par terre sur des coussins, et Paul m'a fait écouter ses disques préférés.

Puis on est allés sous la douche ; je me suis excusée parce que l'eau faisait couler tout mon maquillage. On s'est mis au lit, on a regardé le télé-achat, en se marrant devant les objets bizarres mis en vente et le ton surmotivé des bonimenteurs. On a commencé à s'embrasser, et après des préliminaires consistant en tout et pour tout en une fellation, il m'a annoncé que, par principe, il ne mettait jamais de préservatif. J'ai consenti à ce qu'il me pénètre sans protection – il bandait mou à cause de l'héroïne –, en espérant que mes gémissements étaient convaincants. Le lendemain, je suis rentrée à Riggs, avec une idée en tête : revoir Paul. Lequel, d'ailleurs, était devenu un sujet central de mes séances de thérapie familiale.

La fin de mon séjour approchait. Or, ma thérapeute s'inquiétait de mon comportement récent et de mon insouciance à cet égard ; elle doutait que je sois capable de vivre en dehors du Centre sans me mettre en danger. Ma mère aussi était inquiète, et effrayée par ma relation avec Paul.

— Il a trop d'influence sur toi, estimait-elle.

À ces mots, j'ai pouffé et levé au ciel mes yeux désormais lourdement ourlés de noir.

Elle a essayé de se montrer compréhensive, m'a confié qu'elle aussi avait parfois préféré les embrouilles plutôt qu'affronter ses émotions, qu'à elle aussi il était arrivé d'inviter dans sa vie des personnes toxiques.

Elle m'a expliqué qu'elle ne s'était pas sentie respectée quand j'avais fait venir Paul et ses amis à la maison, pour qu'ils se droguent. Elle m'a reproché de me comporter comme mon père. Tout cela était inaudible pour moi. Je ne concevais pas que c'était sa maison, sa vie. Je ne pensais qu'à une chose : faire ce qu'il fallait pour me rendre importante aux yeux de Paul. Toutefois, me montrant conciliante, j'ai accepté de reporter d'un mois ma sortie de Riggs.

Quand mon père est arrivé d'Europe pour prendre part à la thérapie familiale, il n'a pas eu l'air affolé par ma relation avec Paul. Il trouvait normal, et même bénéfique que je fasse « des choses qui étaient bien de mon âge ». Il ne comprenait pas pourquoi je reportais ma sortie. Cela le frustrait ; il aurait voulu que je quitte le Centre et que je l'accompagne en Europe, pour faire encore plus de « choses de mon âge ».

— Ça m'inquiète qu'Alice quitte cet endroit sans une assise solide ni véritable plan B. Le mieux est qu'elle reste à Riggs, a déclaré ma mère.

— Et moi, ça m'inquiète qu'elle prolonge son séjour, a répliqué mon père. Avec cette logique, elle va passer sa vie à l'hôpital. Le mieux est qu'elle sorte et vienne avec moi en Europe.

Pour finir, je suis restée un mois de plus comme je m'y étais engagée, suite à quoi j'ai quitté Riggs « contre avis médical ». J'y avais séjourné un an et deux mois. Dans le compte rendu de mon hospitalisation, ma thérapeute avait noté : *Elle demeure attachée au statut de l'enfant « pleine de potentiel » appelée à devenir écrivain, et elle craint d'abîmer ce « potentiel » en travaillant ou en œuvrant concrètement à devenir « quelqu'un » en particulier. Autrement dit, quelqu'un de plus limité que la jeune fille qui suscite tant d'engouement parmi les adultes de son entourage.*

— Nous espérons te revoir bientôt, m'a dit le Dr Shapiro lors de ma dernière entrevue avec le personnel.

— Merci, ai-je répondu, par réflexe.

On m'a adressée à un psychiatre, afin que je puisse poursuivre le traitement antipsychotique entamé à Riggs. À l'issue d'un unique entretien de seulement quarante-cinq minutes, le Dr Gilbert m'a renvoyée chez moi avec une ordonnance pour quatre-vingt-dix comprimés de Klonopin, un médicament contre l'anxiété puissant et hautement addictif, de la famille des benzodiazépines, dont l'usage prolongé est déconseillé et dont il sera établi plus tard qu'il augmente le risque de démence, et quatre-vingt-dix comprimés d'Adderall, une amphétamine délivrée uniquement sur ordonnance, utilisée dans le traitement du TDA/TDAH. Il m'a expliqué que l'effet de l'Adderall s'estompait toutes les quatre heures, et que je devais prendre le Klonopin chaque fois que j'en ressentais le besoin, ainsi que le soir pour m'endormir. Après ma première prise d'Adderall, je suis passée de cinq cigarettes par jour à un paquet et demi des Marlboro 27 de Paul. Je trempais mes vêtements tellement je transpirais, et je grinçais des dents. J'avais les yeux exorbités, le sang en ébullition. Je suis devenue irritable, agressive, incapable de déchiffrer les signaux sociaux. Je parlais trop, trop fort, trop vite, afin de m'entendre malgré les palpitations de mon cœur et les pulsations de mon sang en ébullition. Chaque dose d'Adderall me rendait anxieuse, alors je prenais du Klonopin, comme le médecin me l'avait recommandé. Et vu que l'Adderall m'empêchait de dormir, je prenais du Klonopin comme le médecin me l'avait recommandé. J'avalais une telle quantité d'Adderall que le Klonopin, au lieu d'être euphorisant ou relaxant, n'avait d'autre effet que de m'assommer, m'affamer et m'inciter au laisser-aller. Il ne me vint pas à l'esprit de douter de la prescription médicale. Ma mère m'avait appris à ne jamais remettre en cause l'expertise et l'autorité des médecins. Sans doute était-ce une étape nécessaire du processus de guérison.

Je passais le plus clair de mon temps dans le nouvel appartement de Paul, à l'angle de la Première Avenue et de la Première Rue (aux frais de son riche paternel), où il m'initia à la bonne musique et à la cocaïne. Bien que ne travaillant ni l'un ni l'autre, nous suivions néanmoins un emploi du temps bien précis. En général, nous démarrions la soirée à 22 heures, en rejoignant JP Ward's, un petit bar de quartier sur l'avenue A, équipé d'un billard et tenu par des jumeaux. Là, j'avalais des shots de Jägermeister et de l'Amstel Light (la bière préférée de Paul) jusqu'à en gerber. Une fois que je m'étais lavé la bouche, on allait un bloc plus loin, au 2A, où Stephen, le sublime barman toxico qui mâchait des lames de rasoir, nous préparait des cocktails au goût de bonbons ou d'autres friandises : Tootsie Roll, tarte au citron vert, avec une cerise pour la déco. Après le 2A, on rejoignait le Niagara où on sniffait de la coke sur fond de R&B et de soul des années 1960, ou encore de punk et new wave des années 1970. Si on avait faim, on attrapait des pierogis chez Veselka, puis on finissait la nuit au Black and White, où le barman retirait les cendriers pour qu'on puisse préparer des rails de coke sur le comptoir. Un week-end, Paul m'a emmenée chez Benihana avec ses potes, qui ont discrètement dit aux serveurs que c'était mon anniversaire alors que ce n'était pas vrai : on m'a servi une boule de glace avec une bougie dessus et tout le bar m'a chanté bon anniversaire. Ce soir-là, Paul et moi avons pris un vélotaxi pour rentrer : on a traversé Times Square en bringuebalant à toute blinde, fendant la foule et la circulation enveloppés par « Clocks » de Coldplay, que crachait un vieux radiocassette. On est allés à une soirée jeux chez un célèbre humoriste. Paul avait de la salade coincée entre les dents ; j'ai paniqué, ne sachant pas si nous en étions à un stade de notre relation où je pouvais lui dire qu'il avait un truc entre les dents. Je ne lui ai rien dit.

Ma relation avec Paul me donnait un accès privilégié à une certaine jeunesse cool et branchée. De fait, les amis de Paul étaient vraiment très cools. C'étaient des photographes de mode (l'un d'eux prétendait être un descendant de William Faulkner), de jeunes rock stars ayant sympathisé avec des musiciens plus aguerris, des stars de cinéma au passé en dents de scie, des mannequins qui étaient aussi créateurs (le plus souvent de T-shirts), des producteurs, un proche parent d'un célèbre chanteur de la Motown. Tout ce petit monde avait un appartement à Manhattan et des horaires qui leur permettaient de se retrouver à n'importe quelle heure et n'importe quelle occasion. J'appris que le mot *party* (fête) pouvait s'employer comme un verbe (*to party* = faire la fête, s'amuser), et c'est effectivement à quoi nous passions notre temps. J'étais en permanence angoissée. Je n'avais d'autre but que d'impressionner ces gens, et j'y parvenais très bien. Je faisais des mots croisés dans les bars, pour paraître originale. Si je croisais une connaissance, je m'exclamais avec emphase : « Vous ici ? En chair et en os ! » À l'entrée de chaque bar, je m'aspergeais lourdement d'une nouvelle dose de Chanel n° 19. Je n'avais aucune idée de l'image que je renvoyais, à quel point j'apparaissais fausse et désespérée. J'étais effectivement fausse et désespérée. J'étais vide, loin de chez ma mère, et j'avais besoin qu'une tierce personne me leste de ses propres désirs.

Paul n'avait jamais octroyé à personne le titre de « petite amie ». Un soir où nous faisions des courses à l'épicerie asiatique, il m'a appelée chérie derrière un rayon de pois au wasabi, et ça m'a remuée. Ensuite de quoi, il a décidé que je serais officiellement sa petite amie, parce qu'il avait aimé ce qu'il avait ressenti en m'appelant « chérie ». Ce n'était pas un gars facile à conquérir, d'autant qu'il mettait un point d'honneur à ne pas s'attacher, avec les filles. C'était fascinant de le regarder passer du détachement à l'attention, de le voir ainsi zoomer sur moi avec un sourire malicieux. J'étais désormais la petite amie de Paul, mais ce privilège n'allait pas sans conditions. Il a exigé que je lisse mes cheveux bouclés. Pour le jour de l'an, il s'est mis dans une colère noire parce que je les avais gardés légèrement ondulés.

— Pourquoi tu me fais ça juste le soir du réveillon ? m'a-t-il reproché.

Il m'a suggéré de me teindre en brune, ce que j'ai fait.

Paul aimait les filles très maquillées ; je me suis donc mise à me farder les paupières en noir, et n'osais plus quitter la maison sans un parfait trait d'eyeliner. Le soir, je demandais :

— On va faire l'amour, ou je peux me démaquiller ?

— Garde pour l'instant. J'aurai peut-être envie tout à l'heure, répondait-il en se versant un sachet de bonbons Nerds dans la bouche, les yeux rivés au dernier film de Paul Thomas Anderson.

Le cunnilingus étant « contre sa religion », j'étais aux petits soins pour sa bite amollie par les opiacés, convaincue que ma seule chance de prendre du plaisir était de trouver moyen d'introduire en moi son pénis flasque et de faire en sorte qu'il y trouve son compte.

Paul me disait quoi porter, il choisissait ma tenue quand nous sortions le soir. Il m'a suggéré de perdre encore cinq kilos (je faisais déjà du XS) avant de me dire que non, il blaguait. J'ai fait ce qu'il m'a dit. J'appréciais ses instructions.

Je retournais régulièrement au 134 Charles Street : pour y organiser des fêtes autour de la piscine, où la drogue circulait, ou bien pour m'y réfugier quand Paul et moi étions en froid. Parfois, quand je rentrais après une nuit dehors, je retrouvais ma mère et Nanny buvant café et thé dans la cuisine, et je leur apportais le journal. Ni l'une ni l'autre ne faisait aucun commentaire sur le fait que je n'étais pas rentrée de la nuit. Aucune ne demandait où j'étais allée, ni avec qui.

Certains soirs, je tombais sur ma mère, toute seule dans la cuisine. J'étais contente de la voir, j'avais envie de discuter avec elle. Je m'asseyais à l'îlot de cuisine, les jambes tremblantes à cause de la cocaïne ou de l'Adderall, et je lui parlais tandis qu'elle sortait une nouvelle bouteille de vin du frigo. Je lui parlais des gens que j'avais rencontrés, de mes idées pour la couverture de mon roman en cours, auquel je n'avais pas touché depuis des mois, des livres dont j'avais entendu du bien.

— Tu as l'air speed, remarquait-elle.

— J'ai bu trop de thé vert.

Sans un mot et sans un regard pour moi, elle quittait la cuisine pour aller picoler dans son coin.

Un soir, après une nouvelle tentative infructueuse pour lancer la conversation – j'étais sous coke et elle-même en était à sa deuxième bouteille de vin –, je l'ai suivie hors de la cuisine et l'ai coincée dans l'escalier.

— Pourquoi tu me fuis toujours comme ça ? me suis-je écriée.

— Laisse-moi tranquille.

— Non, je veux te parler. Pourquoi tu ne veux pas me parler ?

— Parce que je n'ai pas d'estime pour toi, a-t-elle hurlé avant de disparaître dans l'escalier.

Je suis restée seule, figée, sous le choc de la puissance, de la passion qu'elle avait mises dans ce cri. Je ne l'avais jamais entendue élever la voix à ce point. Comme si la seule chose capable de la ranimer, de monter le son, de l'amener à s'adresser à moi, avec feu, était mon échec. Il ne me vint pas à l'esprit que j'étais censée vivre autrement. Que les jeunes de mon âge s'attelaient à devenir des adultes responsables, à construire leur vie. Les médecins m'avaient appris que mon job, à moi, était de prendre mes médicaments et de réfléchir aux moyens d'exprimer mes pensées et mes sentiments. Ma mère m'avait appris à obéir aux médecins. Elle ne m'avait pas demandé quels médicaments on m'avait prescrits. Et si jamais je parlais de mes sentiments, elle me demandait si ma thérapie se passait bien.

Je consultais une nouvelle thérapeute, que m'avait recommandée le personnel médical de Riggs. La Dre Hart comparait mes mots à des « petits bijoux » ; deux fois par semaine, nous nous retrouvions dans son cabinet, pour tisser des histoires et sculpter des métaphores. Parfois, je lui remettais de petits sachets de cocaïne, en déclarant que je voulais réduire ma consommation, et elle me félicitait.

De son côté, Paul consommait de plus en plus d'héroïne et s'était mis à fumer du crack. Moi, je prenais de plus en plus de coke, avec l'argent que nos parents continuaient à nous donner. Quand ça allait bien, on passait la nuit à discuter et à écouter de la musique jusqu'à l'après-midi du lendemain. Un soir, une semaine après la mort de Stephen, le barman, d'une overdose de speedball, en entrant dans le salon j'ai trouvé Paul affalé sur le canapé. Je l'ai secoué, mais sa tête est retombée en arrière. Au moment où j'appelais les urgences, il s'est redressé en rigolant. L'humeur de Paul se dégradait ; il n'était pas rare qu'on entre dans un bar en s'engueulant, et qu'on s'interrompe aussi sec dès que le barman nous tendait nos shots. Pour la Saint-Valentin, Paul m'a emmenée dîner chez Lavagna, un restaurant italien que lui et ses amis appréciaient. Ce soir-là, j'ai bu successivement du champagne, du vin rouge puis du vin blanc. En sortant du restaurant, agrippée à une vieille armoire abandonnée sur le trottoir, j'ai tout vomi. Paul s'est mis à me hurler dessus.

— Tu m'as tanné pour que je te paye un super restau, tout ça pour gerber ton repas !

On est allés au Ace Bar, faire une partie de billard. Après avoir joué quelques coups en silence, on a rejoint le Horseshoe Bar, où on est tombés sur Lilian, une amie de Paul, qui d'après lui l'aimait bien. On s'est installés sur une banquette en vinyle rouge et ils ont commencé à discuter. À un moment, je suis intervenue et Paul m'a dit de la fermer. Je me suis tue. Puis, j'ai senti mon corps partir vers l'avant, mon front manquant cogner la table. Il m'avait frappée à la nuque, violemment. Sous le choc, le rouge m'est monté aux joues. Me laissant glisser de la banquette, je me suis dirigée vers la porte. Paul s'est levé et a voulu m'arrêter, les mains tendues vers moi. Le videur s'est avancé et nous a demandé si tout allait bien ; j'ai dit non et me suis éclipsée. Dehors, le dos contre la façade du bâtiment, j'ai appelé mon amie Leah. Leah et moi nous étions rencontrées le premier jour d'une thérapie de groupe que j'avais suivie ; elle m'avait tout de suite prise en affection, parce que, alors qu'une fille faisait une crise de sevrage aux benzodiazépines, j'avais demandé au conseiller si on pouvait faire une pause-clope. Leah m'a conseillé de quitter le bar. Mais je ne pouvais pas. Je devais prendre soin de Paul. J'étais la petite amie de Paul. J'avais peur qu'il m'éjecte de son monde si, bien que surmaquillée et amaigrie, je ne me pliais pas à sa loi.

Je suis restée dehors jusqu'à ce que Paul sorte à son tour, chancelant. J'ai raccroché et glissé un bras dans son dos pour qu'il prenne appui sur moi. Je nous ai ramenés comme ça à la maison, en le soutenant, en veillant à ce qu'il ne se jette pas sous une voiture. Il avait invité Lilian à nous retrouver chez lui. Elle est arrivée en même temps que nous, et a ouvert des yeux comme des soucoupes en découvrant les lieux. Le sol était jonché d'un mois d'exemplaires du *Daily News*, de toutes sortes de bouts de papier (des Post-it ; des pages arrachées à des cahiers, vierges, à lignes ou à carreaux, parfois annotées ; les paroles d'une chanson ; un début de liste de courses ; un numéro de téléphone ; un pense-bête pour nous rappeler un truc que l'un de nous devait faire mais ne faisait jamais), de divers sachets de bonbons éparpillés sur le lit, sous les oreillers, ou encore coincés entre le lit et le mur. Les accros à l'héroïne adorent les bonbons. Plats, ustensiles, casseroles, poêles, verres : absolument toute la vaisselle était sale. Et ces ustensiles souillés étaient disséminés un peu partout : empilés à côté de l'évier de la cuisine, au sol de la salle de bains, par terre dans la chambre, sur le rebord de la fenêtre du salon, des deux fenêtres de la chambre, et de celle de la salle de bains.

Assis sur le petit canapé, Paul a allumé une pipe de crack et lancé à Lilian :

— Je parie que t'as encore jamais vu quelqu'un fumer du crack.

Lilian m'a demandé si elle pouvait me laisser seule avec lui, et sans attendre ma réponse, elle a salué Paul et s'est éclipsée. J'ai laissé Paul fumer son crack tranquillement puis, quelques heures plus tard, je l'ai aidé à se mettre au lit. Il a rampé jusqu'au pied du lit, où je me tenais debout, et a collé son front au mien.

— T'es rien du tout, m'a-t-il balancé, tu mérites pas de vivre. Je vais t'éclater la gueule.

— Va te coucher, ai-je dit en le repoussant sur le lit, que j'ai contourné pour le border.

Je me sentais étrangement compétente, comme s'il était mon enfant et que j'étais là pour gérer ses crises.

Quand je me suis réveillée, plus tard ce matin-là, Paul était parti. Je l'ai attendu dans le lit jusqu'à le voir revenir le lendemain, à la ramasse. Il s'est collé un patch de fentanyl – destiné normalement aux patients en phase terminale – et m'a rejointe sur le lit, où on a regardé *Flavor of Love* pendant des heures.

Quelques jours plus tard, je me suis réveillée tôt le matin, affamée. Paul, lui, n'avait pas dormi de la nuit.

— Je vais te faire des pâtes au parmesan, m'a-t-il lancé depuis le salon.

Ça lui arrivait d'être aux petits soins, comme ça.

— Avec de l'huile d'olive *et* du beurre, ai-je commandé depuis la chambre.

Je l'écoutais s'affairer. Bruits de pas, soupirs, râleries, ploufs et boums et clings formaient comme une BD sonore de son activité domestique, que je suivais à distance. Puis soudain, les bruitages ont cessé.

— Je me suis coupé, m'a-t-il informée depuis la cuisine.

— Ben va chercher un pansement, ai-je dit sans sortir du lit.

Pas un bruit derrière la cloison.

— Mets un pansement, je te dis.

Pas de réponse.

— C'est grave ?

— Je crois, oui, a fait Paul.

Je suis sortie du lit et, à poil, j'ai rejoint la pièce principale. Debout, parfaitement calme, Paul tenait sa main gauche dans sa droite. Il la tenait bien haute contre lui, comme si je risquais de la lui enlever. Du sang coulait de son bras. La main de Paul n'avait plus rien d'une main. Tout était réduit à deux dimensions ; je ne voyais pas la scène, je voyais les mots pour décrire la scène. J'ai vu la phrase : « Le Grand Canyon s'est rempli de sang ». Puis, au-dessus de la silhouette de Paul, sont apparus les mots « le déballage d'une rame bien pliée de velours résistant ». Les lettres de « un œuf de Fabergé déverse son jaune rubis » se sont imprimées sur la scène.

Les choses qui peuvent se décrire par ce qu'elles ne sont pas tout en restant vraies sont merveilleuses, ai-je songé.

J'ai secoué la tête, envoyant valser les métaphores telles des gouttelettes d'eau. Posant mes deux mains sur les épaules de Paul, je l'ai fait asseoir sur le canapé.

D'autorité, je lui ai enroulé la main dans un torchon et j'ai placé son autre main par-dessus, pour faire garrot.

— Serre fort, ai-je ordonné. Ne relâche pas la pression. Garde le bras en l'air.

J'ai retrouvé ma robe de la veille entre le lit et le mur, et l'ai enfilée. Je suis retournée dans le séjour, j'ai attrapé mon sac à main, et j'y ai fourré : deux portefeuilles, deux portables Motorola Razr roses, deux jeux de clés, une bouteille de soda au gingembre tiède et à moitié vide en prévision de l'hypoglycémie que risquait de causer la perte de sang. J'ai éteint sous les plaques. J'ai tourné vers l'arrière la queue de la casserole dans laquelle l'eau commençait à bouillir, car il est dangereux de laisser la queue d'une casserole dépasser de la cuisinière. C'est alors que j'ai aperçu sur le plan de travail un verre à demi brisé et maculé de sang. Paul avait dû laver une assiette, sa main avait glissé, percuté un verre qui, en se cassant, avait failli lui couper la main en deux. Je me suis retournée, pour constater que Paul se fanait en silence, tel que je l'avais arrangé, les doigts plantés dans le torchon imbibé de rouge. J'ai déniché un rouleau d'essuie-tout, je l'ai déroulé et j'ai bourré entre les doigts repliés de Paul cette fleur de papier immaculée, où germèrent immédiatement des racines écarlates.

— Viens, je t'emmène à l'hôpital, ai-je lancé.

J'ai attrapé mon sac par terre, Paul sur le canapé, et je nous ai évacués dans le couloir. D'une main j'ai donné un tour de clé, tout en soutenant Paul de l'autre. Je nous ai entraînés à l'autre bout du couloir, j'ai ouvert la porte toujours d'une seule main et nous avons fait irruption dans le petit matin. Lâchant Paul, je me suis mise à courir, le bras en l'air, pour essayer d'arrêter un taxi. Quand je me suis retournée, j'ai juste eu le temps de voir Paul entamer une sorte de plongeon au ralenti, frôler le sol avant de se rétablir de justesse à la faveur d'une foulée acrobatique. Je me suis hâtée de revenir vers lui pour qu'il puisse prendre appui sur moi. Je nous ai trimbalés sur quelques dizaines de mètres, le bras droit toujours levé dans l'espoir de trouver un taxi. Mais les taxis passaient sans s'arrêter. Je nous ai ainsi tenus à bout de bras jusqu'à ce que, quand nous sommes parvenus au bord du trottoir, je le laisse glisser contre moi et s'asseoir par terre. J'ai appelé les urgences.

— Oui, bonjour. J'aurais besoin d'une ambulance à l'angle de First Street et de First Avenue. L'angle nord-ouest. Mon copain s'est gravement ouvert la main gauche. Sa main est presque entièrement sectionnée et il saigne abondamment. Faites vite, je vous en prie.

Un homme s'est approché.

— J'ai appelé une ambulance. Je vous ai observés, les jeunes, il a l'air mal en point.

— Oui, merci. On gère, ça va. Je viens d'appeler une ambulance. Elle est en route, ai-je répliqué.

Tournant le dos au type, j'ai prié pour que mon ambulance arrive en premier. Je tenais à ce que ce soit la mienne.

Paul s'appuyait pesamment contre ma jambe, il saignait toujours.

— Tu veux bien m'allumer une cigarette ? a-t-il réclamé, les yeux rivés au sol.

J'avais le sommet de son crâne sous les yeux. Ses cheveux étaient gras et filasses.

— Je ne suis pas sûre que ce soit une bonne idée.

Il me demandait la permission. Je devais décider pour lui, c'était bon.

— Ça va me faire du bien, je te jure, a-t-il imploré.

— OK, ça marche. Juste une, alors, ai-je tranché.

J'avais envie d'une clope moi aussi. J'en ai allumé deux, je lui en ai tendu une.

L'ambulance a déboulé le long du trottoir. Trois secouristes ont sauté du véhicule et se sont déployés autour de nous. L'un a déplié la main blessée de Paul. Un autre a commenté dans un walkie-talkie :

— Ouais, c'est assez grave. Il a failli se trancher la main.

Le troisième m'a prise à part. Il s'est approché trop près, et m'a parlé par molles saccades, comme sorties d'un aérosol manquant de pression.

— A-t-il pris de la drogue ? Est-il présentement sous l'effet d'une drogue ?

On me demandait de raconter son histoire. Je me suis sentie puissante.

— Cela fait longtemps qu'il se drogue, fréquemment et à haute dose. Il a une sérieuse addiction à l'héroïne en plus d'une consommation fréquente et excessive de crack et de cocaïne. D'après lui, il est clean, là, mais vu qu'il est accro je ne peux pas vous le certifier. Je sais qu'il s'est auto-administré de la méthadone pour redescendre. Elle fait peut-être encore effet. Je ne connais pas le dosage exact, mais je suppose que c'était costaud vu le niveau de sa consommation d'héroïne. J'espère vous avoir aidé.

— C'est bien ce que je pensais. Il a les pupilles en têtes d'épingle. Et il n'a pas l'air clean. Vous, si, a affirmé le secouriste.

— Merci, ai-je dit, fière de remporter ce prix de la meilleure actrice en pleine crise.

— Je peux vous prendre une taffe ? a demandé le gars en désignant ma cigarette, comme si on était potes.

Je me suis sentie flattée, et dégoûtée.

— Elle est à vous, ai-je répondu en lui tendant la cigarette.

J'ai laissé l'ambulancier pour rejoindre l'arrière du véhicule. Paul avait déjà été embarqué à l'intérieur, tout tremblant sur la banquette en vinyle rembourrée. J'ai dépassé les deux secouristes pour aller m'asseoir à côté de Paul. J'ai intercepté le porte-bloc et les formulaires qui lui étaient tendus. C'est moi qui les remplirais parce que je connaissais toutes les réponses, et que j'avais une écriture lisible. Je m'appliquerais.

L'ambulance démarra son carnaval de lumières et sa course folle. Paul a cherché ma main de sa main valide. Je l'ai laissé me prendre la main, quand bien même je n'en avais pas envie. La sienne était petite, épuisée, moite. J'avais été capable de le retenir avant qu'il manque de s'écrouler. Capable, tout en lui tenant le bras en l'air, de garder le téléphone à l'oreille et de le faire marcher debout dans la rue. Capable de veiller à éteindre les plaques de cuisson. J'étais indispensable. Essentielle. Mon écriture serait lisible malgré la conduite sportive de l'ambulancier. Les renseignements que j'avais fournis s'avéreraient cruciaux pour sa prise en charge. Au cœur de cette crise, je me sentais vivante. Je ne voulais pas rester assise, à tenir sa petite main valide.

Nous sommes arrivés à l'hôpital St. Vincent. Je connaissais les lieux. J'y étais déjà venue. Je connaissais le système. Je faisais partie du système. Mais nous n'étions pas là pour moi. Cette fois-ci, c'était quelqu'un d'autre qui s'était coupé.

On nous a conduits en salle de déchocage n° 3. Paul s'est assis sur le lit. Il était tout mou et avachi comme un jouet de piscine à moitié dégonflé. Une médecin entra. Après lui avoir anesthésié la main à l'aide d'une grosse seringue, elle s'est mise à suturer la plaie. Démobilisée, je suis sortie du bâtiment pour aller m'asseoir sur les marches. Dans mon sac à main, se trouvait une taie d'oreiller, estampillée « Hôpital St. Vincent », que j'avais volée en salle de déchocage n° 3. La fatigue commençait à prendre le pas sur les pics d'adrénaline qui m'aiguillonnaient. Il s'est mis à pleuvoir. J'ai allumé une cigarette. Paul était tiré d'affaire. J'avais surmonté cette crise. Mais bientôt cette glorieuse matinée se terminerait, et à nouveau je ne serais plus rien.

5

Quand la main de Paul a été guérie, il est retourné à Los Angeles, en me promettant chaque semaine qu'il serait de retour la semaine suivante. Sa tante m'a appelée pour m'informer qu'elle avait trouvé des seringues dans la poubelle. Quand il est revenu à New York, pour la Saint-Valentin, ses bras étaient couverts de bleus. Nous sommes allés manger dans un restaurant de fondue, où il a piqué du nez au-dessus de la marmite bouillante.

— C'est le jet lag, a-t-il avancé.

Je l'ai cru. Puis il est reparti à LA et n'est jamais revenu.

Cet été-là, mon père est venu à New York à l'occasion de mes vingt et un ans. Nous étions au 134 Charles Street, attablés dans le séjour. Il venait d'écrire un scénario et voulait qu'on en fasse une lecture à voix haute, tous les deux. Ça racontait l'histoire de Dracula, qui, après avoir mordu une « prostituée junkie », se retrouvait accro à l'héroïne et communiquait à sa victime sa propre addiction au sang. Dracula et la prostituée tombaient amoureux. Mon père tiendrait le rôle de Dracula et il aurait aimé que je lise celui de la prostituée. Quand nous sommes parvenus au passage où Dracula mord la prostituée et où ils tombent amoureux, les mots – ils se tortillent sur le lit, s'embrassent et se sucent, emportés par la flamme du désir – me sont devenus insoutenables. Je me suis arrêtée de lire.

— J'ai faim, ai-je déclaré.

Je suis allée dans la cuisine et j'ai mis une casserole d'eau à bouillir pour faire des pâtes. Mon père m'a suivie. Il continuait de me parler tandis que je sortais les spaghettis du paquet, dénichais un pot de pesto et le versais dans un bol.

— Tous les pères désirent secrètement coucher avec leur fille, a-t-il affirmé.

J'ai été comme frappée de paralysie, comme si j'avais été mordue par une bête venimeuse. Ma peau s'est mise à me brûler. Je n'arrivais plus à parler. Je me suis efforcée de considérer ce qu'il venait de dire comme le tableau d'un artiste mort depuis longtemps, dont le passage du temps et l'évolution du contexte auraient brouillé l'intention. Comme une chose qui n'avait rien à voir avec moi. *Trouve un truc intelligent à dire*, me suis-je enjoint intérieurement. C'est alors que j'ai entendu tinter la casserole, où l'eau frémissait.

— Je crois que l'eau commence à bouillir, ai-je lancé en lui tournant le dos.

Cette même année, mon père s'est fait crucifier. Une photo de ma demi-sœur Elena avait paru dans la presse sans l'autorisation de sa mère, suite à quoi Bettina l'avait attaqué en justice. Mais au lieu de payer les 5 000 euros de dommages et intérêts qui lui étaient réclamés, mon père a préféré aller en prison et instrumentaliser son incarcération, en collaboration avec le tabloïd *Bild Zeitung*, afin de sensibiliser le public aux droits des pères solo et de leurs enfants. En Allemagne, à l'époque, les pères non mariés perdaient souvent la garde des enfants à l'issue d'une séparation. Soutenu par une assemblée de trois cents personnes, essentiellement des pères coupés de leurs enfants à l'issue de séparations houleuses ou de conflits sur le droit de garde, mon père organisa sa propre crucifixion devant le ministère fédéral de la Justice à Berlin. Amaigri, voire émacié, il s'est fait attacher à une grande croix, avec pour tous vêtements un morceau de tissu noué à la taille et une « couronne d'épines » sur la tête. D'autres pères, affublés de vieux uniformes de bagnards, l'entouraient en scandant des slogans et brandissant des pancartes, qui clamaient : « Halte à la guerre faite aux pères », « Pour une garde égalitaire dès la naissance » ou encore « Les pères sont aussi des parents ». Mon père posait pour la galerie : la tête rejetée en arrière, la bouche entrouverte ; ou bien la tête retombant inerte sur le torse. Lui et son armée de pères éplorés parvinrent en fin de compte à faire modifier la loi.

L'histoire était presque parfaite : il y avait des méchants, des masses flouées, un meneur qui avait lui-même essuyé son lot d'épreuves, et une victoire sur les autorités. L'héroïsation de mon père était totale. Aux yeux de tous, il était un père, un martyr, une figure christique. Mais pour moi, il était douteux, beaucoup moins noble. Je n'ai jamais pris en considération qu'il avait des raisons personnelles d'agir ainsi, de mener ce combat. Qu'il avait une autre fille, qu'il aimait. Qu'il avait d'autres priorités que moi. Le coup d'éclat spectaculaire qu'il avait orchestré pour sauvegarder sa relation avec ma sœur m'inspirait de la colère, de la jalousie, un sentiment d'abandon.

J'ai décidé de candidater à l'université Columbia pour terminer mon premier cycle. L'absence de Paul non seulement me laissait le temps d'être autre chose que sa petite amie, mais marquait également la fin de notre éreintant programme de tournées des bars et de consommation de stupéfiants. Ravie de retourner en cours, je me suis littéralement plongée dans l'étude. Je me sentais euphorique : il faut dire que j'étais toujours sous Adderall. J'avais quinze idées à la seconde ; je levais et j'agitais la main jusqu'à ce qu'on m'interroge. J'adorais devoir montrer ma carte d'étudiant, et me répéter à moi-même : « Je suis étudiante. » Au premier semestre, j'ai figuré sur la liste d'excellence de la fac. Puis j'ai consulté un nouveau psychiatre, qui m'a diagnostiqué des troubles bipolaires et d'anxiété généralisée, justifiant notamment ces derniers par le constat que je m'habillais différemment à chaque séance : une fois en robe d'été colorée, la suivante en jean moulant noir et T-shirt vintage à l'effigie d'un groupe de rock. À nouveaux diagnostics nouveaux médicaments : l'antipsychotique Risperdal contre le risque d'hypomanie, le régulateur d'humeur Lamictal, de la trazodone contre la dépression, des doses accrues de Klonopin, des doses accrues d'Adderall, et l'antipsychotique Seroquel, ajouté parce que l'Adderall m'empêchait de dormir. Le Seroquel associé au Klonopin me rendait vorace. À deux heures du matin, je me retrouvais plantée devant le frigo, détachant à mains nues de leur carcasse des morceaux de poulet froid pour me les fourrer dans la bouche. Je me réveillais au milieu de la nuit, enfournais une cuillerée de pudding au chocolat laissée exprès à proximité de mon lit et me rendormais avant même de l'avoir avalée, pour ensuite me réveiller la joue collée à une taie d'oreiller tachée. À deux reprises, je me suis endormie sur une barre de Milky Way à moitié entamée, et une fois sur une pointe de brie. J'ai commencé à prendre du poids. On m'a prescrit de nouveaux médicaments pour contrer les effets secondaires de mes médicaments : du Topamax et de la liothyronine contre la prise de poids induite par le Seroquel et le Klonopin ; du Lyrica et de la gabapentine pour lisser les aspérités dont l'amphétamine tapissait mon cerveau.

Plus on me prescrivait de cachets, plus on me diagnostiquait de troubles – dont bien souvent les symptômes n'étaient pas sans évoquer les effets secondaires des médicaments concernés. Si j'étais en proie à la rumination mentale, ce n'était pas parce qu'on me prescrivait des stimulants, mais parce que je souffrais d'un trouble de la personnalité obsessionnel-compulsif. Mon instabilité émotionnelle était due à un trouble de la personnalité borderline, et non au traitement infligé à mon cerveau, embrasé chaque matin par un cocktail chimique, pour être éteint le soir, noyé par les tranquillisants. Je me suis mise à me représenter moi-même comme une machine tournant aux substances pharmaceutiques, un appareil conçu pour oblitérer les émotions. Ma mère m'avait appris que les émotions n'étaient pas bienvenues ; j'apprenais à présent qu'elles étaient pathologiques. La tristesse n'existait pas ; seule existait la dépression clinique. La joie, l'enthousiasme n'étaient que les signes avant-coureurs de l'hypomanie. Les émotions, positives comme négatives, signalaient un problème. Si je me sentais triste, j'appelais la Dre Sarini pour lui demander d'augmenter la dose de mon psychorégulateur. Si je me sentais étonnamment bien, je soupçonnais l'imminence d'un épisode hypomaniaque et j'appelais la médecin pour qu'elle augmente mon antipsychotique. Quand, après avoir lu l'essai que Kay Redfield Jamison consacre à son combat contre la bipolarité, j'ai trouvé bon de prendre du lithium, j'ai laissé un message à la Dre Sarini, et dès le lendemain elle transmettait une ordonnance en ce sens à ma pharmacie. Mes mains sont devenues violettes, j'avais des vertiges, je me sentais éteinte. J'ai laissé un nouveau message pour prévenir que j'avais décidé d'arrêter. Curieuse du plein potentiel des stimulants, j'ai demandé à en tester toutes les formes : Ritalin et Concerta, en plus de l'Adderall. Des ordonnances pour toutes ces substances me furent fournies : je faisais des expériences, prenant un jour l'une, un jour l'autre. La Dre Sarini me répétait suffisamment que la psychopharmacologie fonctionnait par « essais et erreurs », et que ces prescriptions par tâtonnements étaient le procédé habituel. C'était à moi de prendre soin de moi. Sachant, m'a-t-elle expliqué, qu'il me faudrait prendre des médicaments toute ma vie. La confiance de ma mère envers ces médecins n'a jamais fléchi ; elle ne cherchait toujours pas à savoir ce que je prenais comme médicaments ni comment je les supportais.

Quand je rendais visite à mon père et à mes grands-parents, à Lübeck, ils me demandaient quel traitement je suivais. Tout en mangeant ma tartine de Leberwurst, je leur dressais la liste de mes médicaments.

— Si je comprends bien, tu prends des cachets pour te réveiller et d'autres pour t'endormir, résumait mon père.

Je résistais. Ce n'était pas si simple que ça. Il y avait de bonnes raisons. Forcément. Opa, lui-même psychiatre, secoua la tête et sortit ses énormes ouvrages de référence pour vérifier la composition de mes médicaments.

— Ils te stimulent puis ils te calment artificiellement. Ce n'est pas l'usage, murmura-t-il.

Je me suis mise sur la défensive. J'ai cru qu'ils voulaient m'empêcher de me faire aider. Mes diagnostics expliquaient et justifiaient ma personne de part en part. Tels ces écriteaux nominatifs qu'on brandit à l'aéroport, je les portais hauts, bien visibles ; ils me permettaient de m'identifier, même auprès des inconnus. Ma supposée bipolarité était souvent le premier élément que je mentionnais me concernant, m'ouvrant moi-même comme j'ouvrais les pages de mon édition abondamment surlignée du *DSM*, le manuel de référence des troubles mentaux.

Les médicaments étaient des attributs nécessaires à cette identité. En voyage, lorsque je devais mettre tous mes flacons de pilules dans une pochette plastique afin de passer le contrôle de sécurité, une pointe de fierté me traversait quand les agents de sûreté les sortaient pour les examiner. Que pensaient-ils de moi ? Étaient-ils intrigués ? Impressionnés ? Intimidés ? Qu'ils puissent juste se dire que j'étais malade ne m'a jamais traversé l'esprit. Je ne pouvais accepter la maladie dans sa simplicité. Je n'étais pas simplement malade, j'étais spéciale.

Mes séances avec ma thérapeute renforçaient cette croyance. Nos discussions ne portaient jamais sur rien de concret. Bien qu'étant en contact permanent avec ma psychiatre, elle ne prenait absolument pas en considération mes traitements médicamenteux. Deux fois par semaine, toutes les semaines, nous parlions abstraitement de moi, de mes parents, de ce que cela signifiait d'être homme parmi les hommes. Elle louait mon éloquence, m'interrogeait sur mes rêves, me rendait métaphore pour métaphore, contribuait à me rendre encore plus abstraite.

J'étais toujours transparente avec elle, car j'excellais dans le rôle de la patiente. Je ne craignais rien tant que la médiocrité, lui ai-je confié. J'avais peur des limites, d'une sérénité qui m'obligerait à reconnaître que j'étais comme tout le monde, et comme tout le monde limitée. Mais le commun des mortels ne suivait pas neuf traitements pour soigner sept troubles diagnostiqués. Je restais tout de même exceptionnelle.

Un nouveau médecin est venu s'ajouter à la liste quand ma mère et moi avons entamé une thérapie familiale. Le Dr Kaufman avait un visage mou et bulbeux, comme si ses traits avaient été formés par la cire fondue émanant de la lente combustion d'une bougie. Il nous accueillait, retirait ses chaussures, posait les pieds sur un petit tabouret, puis aspirait une gorgée d'Orangina dans un verre en plastique, près duquel trônait une bouteille fraîchement entamée du soda. Ma mère et moi passions la séance assises par terre dans le couloir devant son cabinet, dont la porte était maintenue ouverte, afin de pouvoir fumer. Le Dr Kaufman commentait mon poids, me félicitant de ma minceur ou me demandant pourquoi j'avais grossi. Excitée par l'Adderall, je me lançais dans de grands discours sur mon sentiment d'abandon, mon impression de n'avoir pas d'identité propre. Ma mère écoutait, peinait à mettre des mots sur ses émotions, s'en remettait pour finir au Dr Kaufman, qui décréta que chaque fois qu'elle se saoulait ou me critiquait, elle devait m'acheter une robe. Nanny assistait parfois aux séances : le Dr Kaufman l'employait comme témoin, lui demandant de confirmer ou d'infirmer nos déclarations. Ne supportant plus ces séances interminables et parfaitement vaines, j'ai supplié ma mère qu'on arrête ces consultations, mais comme le

Dr Kaufman était renommé et cher, elle était convaincue qu'il saurait nous tirer d'affaire.

*

* *

Ma mère traversait une période difficile. Elle n'avait plus d'argent. Ses extravagances avaient eu raison de son aisance.

— Tu crois que je devrais vendre la maison ? m'a-t-elle demandé un jour, alors que je montais l'escalier.

— Oui, pourquoi pas. Elle est hantée de toute façon, ai-je répliqué en m'éloignant.

La maison fut donc vendue. Nous sommes restées encore six mois au 134 Charles Street, le temps de faire nos cartons. La semaine du déménagement, ma mère est partie aux Antilles avec Nanny, me laissant seule pour finir d'empaqueter les vingt-trois premières années de ma vie. Je prenais mon Adderall et buvais du Red Bull toute la journée cependant que je poursuivais mon tri : des piles de photos, des copies de français datant de mes années collège, mon landau Silver Cross, la citrouille d'Halloween complètement desséchée que j'avais sculptée quinze ans plus tôt et conservée dans un sac plastique. Au beau milieu de mon ultime nuit au 134 Charles Street, je me suis retrouvée assise dans le salon désert à quatre heures du matin, après des heures sans fermer l'œil passées à jeter des trucs au pif dans des cartons, à pleurer, à écouter « Hey Jude » et à écraser des cigarettes sur un sol qui ne m'appartenait plus. J'ai contemplé la pièce, débarrassée de l'inconfortable mobilier de ma mère, ses murs dépouillés de ses vastes tableaux. La maison semblait fragile et apeurée, tout comme moi. Je me suis couchée par terre sur le flanc, comme pour enlacer le 134 Charles Street. J'étais effrayée à l'idée de quitter la forteresse qui depuis si longtemps m'offrait un cadre.

Dans une malle, j'ai trouvé toutes les cartes que ma mère m'avait écrites quand j'étais petite. Après avoir passé en revue l'intégralité du contenu de la malle, je me suis assise et je les ai lues, gardant pour la fin une lettre qu'elle m'avait adressée à l'occasion de mon cinquième anniversaire :

Chère Alice,

Demain, tu auras cinq ans. Aujourd'hui, tu as sauté et couru dans toute la maison tellement tu étais heureuse d'avoir cinq ans. « J'ai bientôt cinq ans, je vais avoir cinq ans, tu sais ce que je ferai quand j'aurai cinq ans ?... » Tu m'as dit que, quand tu aurais cinq ans, tu ne mouillerais plus ton lit et tu serais cap' de soulever des choses très lourdes. Que tu voulais un gâteau au chocolat avec un glaçage chocolat ; et un glaçage fraise, distinct du glaçage chocolat. Tu voulais aussi que ton père (Papa, Mathieu, Daddy) soit là, et ces deux souhaits seront exaucés. Il y a beaucoup d'autres choses que tu voudrais : de la glace arc-en-ciel, un pendentif, ton dîner tout de suite, une histoire, 2 histoires, jouer à faire semblant, 3 films, en entier. Tu as déjà : ton père – Mathieu. Ta mère – Jennifer. Ta Nanny – Denys. Nous te souhaitons tous trois le meilleur, avec tout notre amour pour démarrer ta vie de grande fille. Tu es jolie, intelligente, vive, sensible, adorable, gentille, farouche, sauvage et forte. Tu es la grande joie de ma vie. Bravo pour tes cinq ans.

Mom, Mommy, Maman, Jennifer

Cette nuit-là, toute seule dans la maison, j'ai écrit une lettre à ma mère :

Chère Maman,

Ta lettre, que je viens de retrouver, est véritablement l'aboutissement d'un lent et nécessaire processus : celui par lequel je prends conscience que tu es une personne réelle distincte de moi, et par lequel je trouve mon chemin vers toi. Je me rappelle quand j'ai compris pour la première fois que j'aimais ton travail. Je me rappelle quand pour la première fois j'ai admiré ton style. Je réalise que je possède quelque chose de rare. J'ai un modèle, même si je déteste ce mot. Je crois que si je suis aussi dure envers toi, c'est parce que tu me rappelles tout ce que j'ai peur de ne jamais devenir. Peut-être que je te reproche de me négliger parce qu'en réalité je me néglige moi-même. Mon admiration et mon amour pour toi m'effraient tant que je me retourne contre toi. Ton amour pour moi m'apparaît bouleversant et inexplicable. Plus je prends conscience de tout ce que tu fais pour moi et de combien tu m'aimes, plus je redoute de t'avoir épuisée. D'avoir mésusé, abusé de toi. Je redoute de ne jamais réussir à être la personne que tu voudrais que je sois, que tu ambitionnes que je devienne. J'aimerais tant être à la hauteur de la fille dont tu rêves. Sache, pour ta part, que pour moi tu as été à la hauteur de la mère rêvée. Dans ta lettre, on dirait que, par l'écriture, tu donnes naissance à quelque chose ou quelqu'un. Déjà, à l'époque, tu t'adressais à moi comme à une personne à part entière. Aujourd'hui, nous cherchons à définir ce que nous sommes l'une pour l'autre, et comment l'exprimer. Ce que nous voulons chacune de l'autre et pour l'autre. Peut-être t'ai-je aussi mal traitée parce que je n'avais pas compris que toi aussi tu avais besoin de moi. Je sais que je m'oppose toujours à toi par moments, mais je commence à comprendre la valeur de la direction que tu essaies de m'indiquer. J'en ai marre de vouloir être victimisée, marre d'être malade. Je m'efforce de me défaire de la culpabilité, du regret, de la haine de moi. C'est plus facile de se sentir blessée que de reconnaître que j'ai été chanceuse et aimée. Avec toi et Nanny, j'ai été comblée. J'en ai marre des symboles. Je ne veux pas d'une vie de métaphores et de jolies formules. J'ai l'impression d'avoir passé ma vie à parler. Parler pour noyer le poisson, parler pour influencer les autres, parler pour me convaincre ou me dissuader moi-même, pour me mettre en avant ou me dévaloriser. Je suis prête à écouter. Je veux construire une relation avec toi. Peut-être qu'alors j'arrêterai d'avoir tout le temps peur.

Je t'aime,

Ta fille (aussi extraterrestre que toi)
Alice
Décembre 2008

Pour la dernière fois, j'ai refermé la porte du 134 Charles Street, puis j'ai pris un avion pour retrouver ma mère sur l'île de Niévès. Dès mon arrivée, ce soir-là, je lui ai tendu ma lettre. Elle l'a emportée dans sa chambre. J'étais dans la salle de bains, devant le lavabo, lorsque, la gorge nouée et le cœur battant la chamade, je l'ai entendue revenir. Ma mère est entrée dans la pièce.

— C'est très gentil, ce que tu m'as écrit.

— Tout est vrai, tu sais, ai-je répondu en ouvrant spontanément les bras pour l'enlacer.

— Tu voudrais bien la conserver pour moi ?

Mes bras sont retombés le long de mon corps.

Elle m'a rendu ma lettre, avant de retourner dans sa chambre.

Après la vente du 134 Charles Street, ma mère a acheté une maison à Brooklyn. Pendant les travaux de rénovation, Nanny a emménagé chez mon oncle et ma tante à Tribeca, tandis que ma mère s'est repliée dans sa petite maison d'Amagansett. Quant à moi, je me suis installée dans mon premier appartement, sur la 17e Rue ouest. Privées du ciment que constituait le 134 Charles Street, ma mère et moi nous sommes encore davantage désunies. Quand j'ai emménagé, elle m'a donné une boîte contenant tous les ustensiles dont elle n'avait pas l'usage : je suis donc arrivée dans mon nouvel appartement avec une roulette à pizza, une boule à glace, des pics pour faire griller des chamallows et un jeu de cuillères à pamplemousse : équipée pour affronter la vie réelle – du moins nous l'espérions.

Un soir, j'ai reçu un appel de Gregory. Je l'avais rencontré via le célèbre guitariste au Dangerous Studios, à New York. Il était producteur et compositeur, avait été membre d'un groupe qui avait signé chez RCA dans les années 1990, et produisait alors le premier album solo du guitariste. Gregory avait quinze ans de plus que moi, il était beau, séduisant, talentueux, drôle, bien habillé, et il avait un shih tzu nommé Spike, qui n'arrêtait pas de grogner. En m'allumant une cigarette, lors de cette première rencontre, il m'avait conseillé de regarder ailleurs pour éviter de loucher. Alors, j'avais regardé sa fossette. J'avais voulu caresser Spike, mais il m'avait montré les dents. J'essayais de ne pas oublier que Paul était là, avec moi. Par la suite, j'ai vu Gregory chaque fois que Paul et moi sortions, c'est-à-dire quasiment tous les soirs. On a tout de suite accroché ; on avait de longues conversations enflammées dans les recoins sombres des bars. Une nuit, on s'est retrouvés tout seuls tous les deux à quatre heures du matin, sous un lampadaire du Lower East Side.

— J'ai une folle envie de t'embrasser, a dit l'un de nous.

— Moi aussi, a dit l'autre.

On s'est regardés dans les yeux durant un instant qui a paru infini, comme suspendus par notre désir et notre hésitation. C'était excitant, de vouloir une chose aussi fort.

— On ne peut pas faire ça, ai-je tranché.

Je devais retourner auprès de Paul, et Gregory auprès de sa petite amie, avec qui il était depuis seize ans.

Mais à présent, deux ans plus tard, alors que nous étions tous deux célibataires, j'ai demandé à Gregory au téléphone :

— Tu voudrais pas venir me border dans mon lit ?

— Tu as déjà été bordée correctement, au moins ?

Sa réplique m'a fait rire.

Ce soir-là, il est monté jusqu'à mon appartement ; je l'ai accueilli sur le seuil.

— Je te préviens, j'ai un problème d'alcool, m'a-t-il déclaré.

Au lieu de quoi, j'ai entendu : « Je te préviens, j'ai pris trop d'alcool » ; j'ai répondu :

— T'inquiète, je vais te rattraper.

Il portait un costume trois pièces en velours côtelé couleur taupe, et un T-shirt sur lequel il avait peint une cravate. Il avait de grands yeux expressifs, des cheveux châtains en bataille et un immense sourire à fossette. Je nous ai versé à boire et j'ai posé délicatement l'aiguille de mon lecteur vinyle sur *Armed Forces*, d'Elvis Costello and the Attractions.

Je me suis installée sur le canapé à côté de Gregory.

— Alors, qu'est-ce que tu écris en ce moment ?

— Je viens de terminer un roman sur la nécessité des relations perverses, ou le masochisme considéré comme une forme d'art.

— Et alors, pourquoi les relations perverses sont-elles nécessaires ?

J'ai bafouillé une explication. Je ne m'attendais pas à ce qu'il creuse la question.

— J'aimerais bien le lire, a-t-il conclu.

— Et toi, la production, comment ça va ? ai-je demandé à mon tour.

— Ça roule. J'aime bien voir ce que j'arrive à faire avec un minimum de moyens. Les meilleurs trucs que j'ai faits, je les ai enregistrés dans ma cuisine avec un micro à deux balles. Personne ne saura – et tout le monde s'en fout, d'ailleurs – quel micro ou quel compresseur tu as utilisé ; les gens savent s'ils aiment ou pas, c'est tout. Tout ce que je veux, moi, c'est que les gamins, dans la rue, ils branchent leur casque et se disent : « Je suis pas tout seul. »

— T'étais du genre tout seul dans ta chambre, quand tu étais gamin ?

Il a rigolé.

— C'est toujours le cas.

Sur quoi, glissant sa main derrière ma tête, il m'a attirée à lui pour m'embrasser.

Ce soir-là, nous avons fait l'amour. Après, je suis restée un moment allongée sur le dos, euphorique.

— Waouh c'était quoi, ça ? C'est comme ça que c'est censé être ?

— Tu as un sourire d'après l'amour, a-t-il remarqué, lui-même rayonnant. T'arrêtes pas de sourire.

Cela ne m'était jamais arrivé avant de ne pas pouvoir me lasser de quelqu'un. Cela ne m'était jamais arrivé que quelqu'un fasse de mon plaisir non seulement une priorité mais une fête. Après cette première nuit, Gregory n'est tout simplement pas reparti. On a récupéré ses affaires disséminées chez les différents potes qui l'avaient hébergé depuis sa rupture avec sa petite amie de longue date. On baisait quatre fois par jour, sans se soucier de défoncer mon canapé ni de rester cloîtrés à l'intérieur plusieurs journées de suite. Le reste du temps, on discutait, on écoutait de la musique, on écrivait ensemble, on picolait.

Assis par terre dans mon appartement, on buvait du whisky tout en écrivant une chanson qu'on avait intitulée « Problèmes de riches ». Je n'ai jamais trop osé chanter, mais il m'a encouragée.

— Tu n'as qu'à déclamer le texte, comme Lou Reed.

Il a commencé à gratter sa guitare tandis que je m'approchais du micro de l'ordinateur portable qui nous servait à enregistrer.

— J'ai des…

Gregory a levé la main pour que je marque une pause. Puis il m'a fait signe de reprendre.

— Problèmes. De riches.

L'alarme d'une voiture s'est mise à hurler dans la rue ; il a harmonisé pour intégrer ce bruit parasite. On a effectué quelques prises des premiers vers, avant de se laisser distraire par une balle en caoutchouc rouge, qu'on se renvoyait à tour de rôle en la faisant rouler au sol, tandis qu'il me racontait sa vie.

Il m'a décrit la solitude dans laquelle il avait grandi : comment il passait des jours entiers dans sa chambre, à écouter des disques et à taper les paroles de ses chansons préférées. Il passait des heures à jouer une même note sur son petit melodica, qu'il fredonnait bouche fermée à l'unisson, avant de modifier la hauteur de son chant pour sentir la dissonance vibrer dans son corps. Il jouait dans un groupe qu'il appelait Moi et Moi : à l'aide d'un radiocassette, il s'enregistrait en train de jouer et de chanter, puis il se repassait la bande tout en enregistrant une seconde voix, en harmonie avec la première, sur un autre magnétophone. En retour, je lui ai raconté les heures que je passais toute seule dans ma chambre à écouter des livres audio, comment je me décrivais à moi-même le déroulement de mes actions, en narratrice de ma propre vie.

Il m'a raconté ses vingt ans : le groupe qu'il avait monté, ses contrats avec RCA, ses tournées avec The Verve Pipe et Lenny Kravitz, comment il avait posé pour *L'Uomo Vogue* et défilé pour Issey Miyake. Comment il avait commencé par commander des opioïdes en ligne à Malaga, avant de se mettre à sniffer de l'héroïne, une pratique qu'il tiendrait secrète pendant des années – c'était un camé performant et productif – et à laquelle il ne mettrait un terme qu'en remplaçant la drogue par l'alcool. De mon côté, je lui ai parlé de la scarification, de ma mère qui semblait ne pas m'aimer, de mon père qui semblait ne pas savoir m'aimer correctement. Il ne fut ni scandalisé ni choqué. Il me posa beaucoup de questions : sur ce que j'aimais, ce qui me faisait peur ; sur ce que j'essayais de dire, exactement, quand j'opacifiais mes propos par des métaphores et des grands mots. Il m'écoutait avec une intensité telle que je me sentais extrêmement légère, libérée du poids de cette effigie de moi-même faite de cachets, de formules grandiloquentes et de cicatrices.

Nous n'avons pas tardé à tomber passionnément amoureux, un super virus qui m'a totalement chamboulée. Nous avons créé un petit monde insulaire et concentré, où chaque geste, si infime fût-il – un baiser, un rire –, prenait une dimension démesurée, comme sous l'effet-loupe d'une goutte de rosée. Je ne supportais pas de m'éloigner de lui, même pour un temps bref. Je m'efforçais d'aller en cours, mais dès que le métro entrait dans la station, je faisais demi-tour et rentrais chez moi à toute vitesse. On se jetait l'un sur l'autre, jusqu'à ne plus former qu'une seule pâte, participant ainsi à l'invention d'un nouveau composé chimique. On se disait « Je t'aime » spontanément, sans arrêt, plusieurs fois par jour, comme si nos corps, métabolisant trop vite l'ardeur de l'autre, réclamaient toujours et encore plus de nourriture.

L'alcoolisme de Gregory était tout aussi vorace. Dès le début, il a été parfaitement honnête avec moi quant à la gravité de son addiction.

— C'est comme si j'essayais encore et encore de me tuer en sautant de la fenêtre d'un rez-de-chaussée, m'expliqua-t-il.

J'ai pu observer de près la routine éreintante que lui imposait son mal.

Il ingurgitait un litre de vodka par jour, et au beau milieu de la nuit, je le retrouvais planté devant le frigo, la porte du congélateur ouverte, buvant à même la bouteille pour calmer ses tremblements. Mes draps étaient imbibés de la sueur âcre des alcooliques. Le matin, penché au-dessus la cuvette, il vomissait de la bile. Tandis que le feu de son mal flambait, les médicaments que je prenais attisaient mes propres pathologies.

— Je vais finir par te faire fuir, m'a-t-il dit.

— C'est moi qui vais te faire fuir, ai-je répliqué.

— Je vis une grande aventure, a-t-il déclaré en ouvrant grand les bras. Je sais que c'est fou, que c'est pas raisonnable, mais je m'en fous. Et si jamais tu ne veux pas de moi ici, je m'en irai.

— Je veux de toi ici, répondais-je.

Trois mois plus tard, j'ai dû partir aux Caraïbes rejoindre ma mère. Alors qu'une tempête de neige faisait rage, j'ai remis à Gregory son costume trois pièces, fourré une carte de transport et quarante dollars dans sa poche, je l'ai emmitouflé dans un manteau et un bonnet bien chaud, et je l'ai mis dehors en pleine nuit, sous la neige. Il n'avait nulle part où aller, mais moi, en gosse de riches inconsciente, je ne comprenais pas vraiment ce que cela signifiait.

Si Gregory avait un temps continué à gagner assez d'argent pour se payer à boire et dormir dans des auberges de jeunesse en produisant les disques de fils à papa de Manhattan impressionnés par son CV, il était désormais à court d'argent. Il appela un vieil ami, qui lui procura un billet pour Fort Myers, en Floride, où il attendit la fin de l'hiver dans l'appartement de son ancien directeur de tournée, qui donnait sur un parc de mobil-homes. Je suis allé le voir pour la Saint-Valentin. On a fait du vélo dans le coin, écrit des chansons sur le ponton d'un ami, rigolé quand un perroquet s'est posé sur mon épaule. On a baisé si bruyamment que, depuis leurs mobil-homes, les voisins gueulaient : « Oh oui encore ! »

En rentrant chez moi, j'ai trouvé dans ma boîte mail un fichier MP3 intitulé « Carriere ». Via les enceintes de mon ordinateur, d'une voix vibrante d'émotion, Gregory chantait : « Carriere, Carriere, mon unique carrière c'est toi. » À la fin, tandis qu'il répétait les vers : « Sans toi je ne suis que la moitié de moi. Sans toi je n'ai que moi et moi », une immense tristesse perçait dans sa voix.

Gregory vivait de pommes de terre rôties et de riz. Ses royalties et son ancien directeur de tournée payaient l'alcool. Le printemps revenu, il rentra à New York, comptant d'abord sur sa famille, puis sur son charme, pour trouver à se loger. Mais il finit par épuiser les bonnes volontés. Après une première désintox à l'hôpital, une autre cure en Pennsylvanie, une rechute, un retour à New York en bus, et la prise de conscience qu'il n'avait vraiment nulle part où aller, il atterrit au Men's Educational Alliance PRIDE Site One – un centre de sevrage du Lower East Side. La plupart des résidents étaient là contre leur gré, sur décision de justice. Le référent de Gregory était un ancien champion de sifflet et son « big brother » attitré un ex-clown du cirque Barnum & Bailey, qui avait une dent de travers, souffrait d'anxiété et que Gregory avait surnommé « Johnny Panic », en référence au livre de Sylvia Plath. La nuit, dans la chambre de seize mètres carrés qu'il partageait avec trois autres patients, allongé sur la couchette supérieure d'un lit superposé, il écoutait ronfler ses camarades. L'un d'eux, dans son sommeil, alternait des halètements avec un sifflement pareil à la voix d'une fillette qui aurait appelé Gregory de très loin : « Greeeeeeg ». Celui qui était en bas faisait vibrer le lit de ses ronflements de baryton. Johnny Panic, lui, plongeait dans un long silence après expiration – une apnée violemment rompue par une inspiration haletante. Ces bruitages incessants formaient une sorte de locomotive de sons qui fendait les nuits sans sommeil de Gregory. Comme il n'avait ni bouchons d'oreilles, ni casque, il faisait des boulettes de papier toilette, les humectait de salive et se les fourrait dans les oreilles, avant de s'enrouler un pantalon autour de la tête. Après le réveil à 6 h 15 et le petit déjeuner, Gregory balayait, lessivait les sols, nettoyait les toilettes. Les sept premiers jours, il devait à tout moment être escorté par d'autres résidents – même pour aller aux toilettes, où il soulageait les diarrhées et les nausées causées par le sevrage. Les patients avaient droit à une « promenade de santé » quatre fois par jour : ils marchaient jusqu'au Tompkins Square Park, se roulaient des clopes – seule forme de tabac qu'ils pouvaient se payer avec les dix dollars hebdomadaires d'argent de poche auxquels ils avaient droit – et ils fumaient. Gregory essayait de se réconforter en songeant qu'il se trouvait dans son ancien quartier. Pour se calmer, il se répétait : « Je suis dans l'East Village, dans la Dixième Rue est, à côté du Tompkins Square Park. Je suis chez moi. »

Un matin, après quatre mois de confinement et de sobriété, Gregory sortit du centre de sevrage, traversa Tompkins Square Park, franchit la porte couverte de stickers de groupes de rock du Doc Holliday's Bar, où il demanda à la barmaid aux faux airs de Bettie Page deux doubles whiskys, qu'il paya grâce aux chèques de royalties qu'il avait continué à recevoir et encaissés en secret, conservant le cash ainsi récupéré au fond d'une chaussette dans son tiroir. Pour dormir, il dénicha un asile de nuit : en réalité un genre d'immense entrepôt, divisé par des demi-cloisons surmontées de grillage à poules pour empêcher les gens de pénétrer dans l'espace voisin. Un homme dont les poils de torse blancs sortaient de sa chemise ouverte tel un nuage de fumée lui tendit une bombe d'antiparasitaire en lui conseillant de s'en asperger, lui et sa chambre, à cause des punaises de lit. Huit mois plus tard, Gregory se retrouverait roulé en boule sous une couverture dans une petite piaule à Brooklyn, incapable d'avaler autre chose que des cristaux de sel, dénutri au point de perdre ses cheveux, les pieds insensibilisés par la neuropathie, retombé dans l'alcool. Encore huit mois plus tard, il se retrouverait roulé en boule sur un banc du Tompkins Square Park, méconnaissable, entre la vie et la mort.

J'ai tout fait pour retrouver sa trace. Au centre de sevrage, il n'avait pas droit au portable, alors je me suis décidée à appeler son ex, qui ignorait où il était. J'ai contacté une autre fille avec qui il était sorti, qui refusa de me donner la moindre information à son sujet. Quand il récupéra son téléphone, il était trop occupé par son suicide à petit feu pour répondre aux appels. J'ai contacté tous les hôtels que je me rappelais l'avoir entendu mentionner, y compris l'inoubliable « Lollipop » (Sucette), mais donner des renseignements sur leurs clients était contraire à leur politique. Je pensais à lui tout le temps, mais bientôt un danger encore plus grand allait me détourner de mon chagrin d'amour. Tandis que Gregory se refermait sur lui-même telle une serviette de table pliée en forme de bonhomme, mes symptômes – dus à mes troubles ou aux médicaments supposés les soigner – se déployaient, s'affermissaient, prêts à bondir et s'aventurer au-delà de ce que je croyais être l'extrême limite de mon esprit.

6

Cet été-là, je suis allée voir mon père à Berlin, où il tournait dans un feuilleton intitulé *Anna und die Liebe*. J'avais vingt-trois ans, et je m'occupais de ma sœur qui en avait douze. On prenait le train jusqu'à la banlieue où avait lieu le tournage, et on passait la journée dans sa loge. On feuilletait le script, on grignotait, on prenait des selfies. On écumait le quartier, en discutant et en chantant des chansons – « Fidelity » de Regina Spektor, une berceuse italienne, ou encore le tube d'un trio moldave que j'avais entendu sur MTV Allemagne.

— Tu vas devenir une très belle femme, ai-je assuré à Elena.

— Je ne veux pas être belle. Ça ne m'intéresse pas.

Sa réplique m'a fait rire. C'était tout à son honneur.

J'adorais ma sœur, elle m'impressionnait. Elle était assurée, déterminée et pleine de tact. Quand je me disputais avec mon père, sans un mot elle déposait un message sur la table, qui nous reprochait notre mauvaise conduite et nous enjoignait de faire la paix, puis elle repartait. Parfois, je me demandais ce que je représentais pour elle. Je voulais qu'elle m'aime. Mais en même temps, j'étais jalouse d'elle, quand bien même elle n'avait que douze ans. Mon père se montrait très protecteur envers elle ; jamais il ne lui hurlait dessus ni ne s'emportait contre elle comme il l'avait fait avec moi. Quand elle faisait des bêtises ou s'opposait à lui, il restait patient.

— Pourquoi tu ne lui cries pas dessus ? T'étais pas comme ça avec moi, lui criais-je alors.

J'étais toujours sous Adderall, ce qui me mettait dans un tel état d'ébullition intérieure – dans la tête comme dans la poitrine – qu'il me fallait l'extérioriser par une stimulation et un mouvement permanents. J'entraînais Elena dans tout Berlin, me lançais dans des séries d'achats compulsifs avec la carte de crédit de ma mère, entrais dans tous les salons de tatouage pour demander s'il était possible de me faire tatouer l'ouverture de mon roman sur le bras. Il se trouve que ma copine Leah était aussi à Berlin, et un soir nous sommes sortis avec elle et son ami Friedrich. On allait de bar en bar, pour décider où se poser. Chaque fois qu'on entrait quelque part, je disais immédiatement « Non, pas là », et insistais pour qu'on s'en aille. Ça n'allait jamais, nulle part. J'avais besoin de continuer à bouger, à la recherche du lieu parfait, inaccessible. Ce faisant, je me croyais perspicace, j'étais persuadée que mon indécision et mon insatiable besoin étaient partagés, que mes compagnons aussi étaient en quête de la perle rare, mais plus tard dans la soirée, Friedrich a dit à Leah : « J'espère que ton amie se fait aider. »

Pour m'assommer, je buvais toute seule le soir, du whisky et de la vodka à même les bouteilles que j'avais trouvées dans l'appartement où nous logions. Ma sœur, sans doute à la fois par bravade et par impuissance, avait discrètement documenté mes cuites avec mon téléphone.

Des photos de moi endormie, bouche béante, une bouteille à moitié vide à la main ; des photos de cendriers qui débordent, de bouteilles d'alcool vides alignées sur le rebord de la fenêtre apparaissaient mystérieusement dans ma galerie. Un soir, après que ma sœur fut rentrée à Venise, j'ai trouvé un sachet de cocaïne dans un sac à main que j'avais emporté. Mon père m'ayant toujours dit que, quand j'aurais dix-huit ans, nous pourrions prendre de l'héroïne ensemble, j'ai tout de suite songé que c'était l'occasion idéale de concrétiser l'un de nos fantasmes. Je savais également qu'il adorait la cocaïne (qu'il avait cessé de consommer à la naissance d'Elena), et je voulais qu'on partage ça tous les deux.

Mais il a décliné. Alors, j'ai disposé une ligne sur la table basse, et je l'ai sniffée.

— C'est pas complètement incroyable que je sois tombée là-dessus par hasard ? me suis-je enflammée. Je ne savais pas du tout qu'il était là, et le truc a carrément traversé l'océan pour nous faire la surprise, comme un cadeau des dieux. Totalement dingue, non ?

Il affichait un calme inquiétant. D'habitude, il était toujours en train de tripoter ses doigts, de tirer sur une cigarette, de suivre les petites cartes à l'écran quand il jouait au skat. Mais en cet instant, il était parfaitement calme, allongé sur le canapé. Les yeux dans le vague. J'ai penché la tête pour me faire une autre ligne. Soudain il a jailli du canapé, s'est dressé devant moi et, agitant le doigt en l'air, il m'a lancé :

— Putain, tu ne refais jamais ça devant moi, c'est compris ?

Sans hausser la voix ni le ton, il avait mis dans ces mots une force exceptionnelle.

J'en suis restée abasourdie. Toutes les images des transgressions que nous avions partagées se sont mises à tournoyer autour de moi. Je croyais que c'était ça qu'il voulait. Qu'on se mette en danger, juste tous les deux, en faisant des choses que le mec lambda ne faisait pas, parce qu'il ne pouvait pas comprendre, qu'il était trop chiant, trop bête, trop prude ou trop américain. Je croyais que c'était ça qu'il attendait de moi. Mais je m'étais plantée, et maintenant il me rejetait.

Après des années à recevoir des mots et des regards sexualisés – ceux de mon père ou d'autres hommes –, je craignais à présent que mon père n'ait plus de désir pour moi. Cela faisait un moment déjà que j'avais relevé ce que j'identifiais comme une baisse d'intérêt de sa part. Quand j'avais commencé à prendre du poids à cause des médicaments, je lui avais demandé si j'avais le même gabarit que ma mère à l'époque de leur mariage.

— Non, m'avait-il répondu. Elle, elle était mince.

Quelque chose s'est effondré en moi. J'avais échoué. Depuis un moment, je voyais la flamme s'éteindre progressivement dans ses yeux. Plus mon corps changeait – tantôt gros tantôt maigre, tour à tour enflé ou étiolé par les médicaments – et plus je m'inquiétais : ma valeur fluctuait-elle de même ? J'ai d'abord cru que cela pourrait l'intriguer, comme d'autres aspects de ma maladie. Quand j'avais dix-sept ans, par exemple, nous étions allés voir son ami Karl, et mon père, en entrant dans le salon, avait retiré tous les objets potentiellement dangereux (stylo, agrafeuse, briquet, coins de cadre pointus), en un splendide geste de père protecteur. Une autre année où j'étais venue lui rendre visite, je lui avais montré mes médicaments : neuf flacons différents dans une pochette plastique ;

il m'avait fait poser pour me prendre en photo, exhibant le sac, tout sourire. Mais là, il semblait contrarié par ma transformation physique ; je percevais son irritation et l'intériorisais. Avant de partir à Berlin, j'avais perdu dix kilos, et l'avais ensuite entendu dire à des gens au téléphone combien j'étais superbe et comme j'avais minci. Chaque fois que j'allais le voir, je topographiais les collines et les vallées de mon corps, pour m'assurer fébrilement que ses formes conservaient quelque beauté.

C'était un étrange écheveau, où se mêlaient l'anxiété et la responsabilité, la fierté et la honte – des lignes qui s'éclairaient mutuellement et se croisaient quand elles n'auraient jamais dû entrer en contact. Je m'étais mise à voir le monde autrement, mais je ne comprenais pas pourquoi. Si, dans un film, un père se montrait tendre envers son enfant, j'imaginais tout de suite le pire. Chaque fois que je voyais un père manifester de l'affection à sa fille en public, au plus profond de moi j'étais prise de soupçon et d'une angoisse écœurante. J'interprétais le moindre geste, le moindre contact de peau à peau, le moindre regard qui s'attardait comme dangereux, indécent. J'étais incapable d'identifier une relation père-fille qui soit saine. Toujours, dans le moindre effleurement, je pressentais la perfidie, la transgression, le tabou. Je ne comprenais pas pourquoi les autres, autour de moi, ne le voyaient pas eux aussi.

Je faisais des cauchemars récurrents sur mon père. Ça se passait dans des chambres d'hôtel, semblables à celles où nous logions pendant ses tournages en Europe. Nous étions dans un lit, tous les deux, et il commençait à me toucher. Je faisais semblant de dormir, je ne l'arrêtais pas. Parfois, dans mon rêve, je murmurais « Daddy » – employant un terme que je n'employais jamais d'habitude, pour lui rappeler qui il était tandis qu'il agissait de la sorte. Dans mon cauchemar, je commençais à ressentir de l'excitation, et souvent l'orgasme me réveillait, bientôt suivi, telle une claque, par un sentiment de honte cuisante. Je mettais des jours à me remettre de ces épisodes.

Je ne parvenais pas à comprendre pourquoi les choses se passaient ainsi, pourquoi je ressentais, je faisais tout cela. Je me demandais si c'était en lien avec les abus subis par ma mère. En avais-je hérité d'une façon ou d'une autre ? Les mots que j'avais lus dans son journal m'avaient-ils contaminée ? Il était difficile de savoir ce qu'il m'était réellement arrivé. Certes, mon père m'avait transmis des mots et des idées qui n'avaient rien à faire dans la bouche d'un père ni dans la tête d'une fille. Il s'était montré un père irresponsable. Mais, comparé aux souvenirs cauchemardesques de ma mère, mon expérience faisait pâle figure. Par ailleurs, je commençais à me sentir chez moi dans cet espace que je partageais avec mon père et, si j'étais là, assise par terre dans cet appartement berlinois, à jouer les tentatrices, orchestrant cette poudreuse eucharistie, c'est que je ne voulais pas en sortir.

Je suis rentrée à New York à la fin du mois d'août. J'ai dû déménager : on m'avait expulsée de mon appartement car je fumais trop. Je me suis de nouveau retrouvée toute seule. Le 134 Charles Street n'était plus là. Gregory n'était plus là. Ma mère s'était installée dans son cottage des Hamptons pendant les travaux de rénovation de sa nouvelle maison de Brooklyn. Je l'appelais régulièrement, m'ingéniant à ce qu'elle ne raccroche pas trop vite.

Je l'ai appelée un jour où je savais qu'elle était à Brooklyn, pour visiter le chantier :

— Ça te dirait qu'on passe un peu de temps ensemble ?

— Quelque chose ne va pas ?

— Non, non, j'ai juste envie de te voir. Pas toi ?

— Je rentre à Amagansett, a-t-elle prétexté, comme si elle avait un rendez-vous important, ce qui n'était le cas.

— Mais rien ne t'y oblige, ai-je insisté. Si tu voulais, tu pourrais passer un moment avec moi.

Il y a eu un long silence.

— Je dois rentrer à Amagansett, a-t-elle répété.

Elle a raccroché, je me suis mise à pleurer.

La Dre Sarini m'avait depuis peu prescrit du Zoloft. Les autres médicaments avaient tous un effet notable : ils me faisaient transpirer ou grossir, provoquaient une fringale inextinguible, m'empêchaient de me concentrer. Le Zoloft combiné à l'Adderall faisait carrément trépider mon esprit et mon corps. Impossible de rester en place. Durant la journée, je passais des heures à faire le ménage dans mon appartement, à organiser et réorganiser mes affaires, disposer et redisposer le mobilier. Le soir, j'enfilais des vêtements trop serrés pour moi que, sous l'effet des médocs et des sautes d'humeur, je trouvais parfaitement confortables, et je sortais seule dans mes bars favoris. Au Marie's Crisis – un piano-bar du West Village –, j'ai rencontré George. George était gay, prodigue de compliments et toujours partant pour faire la fête. Je l'ai emmené chez Beatrice Inn, le lounge très sélect fréquenté par les célébrités, la jet-set de Manhattan et les rejetons des familles royales du Moyen-Orient.

« C'est privatisé ce soir », prétextait-on à l'entrée quand on ne voulait pas de vous.

À trois heures du matin, après bien des discussions passionnées, George et moi sommes rentrés à mon appartement, où nous nous sommes effondrés sur mon lit.

Au cours des deux semaines suivantes, il est venu régulièrement (d'où arrivait-il ? je ne sais pas), me demandait d'essayer des tenues et des bijoux devant lui, et nous basculions dans la nuit. Puis, des bijoux ont disparu et il a cessé ses visites. Un jour, sur sa page Facebook, je suis tombée sur une photo de lui affublé d'un de mes colliers. À nouveau seule, ruminant cette trahison par un type dont je réalisais que je ne savais rien, j'ai appelé mon père en Allemagne. Je lui ai parlé de George et des affaires qu'il m'avait volées, en ponctuant mon propos de grandes inspirations pour ne pas m'asphyxier. Mon père a dû déceler quelque chose dans ma voix, parce qu'il a demandé un congé, alors qu'il travaillait sur un tournage dont il avait grand besoin, il a pris un billet d'avion pour New York et a débarqué trois jours plus tard. J'étais ravie de le voir, et nous avons passé quelques jours sympas. Nous nous sommes lu mutuellement nos écrits, il m'a préparé à dîner. Il m'a fabriqué une bibliothèque. Le troisième soir, alors que j'étais sur mon lit en train de regarder une série télé sur mon ordinateur portable, il s'est étendu à côté de moi et m'a passé le bras sur l'épaule. J'ai cessé de respirer et je me suis figée. Les yeux rivés sur l'écran, j'ai senti ma bouche s'assécher. Il a commenté la série, j'ai réussi à acquiescer d'un bruit de gorge. Quand enfin il m'a libérée de son étreinte toxique, je me sentais étourdie et sans force.

Le lendemain soir, je me suis mise à envoyer des textos à George. Savait-il ce qu'il encourait pour vol qualifié ? J'ai bu bière sur bière, envoyé message sur message. J'ai déclaré à mon père, qui avait aussi un certain nombre de bières au compteur, qu'on devait aller à la police pour porter plainte. Au commissariat, tout en exhibant la photo imprimée de la page Facebook de George avec mon collier, j'ai expliqué à l'officier que ce type m'avait volé des bijoux ; du doigt, je tapotais le cou de ce George virtuel, jusqu'à gondoler et froisser le papier. Mon père a tenté de m'arrêter. Je sentais son haleine avinée, mais pas les émanations alcoolisées de ma propre bouche. Branchée sur la tension nerveuse dont vibrait le grand corps de mon père à côté de moi, j'en oubliais mes propres tremblements de folie.

De retour chez moi, mon père m'a conseillé de laisser tomber. « Laisse tomber, laisse tomber », répétait-il. Mais je ne pouvais pas. Cette affaire m'obsédait. J'étais furieuse qu'il ne le comprenne pas. Je me sentais vidée ; mes pensées, aiguës et incisives, se diffusaient dans mon esprit tel un puissant jet d'acide. Je lui ai hurlé de dégager de mon appartement. Attrapant au passage mon unique jeu de clés, il est sorti en claquant la porte. Quand j'ai voulu l'appeler, son portable a sonné dans le vide sur le plan de travail de ma cuisine. Je me sentais piégée. Mon cœur cognait contre ma cage thoracique, mes pensées se bousculaient dans ma tête. Saisissant l'un de mes flacons de pilules orange, j'ai avalé cinq Klonopin. Suivis du contenu d'une bouteille de bière en verre brun. La porte s'est ouverte et refermée : mon père était réapparu dans le salon. J'ai couru m'enfermer dans la salle de bains. J'ai démonté la lame d'un rasoir, je me suis calée entre le placard et la machine à laver et j'ai entrepris de me taillader l'avant-bras gauche. Mon père tambourinait contre la porte, en m'implorant d'ouvrir.

— Tu aimes le drame ? Tu vas être servi, ai-je hurlé, allongée par terre et dessinant des anges, non pas de neige mais de sang, au sol de la salle de bains.

Il m'a suppliée d'ouvrir la porte.

— Tu vas m'envoyer à l'hôpital, c'est tout ce que tu vas faire.

— Non, je te le promets. Ouvre-moi, maintenant.

Mon père a appelé ma mère à Amagansett. Ma mère a appelé mon amie Leah, qui nous a rejoints. Quand elle est arrivée, j'ai ouvert la porte et je suis sortie de la salle de bains. Elle m'a aidée à laver et panser mes blessures, m'a fait manger un croissant pour me remplir l'estomac et absorber les cachets. Je suis allée me coucher dans ma chambre, Leah veillant à mon chevet à ce que je respire bien, et mon père est allé dormir sur le canapé. Il est rentré en Allemagne deux jours plus tard, et m'a appelée en arrivant pour vérifier que ça allait. Ma mère n'a jamais fait la moindre allusion à ce qu'il s'était passé ce soir-là.

C'était le printemps, le temps commençait à changer. Les jours sont devenus plus doux, puis plus chauds, à l'instar de mon cerveau, qui commençait à bouillonner. Seule dans mon appartement, j'ai porté mon attention sur mon corps. Je me suis découvert une rougeur sur la cuisse. J'ai interprété cette tache rouge comme le signe d'un danger, une mise en garde – mais contre quoi ? Depuis longtemps je craignais d'avoir pu contracter le virus du sida. Des souvenirs d'amis de ma mère morts du sida m'ont assaillie. J'ai passé mon corps en revue, guettant toute sensation anormale. Mais le seul fait d'être dans un corps avait toujours été une sensation étrange pour moi. J'ai examiné ma langue. Était-elle plus blanche que d'habitude ? Étaient-ce les signes d'une mycose ? J'ai inspecté mes selles, au fond des toilettes. Étaient-elles normales ? J'ai consulté le site médical WebMD. Plus je rentrais de symptômes et plus ceux-ci étaient disparates, plus la probabilité que je sois atteinte du sida ou d'une sclérose en plaques augmentait. Comme je ne m'étais pas fait dépister depuis les multiples rapports non protégés que j'avais eus avec Gregory, je me suis persuadée que j'avais le VIH. J'ai pris un rendez-vous en urgence avec ma gynécologue.

— Qu'est-ce qui vous amène aujourd'hui ?

— Je ne veux pas vous le montrer, ai-je répondu, assise sur la table d'examen, en nage et frissonnante.

— Pourquoi donc ?

— J'ai peur que ce soit le sida, et que vous me le confirmiez.

— Allez, montrez-moi.

J'ai remonté ma jupe.

— Ce sont des boutons de chaleur, a-t-elle diagnostiqué. Causés par la hausse des températures. Dans quelques jours ils auront disparu. Si vous voulez, vous pouvez y mettre de la cortisone.

J'ai réclamé un test VIH, mais, devant les résultats négatifs, je me suis persuadée que l'infection n'était pas encore décelable, menace invisible connue de moi seule. Et si je n'avais pas le sida, j'avais certainement un autre problème. Je suis allée voir mon généraliste, pour lui dire que je sentais battre comme des courants électriques dans ma tête. Savait-il ce que cela pouvait être ? Non, il ne savait pas. J'ai consulté un proctologue, un dermatologue. Ils n'ont rien trouvé. Surveiller ainsi mon corps m'épuisait. Si je contractais une maladie, je savais qu'elle serait insidieuse, perfide, sournoise. Cela pouvait être n'importe quoi. Venir de n'importe où. Mon corps était poreux, perméable, susceptible à tout moment de se retourner contre moi.

Quinze jours plus tard, le mal imaginaire qui affectait mon corps a contaminé d'autres machines. J'étais persuadée d'avoir été piratée, et qu'on espionnait mes communications informatiques. Je restais des heures devant les logs, à contempler en temps réel la machine se dire à elle-même dans son propre langage ce qu'elle était en train de faire. Les chiffres et les abréviations qui défilaient ne signifiaient rien pour moi, mais je savais qu'ils décrivaient la moindre brèche, la moindre intrusion malveillante, qui m'apparaîtraient tout à fait clairement si je maîtrisais ce jargon. J'ai imprimé ces logs, tout en étant persuadée que, entre la version informatique et la page imprimée, la vérité avait, d'une façon ou d'une autre, été interceptée et détruite. Quelque part, sans se montrer, sans fil, dans l'air qui m'entourait, se déroulaient de fatales falsifications. Je me suis envoyé à moi-même des e-mails adressés à « eux », car je savais qu'ils surveillaient ma boîte. Ils changeaient aussi l'ordre et le contenu de mes textos. En retenant mon souffle et refoulant des larmes de terreur, j'ai mis à jour mon statut Facebook : « J'AI ÉTÉ PIRATÉE, NE CROYEZ RIEN DE CE QUE VOUS LIREZ ICI », ou encore cherché sur Google comment changer de numéro de sécurité sociale. Cette obsession de l'infection, de la perméabilité des frontières, de la rébellion des machines les plus prosaïques – mon corps, les appareils que j'utilisais au quotidien – a pris le contrôle de mon existence.

J'ai cherché de l'aide. J'ai appelé le service AppleCare, et j'ai expliqué mon problème d'intrusion.

— Vous devriez acheter du grillage à poules et clôturer votre maison, m'a recommandé le conseiller AppleCare.

— Mais j'habite en appartement.

— C'est tout aussi efficace si vous déployez le grillage à l'intérieur.

J'ai pris note de toutes ces suggestions.

— Il existe aussi une peinture spéciale, qui se met sur les murs et empêche le signal de passer, a-t-il ajouté.

Après l'avoir remercié, j'ai raccroché.

C'est en tapant dans Google « peinture contre le piratage informatique » que j'ai compris que le type s'était moqué de moi, et du même coup que mon appel avait dû être intercepté par les coupables.

Je me suis rendue à Tekserve, une boutique de maintenance informatique. C'était l'été, il faisait très chaud, si bien que je suis arrivée avec de gigantesques taches de transpiration sous les bras, et le visage luisant.

— Ma famille s'est fait pirater, ai-je expliqué à l'employé, au comptoir. Ma mère est prise en charge par le FBI, mais je voudrais m'assurer que mon matos est OK également.

Je m'étais imaginé que ces petits ajouts rendraient mon histoire plus crédible.

— Vous pouvez vérifier si j'ai pas un virus ? ai-je conclu.

— Il n'y a rien ici, a déclaré le gars après un rapide examen de mes disques durs externes.

Je suis revenue une semaine plus tard.

— Tiens… c'est miss FBI ! a lancé l'un des employés en souriant.

— C'est bien moi, ai-je répondu en lui rendant son sourire, flattée qu'il se souvienne de moi.

Il se trouve que j'avais réellement appelé le FBI. Mon interlocuteur m'avait conseillé de parler moins vite si je ne voulais pas qu'on me prenne pour une folle.

— Quelle raison aurait-on de s'en prendre à vous ? m'avait-il demandé.

— Je ne sais pas, mais justement : est-ce que cela ne prouve pas que je ne suis pas folle ? Si j'étais folle, j'inventerais des raisons. Donc admettre que je ne sais pas montre bien que je ne suis pas folle.

À chaque semaine qui passait, les incursions empiraient, et il me fallait inventer de nouveaux moyens de me protéger. Un jour de juillet, en me réveillant, j'ai remarqué que la poignée de ma porte d'entrée s'affaissait. J'ai appelé la police, deux officiers sont arrivés rapidement. C'était l'après-midi, j'étais encore en nuisette vieux rose, avec des traces de maquillage sous les yeux.

— Pouvez-vous encore fermer la porte ? a demandé l'un des policiers.

J'ai fermé la porte, tourné le verrou : ça fermait. J'ai rouvert la porte.

— OK, bon, on vous a volé des choses ?

— Hum, pas vraiment. Je ne crois pas.

— Dans ce cas, on ne peut déclarer que des dommages matériels, puisque la porte ferme toujours et que rien n'a été volé.

— Écoutez… on a fouillé dans mes affaires récemment. Des pages ont été arrachées de mon cahier.

Les deux flics se sont regardés.

— Je suis désolé, mademoiselle, mais dans le cas présent, nous ne pouvons déclarer que des dommages matériels, a réaffirmé l'un d'entre eux en haussant les épaules.

C'était tout de même contrariant : que la poignée soit cassée juste ce qu'il fallait pour continuer à fonctionner. Il y avait là un message : une affirmation, une provocation, un mystère. Était-ce une façon de se moquer de moi ? De m'avertir qu'ils pouvaient pénétrer chez moi quand ils voulaient ? Pour prévenir toute intrusion, j'ai entassé les chaises de ma salle à manger devant la porte, aux barreaux desquelles j'ai entrelacé des rubans de dentelle. Si ces derniers se déchiraient, je saurais que quelqu'un avait tenté d'entrer. Pas un instant je n'ai songé que le ruban ne servait à rien : si quelqu'un tentait d'entrer, le bruit des chaises suffirait à m'alerter. Mais il ne s'agissait pas de voleurs ordinaires. Ils étaient rusés, je le savais, et je devais me montrer plus maligne, plus futée, plus ingénieuse qu'eux si je voulais les déjouer. Je ne voyais pas que j'étais moi-même l'agresseur que je dénonçais – maître d'œuvre à la fois de la barricade et de l'infraction.

Dès avant la fin de l'été, j'étais persuadée qu'on me chloroformait pour me violer en bande dans mon sommeil. J'allais me coucher comme on va se noyer, en m'abrutissant d'alcool et de Klonopin jusqu'à sombrer, mon hypervigilance momentanément submergée. Quand je me réveillais, j'examinais mes sous-vêtements, à l'affût du moindre indice d'une agression sexuelle. À la moindre sécrétion suspecte, ma culotte atterrissait dans une pochette plastique, elle-même rangée dans ce que l'on nommerait plus tard ma « boîte à manies ».

Dans ma « boîte à manies », il y avait :

des pochettes plastique remplies de preuves matérielles recueillies et étiquetées par mes soins. Par exemple : des morceaux de plâtre, des mèches de cheveux, des bouloches de vêtements, des saletés provenant de mon escalier de secours et de mon balcon, des vis desserrées, un pansement usagé, des mégots de cigarette, une carte de six de trèfle déchirée, une sonnette de vélo disloquée.

des centaines de pages imprimées de logs informatiques.

deux ordinateurs portables, démontés et réassemblés avec du scotch.

un disque dur externe contenant des centaines de photos et de captures d'écran : des « partenaires potentiels » ; les toits des bâtiments alentour ; tous les graffitis repérés sur toutes les surfaces possibles dans un rayon de trois blocs autour de mon appartement, soigneusement relevés et analysés pour tenter d'y déceler un schéma signifiant ; des voitures et des fourgons suspects garés près de chez moi ; des textos que je ne me souvenais pas d'avoir envoyés ou reçus, et dont j'étais persuadée qu'ils avaient été modifiés à distance pour falsifier les événements.

un cahier comportant : les plaques d'immatriculation des voitures garées autour de chez moi, les dates et heures des coups de fil que je passais et recevais, des anagrammes formées à partir des lettres d'un nom ou d'un post Facebook censés révéler des messages secrets.

des enveloppes intitulées « infos suspectes », qui contenaient des reçus (de taxi, d'épicerie, de bar), des cartes de visite, des languettes avec numéro de téléphone détachées d'une petite annonce douteuse pour des cours de guitare, le tout recueilli dans un rayon d'un bloc autour de mon appartement.

Un ticket de caisse détrempé dans le caniveau recelait des secrets. Un flyer pour une représentation du *Fantôme de l'Opéra* était un message, une menace codée. Je tournais sans fin dans le quartier, écumant le bitume en quête de nouveaux indices, actualisant mon inventaire de numéros de plaques d'immatriculation. Mais plus j'archivais méticuleusement tel pétale de fleur fané, telle barrette cassée, telle nouvelle combinaison de lettres et de chiffres, et plus j'étais déboussolée.

Tout devenait potentiellement dangereux, radioactif. N'importe quel inconnu prenait une signification délirante. Ils étaient tous de mèche. N'importe qui pouvait être des leurs. Les taxis dans lesquels je montais m'attendaient exprès. Les hommes qui me demandaient mon numéro dans la rue étaient là pour m'espionner. Quelque chose s'était mis en branle, une énorme machine qui savait où je me trouvais, ce que je faisais, et répondait à ma peur croissante par de nouvelles menaces. Plus je me sentais assiégée et plus la machine ennemie s'emballait, toujours plus grosse, plus puissante, plus rapide.

Arrivée au mois d'août, j'étais certaine d'être constamment espionnée. Des yeux, des oreilles auscultaient à tout instant la moindre de mes cellules, opérant une surveillance totale. Alors que j'écoutais l'un des livres audio que je préférais quand j'étais petite, j'ai soudain entendu dans mon casque, entre deux phrases du narrateur : « Yo, D, ça roule ? » J'ai alors compris qu'ils avaient mis mon appartement sur écoute, et que je venais de me brancher sur la fréquence qu'ils utilisaient pour communiquer. J'ai démonté toutes les lampes pour inspecter le câblage électrique dans le faux plafond. J'ai démonté toutes les prises, et j'ai trifouillé à l'intérieur avec un tournevis. Sans relâche, j'ai fureté, inspecté partout en quête de preuves. J'ai voulu démonter un vieil iPod, mais l'élégant design refusait de se laisser ouvrir le ventre. Je m'échinais à insérer la lame d'un couteau dans la jointure de l'appareil lorsque j'ai entendu des gens devant ma porte. Je suis sortie en trombe, et j'ai suivi deux jeunes jusqu'à l'extérieur.

— Vous venez de sortir de cet immeuble ?

— Euh... ouais.

— Qu'est-ce que vous fichiez là ?

— Quoi ?

— Vous savez comment ça s'ouvre, ces trucs ? ai-je demandé tout en m'efforçant de glisser un ongle sous le pavé tactile de l'iPod.

— Je ne sais pas à quoi tu carbures, mais je veux la même chose, a lancé l'un des types.

Puis ils se sont éloignés en rigolant. Je suis retournée me réfugier chez moi, où j'ai pris mon Adderall de l'après-midi.

Je me suis acheté une caméra camouflée dans un ventilateur de bureau, et j'ai passé des heures à visionner les images enregistrées. J'ai convaincu ma mère de faire intervenir des experts pour détecter d'éventuels micros espions. Deux hommes sont arrivés, avec de gros boîtiers noirs.

— Et si jamais ils savent que vous êtes là, et qu'ils ont éteint le matériel qu'ils utilisent pour me surveiller, pour ne pas se faire repérer par vos machines ? ai-je demandé.

— Ce n'est pas comme ça que ça marche, m'a-t-on répondu.

Pendant l'intervention, ma mère, assise sur le canapé, n'a pas ouvert la bouche. Son silence, tout comme sa présence exceptionnelle, me confirmaient que j'avais raison d'être aussi regardante sur ma sécurité. Qu'elle ait vécu des histoires invraisemblables expliquait peut-être son attitude. N'avait-elle pas été instrumentalisée dans le cadre d'abus sexuels et de meurtres ritualisés ?

— Rien à signaler, ont déclaré les détecteurs.

J'ai convaincu ma mère d'embaucher un expert en cybersécurité pour vérifier mon ordinateur.

— Je ne vois aucun problème… mis à part ces trucs bizarres que vous avez faits vous-même. Par exemple, c'est quoi « dans un tamis ils mirent les voiles ? ».

Pour brouiller les pistes, j'avais renommé ma machine dans les paramètres, en m'inspirant d'un poème que nous avait lu la documentaliste écossaise de mon collège.

— RAS, conclut alors l'expert en cybersécurité.

Personne ne parvenant à identifier la menace, j'étais contrainte de vivre au quotidien cernée par un danger que moi seule percevais. Je devais manger, communiquer, dormir, faire mes courses, m'asseoir dans le métro ou encore répondre au téléphone cependant que l'adrénaline menaçait de me faire exploser les veines. Mes pensées prenaient une consistance chaude et granuleuse. Le sang qui me battait aux oreilles produisait un bruit blanc, chaud lui aussi. En permanence la sueur me perlait au front et fonçait mes aisselles. Mon débit était haletant et précipité. Quand je n'étais pas chez moi, j'avais du mal à respirer ou à me concentrer. Dès que je sortais, mon esprit était assailli d'images : ils s'immisçaient dans mon appartement, fouillaient dans mes affaires, peaufinant leurs techniques de pointe pour m'épier et me tourmenter. Au bout d'un moment, n'en pouvant plus, j'interrompais ce que j'étais en train de faire, et je filais chez moi sous n'importe quel prétexte. Un jour, je suis tombée en haut de l'escalier, que je grimpais quatre à quatre. Je suis rentrée chez moi à quatre pattes. Personne. Je les avais manqués. Alors, j'ai décidé de ne plus sortir.

J'ai réussi à envoyer un e-mail à ma conseillère pédagogique à Columbia, pour lui expliquer que je ne pourrais pas revenir en cours à la rentrée, qui approchait à grands pas ; en réponse de quoi elle m'a envoyé le document valant autorisation d'absence, me délivrant ainsi un blanc-seing pour organiser toute ma vie autour de cette menace.

J'ai commandé des cigarettes American Spirit à l'épicerie du coin et des bûches Duraflame pour nourrir le feu même les jours de grosse chaleur, car cela me faisait une présence. Je me suis fait livrer des réserves de nourriture par FreshDirect. J'ai acheté deux poubelles de taille industrielle pour ne pas avoir à les sortir trop souvent. Les ordures restaient ainsi à pourrir dans leur conteneur géant au beau milieu de mon salon. Je mangeais des céréales à la louche dans un Tupperware. Je mangeais des spaghettis à la pince dans un vase. J'utilisais un vieux bocal de soupe de pois cassés comme cendrier. J'ai complètement perdu l'appétit, je ne mangeais plus que des tranches de dinde et des carottes, et encore, uniquement lorsque mon corps criait famine. Je dormais très peu. Je me scarifiais tous les jours, puis je suis passée aux brûlures, m'infligeant deux profondes lésions au second degré qui endommageraient durablement mes terminaisons nerveuses.

Un jour, Effie est venue me rendre visite. Remarquant les entailles et les brûlures sur mes bras, les poches sombres sous mes yeux et l'odeur pestilentielle des poubelles, elle m'a demandé ce qu'il se passait. Je lui ai tout raconté : les intrusions, les viols, l'espionnage. Elle a passé la nuit chez moi et est repartie avant mon réveil, sans verrouiller la porte parce qu'elle n'avait pas la clé ; cela m'a convaincue qu'elle aussi faisait partie du complot.

— Je t'ai grillée. Je sais ce que tu fabriques. Tu bosses pour eux, lui ai-je écrit par texto.

— Mais de quoi tu parles ?? m'a-t-elle répondu.

Je ne faisais plus confiance à personne. Quand des amis m'appelaient, je leur posais une série de questions pour vérifier leur identité, et une fois rassurée je me lançais dans le récit des derniers épisodes de ma persécution. Ils finissaient par ne plus répondre à mes appels. Tandis que les gens s'éloignaient de moi, je me prenais la tête pour savoir qui pouvait bien m'en vouloir ainsi. Qui avait été en contact avec moi ? Qui avait partagé mon intimité ? Le coupable était-il Gregory ? Cela faisait des mois que je n'avais plus de nouvelles. Était-il le grand orchestrateur de mon tourment ? Et si tout ce que j'avais cru et ressenti jusqu'ici n'était que tromperie ? Et si tout cela – cette invasion, cette guerre – était l'unique vérité de ma vie ?

Le soir, tapie devant la fenêtre, je scrutais les autres immeubles du quartier, examinant chaque silhouette, chaque ombre. Oppressée par tous ces yeux susceptibles de m'observer, j'ai tendu des draps et des serviettes devant les vitres. Désormais les bandes de ciel visibles depuis les fenêtres de toit étaient mon seul contact avec le monde. Le ciel était une force vive, dans cet appartement chauffé à blanc.

Au mois de septembre, ma mère m'a offert un chaton. Je l'ai appelé Bracket – ce qui veut dire « parenthèse ». Un matin, alors que je me trouvais dans ma chambre, où j'inspectais mon matelas à la lampe de poche – je recueillais des mèches de cheveux que je déposais dans un sachet plastique –, j'ai entendu du bruit dans le salon. J'ai retenu mon souffle, terrifiée. Bracket était avec moi dans la chambre ; songeant qu'ils ne feraient pas de mal à un animal, j'ai entrouvert la porte et poussé mon compagnon vers l'autre pièce. La présence du chat allait peut-être les faire fuir, me disais-je. Et puis, si je l'envoyais à côté, il pourrait peut-être me renseigner. Une part de moi voulait les voir et les affronter. Une autre part de moi craignait pour ma vie. Peut-être qu'une part de moi, tout au fond, savait qu'il n'y avait rien là-bas, et que ce rien serait plus terrifiant que tout autre chose.

Toujours terrée dans la chambre, je les ai entendus s'éloigner. J'entendais très distinctement des pas nombreux descendre l'escalier. J'ai ouvert la porte. L'appartement était vide, à l'exception de Bracket, qui se pavanait sur la table du séjour. Je me suis précipitée sur un tiroir pour m'emparer du plus gros couteau que j'ai pu trouver. Il était encore tôt, le manque de sommeil m'asséchait et me piquait les yeux. Je me suis assise sur le canapé et j'ai empoigné le couteau à deux mains, en veillant à bien respirer. C'est alors que je me suis vue. Durant un bref éclair de lucidité, j'ai vu comme c'était allé loin – j'étais assise sur le canapé armée d'un couteau et entourée de mes déchets –, j'ai vu que la situation était sans issue. Je me suis mise à pleurer.

Alors que j'avais rendez-vous avec ma psychiatre, deux heures avant la sonnette a retenti. C'était l'assistante de ma mère, qu'elle avait chargée de m'emmener chez le médecin. Une fois installée face à la Dre Sarini, je me suis mise à lui déverser mon laïus sur les intrusions, les viols, l'espionnage, tout en agitant frénétiquement les jambes. Après m'avoir écoutée un moment, elle m'a dit :

— Vous avez le choix. Ou vous prenez le nouveau traitement que je vais vous prescrire, ou j'appelle immédiatement une ambulance. J'en ai fait interner de bien moins symptomatiques que vous.

— Je vais prendre les médicaments, ai-je acquiescé.

J'ai donc commencé à prendre du Depakote, du Trileptal et du Zyprexa – deux régulateurs de l'humeur et un puissant antipsychotique – en plus de tous mes autres cachets, y compris l'Adderall. Ma mère est venue me voir une semaine après la mise en place de ce nouveau traitement. Elle dormait dans ma chambre, et moi sur le canapé. Le matin même, la Dre Sarini m'avait conseillé de doubler la dose de Trileptal. J'ai donc pris les deux comprimés avant de me rendormir pendant trois quarts d'heure. Quand je me suis réveillée, ma mère s'apprêtait à partir. Je l'ai rejointe dans ma chambre, où elle rassemblait ses affaires. Je n'ai pas dépassé l'encadrure de la porte. Elle s'est retournée, m'a regardée et m'a demandé :

— Qu'est-ce que tu fais ?

Mes bras et mes jambes tressautaient comme ceux d'une marionnette au bout d'un fil.

— Je ne sais pas. Je ne fais pas exprès.

Je suis retournée m'allonger sur le canapé. Mes yeux se révulsaient, ma langue s'agitait toute seule dans ma bouche.

— Appelle le médecin, ai-je réussi à articuler, en indiquant mon portable.

— Cela ressemble à une overdose, a conclu la Dre Sarini. Vous ne pouvez pas faire grand-chose. Juste laisser passer la crise.

Ma mère m'a apporté une poubelle, j'ai vomi dedans. Elle a rempli un verre d'eau, qu'elle a porté à mes lèvres, mais ma bouche et ma langue convulsaient trop pour que je parvienne à boire. Elle s'est accroupie à côté de moi tandis que je me contorsionnais sur le canapé.

Quelques heures plus tard, quand j'ai eu repris le contrôle de mon corps, ma mère est partie. La Dre Sarini n'a pas révisé sa prescription : je devais poursuivre le nouveau traitement, en plus des médicaments que je prenais déjà, y compris l'Adderall. Les nouveaux cachets ne firent qu'atténuer la paranoïa, sans la faire disparaître. Je me sentais lourde, éteinte ; le feu qui avait embrasé mon cerveau n'était plus que cendres, des cendres froides et lourdes. J'ai commencé à perdre mes cheveux, qui bouchaient les canalisations, me glissaient entre les doigts. Chaque jour je recueillais et rangeais dans une grande enveloppe ces nouvelles preuves des torts commis à mon encontre. J'ai développé de l'acné kystique, qui me cuisait douloureusement. Je passais de longs moments devant ma glace à pincer mes boutons jusqu'à m'en couvrir de sang le menton. J'ai pris vingt kilos. Mes mains, tels deux poids morts au bout de mes bras, n'avaient plus aucune force. Régulièrement des verres d'eau m'échappaient pour s'écraser au sol. Il ne m'est pas venu à l'esprit que tout cela pouvait être causé par les médicaments. J'attribuais tout à mon stupide corps.

Nanny a veillé sur moi pendant cette période de brouillard médicamenteux. Je ne voyais plus qu'elle. Âgée à présent de quatre-vingt-trois ans, elle faisait le trajet de Tribeca jusqu'à Chelsea, s'appuyait sur sa canne pour gravir le raide escalier, et me tenait compagnie. Le soir, comme quand j'étais petite, elle me massait les paupières pour m'aider à m'endormir. Avec elle, j'ai partagé le seul fou rire dont j'ai le souvenir durant ces douze mois. Nous nous escrimions à monter un panier à linge, dont les éléments étaient mal étiquetés. Nous avons bien passé une heure à tenter vainement d'emboîter les différentes parties, en éclatant de rire à chaque nouvel échec. De temps à autre, je lui montrais des preuves des persécutions que je subissais ; elle acquiesçait, reconnaissait qu'effectivement, ce vase avait été déplacé. Oui, peut-être que ce fourgon était garé là depuis un peu trop longtemps. Même dans mes phases de délire, elle ne m'a jamais laissée tomber.

Tout au long de ce qui me fut présenté comme un épisode maniaque, j'ai consulté ma thérapeute régulièrement, avec une frustration croissante. Elle n'avait pas l'air de me croire. Je voulais des solutions quand elle voulait juste parler. J'avais besoin de trouver des moyens de me protéger ; elle voulait me faire réfléchir. Si je n'ai pas gardé grand souvenir de nos séances de cette année-là, j'ai en revanche conservé la magnifique étude de cas qu'elle s'est appliquée à écrire à mon sujet. Lorsqu'elle m'a dévoilé ce document un an après mon épisode maniaque, je me suis sentie trahie. Pendant que je me confiais à elle, cette femme m'avait analysée, transformée en un magnifique et terrifiant cas d'étude. Elle m'avait attribué le pseudonyme dramatique de « Juliette », un *prénom théâtral*, expliquait-elle, *qui reflète pour partie les éléments narcissiques et pervers complexes de l'obsession parentale envers elle – obsession qui, du reste, s'accompagnait très certainement de négligence.* J'étais réduite à une histoire, et même cette histoire ne m'appartenait pas en propre.

Dans son article, elle s'interrogeait : *Dans quelle mesure les délires de Juliette masquent-ils sa colère, son désir d'épuiser la mère ? Dans quelle mesure, à cet égard, est-elle la concrétisation des désirs et des envies du père ?... Dans quelle mesure [ces intrusions] reproduisent-elles les intrusions psychiques et sexuelles du père ? Qui a fait quoi à qui ?*

Qui a fait quoi à qui ? La question hantait littéralement ma famille. Qu'était-il arrivé à ma mère ? Qu'est-ce que mon père m'avait fait exactement ? À quel point mes symptômes provenaient-ils de l'invasion de mon corps et de mon esprit par l'institution psychiatrique américaine ?

7

La Dre Sarini m'a recommandé un centre de soins situé en Floride, où elle envoyait nombre de ses patients ; j'ai accepté d'y aller. J'avais vingt-cinq ans. À l'âge où la plupart de mes camarades terminaient leur master, se mariaient et avançaient dans leur carrière, j'étais internée dans un nouvel établissement psychiatrique.

Cette fois-ci, je voulais vraiment aller mieux. L'année qui venait de s'écouler m'avait fait peur. Et j'étais épuisée.

La veille de mon départ pour le centre de soins, j'ai appelé mon père.

— Si tu t'en sors…, a-t-il commencé.

— Si ? ai-je hurlé. *Si* je m'en sors ? Qu'est-ce que ça veut dire ?

— Je ne sais pas si tu vas tenir le coup, a-t-il précisé. J'espère que oui, mais je ne peux pas prédire le futur.

J'étais dans une rage folle.

— Qu'est-ce que je suis censé dire ? a-t-il repris.

— Tu es censé me mentir, ai-je crié.

À mon arrivée, le psychiatre du centre m'a retiré le Depakote, le Trileptal, le Zyprexa, le Klonopin et l'Adderall, mais m'a prescrit un autre stimulant, appelé Vyvanse, au fonctionnement proche de l'Adderall. Quarante minutes après avoir pris ma dose du matin, je fumais clope sur clope sur la galerie, en racontant à qui voulait entendre des épisodes de mon enfance et en transpirant comme un bœuf. Après quoi, le personnel du centre me reprocherait de trop parler, et que pouvait-on faire pour régler mon problème de transpiration ? Non seulement je continuais à employer des mots pompeux et des métaphores alambiquées, mais je gesticulais aussi énormément : cela dépassait l'entrain, j'étais littéralement possédée par une gestuelle démente et indéchiffrable. Ma psychologue, Diane, m'a conseillé de m'asseoir sur mes mains, mais je me suis mise à balancer ma tête d'avant en arrière, comme si j'étais traversée par un courant marin. Je voulais mettre à profit mon séjour ici. J'avais conscience d'avoir de la chance de bénéficier de cette nouvelle occasion, et j'étais décidée à guérir. Je voulais être calme, réceptive, réfléchie, mais les médicaments m'en empêchaient.

Les règles étaient strictes, au centre de soins. Nos bungalows devaient être tenus rigoureusement propres – pas de traces d'eau sur le miroir, pas de linge sale qui traîne. Nous devions être à l'heure – quiconque arrivait en retard en thérapie de groupe était banni de la salle. Des tâches nous étaient assignées : noter les messages laissés sur le répondeur de l'unique téléphone communautaire, sortir la chienne du centre, Sophie (qui était elle-même sous antidépresseurs). Nos interactions étaient strictement encadrées – les chambres n'étaient pas mixtes, et si d'aventure nous développions une relation intime avec un voisin de chambre, nous étions déplacés. Si nous manquions à ces règles ou à nos responsabilités, il y avait des conséquences : télé confisquée, privation du droit de sortie quotidien. Les patients étaient incités à se dénoncer les uns les autres ; le temps de rassemblement devenait une tribune où nous exprimions des opinions gratuites sur le comportement, la personnalité, voire le physique de nos pairs – ce qui nous valait en outre des félicitations. L'un de ces rassemblements fut ainsi consacré à faire comprendre à Albert, un schizophrène quasiment non verbal, qui n'établissait jamais aucun contact visuel, qu'il puait. Assis en silence sur sa chaise pliante, Albert fixait le plancher, tandis que de concert patients et conseillers lui expliquaient combien il était dégoûtant, et le pressaient de questions – à quelle fréquence se lavait-il ? savait-il que l'hygiène personnelle était importante pour guérir et rester en bonne santé ? avait-il un déodorant ? – auxquelles il ne pouvait répondre, ne disposant pour cela ni des mots ni du système nerveux adéquats. Après la réunion, Albert continua à sentir mauvais, mais la communauté avait fait son job. Une séance spéciale fut organisée pour traiter du « problème » de ma relation avec mon ami Dean – un jeune trans au visage doux, régulièrement déformé par une dyskinésie tardive, effet indésirable de ses antipsychotiques. Nous étions proches, envisagions de le devenir encore plus, et quand nous n'étions pas occupés à fumer des cigarettes sur la galerie, nous regardions la télé dans mon bungalow, ma tête sur ses genoux. Deux patients, qui nous avaient observés par la fenêtre, avaient rapporté aux conseillers qu'il y avait anguille sous roche. Lors du rassemblement, les patients et le personnel ont demandé à connaître la nature de nos sentiments réciproques, et à savoir si, physiquement, il s'était passé quelque chose entre nous. Certains, qui étaient perdus – Dean était-il « une lesbienne ou un mec hétéro » ? –, ont réclamé qu'il explique « ce » qu'il était. Au bout de trois quarts d'heure, Dean suppliait à cor et à cri qu'on arrête cet interrogatoire. Ce soir-là, dans ma salle de bains, il a soulevé sa chemise, révélant les sept profondes entailles qu'il s'était infligées sur le torse. Je l'ai enlacé, en évitant le contact avec sa poitrine.

On m'a placée dans le groupe Traumas. Ce n'est pas moi qui l'avais demandé, mais ma psychologue de New York, la Dre Hart, avait parlé de mon père à la psychologue du centre, Diane, d'où mon affectation dans ce groupe. On m'a fait remplir un questionnaire d'évaluation du traumatisme psychique – un tableau dans lequel je devais lister tous les moments où je m'étais sentie agressée, qui m'avaient « traumatisée », ce que ces événements m'avaient fait ressentir à l'époque, et ce qu'ils m'inspiraient aujourd'hui. Mais il n'y avait de place que pour des réponses sommaires. J'ai eu beau écrire en lettres minuscules serpentant autour de la page jusqu'à épuiser l'espace disponible, il m'a fallu renoncer aux détails. Une fois par semaine, quatre d'entre nous prenaient place en cercle dans le cabinet tamisé de Diane, dont elle fermait la porte à clé. Nous pratiquions un genre de thérapie appelé « travail des chaises ». Quand mon tour est venu, je me suis assise sur une chaise, au milieu de la pièce. Diane s'est levée, a attrapé une autre chaise et l'a placée tout près de moi, si près qu'elle me touchait les genoux. C'était la place de mon père. Je me suis recroquevillée au fond de mon siège. Je me sentais mal ; j'ai dit à Diane que j'avais peur. Elle m'a demandé jusqu'où, selon moi, il faudrait reculer la chaise pour que je me sente bien. D'un geste de la main, je lui ai indiqué de la reculer encore, encore..., jusqu'au mur d'en face. Diane m'a alors invitée à préciser comment mon père serait assis sur la chaise. Fallait-il lui mettre des menottes, ou bien m'attribuer des gardes du corps ? J'ai choisi deux gardes du corps, et demandé à ce que mon père soit attaché à la chaise. Et sa tête fixée à une planche, pour qu'il ne puisse pas se projeter en avant. Diane m'a ensuite proposé de m'imaginer à tel ou tel âge, et de placer ce « moi » à côté de ma chaise. J'ai choisi un « moi » de sept ans. Cette fillette portait un chemisier à rayures, et avait une épouvantable coupe de cheveux. Je l'aimais beaucoup. Diane m'a suggéré de la regarder et de lui dire : « Je n'étais pas là pour te protéger à l'époque, mais je suis là maintenant. Je ne laisserai plus jamais personne te faire du mal. »

J'ai répété cette phrase, en m'adressant à ce petit moi de sept ans.

Puis, Diane m'a demandé de choisir un incident et de dire à mon père quelles émotions il avait suscitées en moi, ce que cela m'avait fait. Elle est retournée à son bureau pour chercher le formulaire listant mes traumatismes, mais ne l'a pas trouvé.

— Ce n'est pas grave. On s'en passera. Si je me souviens bien, il s'agissait de toucher le pénis de votre père, quelque chose comme ça ?

Je me suis retournée sur ma chaise.

— Non ! me suis-je écriée, en étirant le mot sous le coup de la surprise.

— Bien, alors prends autre chose et allons-y, a enchaîné Diane.

Elle m'a dit de fermer les yeux et de parler à mon père de l'incident que j'avais retenu. J'ai déroulé l'histoire du jour où mon père m'avait fait lécher ses larmes.

— Tu t'es servie de moi pour combler ton vide, ai-je crié, les yeux fermés, à la chaise en face de moi.

J'ai passé en revue tous les incidents que j'avais mentionnés sur mon formulaire – de l'histoire de l'orteil dans la chatte à celle d'une Lolita caracolant à cru sans oublier celle du mac aux lunettes de soleil.

Je sentais le regard des autres patients sur moi. Je me sentais enveloppée par leur fascination. Ma peau s'est mise à me chauffer et des larmes se sont échappées de mes paupières serrées. Tout bas, Diane m'a invitée à rendre sa honte à mon père. Cela faisait partie du scénario habituel du groupe Traumas. Chaque séance de « travail des chaises » se terminait invariablement par ce geste de rendre sa honte à l'agresseur. L'idée étant que les coupables vivaient impunément tandis que nous, leurs victimes, supportions à leur place le poids de la honte.

— Je te rends ta honte, ai-je hurlé.

— Encore, a dit Diane.

— Je te rends ta honte.

Diane m'a demandé si elle pouvait poser sa main dans mon dos. J'ai dit oui.

À son contact, empreint d'une tendresse confiante, les digues ont lâché en moi, libérant morve et larmes – les fluides de cet étrange paroxysme. J'ai balayé la pièce du regard : les autres patients me regardaient avec des yeux pleins d'amour. J'étais courageuse, extraordinaire, disaient-ils. L'un d'eux a déclaré que mon père était un monstre. J'avais le tournis, je me sentais éblouissante, ainsi redorée par leur admiration. Diane m'a demandé si elle pouvait me prendre dans ses bras. J'ai plongé entre ses énormes faux seins, drapés d'angora et inondés de parfum. Ainsi absorbée par sa poitrine odorante tandis que mes camarades me chantaient leur soutien comme autant de psaumes, je me sentais enveloppée d'une fièvre proche de la ferveur religieuse : un prédicateur m'imposait les mains tandis que je parlais en langues, me libérait de Satan, m'emplissait d'une foi salvatrice – propre à me sauver, dès lors que je ne la questionnais pas.

Diane manifestait une assurance qui avait le don de m'énerver et de me calmer à la fois. Si elle avait mauvaise mémoire et confondait régulièrement les détails biographiques de ses différents patients, elle ne vacillait jamais. Elle prenait un lambeau d'histoire, le recousait et le rembourrait si bien qu'il devenait un objet moelleux, réconfortant, à serrer contre soi : l'ambiguïté ainsi remplumée se transformait en harmonieuse certitude. Je lui ai raconté cette soirée, à Hambourg, quand j'avais huit ans, où mon père me faisait la lecture dans mon lit. En allant aux toilettes, j'avais remarqué des taches de sang sur ma petite culotte « Jours de la semaine ». Quand je lui avais montré, il avait suggéré : « Tu as dû déchirer ton hymen. » Je ne me souvenais de rien d'autre, si ce n'est que ce jour-là, j'avais appris à faire du vélo. Guidée par Diane, j'ai commencé à croire que mon esprit faisait de la résistance, qu'il s'était probablement passé autre chose, que je refoulais. N'importe quelle zone d'ombre de la mémoire, vide de souvenirs, était signifiante et de mauvais augure. L'absence de souvenirs, loin d'indiquer qu'il ne s'était rien passé, signalait au contraire qu'il s'était probablement passé trop de choses. Plus tard, Diane m'expliquerait qu'elle avait avancé tout doucement, veillant bien à prendre tout son temps pour m'amener à dire : « J'ai été agressée sexuellement. » Quand j'ai qualifié mon père d'« agresseur », on m'a renvoyé que j'étais forte, courageuse, exceptionnelle. J'étais une survivante. Cela faisait du bien.

Le vocabulaire employé dans le groupe Traumas était digne des contes de fées : « gluant », « monstre », « survivre », « persévérer », « vaincre ». Je ne demandais qu'à me vouer entièrement à mon personnage, à l'histoire de la fille agressée qui avait vaincu le monstre. Diane m'a conseillé de ne plus jamais parler à mon père ni même de le revoir, aussi l'ai-je inscrit sur la liste des gens dont je ne voulais pas recevoir les appels et à qui je refusais qu'on donne de mes nouvelles. Elle m'a assuré que jamais rien de bien ne pourrait venir d'un homme aussi mauvais. C'était d'une telle simplicité que c'en était désaltérant. J'étais toute disposée à absorber par litres cette nouvelle solution, jusqu'à me sentir complètement moi-même. Dans ma précédente thérapie, les mots étaient doux et souples. Là, ils étaient durs et inflexibles. Une fois que vous aviez qualifié quelqu'un de ceci ou cela, il était ainsi, l'avait toujours été et le serait toujours. Moi qui adorais les histoires, à présent j'en possédais une assez similaire à celle de ma mère – comme la sienne peuplée de monstres dont la part obscure avait été amplifiée par les thérapeutes. Par la suite, je raconterais cette histoire, enjolivée par Diane, à quiconque voudrait l'entendre. Dans les cabinets médicaux ou les recoins des bars, je présenterais mon père comme le monstre qu'on m'avait appris à voir en lui. C'était ma nouvelle identité.

J'imaginais ma mère, dans un autre cabinet tamisé, confiant ses problèmes à la Dre Bernard : ses douleurs pendant les rapports sexuels, ses liaisons, sa difficulté à parler de ses émotions, son penchant pour l'alcool, la fois où elle avait surpris son père en train de sauter une amie de la famille. Elle les étalait comme des couleurs sur une palette, où la thérapeute venait tremper la pointe de son expertise, pour créer des images d'une telle énormité et d'une telle vivacité qu'elles évinçaient tout le reste – choses et gens confondus. Je les imaginais, elle et la Dre Bernard, modeler l'argile informe de ses peurs à l'effigie de Bertie et Russell, ou de « Monkey Boy ». Brillante artiste, ma mère avait dû appliquer la même ambition et la même rigueur à sa psychothérapie qu'à sa carrière. Cela me rappelait ses mots pour raconter comment elle avait survécu à Yale : « Au premier semestre, j'étais terrifiée, mais ensuite, je me suis mise à bâtir d'immenses châssis, qui masquaient les autres étudiants travaillant à côté. » Pour dominer sa peur, elle avait créé des structures énormes et intrusives – une toile, un souvenir –, si vastes et écrasantes qu'elles supplantaient son entourage.

La Dre Bernard était elle-même ou bien une criminelle, ou bien une victime. Soit elle avait cru dur comme fer aux mythes qu'elle forgeait avec ma mère, soit elle avait été l'impitoyable orchestratrice d'une expérience scientifique menée à l'insu de sa patiente. Des années plus tard, en effet, j'ai croisé son nom en visionnant le documentaire *Three Identical Strangers.* Le film raconte l'histoire de vrais triplés séparés à la naissance, qui se retrouvent et découvrent qu'ils ont été victimes d'une expérience scientifique douteuse, laquelle consistait à envoyer des triplés et des jumeaux dans des foyers socio-économiques différents, en leur cachant qu'ils avaient des frères ou des sœurs, et observer leur évolution. Les instigateurs de cette étude n'étaient autres que les Dr Viola Bernard et Peter Neubauer – soit respectivement les thérapeutes de ma mère et de mon père. Preuve s'il en était que les personnes en charge du bien-être de mes parents, celles qui ont façonné leur existence – et donc, par ricochet, la mienne –, étaient de vrais scélérats.

À présent, j'étais à mon tour dans le cabinet d'une psy, à transpirer et m'agiter à cause des médicaments qu'on m'avait prescrits, cependant que la thérapeute, qui avait mal interprété mon formulaire, inventait des histoires et m'indiquait quels termes me définissaient. Les conclusions de Diane étaient en partie vraies. Mon père avait passé les bornes. Il avait dit des choses qu'il n'aurait pas dû dire. Il avait été défaillant dans son rôle de père, avec des conséquences durables. Mais cela signifiait-il pour autant que la seule façon de m'en sortir était de le renier, de l'effacer de ma vie comme ma mère l'avait fait ? Tout brûler et ne plus jamais y penser, comme elle avait procédé avec ses journaux ? De mes deux parents, c'était lui qui prenait de mes nouvelles, lui qui s'était inquiété d'un traitement qui aggravait mon mal-être. Le silence était-il la seule issue, la seule voie pour guérir ? J'avais reçu bien des recommandations de la part des médecins. Par exemple, ils m'avaient dit de prendre des cachets qui m'embrouillaient l'esprit, et je l'avais fait. Et maintenant, j'allais gober cette histoire en bonne patiente docile que j'étais, sans me demander si je n'étais pas quelque chose ou quelqu'un d'autre.

Vers la fin de mon séjour de cinq mois, ma mère est venue me voir pour le week-end réservé aux familles. Les patients et leurs parents, assis sur des chaises, formaient un cercle autour de Blake, le thérapeute familial, qui animait la séance. Chaque famille, à tour de rôle, occupait les sièges placés au milieu du cercle. Quand notre tour est arrivé, je me suis levée et j'ai retiré l'une des deux chaises prévues pour les parents. Ma mère a pris place sur la chaise restante ; je me suis assise en face d'elle.

— Tu es la seule ici à n'avoir besoin que d'un siège parental, remarqua Blake. Qu'as-tu ressenti en en supprimant un ?

— Rien de spécial. Ça va.

J'ai parlé de mon père, de l'« agression sexuelle ».

— Elle est complice, n'est-ce pas ? ai-je demandé à Blake.

Il a acquiescé.

J'en voulais à ma mère.

— Tu es complice, lui ai-je lancé.

Sa réaction fut à peine perceptible : son visage, tel un masque de cire, s'est raidi sous le coup de la surprise. Je me suis mise à pleurer.

— Ça me brise le cœur, j'ai envie de la serrer dans mes bras, a dit un des patients.

— Moi aussi, a repris ma mère.

— Eh bien faites-le ! s'est écrié un parent.

L'assemblée me soutenait. Me protégeait. Ma mère s'est levée, elle est venue jusqu'à moi et a mollement posé les bras sur mes épaules. Elle est restée dans cette posture quelques secondes avant de retourner à sa place. Son étreinte ne m'avait pas donné ce qu'elle avait voulu y mettre, mais pour autant elle n'avait pas été vaine. Elle m'avait donné son imperfection, ce qui m'était bien plus utile.

— Honnêtement, c'était super bizarre, ai-je déclaré. Je n'ai tellement pas l'habitude de recevoir de toi des marques d'affection physiques que ça m'a rappelé à quel point c'est gênant.

J'étais contente que son étreinte ait été vide. Car, somme toute, qu'étais-je sans le désintérêt de ma mère ?

8

Après ma sortie du centre de soins, en juillet 2010, j'ai emménagé dans un studio sans climatisation à Delray Beach, en Floride. J'ai trouvé un job au Boys & Girls Club, une association d'aide aux enfants défavorisés, et j'ai continué à voir Diane. J'adorais travailler auprès d'enfants, avoir un lieu extérieur où passer mes journées, mais je restais extrêmement agitée. Je ne savais pas conduire : mes amis du centre, eux, partaient, traçaient leur route ; moi, je me retrouvais piteusement à me saouler la gueule toute seule. Il y avait une personne à qui j'avais envie de parler : Gregory. Je ne savais même pas s'il était encore en vie. J'ai décidé de l'appeler. À chaque sonnerie, j'imaginais un scénario toujours plus sinistre : peut-être était-il… gelé sur un banc dans un parc, réfugié sous un pont, mort et enterré depuis longtemps ? Lorsque j'ai entendu sa voix, j'ai senti comme un truc gratter dans ma poitrine, qui voulait sortir et courir jusqu'à lui, et inconsciemment un grand sourire a éclairé mon visage. J'ai prétendu avoir appelé par erreur, gênée sans savoir exactement pourquoi. La dernière fois qu'on s'était parlé, il était à peine compréhensible, terminant toutes ses phrases par cette formule : « T'as pas compris que je dis n'importe quoi ? T'as pas compris que je ne sais pas ce que je dis ? » À présent, sa voix était claire, ses mots distincts, sans plus se tordre ou glisser dans sa bouche comme lorsqu'il était ivre. Il semblait calme et posé. Il m'a expliqué que cela faisait trois mois qu'il n'avait pas bu une goutte. Il m'a raconté ses derniers jours d'alcoolisme et comment MusiCares, la branche caritative de la National Academy of Recording Arts and Sciences, qui aidait les musiciens en exercice à arrêter l'alcool, avait accepté de lui financer une dernière cure à Nashville, où il vivait désormais. À mon tour, je lui ai parlé du centre de soins, de Diane, et comme tout s'éclairait depuis que je savais que mon père était un monstre et que je ne lui adresserais plus jamais la parole. Nous avons discuté jusque tard dans la nuit.

— Je t'aime toujours, ai-je dit.

— Moi aussi je t'aime toujours, a-t-il répondu.

Je suis allée me servir une boule de glace à la cuisine et, dans la lumière du réfrigérateur, j'ai souri à mon téléphone. Cette électricité entre nous n'avait été affaiblie ni par l'année de folie qui avait failli m'être fatale, ni par sa tentative de suicide par intoxication. Nous nous sommes dit bonne nuit, et dès lors nous nous sommes parlé tous les jours.

Après quatre mois en Floride, j'ai décidé de reprendre mes études, je me suis réinscrite à Columbia, j'ai quitté mon boulot et suis rentrée à New York, où j'ai emménagé avec ma mère, dans sa nouvelle maison de Brooklyn.

Elle était située au 315, Vanderbilt Avenue. Le bâtiment avait auparavant abrité le Candy and Confectioners Union, le syndicat des confiseurs, puis une école maternelle.

Comme le 134 Charles Street, il n'avait pas été originellement destiné à l'habitation. La chambre de ma mère donnait sur un jardin, offert à la contemplation grâce à une immense paroi vitrée. Sa baignoire trônait au milieu de la pièce, juste derrière le lit, et les toilettes étaient pareillement exposées dans un angle. La maison comptait deux étages d'ateliers, mais pas de chambre d'amis – juste une chambre pour Nanny. Je me suis installée dans un cagibi, qui n'avait ni porte ni meubles. Je me suis fabriqué une étagère de fortune pour mes vêtements, en retournant des cartons sur leur flanc latéral. J'étais donc de nouveau dans une maison sans serrures, et même désormais sans porte. La salle d'eau la plus proche de ma chambre n'avait pas de douche, et celle de Nanny était équipée d'une baignoire gériatrique assez peu confortable, donc je me lavais dans celle de ma mère, au milieu de sa chambre. Je me savonnais sous les aisselles tout en contemplant par le mur de verre le rocher de deux mètres cinquante que ma mère avait fait venir des Hamptons, et en entendant sa toux de fumeuse provenir du lit voisin où elle était étendue. J'étais de retour à la case départ – je vivais avec ma mère, me lavais à côté d'elle dans une pièce vitrée –, dans un monde aux frontières poreuses.

Parfois, je m'asseyais avec elle dans son atelier pendant qu'elle travaillait. Elle créait à cette époque-là une œuvre gigantesque, de près de cinquante mètres de long, soit encore plus grande que *Rhapsody*. Comme elle n'arrivait pas à trouver de titre, elle m'a demandé de l'aider. Elle m'a expliqué le sujet de l'œuvre, son rapport avec *Rhapsody* et une autre de ses créations, intitulée *Song*. J'ai contemplé les rangées de plaques d'acier carrées, ornées de ronds colorés de tailles diverses, de gribouillis noir et blanc, de silhouettes de maisons monochromes, qui tapissaient les murs.

— Récitatif, ai-je proposé, la partie d'un opéra qui se rapproche de la voix parlée et permet à l'action d'avancer.

Cela lui a plu. Elle a appelé son œuvre *Récitatif*.

Et en cet instant, nous étions réunies. Elle avait eu besoin d'un mot, et j'avais trouvé le bon.

Nanny avait quatre-vingt-six ans. Bien qu'étant à la retraite, elle avait décidé de lier sa vie à celle de ma mère, plutôt que de retourner en Angleterre pour se rapprocher de sa sœur, Thelma. Mais, après son déménagement à Brooklyn avec ma mère, l'horizon de Nanny s'est rétréci. Quand nous vivions sur Charles Street, elle connaissait tout le monde dans le quartier. Sa meilleure amie, Helen, habitait à peine trois blocs plus loin, sur Bleecker Street ; elles prenaient le thé ensemble une fois par semaine. Elle promenait le chien et bavardait avec le couple qui possédait la laverie automatique à côté de chez nous. À Brooklyn, si elle ne connaissait personne, n'avait plus aucune responsabilité, elle s'efforçait néanmoins de conserver une routine stricte. Elle nourrissait le chat à 5 h 30 du matin, puis préparait le petit déjeuner, qu'elle apportait à ma mère en s'aidant d'une canne et d'un chariot métallique. Ensuite, elle s'étendait sur son lit devant les informations télévisées, ou simplement regardait par la fenêtre, attendant que ma mère ait besoin de quelque chose. J'aimais venir m'asseoir dans sa chambre, avec un verre de vin, l'écouter parler de son passé, raconter encore et toujours les mêmes histoires, tandis que le chien anxieux de ma mère aboyait toute la journée.

Par ailleurs, j'étais de nouveau suivie par la Dre Sarini, qui avait réintroduit l'Adderall et le Klonopin dans mon traitement, et augmentait régulièrement le nombre et la dose de mes médicaments. Si je m'étais réinscrite à Columbia pour terminer mon cursus, j'avais beaucoup de mal à aller en classe. Je regardais la télévision toute la journée, je séchais les cours, le soir je buvais avec ma mère. Quand le moment de rendre un devoir approchait, je paniquais, je restais paralysée devant mon ordinateur, les yeux rivés sur une série télé. Seule l'anxiété, et la sensation d'étouffement qui l'accompagnait, me poussait à sortir de la maison, mais pas pour aller où je devais aller. Elle m'envoyait me promener sur les ponts de Manhattan et de Brooklyn en pleine nuit, même au beau milieu d'une tempête de neige. Je marchais des heures, en attendant que la panique et les bouffées de chaleur retombent. Le soir, je m'allongeais dans mon lit et je discutais avec Gregory au téléphone. Il m'a parlé de sa guérison, m'a expliqué comment tout perdre avait heureusement changé sa vie, comment son désespoir s'était finalement avéré une chance. Il suivait le programme en douze étapes des Alcooliques anonymes, qui produisait sur lui un effet spectaculaire. Autant sa quête d'originalité à tout prix l'avait détruit, autant, à présent qu'il se consacrait à l'exécution humble de petits gestes répétitifs, se vouait à autre chose qu'à lui-même, il se reconstruisait, réparait ses relations, et il était heureux. En l'entendant employer des mots comme *acceptation*, *service*, *humilité* ou *capitulation*, je songeais à quel point ils étaient différents de ceux que l'on m'avait donnés, à moi, pour guérir. Il m'a parlé des *singles* qu'il produisait, dans un atelier de réparation de motos, des artistes avec lesquels il collaborait, de la première chanson qu'il avait composée depuis qu'il ne buvait plus. Et puis, certains soirs, assis sur la galerie du centre d'hébergement où il logeait, il baissait la voix jusqu'à murmurer, et nous faisions l'amour au téléphone.

Ma thérapeute, la Dre Hart, que j'avais aussi recommencé à consulter, me dit un jour qu'elle préférerait me voir retourner en clinique psychiatrique que vivre avec ma mère à New York. En quittant son cabinet, j'ai appelé Gregory.

— Est-ce que je peux venir vivre avec toi ? lui ai-je demandé.

Il m'a répondu qu'il devait en parler à son parrain. Cela ne faisait qu'un an qu'il était rétabli, et il appréhendait toute décision de ce calibre.

— Vous êtes tous les deux malades, asséna son père lorsque Gregory lui demanda son avis. Comment deux personnes malades peuvent-elles prendre soin l'une de l'autre ?

J'ai demandé une nouvelle autorisation d'absence à la fac, et en avril 2011 Gregory nous a trouvé une maison à Nashville. Il a débarqué au volant d'une camionnette de location, après avoir fait tout le trajet depuis Nashville pour venir me chercher, moi et mes affaires.

J'adorais la petite maison jaune que Gregory avait choisie pour nous. On a passé des semaines à écumer les dépôts-ventes pour trouver des meubles, tous plus improbables les uns que les autres. On a planté des légumes dans le jardin. Dans un cimetière voisin, Gregory m'a appris à conduire sa vieille Mercedes – un vrai paquebot – sans direction assistée. Il m'a emmenée voir un spectacle son et lumière sur les Beatles au planétarium, un cirque amateur sur les rives de la Cumberland et assister à un cours de danse country organisé par l'antenne locale de la Légion américaine. Pour mes vingt-six ans, il a garni une piñata de vingt-six morceaux de papier, chacun portant mention d'une chose qu'il aimait chez moi : « J'aime tes "pourquoi". J'aime comme tu parles dans ton sommeil. J'aime ton talent. J'aime l'intonation de tes phrases. J'aime que tu lises en moi comme si tu m'avais écrit. » On a adopté un chat. On a fait des puzzles et écouté des livres audio.

Mais derrière ces bons moments, je restais soumise aux variations d'humeur dues à mes médicaments, les sommets des amphétamines et les dépressions des dépresseurs, qui me privaient de tout ancrage stable. Sans compter le mastodonte de ma nouvelle identité – survivante d'une agression sexuelle qui refoulait ses souvenirs –, à l'étroit dans la peau délicate de ma nouvelle vie. Pendant la journée, tandis que Gregory enregistrait des artistes dans l'atelier de réparation de motos, je fumais clope sur clope et regardais épisode sur épisode de *New York, unité spéciale*. Puis, pendant qu'il filait à une réunion des AA, je m'enfilais deux bouteilles de vin dans mon grenier-bureau. Quand il rentrait, il me trouvait recroquevillée dans un placard, ivre et pleurant sur ce que mon père m'avait peut-être, ou peut-être pas, fait subir.

« Qu'est-ce que j'ai pu oublier ? gémissais-je. Que m'a-t-il fait d'autre ? »

Je savais, par ma mère et par Diane, qu'il pouvait toujours y avoir davantage, un élément immergé, susceptible de resurgir et d'engloutir une vie entière d'un seul coup. Comme on m'avait conseillé de couper les ponts avec mon père, je me flagellais pour ce qu'il me manquait.

Tel un détective fou, j'avais couvert les murs de mon bureau de Post-it, de questions ou de théories sur ma famille. J'avais rassemblé tous les bracelets médicaux que j'avais conservés au fil des ans et, comme s'il s'agissait de titres honorifiques, je les avais encadrés sur mon bureau, où je m'asseyais chaque jour pour m'efforcer d'écrire. Je travaillais sur un recueil de nouvelles racontant toutes les fois où j'avais conduit quelqu'un – moi-même ou un autre – à l'hôpital, ces interventions constituant mes seuls hauts faits, le cœur battant de ma vie, crise après crise. Dans un autre récit, je séduisais mon père jusqu'à l'amener à coucher avec moi. Au moment de la pénétration, je lui demandais ce qu'il était en train de faire, et je décrivais son visage, ravagé de honte. J'écrivais sans relâche, revivant ces moments de chaos et en inventant de nouveaux, sans quitter la sécurité de mon bureau, tout comme ma mère avait revécu ses souvenirs, dans toute leur cruauté et leur fausseté, en peignant des toiles. Avec mes cigarettes, mes bouteilles de vin et ma quête de réponses, j'étais plus proche de ma mère que jamais.

Il y avait une différence, toutefois. J'avais un compagnon, qui se montrait gentil, patient, attentionné avec moi. Et je voulais être une bonne compagne pour lui. Mais c'était difficile de se concentrer sur quelqu'un d'autre alors que j'étais tellement préoccupée par moi-même. Les amphétamines et l'alcool n'aidaient pas. Quand je me mettais à boire, je cherchais la bagarre : je coinçais Gregory dans le salon en gémissant, « Tu me détestes, hein ? », tandis qu'il tâchait de m'échapper et de filer se réfugier dans la chambre. Parfois, il me suppliait de ne pas boire, parfois il me hurlait dessus, mais quoi qu'il arrive, il était toujours là pour me tenir les cheveux quand je vomissais et s'assurer que le verre d'eau sur ma table de nuit était plein. Il ne m'a jamais traversé l'esprit que vivre à côté de moi était non seulement dangereux pour sa sobriété mais aussi extrêmement désagréable. Un soir, je suis sortie avec un ami, et j'ai appelé Gregory alors que j'étais bourrée, juste pour lui faire coucou. Il m'a dit qu'il en avait assez, qu'il ne supportait pas d'être avec moi quand j'étais ivre, et qu'il allait dormir à l'atelier. J'ai demandé à mon ami de nous conduire à une station-service, où j'ai acheté une carte géante, sur laquelle, d'une main tremblante, j'ai écrit au marqueur : *Désolée d'être un boulet. Je t'aime.* Je suis venue lui faire la surprise à l'atelier, où il s'était endormi à même le sol du bureau. J'étais persuadée que ce gadget XXL et son message fracassant régleraient tout, mais cela ne fit que le contrarier davantage.

Malgré tout, Gregory était patient, et voyait quelque chose en moi, à quoi il ne voulait pas renoncer. Le lendemain soir, tandis qu'il préparait le dîner, je me suis assise à table en me plaignant de mon anxiété, de mon vide intérieur, de ce que je ne savais pas qui j'étais, ni ce qu'il s'était passé réellement…

— Ça, c'est la vie de tous les jours, l'existence normale, a affirmé Gregory en hachant de l'ail. L'anxiété, ne pas savoir qui je suis, c'est la base ; je ne fais qu'improviser par-dessus.

— Ah bon, et tu fais quoi, alors ?

— Je m'efforce de prendre soin des autres, pour ne pas trop penser à moi ni me demander si je sais qui je suis ou pas. Je mets quelle quantité de gingembre ?

— Une cuillère à soupe. Mais toi au moins, tu as un centre de gravité. Tu sais qui tu es. Tu as une identité solide.

— Tu rigoles ? La plupart du temps, j'ai l'impression d'être une version de moi tirée d'un dessin d'enfant. Je fais juste semblant d'être le genre de personne que je voudrais être.

Tout en émincant les oignons, je me suis dit que Gregory était la personne la plus forte que je connaissais. J'ai pensé à la façon dont il avait métabolisé la honte et le regret, pour en faire le moteur de son inlassable attention aux autres. Il était gentil et doux d'une manière totalement nouvelle pour moi ; le souci des gens qu'il aimait l'occupait constamment, l'obsédait pour ainsi dire autant que m'obsédait le souci de ce qu'il se passait dans ma tête. Je regardais Gregory déployer son amour pour moi : il prêtait attention à ce que je disais, me posait des questions, anticipait mes besoins ; je voyais alors surgir mes désirs dans ses actes et les objets qu'il manipulait – un verre d'eau, un pull s'il faisait froid, une chanson que j'aimais au réveil – comme une forme de télépathie inconsciente. Il pouvait prédire ce qui allait me faire tourner en boucle, ce qui risquait de m'obnubiler, et m'aidait alors à rester autant que possible connectée au présent. Il manifestait un optimisme à toute épreuve, en proportion directe avec le nihilisme dont il se savait capable par ailleurs ; je le regardais prendre soin de lui, s'occuper de sa guérison et de moi, mettre un pied devant l'autre, et ce malgré les « vertigineux abîmes de désespoir », comme il disait, qui tournoyaient sous nos pieds. Tout en essuyant mes larmes, causées par les oignons, j'ai tenté de m'imaginer cette agitation se calmer, le vortex ralentir, le vide se remplir peu à peu. Si j'avais encore du mal à me représenter ce que pourrait être la vie ainsi, pour la première fois je ne l'affrontais pas seule.

J'ai reçu un appel de Nancy, l'une des assistantes de ma mère. À présent âgée de soixante-dix ans, celle-ci ne se nourrissait plus que de chips et de Coca-Cola, et refusait de quitter son lit.

— Je crois vraiment que tu devrais venir. Elle n'est pas bien, a insisté Nancy.

Je suis arrivée chez ma mère vers sept heures du soir. Gregory était resté à Nashville, pour le travail. Sa chambre était plongée dans la pénombre.

— Maman, maman, je suis là, l'ai-je appelée doucement depuis le seuil de la pièce.

Elle s'est redressée, s'est assise sur ses jambes.

— On est en haut ou en bas ? a-t-elle demandé en clignant des yeux.

— En bas.

— Mais… on est à Charles Street ?

— Non, à Brooklyn, ai-je répondu, nouée d'angoisse.

— Je crois que je ne sais pas où je suis, a-t-elle repris.

— Eh bien… tu te trouves actuellement dans ta chambre, au rez-de-chaussée de ta maison de Brooklyn, sur Vanderbilt Avenue. Là, derrière la baie vitrée, c'est ton jardin, et ton atelier est dans la pièce d'à côté. À l'étage, il y a la cuisine, et Nanny vit là aussi, avec toi.

— C'est le jour ou la nuit ?

— La nuit. Moi non plus, je ne sais plus trop où j'en suis quand je me réveille au milieu de la nuit. Essaie de te rendormir.

Les jours suivants, j'ai observé le comportement de ma mère. Il y avait un vrai problème. Elle m'a accusée d'avoir pris un imperméable alors qu'il était suspendu dans la penderie juste sous ses yeux. Elle me posait quinze fois les mêmes questions, et si je lui faisais remarquer qu'elle me l'avait déjà demandé, ne s'en rappelait-elle pas ?, elle feignait d'avoir été distraite la première fois ou de vouloir plus de précisions. Mais quelque chose dans ses phrases démentait ses allégations, le blanc qui précédait sa justification était révélateur : elle était aussi troublée et perdue que moi. Je suis allée prévenir mon oncle et ma tante.

— Il y a un truc qui cloche chez elle. Elle perd la mémoire.

Je leur ai expliqué ce que j'avais remarqué. Mais pour eux, tout allait bien.

— Jennifer fait du Jennifer, c'est tout, a décrété ma tante.

Manifestement, les symptômes de ma mère ressemblaient à ses traits de caractère habituels. Toute sa vie, elle avait oublié les choses dont elle préférait ne pas se souvenir. Cet acte d'oubli volontaire la libérait de la responsabilité, de l'inconfort d'avoir à interagir avec d'autres en dehors du cadre qu'elle fixait elle-même. Il en avait toujours été ainsi. Mais cette fois-ci, c'était différent.

Je n'ai pas tenu compte des parades de ma mère, ni des arguments de mon oncle et de ma tante, et pour la première fois j'ai suivi mon intuition. J'ai emmené ma mère chez son généraliste, qui l'a envoyée consulter un neurologue.

— Est-ce que je vous donne l'air d'avoir un terrible problème ? a-t-elle demandé au spécialiste.

— C'est un peu tôt pour le dire, c'est la première fois que nous nous voyons…, a éludé le praticien.

— Bon, alors, disons : est-ce que vous voulez que j'aie un terrible problème ? a-t-elle plaisanté.

Cela m'a fait rire. C'était le genre de chose que j'aurais pu dire à un médecin.

— Pourquoi est-ce que je voudrais cela ? a répondu l'expert.

Il n'avait pas pigé.

— Oh, je ne sais pas, a dit ma mère.

J'avais envie de la protéger. Je percevais sa fragilité, sa peur, et je voyais bien qu'elle faisait de l'esprit pour lutter contre elles.

— Pouvez-vous épeler le mot *monde* à l'envers ? a demandé le médecin.

— Le Dr Roseman faisait ça, justement, l'autre jour...

— Et vous ? Je ne vous demande pas de me raconter des histoires, mais de m'épeler le mot *monde* à l'envers, a insisté le praticien.

Cela commençait à m'énerver. Pourquoi ne voulait-il pas de son histoire ? Le fait qu'elle se la rappelle et soit capable de raconter cette histoire précisément ne le renseignait-il pas sur ce qu'il tentait d'évaluer ? À savoir que le monde, à l'envers ou à l'endroit, existait encore en elle ?

— Très bien, alors ça fait *monde*, à l'envers ? C'est pareil qu'à l'endroit, mais à rebours, a-t-elle déclaré.

J'étais impressionnée par cette réponse, fière d'elle, comme si elle avait été mon enfant, une enfant précoce. J'ai eu l'impression moi aussi de la voir pour la première fois. Comme si cette étrange situation m'avait révélé en elle une vraie personne, une personne qui faisait des blagues douteuses aux pires moments imaginables. Je commençais à entrevoir à quel point elle devait être terrifiée.

Le médecin lui a fait dessiner une horloge et des formes géométriques. Écrire la phrase : « Nous sommes un mardi pluvieux du mois de décembre. » Énumérer tous les animaux qui lui venaient à l'esprit : « chien, chat, scarabée – ah non, c'est un insecte ? –, éléphant, tigre, buffle, serpent, poisson d'argent ». Citer le nom d'un meuble, d'un fruit. Il lui donna trois mots à mémoriser : *pomme*, *table*, *monnaie*. Lui demanda de toucher son oreille gauche avec son pouce droit.

— Je le colle à mon pouce gauche ? a-t-elle demandé, la main en l'air, le pouce levé.

Le médecin a répété ses instructions, suite à quoi elle a levé l'autre main, pouce en l'air.

On lui demanda aussi de compter à l'envers et de 7 en 7 à partir de 100, ce dont j'aurais été bien incapable même au top de ma forme. Elle remonta jusqu'à 86.

Qui était le président des États-Unis ? Bush. (C'était Obama.) En quel mois étions-nous ? Au début de l'hiver.

Ses déficiences m'atteignaient telles des flèches.

Le médecin lui a demandé combien il y avait de pièces de cinq *cents* dans un dollar trente-cinq. Il y a eu un blanc. Nous attendions tous, en silence, des nombres qui ne venaient pas, des réponses qui demeuraient obscures.

— C'est tellement... déprimant, dit-elle, à elle-même comme aux nombres, dates, présidents et autres aiguilles d'horloge qui se refusaient à elle.

Le médecin gardait le silence.

— Vous avez dit combien ? demanda-t-elle.

— Combien de pièces de cinq *cents* dans un dollar trente-cinq, a-t-il répété.

J'ai regardé ma mère.

— Alors disons combien de fois cinq *cents* dans trente-cinq *cents* ?

— Six ? a dit ma mère. Sept ? Six ?

Le médecin ne broncha pas.

— C'est vraiment horrible et effrayant, a-t-elle commenté.

Frénétiquement, je passais en revue mes tables de multiplication dans ma tête.

— Et dans un dollar ?

— Vingt, a dit ma mère.

— Dans un dollar trente-cinq ?

— Vingt plus… Je ne sais pas.

Elle avait renoncé. J'aurais voulu la serrer dans mes bras, mais je ne l'ai pas fait. L'embrasser à ce moment-là, où elle était seule et apeurée, m'aurait donné l'impression de toucher une statue, un objet sacré, avec lequel je n'avais pas le droit d'entrer en contact sous peine de conséquences cosmiques.

— Quels étaient les trois mots que je vous ai demandé de retenir ? a demandé le médecin.

Elle a balayé la pièce du regard, comme si les mots pouvaient s'y trouver cachés, griffonnés sur le cadre de la reproduction de Gustav Klimt, ou imprimés en relief sur le papier blanc qui recouvrait la table d'examen. Les mots n'étaient pas là. Elle m'a regardée. *Pomme*, *table*, *monnaie*, ai-je pensé, si fort que j'aurais juré qu'elle pouvait les voir se presser derrière la vitre de mes yeux. Mais je ne pouvais pas l'aider.

Un diagnostic de démence fut posé. La semaine suivante, je suis tombée sur des notes personnelles qu'elle avait prises : *Qu'est-ce qui m'arrive ? Pensées suicidaires. Tests neurologiques. Suis allée chez le médecin, car je me sentais dans un état second. Perte de mémoire. Anxiété. Symptômes de rhume. Helen McEachrane a appelé. Je ne l'avais pas appelée depuis longtemps. Suis-je malade depuis longtemps ? Appeler tous les gens avec qui je veux rester en contact. Inventer des stratagèmes pour ce qui me pose problème.*

J'ai trouvé cette liste :

1) Comment en suis-je arrivée là ?

2) Quand en suis-je arrivée là ?

3) Qu'a dit le médecin ?

4) Comment cela a-t-il pu arriver si vite ?

Pour la première fois, je l'ai vue pleurer. Calmement, discrètement : juste un éclat humide dans ses yeux et les coins de sa bouche retournés. Puis elle a fait un geste saccadé, comme pour se débarrasser de cette émotion et de la réalité qui allait avec. Elle s'est mise à évoquer le suicide. Un jour, en cherchant des chaussettes dans son tiroir, j'ai trouvé des flacons de pilules, inentamés, bourrés au fond d'une paire.

— Maman, pourquoi tu as des cachets au fond d'une paire de chaussettes ? lui ai-je demandé.

Elle somnolait dans son lit, je ne voyais que son dos.

— C'est juste pour les avoir, au cas où je déciderais de me supprimer, m'a-t-elle répondu sans se retourner.

Je savais qu'elle n'irait pas jusqu'au bout. La mort la terrifiait. Rien que cette formule, « me supprimer » : on aurait dit une expression qu'elle avait entendue dans un film et trouvée à son goût. Je suis rentrée à Nashville, retrouver Gregory pour discuter de ce qu'on devait faire maintenant.

— Il faut qu'on se rapproche d'elle, ai-je dit. Il faut qu'on rentre.

Gregory appréhendait cette solution. New York l'avait violemment rejeté, et la perspective d'y retourner l'effrayait. Mais il était prêt à le faire pour moi. Nous avons donc loué un appartement à sept blocs de chez ma mère, à Brooklyn. Je me suis réinscrite à Columbia. Avec une majeure en psychologie, quand bien même seuls les livres et l'écriture m'intéressaient. Pour avoir passé tant d'années à analyser mes propres défaillances, j'étais persuadée de n'être bonne qu'à une chose : déterminer ce qui clochait dans la tête des autres. J'ai trouvé un petit job de babysitting, auprès de deux enfants. Les jours où je n'étais ni à la fac ni au travail, je rendais visite à ma mère et à Nanny. Quatre soirs par semaine, je débarquais, avec une bouteille de vin pour moi, et une bouteille de rab – également pour moi. En général, ma mère avait déjà quelques verres d'avance ; nous buvions et fumions, et je passais des heures à la régaler d'anecdotes de mon passé, m'efforçant de la divertir, alimentant la conversation pour deux. Je lui posais des questions, et quand elle n'arrivait pas à répondre, je répondais moi-même.

— Quel est le truc le plus fou que tu aies fait, sexuellement ?

— Je ne sais pas. Et toi ?

— J'ai baisé dans une voiture lancée sur l'autoroute en pleine nuit.

— Quoi ? a-t-elle hurlé, avant d'éclater de rire.

Je lui ai raconté la fois où j'ai couché avec un ami de la famille, qu'elle connaissait.

— C'était comment ? a-t-elle demandé.

Je lui ai décrit sans lésiner sur les détails ; elle a manqué s'étouffer avec son verre de vin tant elle rigolait.

Parfois, elle me confiait ce qu'il se passait en elle ; j'écoutais, captivée, cependant que le cendrier s'emplissait de mégots et que se vidaient les bouteilles de vin.

— Ça t'est déjà arrivé d'avoir une image bloquée dans la tête, sans que tu saches comment elle t'est venue, mais sans que tu puisses non plus t'en débarrasser ? m'a-t-elle demandé un jour.

— Oui.

— Eh bien moi, je n'arrête pas de voir des grandes lames qui tourbillonnent. Argh !

— Argh ! ai-je renchéri.

— Mais bon, ça va, parce que je leur ai trouvé une utilité.

— Comme quoi ?

— Trancher des saucisses.

À chacune de mes visites, elle me livrait un nouvel échantillon loufoque de son monde intérieur :

— Je suis posée là comme un lingot, m'a-t-elle dit un jour. Comme un morceau de plomb. Je suis tout le temps dans l'ombre.

Je cherchais des indices dans ses divagations, comme si, mis bout à bout, ils avaient pu former un portrait de sa maladie, qu'on aurait pu cacher dans un placard et laisser se dégrader à sa place.

Parfois, elle était plus directe et, la métaphore ne faisant plus tampon, ses mots me bouleversaient.

— Je ne me fie plus à rien de ce que je crois, dit-elle un jour. J'ai l'impression qu'il manque une pièce. Et je crois bien que cette pièce, c'est moi.

Je me sentais une obligation impérieuse de recueillir tous les fragments d'elle que j'avais si longtemps convoités : son humour, son charme, son brio. Je devais apprendre à la connaître avant qu'il ne soit trop tard. Je lui ai soumis le « questionnaire de Proust ». Nous nous sommes assises en tailleur sur son lit, à proximité du coquillage qu'elle utilisait comme cendrier.

— Quel est ton principal défaut ? ai-je lu parmi les questions listées.

— L'égocentrisme.

J'ai été surprise qu'elle soit aussi clairvoyante, et aussi détachée à la fois.

— Quel est le défaut qui te dérange le plus chez les autres ?

— D'être ennuyeux.

— D'après toi, quelle est la qualité la plus surestimée ?

— L'honnêteté.

— Pourquoi ?

— Parce que les gens se sentent obligés de tout dire à tout le monde, et il y a plein de choses que je ne veux pas savoir.

C'est de moi qu'elle parlait, en décrivant cette personne excessivement partageuse.

— Quelle est la qualité que tu préfères chez une femme ?

— Ne pas trop parler. Je n'aime pas les gens qui parlent trop.

— Quel est, ou qui est le grand amour de ta vie ?

— Je n'en ai pas.

Elle n'avait retenu aucun de nous : ni son premier mari, épousé à vingt et un ans. Ni mon père. Ni moi.

— Si tu pouvais changer une chose chez toi, ce serait quoi ?

— Tout, a-t-elle répondu.

J'ai levé les yeux de l'écran de mon ordinateur, où je tapais ses réponses.

C'était inattendu : une modestie qui ne lui ressemblait pas, un regret peut-être.

— Juste parce que ça m'occuperait, a-t-elle précisé.

— Quelle est, selon toi, ta plus grande réussite ? ai-je repris.

— Ne pas avoir arrêté de travailler.

— Ce que tu as de plus précieux ?

— Mes livres.

— Quel est ton principal trait de caractère ?

— La franchise.

— Ce que tu détestes par-dessus tout ?

— Ne pas obtenir ce que je veux.

— Quelle est ta devise ?

— Travaille, et tout ira bien.

C'était le seul conseil qu'elle m'ait jamais donné. Travaille, et tout ira bien. J'ignorais combien de temps encore elle parviendrait à vivre selon sa devise, ni si je pourrais jamais la faire mienne. Quelques mois après son diagnostic, elle s'était mise au travail, et avait créé une œuvre sur plaques gigantesque, simplement intitulée *Dementia*, démence. Sur chaque plaque, elle avait inscrit le mot – en lettres cursives, en points, tout en majuscules, tout en minuscules. « Dementia », encore et encore, comme si elle cherchait à s'apaiser en usant de ce mot violent, comme si, par la force de son travail, elle pouvait transformer cette calamité en réconfort.

— Quel est ton plus grand regret ?

— Je n'en ai pas, a-t-elle répondu.

J'ai voulu croire que c'était parce qu'elle n'en avait pas souvenir, et non pas parce qu'elle n'avait que faire des conséquences de ses actions ou de son inaction. J'étais partagée entre la colère, la jalousie et la tristesse. Elle avait vécu une vie de silence, de travail, non exempte de gratifications, et elle ne regrettait rien. J'aurais voulu la forcer aux regrets comme on passe à quelqu'un la camisole de force, enveloppant tout ce qu'elle avait perdu et tout ce qu'elle s'apprêtait à perdre en une même étreinte qu'elle ne puisse esquiver.

J'ignorais combien de temps encore elle saurait qui j'étais, ou qui elle-même était. J'ai remis la main sur mon exemplaire de son livre, *Histoire de l'Univers*, et je lui ai demandé de m'écrire une dédicace. Qu'elle ne se contente pas de signer : je voulais qu'elle m'écrive un message spécial, juste pour moi. Sur cette recommandation, j'ai quitté la pièce. J'avais peur – peur qu'elle n'ait pas de mots pour moi, que penser à moi la laisse aussi sèche que le faisait sa maladie. Au bout de dix minutes, je suis revenue dans sa chambre et j'ai récupéré mon livre. Elle avait écrit :

Pour Alice, tu es mon histoire universelle.

Malgré la menace que constituait sa maladie, c'était aussi une chance. Grâce à de simples actes de soin, je retrouvais ce qui s'était perdu entre nous depuis si longtemps. Elle avait contracté une infection au niveau de l'abdomen – l'ancienne plaie opératoire de son hystérectomie s'était rouverte – et le médecin m'avait appris comment défaire et refaire le pansement. À la maison, je l'aidais à retirer ses leggings et ses sous-vêtements, je la soutenais dans la baignoire, lui racontais des histoires tout en laissant l'eau couler doucement sur la plaie, que je savonnais aussi délicatement que possible. Elle ne se fâchait pas ni ne se plaignait.

— Je n'aime pas ça, disait-elle simplement, sans affect.

— Je trouve ça bien. C'est le contraire qui m'inquiéterait.

— Tu as sans doute raison, concluait-elle en riant.

Je la séchais, puis elle retournait s'étendre sur son lit, pour me laisser panser sa plaie, tout doucement.

Son neurologue ayant demandé un électroencéphalogramme, j'ai dû la tenir éveillée toute la nuit, sans caféine. Assises sur son lit, épaule contre épaule, nous avons regardé l'émission de téléréalité *My Strange Addiction* sur mon portable.

— Mais pourquoi ? s'est-elle mise à crier en voyant une femme manger du placoplâtre.

Puis elle a ri de bon cœur en couvrant l'écran de ses mains devant une autre femme, qui s'infligeait volontairement des piqûres d'abeille.

— À ton avis, comment ils font pour… ? demanda-t-elle en entendant une femme parler de sa liaison avec un manège forain.

Tandis que le soleil se levait, nous avons envisagé diverses façons de faire l'amour à une machine.

Quelques mois plus tard, remarquant qu'elle avait les chevilles enflées, je l'ai emmenée aux urgences, où l'on m'a dit qu'elle était au bord de l'insuffisance cardiaque. Gregory m'a rejointe à l'hôpital. Nous sommes restés au chevet de ma mère, où Gregory a tout fait pour la distraire. Il était formidable avec elle. Ils s'étaient rencontrés pour la première fois des années plus tôt, alors qu'il était encore totalement alcoolique. Il était venu à la maison et avait croisé ma mère dans la cuisine. À l'époque, nous rangions toujours le beurre dans notre four grille-pain pour éviter que le chat vienne le lécher ; voyant cela, Gregory s'était écrié :

— Ravi de vous rencontrer. J'adore votre beurrier, on dirait un grille-pain.

Ma mère avait ri tellement fort que j'avais sursauté.

Il était doué pour lui changer les idées dans les situations pénibles.

— Regarde cette ombre, disait-il en désignant le mur. On ne dirait pas un dragon ?

— Non, ça ressemble plutôt au grand-père du dragon, répliquait ma mère.

— Absolument.

Je restais assise, à les écouter parler. Gregory savait encourager la meilleure part des gens, leur inventivité, leur fantaisie. J'aurais aimé être comme cela avec ma mère. Aller à sa rencontre, au lieu de toujours espérer qu'elle me recherche enfin. J'observais Gregory l'apaiser et la divertir, m'efforçant de mémoriser la langue de l'attention à l'autre, qu'il parlait si couramment.

Je suis rentrée à la maison, laissant Gregory avec elle jusqu'à ce qu'on lui trouve un lit permanent. Elle fut transférée en unité de soins intensifs, car c'était le seul service habilité à administrer de la nitroglycérine.

Le lendemain matin, elle m'a appelée.

— Ils ont voulu me faire dormir par terre, s'est-elle plainte.

— Ça me surprendrait beaucoup qu'on ait voulu te faire dormir par terre.

L'infirmière m'a expliqué que ma mère avait paniqué et arraché sa perfusion. Puis elle avait fait le tour du service en hurlant qu'on avait voulu l'agresser.

— On appelle cela la « psychose des urgences », ajouta-t-elle. C'est relativement courant.

En cet instant, je me suis sentie connectée à elle. Je reconnaissais cette impulsion, je me rappelais ce besoin de fuir les forces destructrices qui conspiraient contre moi.

Quand elle fut installée dans une chambre individuelle, j'ai dormi dans un lit de camp, à côté d'elle. Au bout de quelques jours d'une hospitalisation qui durerait six semaines, on m'a informée qu'elle souffrait d'un fécalome. L'infirmière chargée de désengorger manuellement le côlon de ma mère m'a demandé si je pouvais l'aider, le personnel étant en sous-effectif. J'ai accepté sans hésitation. Je tenais la main de ma mère quand l'infirmière a commencé l'intervention. Ma mère s'est mise à crier, à hurler « Stop ! », repoussant vivement la soignante.

— Maman, on est obligés de faire ça, sinon tu ne pourras plus aller aux toilettes, ai-je expliqué.

— Je m'en fiche.

— Tu peux en mourir, tu sais.

— Parfait, je vais mourir, alors.

— Pour commencer, ça va surtout prolonger ton séjour à l'hôpital. C'est ce que tu veux ? ai-je demandé.

— Non, a-t-elle reconnu, plus effrayée par l'inconfort que par la mort.

— Est-ce qu'on peut réessayer ?

— D'accord.

L'infirmière m'a demandé de la retenir. J'ai appuyé sur ses épaules, la laissant s'agripper à mon poignet. De nouveau, l'infirmière a inséré ses doigts, j'ai senti la main de ma mère venir frapper le côté de ma tête. Puis, elle m'a tirée par les cheveux. Et a planté ses dents dans mon bras. Ne sachant que faire, j'ai éclaté de rire.

— Maman, tu m'as mordue ! me suis-je exclamée.

— Pardon, pardon, pardon.

— C'est pas grave. Je n'en attendais pas moins de toi.

Elle a ri faiblement.

Le lendemain, une infirmière a réclamé mon aide pour contenir ma mère tandis qu'on lui réinstallait son cathéter. Nous n'avions jamais su comment être intimes toutes les deux, mais à présent, tandis que je l'immobilisais pour son bien – mon corps tout près du sien, accueillant l'étreinte de ses mâchoires, ses brusques gestes paniqués –, j'ai réalisé que, par des voies détournées, je me retrouvais enfin entre les bras de ma mère.

Pendant ce temps, Nanny s'affaiblissait à vue d'œil. Un jour où j'étais auprès d'elle, elle est tombée et s'est cassé la hanche ; je lui ai tenu la main et caressé les cheveux tandis qu'on la hissait sur un brancard. À l'hôpital, elle a fait une attaque – une seconde suivrait –, qui l'a laissée aphasique, les mots tournant dans sa bouche sans que sa bouche parvienne à les éjecter correctement. Un mois plus tard, elle a contracté une septicémie suite à une morsure de Bracket, dont elle avait hérité, qui lui paralysa tout le bas du corps. Un mois plus tard encore, on lui diagnostiqua une maladie cardiaque qui nécessitait une intervention chirurgicale. Elle est devenue si maigre, son corps si léger et voûté qu'on aurait dit un signe de ponctuation se déplaçant dans l'espace, une parenthèse ambulante traversant péniblement la pièce. Je l'emmenais à ses rendez-vous médicaux ; Gregory emmenait Bracket chez le véto. Je remplissais ses piluliers, je lui lavais les pieds. À côté de mes cahiers et de mes fiches pour la fac, s'entassaient les factures, les formulaires d'assurance et les relevés bancaires de Nanny, dont j'étais désormais en charge. À côté de mon emploi du temps universitaire, se trouvait la liste des rendez-vous médicaux de ma mère et de Nanny, et les listes toujours plus nombreuses de leurs médicaments.

Quand j'étais petite, Nanny avait toujours l'air de se préparer à quelque chose, et sa façon de se préparer était de s'inquiéter. Elle avait toujours quelques mouchoirs roulés dans la manche de son gilet. Elle me demandait d'emporter un parapluie pour ensuite me mettre en garde de ne pas le coincer dans les portes du métro. Elle me déconseillait de porter un collier la nuit, pour ne pas risquer de m'étrangler avec. Je pensais aux tours bizarres que prenait sa sollicitude, en m'appliquant à gérer la logistique de son grand âge. Je pensais à tout ce dont elle était dépositaire, en m'appliquant à prolonger sa vie qui s'amenuisait. Quand nous venions la voir, Gregory et moi, Nanny parlait sans discontinuer. Une fois qu'elle avait notre attention, elle ne la lâchait plus. Elle adorait Gregory et reprenait vie quand il entrait dans sa chambre, en racontant des histoires et en plaisantant. Il était bien plus doué que moi pour l'écouter patiemment raconter encore et toujours les mêmes histoires interminables. Elle continuait à nous parler même après qu'on avait quitté la pièce, si bien qu'il me fallait décider : ou bien d'attendre sur le seuil qu'elle termine son histoire sans fin, ou bien de tourner les talons. De plus en plus souvent, elle parlait toute seule. Pas seulement un de ses habituels coups de colère ou une remarque faite à haute voix par mégarde, mais des conversations entières.

C'est à cette époque que Nanny a commencé à pleurer. Je ne l'avais jamais vue pleurer avant, et cela m'a fait peur.

— Je ne sais pas… Parfois, je suis triste, disait-elle.

Tout en pleurant, elle disait : « Merde ! Merde ! » J'essayais de m'imaginer comment pouvait lui apparaître sa vie. Se disait-elle maintenant qu'elle n'avait rien à elle ? Que ce qu'elle avait accompli ne se mesurait à l'aune d'aucun critère reconnu ? Elle existait dans les traces, dans ce qu'elle avait transmis aux gens. Elle était la voix non créditée présente dans un coin de la tête de tous ceux dont elle s'était occupée. Elle vivait chez quelqu'un d'autre, l'enfant d'une autre s'occupait d'elle.

Nous avions peur toutes les deux. Peur de ce que la maladie de ma mère signifiait pour nous. J'avais l'impression de ne rien avoir à donner à Nanny. Je ne pouvais pas la protéger. Je n'arrivais même pas à savoir comment la réconforter. Je restais à côté d'elle, à la regarder pleurer. Parfois, j'essayais de lui dire à quel point elle comptait pour moi, d'énumérer tout ce qu'elle m'avait donné, de conférer de l'importance à sa vie qui s'étiolait.

— Tu m'as sauvée, lui ai-je dit. Tu m'as si bien protégée.

Elle ne me regardait pas. Elle regardait par la fenêtre.

— Si tu n'avais pas été là, je serais certainement morte.

Elle répondait par la dérision, ou par un léger hochement de tête, refusant mes paroles.

Pour la fête des mères, j'ai offert à la mienne une boîte de chocolats Jacques Torres ; j'en ai offert une à Nanny également, mais plus petite. Lorsque je leur ai remis leur cadeau, Nanny a plaisanté : ainsi elle était une demi-mère, ou une moindre mère. Cela m'a fait un coup au cœur. Je n'avais pas voulu blesser ma mère en suggérant qu'elles étaient toutes deux mes mamans, quand bien même c'était mon sentiment profond. Et je n'avais pas anticipé qu'une chose aussi bête que les dimensions respectives de deux boîtes de chocolats pouvaient traduire si vivement la douleur et l'ambiguïté attachées à notre situation tellement particulière. J'étais en colère contre moi-même, et triste pour Nanny. Je n'avais pas voulu qu'elle se sente amoindrie, ou rabaissée, mais j'avais craint, en lui offrant un cadeau à la mesure de mes sentiments pour elle, de réduire ma mère à néant.

J'aurais voulu me rapprocher de Nanny, mais, comme je suivais toujours un traitement mêlant stimulants et anxiolytiques, je terminais invariablement assise dans sa chambre, à scroller sur mon téléphone, en comptant les minutes restantes avant la fin de ma visite. Je rentrais à la maison épuisée, triste, furieuse ; Gregory nous préparait à manger et m'interrogeait pour mon examen d'espagnol. Bien des soirs, je buvais jusqu'à m'en faire vomir, et je me disputais avec Gregory quand il rentrait de sa réunion des AA. Je me sentais embrouillée, assaillie par tant d'émotions en même temps, soumise à la fois aux constants coups de fouet de l'Adderall et au bercement des benzos. J'étais tellement anxieuse et tellement bourrée d'amphétamines, que je m'endormais en gémissant, tandis que Gregory me frottait le dos pour m'aider à me calmer. L'idée que je puisse arrêter les médicaments ne me venait toujours pas à l'esprit. Je ne les voyais pas comme un élément distinct de moi, dont l'ablation eût été sans danger, mais comme un élément à part entière du réseau essentiel à mon identité et mon fonctionnement – tout aussi primordial et inextricable que mes veines ou mes nerfs. La Dre Sarini m'avait dit que je devrais suivre ces traitements toute ma vie, et je la croyais. À peine avais-je pris mes comprimés du matin que je cherchais querelle à ma tante ou à l'assistante de ma mère, rédigeant de longs mails ou textos décousus, que je lisais à Gregory avant d'appuyer sur « envoyer ». Il me conseillait d'attendre. Me suggérait de laisser reposer vingt-quatre heures pour voir comment je me sentais. D'être patiente. J'envoyais quand même les e-mails ou les textos, sans me rendre compte du mal que je faisais. Je n'avais pas conscience de l'énergie que cela lui demandait de contrecarrer, encore et toujours, ma puissante propension à la dispute induite par les amphétamines. Pour ma part, je m'efforçais de lutter contre le courant de mon instabilité en soutenant ma mère et Nanny. J'essayais de prendre exemple sur Gregory – sa sollicitude, sa patience – pour mieux résister aux tourbillons vertigineux de ma labilité émotionnelle. Quand il voyait que je commençais à partir vraiment loin – en pleine dissociation ou emportée par le flot de mes pensées anxieuses –, il me tendait la main en disant : « Bonjour, ravi de vous rencontrer, là, maintenant. »

En général, il y avait un blanc, le temps que je revienne à moi, puis je lui serrais la main en souriant, la secouant de haut en bas, sa main étant le seul lien capable de m'attacher au présent.

Cet hiver-là, nous nous sommes mariés dans le jardin de ma mère, au lendemain radieux d'une tempête de neige. J'avais trouvé sur Internet un vieil officiant de cérémonie, âgé de quatre-vingt-six ans, qui se targuait d'être « étanche ». Je portais un bouquet de fleurs en plastique, qui complétait mes déguisements quand j'avais cinq ans. Ma mère et Nanny étaient nos seuls témoins, et nous avons signé le certificat de mariage au milieu des nuanciers dans l'atelier du bas.

Soudain, je me suis retrouvée à vivre une vie où il se passait des choses qui n'étaient pas seulement dans ma tête, ni relatives à ma psychologie. Pour la première fois, j'ai été contrainte d'arrêter de penser sans cesse à ce qui n'allait pas chez moi pour m'intéresser à ce qui n'allait pas chez les autres. Je n'étais pas habituée à ce qu'on ait besoin de moi : j'adorais ça, et je détestais ça. Accroupie par terre pour laver les pieds de Nanny, je me sentais partagée : d'un côté, je voulais lui donner davantage qu'un simple bain de pieds, de l'autre je ne voulais même pas lui donner ce bain de pieds. En faisant courir mes mains savonneuses sur ses pieds noueux, je m'efforçais d'imprimer en elle la tendresse et l'amour que je savais exister en moi, de la baigner comme elle m'avait baignée. Mais, outre la tendresse et l'amour, je ressentais tant d'autres choses encore. La colère me tenaillait. La culpabilité me bousculait, et je me faisais doucement marteler par sa grande carcasse musclée. Un chagrin aveuglant, froid et clair, m'inondait. En permanence, je combattais les corps invisibles de la colère, de la peur, de la tristesse, qui me barraient le passage, me sautaient sur le dos, s'introduisaient dans mon ventre, m'éclaboussaient, me laissant sonnée. Si je ne parvenais pas à me relier à Nanny comme je l'aurais voulu, c'est que cette horde m'empêchait de l'atteindre.

Le déclin de ma mère, dans ses détails, me taraudait également. Elle qui avait fumé toute sa vie souffrait d'une terrible toux du fumeur, qui se déclenchait notamment quand elle riait. J'adorais la faire rire, mais alors elle se mettait à tousser sans pouvoir s'arrêter, puis à vomir. Quand il ne provoquait pas de régurgitation, son rire trahissait sa maladie. Elle riait à des anecdotes que je lui racontais ou devant des émissions de télé, mais son rire était excessif, trop fort, trop fréquent, comme si elle tentait le coup, au cas où ce serait le moment où une personne normale était censée rire. Les clichés ont commencé à envahir son langage. Elle disait « on croise les doigts », « détends-toi, t'en fais pas », ou encore « ça mérite réflexion » – autant de formules toutes faites pouvant passer pour une réponse appropriée à presque n'importe quoi. Dans chacune de ces exaspérantes banalités, j'entendais la meule de l'oubli, le lent travail de sape de sa maladie. Elle devint d'une naïveté confondante. Elle feignait de ne pas savoir ou de ne pas comprendre. Quand je lui disais que faire de l'exercice était bon pour elle, elle répondait : « Vraiment ? » Quand je lui disais que fumer était mauvais pour elle, elle répondait : « Vraiment ? » Quand je lui disais que les humains avaient besoin de boire de l'eau, de manger des légumes, de prendre des douches, de se laver les dents, ou encore qu'ils devaient éviter de manger du bacon tous les jours, elle répondait : « Vraiment ? Pourquoi ? » Je n'ai jamais réussi à savoir si, véritablement, elle ne savait ou ne comprenait pas, ou si c'était un jeu puéril, auquel il lui plaisait de jouer pour se sortir d'une activité ou suivre le fil d'une conversation. Tant d'aspects de son comportement me mettaient en colère. Mais derrière cette colère, la mère que je n'avais plus me manquait. La mère que je n'avais jamais eue me manquait. La mère que je n'aurais jamais me manquait. Je détestais cette femme, qui ne se souvenait de rien, cette femme qui redevenait enfant. Je détestais la femme qui se sentait toujours enfant, incapable de comprendre que toute cette colère n'était qu'une tristesse infinie, océanique.

Pourtant, au fur et à mesure que sa maladie progressait, j'ai remarqué en elle un changement inattendu. Elle est devenue douce, curieuse. Elle aimait rester allongée sur son lit, à fumer et à boire du café, mais elle voulait aussi être impliquée dans tout ce qu'il se passait à l'extérieur. La cuisine de son cottage à Amagansett donnait directement sur sa chambre, et au moindre bruit, elle disait : « Hello ? Qu'est-ce que tu fais ? » Je lui expliquais que je me servais un verre d'eau ou que j'allais faire pipi. Elle riait, enchaînant sur un long et sautillant « Oh… ». Si d'aventure je faisais une remarque à quelqu'un d'autre, j'entendais immanquablement un « De quoi vous parlez ? » surgir de la pièce voisine. Alors je lui expliquais de quoi il retournait : du nettoyage à sec, de la visite du chien chez le véto, du pain en train de rassir. Gregory avait inventé un jeu inspiré de ses inlassables questions. Quand il était dans l'autre pièce et qu'elle demandait : « Qu'est-ce que tu fais ? », il répondait : « J'enfile des rollers au chien », tandis qu'il se versait un verre d'eau. Elle riait, puis se mettait à tousser.

— Et alors, ça lui plaît ? demandait-elle.

— Il n'est pas aussi doué que le chat, mais il progresse.

Chaque fois que je venais la voir, elle me demandait comment j'allais, et n'hésitait pas à me dire que je lui manquais. Et quand c'était l'heure que je parte, elle se jetait à mon cou, s'agrippait à mes cheveux comme une enfant, me disait qu'elle ne voulait pas que je m'en aille. « Reste, s'il te plaît. » Si je rencontrais des difficultés, elle me demandait : « Que puis-je faire pour t'aider ? » et quand bien même elle ne pouvait plus faire grand-chose pour moi, sa curiosité était un ouragan nucléaire : une simple question avait le pouvoir de raser trente années de froide distance. Mon histoire sordide, tumultueuse n'était plus pertinente. Ma présence était tout ce qui comptait. Après des années à réclamer son attention, elle s'intéressait enfin à moi. J'étais la seule personne avec qui elle avait envie de passer du temps. Enfin également, elle parvenait à nommer ses sentiments. Elle ne cherchait plus à fuir ses émotions. Elle reconnaissait qu'elle était triste, au lieu de simplement se servir un autre verre de blanc. Cet aveu minuscule était pour moi empreint d'une joie déchirante. Elle semblait aussi se satisfaire d'une vie plus simple, loin des excès qui avaient émaillé son existence. Elle n'était plus une personne grandie par la gloire, gonflée par l'argent ni amoindrie ou rétrécie par ses émotions refoulées. À présent que tout ce qui l'avait si longtemps définie avait disparu – son besoin permanent de travailler, les souvenirs des abus sexuels ritualisés, ou même son penchant pour l'alcool –, je voyais ce qui avait coincé. Et ce qui avait coincé, c'était moi.

Cette année-là, Gregory et moi sommes allés fêter mon anniversaire chez ma mère. Gregory a déposé devant moi une boîte, que j'ai déballée une fois attablée dans le séjour. Elle contenait un jeu de fiches cartonnées, sur lesquelles étaient écrites, de la main de ma mère, des phrases qui me décrivaient. Je les ai feuilletées.

— Alice aime les chats, ai-je lu à haute voix. Alice a les cheveux châtains. Alice sait nager. Alice est romantique. Alice est intelligente. Alice est courageuse. Alice est mariée. Alice est drôle. Alice est attentionnée. Alice est gentille. Alice est démocrate. Alice est jolie. Alice se promène. Alice vit à New York. Alice est soucieuse. Alice est vraiment marrante. Alice crée. Alice est cool. Alice est exigeante. Alice est une déesse grecque. Alice se brosse les dents. Alice est parfois intimidante. Alice est la fille de ses parents. Alice est humaine.

C'est Gregory qui avait eu l'idée. Il avait rendu visite à ma mère une semaine avant mon anniversaire, et lui avait demandé de me décrire. Je n'ai rien dit. J'étais stupéfaite. Je tenais entre mes mains un miracle : ma mère, Gregory, et moi. Mon passé et mon futur. Gregory me connaissait. Il connaissait mes peurs : d'être oubliée, de n'avoir jamais été reconnue. Manifestement, ma mère aussi me connaissait. Gregory m'avait offert ce que j'avais toujours désiré : des mots pour décrire qui j'étais, provenant d'elle, de la femme qui n'aimait pas parler, la femme qui se pensait seule au monde. J'ai encadré les messages et les ai accrochés à mon mur, preuve que nous avions partagé ce moment tous les trois, humbles humains se rappelant mutuellement qu'ils existaient.

9

Comme si je répétais un ballet, je m'appliquais aux petits gestes routiniers qui constituaient ma vie avec Gregory. Dans tous les cours, j'étais parmi les premières, recueillant les éloges de mes professeurs et bientôt le tableau d'honneur. De son côté, Gregory enregistrait des groupes. Il m'encourageait à écrire, et nous écrivions des chansons ensemble.

Ma mère a vendu sa maison de Brooklyn et déménagé à Amagansett, où elle n'avait plus la place d'accueillir Nanny. Mon oncle et ma tante ont pris le relais pour s'occuper de ma mère. Elle avait à présent des auxiliaires de vie, et était heureuse de vivre au bord de la mer. Gregory et moi avons décidé de retourner à Nashville à la fin de mon année universitaire, bien d'accord tous les deux pour ne pas abandonner Nanny, désormais âgée de quatre-vingt-neuf ans.

— Je ne peux pas laisser la plus grande peur de Nanny se réaliser, ai-je avancé.

Mais c'était surtout mes peurs à moi que je ne voulais pas voir se réaliser. Je refusais de m'imaginer sans Nanny.

— On va la prendre avec nous, a proposé Gregory.

Le lendemain, nous avons annoncé à Nanny notre décision de partir à Nashville et de l'emmener avec nous. Elle a esquissé un sourire, tandis que ses yeux s'emplissaient de larmes.

— Je vais devoir prendre l'accent du Sud, a-t-elle dit, tout sourire.

— Yeehaw ! ai-je renchéri.

Il fallait toutefois lui assurer un logement en attendant la fin de l'année et notre départ. Gregory et moi lui avons donc trouvé, à elle et Bracket, une maison de retraite à quatre blocs de notre nouvel appartement, dans l'Upper West Side. Nous l'avons aidée à s'installer dans sa nouvelle chambre, à défaire ses cartons et à rassurer le chat pour qu'il veuille bien sortir de sous le nouveau lit de sa maîtresse. Nous avons accompagné Nanny jusqu'à la salle à manger, où les résidents prenaient leurs repas. Je l'ai aidée à s'installer à une table, où trois hommes avaient déjà pris place. Je l'ai embrassée sur le front pour lui dire au revoir. Sur le pas de la porte, nous nous sommes arrêtés un moment pour l'observer. Je craignais que les autres ne lui fassent pas bon accueil, qu'elle soit blessée par cette attitude. Mais bientôt, j'ai vu Nanny rire de bon cœur. Penchée en avant, elle a dit un mot à son voisin de table, penché lui aussi pour recueillir ses paroles. Et elle a ri de plus belle.

Chaque jour, elle nous régalait de nouvelles anecdotes : sur son ergothérapie, sur des vols de déambulateurs, sur son orthophoniste. Elle me raconta, en riant, qu'un de ses corésidents l'avait fait venir dans sa chambre pour l'aider à retirer son pantalon. Du fait de son aphasie, nous ne comprenions pas toujours bien ce qu'elle disait, mais sa joie était manifeste. En ergothérapie elle m'avait fabriqué un bracelet, qu'elle fut toute fière de me montrer. La perspective d'emménager avec nous à Nashville la réjouissait tellement qu'elle se mit à parler davantage du futur que du passé.

Le 12 novembre 2015, sept mois avant la date prévue pour notre déménagement à Nashville, six mois avant que j'obtienne enfin ma licence, je dînais chez une amie dans l'Upper East Side quand, au beau milieu du repas, mon téléphone a sonné. C'était Gregory ; la maison de retraite l'avait appelé : Nanny était tombée, elle était en route pour l'hôpital.

J'ai repoussé mon assiette, attrapé mon manteau, sauté dans l'ascenseur et hélé un taxi. Filant dans l'obscurité, je me sentais comme une exploratrice, une cartographe de cet instant. Le moment était-il venu ? Était-ce la fin pour Nanny, l'insondable terminus, que je n'attendais pas tout de suite, peut-être à tort ? J'avais si souvent imaginé ce moment : comment ce serait, ce que je ressentirais, mais jamais je ne l'avais imaginé si calme et silencieux. Le son s'était comme retiré de toutes choses, et une torpeur léthargique m'emplissait tandis que je sillonnais Central Park dans le noir. Quand, une fois à l'hôpital, j'ai payé et remercié le chauffeur puis annoncé mon arrivée à la dame de l'accueil, mes mots m'ont paru extérieurs à moi.

— Bonjour, excusez-moi, je crois que ma grand-mère est ici.

— Comment s'appelle-t-elle ?

— Ah oui, pardon, ai-je repris en épelant son nom.

Je me suis excusée de nouveau quand la femme m'a dit que Nanny n'était pas encore arrivée. Puis soudain, je me suis retrouvée dans les bras de Gregory, au milieu de la salle d'attente déserte, avec le générique de *New York, unité spéciale* en fond sonore. On nous a indiqué une chambre, au service des urgences ; en approchant, j'ai aperçu Nanny par la porte ouverte. Elle était étendue sur un lit à roulettes, une couverture remontée jusqu'au cou. Son visage était pâle, et une méchante bosse violacée, de la taille d'une balle de baseball, saillait de son front. Un tube en plastique lui sortait de la bouche, telle la tige d'une plante exotique, comme si sa chute l'avait métamorphosée, transformée en quelque créature étrange et rare. Sous le choc, je ne voyais pas une femme gravement blessée, mais seulement mon indestructible, mon increvable Nanny.

Deux médecins se sont approchés, pour nous expliquer qu'elle s'était cogné la tête et devait passer des scanners. Ils nous ont réclamé les documents officiels de procuration. Gregory est retourné chez nous chercher les papiers. Moi, je suis restée sur place, à attendre. Deux médecins ont surgi, et m'ont conduite dans une autre pièce. L'un a commencé à parler, mais je l'ai interrompu.

— Est-ce que je dois m'asseoir d'abord ?

— Oui.

— Vous l'avez compris, les nouvelles ne sont pas bonnes, a enchaîné l'un des médecins. Son cerveau s'est déplacé de trois centimètres suite à l'impact, et elle a une hémorragie cérébrale qui n'a pas l'air toute récente. Le neurologue vous appellera sous peu, pour recueillir votre décision.

Ils sont sortis. Je suis restée assise, les yeux rivés sur mes mains. Quelques minutes plus tard, une infirmière m'a appelée : le neurologue était au téléphone.

— Je compatis à l'épreuve que vous traversez, dit le neurologue.

— Merci. Quel est votre pronostic ?

— Cela dépend en partie de ce que vous allez me dire de votre grand-mère. Il s'agit bien de votre grand-mère, n'est-ce pas ?

— Absolument. Que voulez-vous dire ?

— Ce que j'ai besoin de savoir, c'est quel genre de vie vaudrait encore d'être vécu, pour elle ? Qu'est-ce qu'elle considérerait comme une qualité de vie acceptable ?

— Si elle ne peut plus parler ni se nourrir par elle-même, elle ne voudrait plus vivre.

La rapidité de ma réponse me surprit moi-même. C'était la décision la plus importante que j'avais jamais eue à prendre : décider ce qu'une vie digne signifiait pour quelqu'un d'autre. Mais en cet instant, j'ai pris conscience que je connaissais Nanny.

— Bien, c'est très éclairant. Sur ce plan, le mieux que nous puissions espérer – et encore, si l'opération réussit parfaitement –, c'est qu'elle reste intubée pour le restant de ses jours.

Un cri m'échappa sans même que je m'en rende compte.

— Entendu. Merci, ai-je dit en reposant le combiné.

Quand je suis revenue dans la salle d'attente, Gregory était là, avec les documents. Je lui ai rapporté les propos du médecin ; il s'est mis à pleurer. Nous nous sommes serrés l'un contre l'autre.

Après ses scanners, Nanny fut transportée dans une petite chambre ; je me suis faufilée dans l'espace entre le lit et le mur. Son œil gauche, grand ouvert, semblait sans vie et figé. Un médecin apparut dans l'encadrure de la porte.

— Je suis navré de ces mauvaises nouvelles, a-t-il dit. Il va vous falloir prendre des décisions.

— Si vraiment elle doit être intubée à vie, je crois qu'il n'y a qu'une seule solution.

— Bien, a-t-il répondu.

Mes yeux se sont alors posés sur son badge, qui indiquait son nom : Dr Docteur.

— Votre nom de famille, c'est Docteur ?

— Oui, c'est bien cela, a-t-il confirmé, avec un léger sourire, qu'il s'est toutefois empressé de gommer de son visage.

Ce soir-là, je me moquais bien de la bonne histoire que constituait ce détail incroyable, un docteur qui s'appelait Dr Docteur.

Je suis sortie pour appeler Thelma, la sœur de Nanny, en Angleterre. Je savais qu'un appel à pareille heure, que ma voix au bout du fil suffiraient à transmettre le message. Je n'avais aucune autre raison d'appeler. J'ai expliqué à Thelma ce qu'il s'était passé, et que les chances de guérison étaient nulles. Ma voix tremblait. Celle de Thelma, d'ordinaire haut perchée, presque enfantine, était maintenant sourde et rauque, tandis qu'elle répétait : « Oh, oh, Alice. » Nous nous sommes dit au revoir.

J'ai appelé ma tante Julie.

— Si tu veux dire adieu à Nanny, nous sommes au Mont-Sinaï, sur la 113e Rue. Ne tarde pas trop.

Julie nous a apporté des mandarines satsuma, que nous avons mangées sans quitter des yeux les moniteurs de surveillance.

— Elle n'a vraiment aucune chance de s'en tirer ? a demandé Julie. J'ai l'impression qu'elle vient de serrer ma main. Elle ne voit plus de cet œil ? Serre ma main si tu m'entends, dit-elle à Nanny.

Son espoir m'irritait. Bien sûr que non, elle ne pouvait pas s'en sortir, cela ne faisait pas partie de l'histoire. Dans cette histoire-ci, elle n'en réchappait pas. Pas de coup de théâtre ici.

— Vous êtes prêts ? a demandé le médecin.

— Oui.

Il a retiré le tube. Des boutons ont été manipulés et bientôt, le sifflement qu'on entendait à l'arrière-plan a disparu. Nanny a cessé de respirer. Tandis que les minutes s'égrenaient, le sang palpitait à mes oreilles et mon cœur battait la chamade. Alors, avec un raclement sourd – comme si quelqu'un déplaçait des meubles –, elle a de nouveau rempli ses poumons. Nous avons regardé Nanny respirer. Puis nous l'avons regardée cesser de respirer. Et ainsi de suite, encore et encore. Une inertie et un silence violents suivis des mouvements et des bruitages violents accompagnant sa laborieuse inspiration. Prenant sa main dans la mienne, je lui ai parlé.

— Merci pour tout ce que tu as fait. Tu m'as sauvée. Tu m'as protégée. Je te promets que ça va aller. Je suis en sécurité avec Gregory. Je m'occuperai de Bracket. Tu as été tellement forte et courageuse. Tu as tout tenu à bout de bras. Tu m'as tenue à bout de bras. Je t'aime tant. Ça va aller. Tout va bien.

Je me répétais, inlassablement : « Merci. » « Ça va aller. » « Tu m'as sauvée. » Je parlais, sans m'arrêter. Tout ce que j'avais toujours voulu lui dire déferlait soudain. J'ai embrassé son front. Je lui ai dit adieu.

Nous sommes partis.

Elle a vécu encore sept jours. Puis un soir, pendant le dîner, mon téléphone a sonné. Nanny était morte.

Pour nous, elle était Nanny. Mais son vrai nom était Eileen Denys Maynard, et elle est morte.

Gregory s'est chargé d'aller vider sa chambre à la maison de retraite, pour que je n'aie pas à le faire. Il n'a pas arrêté de pleurer cependant qu'il rangeait dans des cartons ses pulls de laine et ses longues jupes plissées, sans oublier les petits sachets de lavande qu'elle utilisait pour que ses vêtements sentent le frais. Dans ses placards, elle avait des boîtes emplies de photos, des piles de programmes de théâtre, des bacs pleins de cartes postales vierges et de vieux calendriers. Plus tard, quand nous avons fait du tri dans les placards de ma mère, avant de partir à Nashville, nous avons trouvé encore d'autres cartons appartenant à Nanny. Elle avait aussi conservé toutes mes affaires. Tous mes vêtements d'enfant, tous mes passeports, tous mes jouets, tous mes livres, tous mes dessins, mes devoirs de français, mes comptes rendus de lecture, les créatures que j'avais sculptées dans de vieux os à moelle, l'ours en peluche qu'elle m'avait raccommodé, le petit tapis qu'elle m'avait cousu pour la sieste à l'école maternelle. Elle avait préservé mon passé. Moi aussi, j'ai conservé toutes ses affaires. Tous ses vêtements – les longues jupes de laine, les pulls écossais, les tabliers en lin blanc de son école de gouvernante. Toutes ses photographies, tous ses souvenirs du Concorde : un cendrier en cristal, un stylo à plume Walker orné du logo de la compagnie aérienne. Au milieu de tout cela, je suis tombée sur une photo de nous deux dans un hamac. Tout bébé, j'étais endormie sur sa poitrine, tandis que son menton reposait sur ma tête. J'ai retrouvé la sensation de me réfugier en elle, de me glisser entre ses bras, sous son menton. J'ai retrouvé la sensation de suivre le contour des cuticules, sur ses ongles. J'ai aussi découvert tous les cahiers où elle racontait sa vie avec ma famille, toutes ses frustrations envers mes parents et son fervent désir de me protéger, de m'aider à être comprise : des lignes et des lignes de sa minuscule écriture, ses mots de dyslexique. En lisant ses cahiers, en lisant son histoire, notre histoire, j'ai compris toutes les formes que le langage et l'amour avaient adoptées en moi : celles d'un poison, d'une arme, d'un moteur, d'un remède.

III

Quelqu'un

1

En mai 2016, trois mois avant mon trente et unième anniversaire, j'ai enfin décroché mon diplôme. Ma mère, ma tante et Gregory ont assisté à la cérémonie de remise. C'était grisant d'être au centre de l'attention pour autre chose que le mal que je m'auto-infligeais. Nous avons mangé du gâteau à la noix de coco et avons ri tous ensemble. Le chef d'atelier de ma mère m'a offert une pile de livres de Joan Didion. Cela m'a donné envie de faire davantage de choses qui rendent les gens heureux pour moi, qui leur fassent passer un bon moment en ma compagnie.

Un mois plus tard, Gregory et moi sommes retournés à Nashville. J'ai trouvé un emploi au Boys & Girls Club, et me suis attelée à l'écriture d'un récit autobiographique. Gregory composait des chansons et enregistrait d'autres artistes. Chaque mois, nous organisions des soirées mimes avec tous nos amis. Nous avons planté un potager et fait la chasse aux écureuils. J'ai trouvé deux chatons dans un arbre creux, portant à quatre le nombre de nos protégés. Les parents de Gregory ont déménagé à Nashville depuis la Pennsylvanie, pour se rapprocher de nous. Nous qui n'avions jamais été considérés comme des gens fiables, dignes qu'on attache sa vie à eux, voilà que soudain, ses parents nous laissaient le soin de choisir une maison à leur place. J'ai trouvé une nouvelle psychiatre et décidé d'arrêter les médicaments, à commencer par l'Adderall. J'ai été effrayée de constater à quel point il m'a été facile de me sevrer et comme je me suis sentie mieux. Mon cœur a cessé de s'emballer dans ma poitrine, ma jambe de glisser sur mon autre jambe couverte de sueur, ma mâchoire s'est détendue. Je pouvais entendre et enregistrer ce qui se passait autour de moi et en moi. Je n'étais plus en permanence sur la brèche. Je m'énervais moins, posais plus de questions, j'étais plus patiente. Les gens se sont mis à me traiter différemment. J'avais toujours été l'amie à qui on racontait ses plus noirs secrets ; à présent, j'étais celle sur qui on pouvait compter. Guidée par ma psychiatre, j'ai commencé à réduire progressivement les autres médicaments. J'étais curieuse de découvrir qui j'étais sous la camisole de ces substances, quelles parts de moi – émotions, pensées, sensations –, gelées dans le permafrost chimique, allaient faire surface et se déployer. Le dernier médicament dont je me suis débarrassée était le Klonopin, l'anxiolytique puissamment addictif qui m'était prescrit depuis près de quinze ans. La recherche venait précisément d'établir qu'un recours prolongé au Klonopin était associé à un risque accru de démence, or j'en prenais toujours à haute dose. Se sevrer du Klonopin était notoirement difficile, et pouvait même être mortel. C'est ce que j'ai appelé la loi de Murphy du sevrage : tout ce qui est susceptible d'aller mal ira mal. J'ai en effet subi : des diarrhées et des gaz, des tremblements dans les mains, des picotements, des problèmes de thermorégulation corporelle, d'appétit fluctuant, des sueurs froides, des frissons, de l'insomnie, des nausées, des maux de tête, des palpitations, des trous de mémoire, des difficultés de concentration. J'ai développé un tic : je n'arrêtais pas d'enrouler mes cheveux autour de mes doigts – quand je parlais aux gens, quand je conduisais ou même quand j'étais allongée dans mon lit. Toute la journée, à la maison, je portais une charlotte de douche pour éviter de me tripoter les cheveux. Je sentais une main invisible qui cherchait à m'étrangler : des doigts puissants qui m'enserraient la gorge au cours de la journée. Mais je voulais savoir qui je trouverais de l'autre côté, une fois libérée des médicaments, et j'employais ma dissociation, que le sevrage tendait également à renforcer, comme un outil, traitant chaque nouveau symptôme comme une curiosité, une découverte à analyser et cataloguer.

Après une réduction progressive des doses de Klonopin, étalée sur plusieurs mois, je me suis retrouvée sans traitement médicamenteux pour la première fois depuis mes seize ans. Je me sentais mieux que jamais. Comme si des faisceaux de joie, des rayons de soleil venaient recouvrir la peinture grise de mon cerveau. Si je m'asseyais sur les marches devant chez moi, à contempler un arbre, j'étais totalement bouleversée à l'idée que j'étais capable de rester assise sur les marches devant chez moi et de regarder cet arbre. La gratitude remplaçait le mal-être qui m'avait démangée toutes ces années. Outre la joie, la tristesse m'a en quelque sorte purifiée, rendue plus claire et fluide. Avec Gregory, nous avons inventé le « Ciné-larmes », à vertu thérapeutique : tous les dimanches, nous choisissions un film réjouissant mais poignant, qui nous permette de pleurer tous les deux. Quand j'étais sous Klonopin, j'avais du mal à pleurer, mais à présent je découvrais que j'adorais ça. Pleurer avait un effet narcotique durable, qui me laissait à la fois vidée et comblée. Moi qui avais toujours eu peur de me retrouver seule, désœuvrée, face à moi-même, j'appréciais maintenant ces moments. Je partais en voiture pour de longues virées solitaires, savourant mon autonomie, ce qui n'était possible que parce que je me sentais devenir une personne, distincte des autres, débordant de moi-même. Si les médicaments avaient émoussé mes orgasmes, ils étaient à présent si intenses qu'au moment de jouir j'éclatais de rire, criais « Mais bordel, c'est quoi, ça ? » ou encore laissais échapper quelques larmes. Une fois, j'en ai eu un qui a duré cinq minutes. N'ayant plus besoin de réfréner les effets des amphétamines qui m'étaient prescrites, j'ai également réussi à arrêter de boire, ce qui a encore amélioré les choses. L'impression constante d'être à côté de la plaque, de ne pas être au bon endroit – que cet endroit soit une maison, un pays ou mon propre corps –, a été remplacée par un sentiment d'aboutissement, d'ancrage.

Au bout de quatre mois sans Klonopin ni alcool, j'étais dans un état de félicité – félicité de me savoir capable de m'arracher, sans danger, à la pathologie. Je n'étais pas dans une phase maniaque, j'étais simplement bien, et ce sentiment m'était si étranger, semblait si extraordinaire qu'il s'apparentait à de l'euphorie. Je regardais le monde avec un amour formidable, débordant, que je n'aurais auparavant cru possible que sous stupéfiants, comme dans les films où un personnage lèche un arbre ou insulte ses poils de bras. Ma haine de moi s'était dissoute. Un jour, dans un cours de yoga, j'étais debout sur mon tapis face à mon reflet dans le miroir, quand cette révélation s'est imposée à moi : je m'aimais. J'aimais Gregory encore plus qu'avant, ce que je n'aurais jamais cru possible. Je m'endormais naturellement, ce qui ne m'était pas arrivé depuis vingt ans. J'appréciais mon boulot. J'étais bénévole dans plusieurs organismes à but non lucratif, œuvrant dans le champ du planning familial ou de l'alphabétisation. J'avais de très bons amis, et m'appliquais à raviver des amitiés anciennes. Au bout de notre deuxième année à Nashville, j'avais terminé le récit sur lequel je travaillais. Au bout de la troisième année, j'avais signé avec une des meilleures agences littéraires de New York. Ma vie s'était délestée d'une version d'elle-même obsolète, révélant un nouvel avatar, tout frais tout neuf, riche de possibilités.

Un jour de juin 2019, j'ai été prise de crampes menstruelles. J'étais curieuse des traitements holistiques, et mon médecin m'avait souvent conseillé l'huile de CBD pour ceci ou cela. Après une journée de recherches, je n'ai trouvé que des avis dithyrambiques sur les multiples avantages, et l'usage absolument sans danger du CBD. Je me suis donc rendue à la boutique bio la plus proche, pour acheter un flacon de la formule la plus concentrée. J'avais vainement cherché une indication de dosage, mais, de l'avis général, ce n'était pas très important car l'huile de CBD était de toute façon parfaitement inoffensive. Le pire qui puisse vous arriver, avais-je lu dans le *New York Times*, était de comater sur votre canapé en grignotant des chips.

J'ai pris une première dose de 60 mg juste avant de partir avec Gregory chez ses parents pour dîner et regarder un film. À la moitié du film, j'ai commencé à me sentir nerveuse, à sentir mes yeux devenir granuleux comme du papier de verre, mais c'était une impression encore très diffuse. Après le film, nous sommes rentrés et sommes allés nous coucher. J'avais lu que la dose conseillée pour dormir était de 160 mg, alors j'ai pris encore deux pipettes entières d'huile de CBD avant de me mettre au lit.

Je me suis réveillée vers une heure du matin. Tout en émergeant, j'ai réalisé que « je » n'étais plus là. Que le sujet même de cette prise de conscience n'existait pas. Je n'étais nulle part. Mon « moi » avait disparu. J'ai ressenti comme une corde, lourde, glissante, qui me filait entre les doigts, à toute vitesse, puis je suis devenue cette corde, cette chose qui filait à toute vitesse. Je me suis mise à gémir, à me tortiller dans le lit, tentant de bloquer, de retenir au moins une part de moi. Je chutais, tête la première, dans un vide rugissant. J'étais au bord de la syncope, mais la panique m'empêchait de sombrer dans une inconscience salvatrice. Mon cœur tressautait dans ma poitrine, tel un bol de gélatine dans un train à grande vitesse.

Une bouffée de chaleur m'a saisie. Je me suis débarrassée de ma chemise de nuit, agitant frénétiquement les jambes pour tenter de me rafraîchir. M'extirpant du lit, je me suis dirigée vers l'armoire, à quatre pattes. À bout de bras, j'ai fouillé dedans pour en sortir mes vieux flacons de médicaments – des cachets que j'avais conservés en cas d'urgence. Il devait bien y avoir quelque chose là-dedans à même de faire cesser cette crise. Comme je tremblais, je n'arrivais pas à tenir les flacons dans mes mains ; je les ai donc disposés autour de moi et, à genoux par terre, m'efforçais de déchiffrer les étiquettes, mais les chiffres et les lettres se désintégraient sous mes yeux, perdant toute signification.

— Qu'est-ce qu'il y a, qu'est-ce qui t'arrive ?

Gregory s'était réveillé et levé à son tour. J'ai dû m'y reprendre à plusieurs fois avant de parvenir à parler malgré le galop effréné de mon cœur. Je faisais des bruits de gorge, je ne savais pas d'où sortaient les mots, par quel procédé ils devenaient audibles. « Il y a un problème » : ce fut tout ce que je parvins à dire. Je m'énervais contre les flacons de pilules. Tout en hurlant, je tâchais de porter à ma bouche une poignée de cachets. Gregory les a fait voler de ma main, m'a ceinturée entre ses bras et a réussi à me plaquer sur le lit. Sans cesser de crier, j'essayais de me libérer de son étreinte, en me tortillant dans tous les sens. Il fallait que je m'échappe. Que j'échappe à ce qu'il se passait dans ma tête. J'assistais à un spectacle qui n'était pas pour moi. C'était une expérience démesurée, qui ne tenait pas en moi, et j'étais en train de me désintégrer. J'ai crié, encore et encore, face à cette vie qui se refermait, une vie qui à bien des égards commençait tout juste, la vie dont j'avais toujours rêvé. Je savais que j'étais en train de mourir.

— Je t'aime, ai-je dit à Gregory, le visage collé au matelas. Je suis désolée.

Puis je me suis vidée de mes forces. J'ai senti que Gregory me soulevait du lit. Flottant au-dessus de mon corps, j'ai vu une lourde masse de rien prolongée par des membres qui pendouillaient, affalée dans les bras de Gregory, une sorte de bobine d'on ne savait quoi, qui se déroulait, se dévidait en abandonnant toute forme.

— Ça va aller, ça va aller, répétait-il en boucle tout en s'efforçant de me relever, en appui contre son corps.

Quelque part au milieu du vide, j'ai vu le marbre étincelant de la vie que j'avais enfin réussi à construire. Une voix – ma voix – a enjoint à Gregory de m'emmener sous la douche. Il m'a traînée à la salle de bains, a ouvert le robinet de la douche, et m'a placée sous le jet d'eau. Je lui ai demandé de le régler aussi froid que possible. Je me suis assise sous le flot gelé jusqu'à ce que mon corps soit secoué de tremblements. Ma respiration s'est faite plus rapide et profonde, et l'espace d'un instant, j'ai eu l'impression de commencer à retrouver un ancrage. Le froid s'accrochait à mon esprit, ramenant sa forme rebelle et fuyante à moi, à mes muscles contractés, à mon cœur qui battait à tout rompre. Durant un bref moment, j'ai eu l'impression d'être ramenée à mon unité. J'ai demandé à Gregory de me réchauffer lentement ; il a donc augmenté progressivement la température de l'eau. Mais dès l'instant où mon corps a cessé de trembler, j'ai perdu ce point d'attache pour replonger dans la terreur, tourbillonnant dans le vide. Je lui ai fait signe de remettre l'eau gelée jusqu'à ce que je tremble à nouveau. Ce manège a duré trois heures. Gregory m'avait donné trois cachets de Klonopin, et nous attendions tous deux que je perde connaissance. J'ai eu beau le supplier de me donner plus de médicaments, il a refusé. Au bout d'une heure de tremblements et de réchauffements alternés, le froid ne faisait plus effet et je me suis mise à paniquer. Gregory m'a enveloppée de sachets plastique remplis de glaçons, et j'ai fini par me remettre à trembler. J'appréhendais le moment où, à court d'eau chaude, il nous faudrait arrêter la douche. J'étais sûre qu'alors, j'allais me désintégrer totalement et disparaître. Gregory a trouvé sur YouTube un bruitage de douche, dont il a progressivement augmenté le volume tandis qu'il coupait lentement le robinet. Il a rassemblé toutes les couvertures et les serviettes de la maison pour les empiler sur moi. Je suis restée allongée dans la baignoire, tandis que Gregory, assis sur les toilettes, veillait sur moi, en attendant que je sombre sous l'effet des médicaments.

Durant les quatre jours qui ont suivi, je n'arrivais pas à manger ni à boire. Sentir de la nourriture, ou même de l'eau, pénétrer dans mon corps était une torture. J'avais alternativement trop froid ou trop chaud. J'étais consumée par les nausées. J'avais des picotements dans les bras et les jambes, des tremblements dans les mains. Ma poitrine grouillait de gros vers, mon cœur s'emballait en une arythmie frénétique et terrifiée.

Le cinquième jour, j'ai été reçue en urgence par ma psychiatre, qui a diagnostiqué un trouble panique doublé d'un trouble de stress post-traumatique (TSPT). Elle m'a prescrit du propranolol, un médicament agissant sur la tension artérielle pour maîtriser les symptômes physiques de la panique ; du Klonopin ; et du Seroquel, l'antipsychotique sédatif que je prenais auparavant, pour m'endormir le soir. Les troubles paniques et la dissociation m'affaiblissaient, m'épuisaient, s'emparaient de la moindre parcelle de mon corps, de toute mon attention, de chaque seconde de ma vie. D'après le *DSM*, la dissociation est *une perturbation et/ou une discontinuité dans l'intégration normale de la conscience, de la mémoire, de l'identité, des émotions, de la perception, de la représentation du corps, du contrôle moteur et du comportement.* Il affecte la personne dans tous les domaines.

Une question me préoccupait : d'où venaient mes pensées, comment continuaient-elles à être générées en l'absence de mon « moi » ? Tout ce qui m'était familier – le visage de Gregory, le ronronnement de mes chats, l'aspect de ma maison, les gestes produits par mon corps –

m'apparaissait désormais comme étrange et terrifiant. Quand, allongée dans mon lit, je tendais le bras pour attraper le verre sur ma table de nuit et boire une gorgée d'eau, ou quand je mettais un bras derrière ma tête, je revoyais toutes les contorsions auxquelles j'avais été contrainte pour tenter de me ramener dans mon corps. Quand Gregory me serrait dans ses bras la nuit, je me rappelais son poids sur moi, pendant ma crise, tandis que je hurlais et me tortillais. Le visage de Gregory m'épouvantait. Nous étions si proches, passions tellement de temps ensemble que d'habitude, je le considérais comme une extension de moi-même. Or, depuis que je n'étais plus moi-même, regarder son visage me procurait une sensation terrifiante et irréelle. Il en allait de même avec mon propre visage. Je n'arrivais pas à intégrer, à fixer une fois pour toutes qu'il s'agissait de moi, de mon visage. Et si par hasard j'en croisais le reflet dans la glace, en me brossant les dents ou en oubliant de baisser les yeux sur mes mains – qui elles non plus ne me semblaient plus m'appartenir –, je sentais me gagner le vertige nauséeux qui annonçait une plongée dans le vide et la panique. Je n'étais pas réelle, mais j'étais tout de même consciente. En réalité, il ne se passait rien d'autre que le quotidien ordinaire, et pourtant chaque instant était plus étrange et terrifiant que jamais. Tous les matins, je me réveillais avec l'effroi collé à la peau tel **du** sable. Je surveillais en permanence mon corps et mon environnement, à l'affût d'un danger. À tout moment, je risquais de basculer et de tomber dans le vide insondable. Mon corps me disait que j'étais attaquée, et l'assaillant n'était autre que mon esprit. Je ne savais pas comment éviter de déclencher ces crises, dès lors que le déclencheur était simplement ma conscience. Je passais mes journées à imaginer des moyens de survivre à chaque instant, évaluant chaque seconde en fonction de son degré d'irréalité et de son caractère intolérable. Je savais qu'avec la dissociation, plus je me poserais de questions – plus je m'interrogerais sur l'origine des mots que je prononçais, plus j'inspecterais les fondements de la réalité –, et pire ce serait. Je craignais également, quand bien même je retrouverais une forme de connexion normale au réel et à moi-même, de ne pas m'en rendre compte. J'avais peur d'en avoir trop vu, d'avoir percé les mécanismes secrets de moi-même comme de toutes choses, et de ne plus jamais être capable d'accepter le genre d'existence simple, stable, absolue que j'avais récemment expérimentée. Tout ce que je voulais, c'était revenir à moi. Au moment même où je commençais à devenir une personne que je parvenais à identifier, voilà que je traversais le pire épisode de dépersonnalisation de toute ma vie.

Seuls les mots me rattachaient encore à quelque fragment de moi-même. Je m'asseyais sous un arbre dans mon jardin, et je décrivais chaque instant dans ses moindres détails. Cela m'apaisait, même si je savais que je ne pourrais écrire inlassablement et que j'ignorais ce qu'il se passerait quand j'arrêterais. Alors qu'une énorme vague s'apprêtait à m'engloutir, à m'emporter, me prendre dans son tourbillon, l'écriture la figeait en l'air avant qu'elle ne retombe. J'ai écrit des listes de gratitudes. Des listes de ce que j'aimais ou n'aimais pas, dans une tentative de me rappeler qui j'étais. J'ai écrit ce qu'il m'était arrivé, cherchant ainsi à me prouver que j'étais une personne, à qui des choses étaient arrivées. Concrètement, il n'était pas arrivé grand-chose. Je m'étais endormie, puis réveillée, et entre-temps on m'avait dérobée à moi-même. La dissociation et le TSPT étaient généralement des réponses psychologiques à des événements traumatiques ; or pour ma part, je n'avais été traumatisée par aucun événement extérieur auquel mon esprit se serait efforcé d'échapper, mais à l'expérience même de la fuite de mon esprit hors de lui-même. L'événement était la réponse, et la réponse l'événement. Les mots, et leur pouvoir de différenciation, étaient tout ce dont je disposais pour nommer l'avant et l'après, pour énoncer la chose qui m'avait détruite et, espérais-je, celle qui me sauverait.

J'ai réécouté les livres audio qui avaient nourri mon imagination, enfant. J'ai recommencé à penser à la troisième personne, comme quand j'étais petite. La seule façon que j'ai trouvée de supporter mon reflet dans le miroir, quand je lavais mon visage ou mes mains devenus étrangers, était de me raconter dans ma tête ce que j'étais en train de faire : « Elle se lave les dents », « L'eau est chaude ». Mais cette dépendance désespérée à l'égard des mots élargissait dangereusement leur fonction habituelle. À certains moments terrifiants, les mots se mettaient à se déranger, puis à se désagréger. J'écoutais un livre audio et soudain je n'étais plus sûre de comprendre les mots. Ou bien je lisais un livre et les mots se réduisaient aux simples lignes noires, inertes qu'elles étaient de fait, dès lors que mon esprit ne parvenait plus à en extraire le sens.

Deux mois plus tard, j'étais toujours introuvable. Dans cet état de fragmentation intérieure, j'avais besoin de repères anciens. Besoin de revenir aux origines. À ce qui m'avait construite. Peut-être alors pourrais-je me faire l'architecte de ma propre rénovation, bâtir un contrefort pour soutenir mon esprit qui menaçait ruine. Je suis allée voir ma mère, mais elle était incapable de me donner ce que je venais chercher. Assise en face d'elle dans son salon à Amagansett, je regardais ses yeux flotter dans le brouillard de son esprit, tout comme, derrière le voile de mes yeux, je flottais moi aussi dans le vague. Il ne restait qu'une personne : mon père.

Après trente années de vie, après les allégations du tribunal à son encontre, après les fermes conclusions de Diane, après lecture de statistiques selon lesquelles quatre-vingt-dix-neuf pour cent des personnes qui s'automutilaient, quatre-vingt-dix-neuf pour cent des personnes souffrant d'énurésie et quatre-vingt-dix-neuf pour cent des personnes sujettes à la dissociation avaient un jour subi une agression sexuelle, après des années passées avec un océan entre nous, mon père était aussi irréel pour moi que je l'étais moi-même, aussi malfaisant et imposant que ma dissociation. J'ai néanmoins décidé d'affronter mon père. J'allais lui raconter mon histoire, lui demander sa version des faits, et coucher tout cela sur le papier. Lors de longues promenades dans le quartier avec Gregory, nous discutions de mon plan de sauvetage.

— J'ai besoin d'aller là-bas et d'élucider ce qu'il s'est réellement passé, expliquais-je.

— Et si ça tourne mal, si ça s'avère dangereux ? Ça pourrait te faire encore bien plus de mal.

— Je ne vois pas comment je pourrais aller plus mal. Je suis déjà inexistante. Je ne suis pas là. J'ai disparu.

Comme Gregory gardait le silence, j'ai repris :

— Je ne peux pas continuer comme ça. Je ne veux pas être obligée de me suicider. Je dois faire un truc radical.

— OK, alors faisons cela. Mais à mon avis, tu dois te fixer des règles strictes. N'y va pas à l'improvisation, m'a-t-il conseillé.

J'ai appelé Diane, mon ancienne conseillère du groupe Traumas en Floride, pour lui annoncer que j'avais décidé de revoir mon père et de le prendre à partie sur notre passé.

— Tu es complètement folle, a-t-elle répliqué. Tu n'obtiendras jamais les réponses que tu cherches, tu t'engages dans un jeu qu'il pratique depuis bien plus longtemps que toi, et auquel il est bien plus fort que toi.

J'ai compris que c'était peut-être une très mauvaise idée. Mais aucun médicament ne parvenait à me guérir. Je n'avais pas l'argent pour me payer un nouvel HP de luxe, pas le temps de repartir pour dix ans d'introspection. Je devais trouver une autre issue.

J'ai écrit un mail à mon père, pour lui demander si nous pouvions prévoir un rendez-vous par Skype. Je lui ai parlé de ma crise dissociative. J'avais toujours l'impression de pouvoir tout lui dire : cela n'avait pas changé. Il m'a répondu ; nous avons fixé une date et une heure. Je ne l'avais pas revu depuis mon épisode maniaque huit ans plus tôt. Quand son image a empli mon écran, j'ai moi-même été emplie d'un mélange d'espoir et de crainte. Cadré en gros plan, son visage apparaissait derrière un rideau de fumée de cigarette.

— Salut ? Tu me vois ? a-t-il ouvert le bal.

Mon corps hésitait entre la détente du soulagement et la raideur de l'appréhension. J'ai contemplé son visage, plus marqué par l'âge que je ne l'aurais cru. L'espace d'un instant, j'ai oublié que je faisais partie de la scène moi aussi, comme si j'étais en train de le regarder à la télévision.

— Oui, je te vois, ai-je répondu.

Sans plus de préambule, je me suis lancée dans l'histoire qui expliquait que je le sollicite aujourd'hui.

— En général, lorsqu'il y a dissociation, a-t-il enchaîné quand j'ai eu fini, il y a une sorte de noyau traumatique, mais je ne vois pas ce que cela peut être dans ton cas.

J'ai marqué une pause. Je sentais mon corps s'échauffer.

— J'ai une réponse à cela, si tu es prêt à l'entendre.

— Laquelle ? a-t-il demandé.

— Eh bien… cela fait un bon moment que j'y pense. Et je crois que ce serait intéressant qu'il puisse y avoir une conversation, un dialogue entre une personne qui a vécu les conséquences d'un traumatisme, quelle que soit la définition qu'on en donne, et la personne qui a contribué à cette expérience traumatique.

Mon opacité me protégeait telle une gaine. Je savais qu'il me fallait dégainer la vérité, la sortir de son fourreau ouvragé et laisser la lame tomber où elle pourrait, mais je ne savais pas comment demander à mon père pourquoi il m'avait introduite dans le monde de la sexualité. Pourquoi il avait dit toutes ces choses qu'il avait dites. Je ne savais pas comment lui dire que c'était en partie à cause de lui que je m'étais détachée de moi-même.

— Je crois que, quand on parle de traumatisme psychologique, on est parfois tenté d'identifier un seul événement responsable d'un choc énorme. Mais cela ne se limite pas forcément à cela. Cela peut être une accumulation de transgressions en apparence minimes, étalées sur toute une vie, ai-je expliqué.

— Tu as parfaitement raison, a-t-il reconnu. Le traumatisme n'est pas forcément un événement unique. Cela peut être un contexte, une situation, qui dure dans le temps. C'est très pertinent, ce que tu dis, et c'est vrai.

J'avais oublié comme c'était bon d'être confortée par lui, même s'il ne comprenait pas toutes les implications de ce qu'il affirmait. Il avait toujours surjoué l'approbation, ce qui m'avait toujours donné un sentiment d'importance.

— Tu as fait beaucoup de choses qui m'ont vraiment fait du mal. Certaines choses que tu as faites et dites ont eu des effets durables, ai-je dit.

— Je devrais entamer une thérapie avec toi, a-t-il répondu. Tu devrais être ma psy.

— Eh bien… je pourrais venir à Paris ; on pourrait prendre un moment pour parler de ces trente dernières années, ai-je proposé.

Il a accepté, assurément sans bien comprendre à quoi il s'engageait. J'étais effrayée, mais j'étais aussi tellement éloignée de moi-même qu'il me semblait que rien ne pouvait m'atteindre. Ma dissociation avait beau être une souffrance indicible, elle m'offrait ici une chance. Et je comptais bien la saisir.

2

Gregory et moi avons quitté Nashville pour Paris en octobre 2019. J'avais toujours aimé les aéroports. Ils avaient des règles, des règles que je connaissais. C'était bon de les suivre, de se déplacer rapidement, d'être efficace et prêt à tout. Quand j'étais petite et que je survolais l'Atlantique deux fois par an, à chaque vol j'apprenais le nom des membres de l'équipage, et je prenais des photos Polaroid de moi avec eux. J'adorais la nourriture trop salée, mal décongelée qu'on nous servait dans l'avion. À présent, douze ans après mon dernier séjour à Paris avec mon père, je déclinais mon nom à l'agent de sécurité en exhibant mon passeport. J'avais mes deux passeports avec moi, le bleu et le bordeaux, l'américain et l'allemand, que j'examinais, l'un puis l'autre : même nom, même visage, différentes versions de moi qui avaient vécu dans des mondes si différents. Gregory était à mes côtés. J'étais accompagnée, dans ce voyage, par quelqu'un qui, en dépit de mon sentiment d'inconsistance, était tout plein de moi : plein de mon amour et plein d'amour pour moi. Nous ignorions ce qui nous attendait, mais j'étais mue par le désespoir que ma dissociation avait éveillé en moi, et j'étais escortée par la personne que même mon mal n'avait pas réussi à faire fuir.

Alors que nous approchions en taxi de son appartement parisien, j'ai aperçu mon père, qui nous attendait dehors. J'appréhendais ce que j'allais ressentir au moment de l'embrasser. Quand il m'a serrée dans ses bras, j'ai ri très fort, réactivant un vieux réflexe. Je ne savais pas si c'était mal d'être contente de le voir. Dans le hall d'entrée, nous avons été accueillis par la concierge, qui vivait ici depuis quarante ans. Elle m'a reconnue et m'a serrée fort dans ses bras. L'ascenseur avait exactement la même odeur que dans mon souvenir. Extrêmement exigu, il était composé d'un placage chêne et de panneaux vitrés rectangulaires. Je faisais la course avec lui, autrefois, fonçant dans les tournants de l'escalier moquetté, tandis que l'ascenseur me dépassait bientôt, masse noire et luisante s'élevant tel un monstre marin, aux yeux-fenêtres étincelants, traînant ses câbles comme autant de tentacules. L'appartement était baigné de lumière, parfaitement familier. Mon père avait laissé sur mon lit la peluche hippopotame de quand j'étais petite. J'ai fourré ma tête dans son flanc élimé, pour mieux replonger dans les parties de moi les plus anciennes, dont j'espérais qu'elles existaient encore. Sur la terrasse, avec Gregory, j'ai scruté les toits de zinc et le ciel bleu, guettant l'élément qui me ramènerait à moi. En franchissant ces seuils de mon enfance – le hall d'entrée, l'ascenseur, l'immense porte métallique –, j'espérais que les murs de mon être se reforment, que les portes se replacent sous leurs linteaux, que le triangle du toit revienne se poser au-dessus de ma tête. J'ai montré à Gregory tout ce dont je me souvenais : les plaques d'étain peintes par ma mère, le bord tranchant de la cheminée où je m'étais ouvert la lèvre quand j'étais petite ; je haussais la voix de plus en plus, dans un effort pour franchir l'abîme et me retrouver. J'avais voulu que la force de ce lieu, le puissant direct de la nostalgie, m'envoyant dans les cordes, me ramène à l'existence. Mais, tandis que j'épuisais reliques et souvenirs, j'ai compris qu'il m'en faudrait davantage pour rentrer chez moi.

La compagne de mon père depuis quinze ans, Colombe, avait préparé un délicieux repas de côtelettes d'agneau et d'endives braisées. Je l'avais rencontrée pour la première fois lorsqu'elle avait accompagné mon père, venu me rendre visite pour mon vingt et unième anniversaire. C'était une femme belle, passionnée, extrêmement intelligente, arborant une magnifique crinière bouclée, qui avait été rédactrice en chef du *Vogue* français. Je l'avais tout de suite aimée, tout en m'étonnant que des femmes aussi formidables se laissent embobiner par mon père. Pendant le dîner, Gregory leur a raconté dans les moindres détails comment il s'était sorti de sa dépendance aux drogues et à l'alcool. Ils ont été impressionnés et émus. Tandis que Colombe et mon père fumaient cigarette sur cigarette et que nous étalions du fromage sur de petites pommes de terre bouillies, je lisais à voix haute des cartes de conversation que j'avais apportées.

— Quel comportement répréhensible pensez-vous avoir hérité de votre mère ?

— Tomber amoureux de femmes impitoyables, a dit mon père.

— Quel mensonge persistez-vous à vous raconter ?

— Probablement celui dont je n'ai pas conscience, a répondu Gregory, déclenchant l'hilarité générale.

— Très intelligent, très subtil, a relevé mon père.

— Quelle est la chose la plus drôle que désire votre enfant intérieur ?

— Un câlin, a dit mon père.

— Des chaussures gigantesques pour sauter vraiment très haut, a proposé Gregory.

Nous avons ri de plus belle.

Je n'avais pas réalisé combien il me tenait à cœur que Gregory fasse la connaissance de mon père, et inversement. J'ai été surprise de la convivialité facile de cette soirée – qui m'a également mise sur mes gardes.

Après le repas, j'ai commencé à avoir le tournis tellement j'étais épuisée. Je me suis allongée, j'ai fermé les yeux et me suis immédiatement sentie vulnérable : de toutes parts, mon esprit tremblait et menaçait de se désolidariser tandis que je passais de la conscience au sommeil. J'ai senti monter la nausée, et ma peau s'enflammer. Oh merde, ça recommençait. Mon cœur s'est mis à palpiter tandis que l'avalanche de la panique dissociative menaçait de m'engloutir. J'ai pris un Klonopin et un Seroquel, attrapé mon oreiller, et j'ai gagné la salle de bains, au cas où il me faudrait me remettre sous la douche. J'ai étalé une serviette sur le sol carrelé et me suis allongée à côté de la baignoire. L'estomac retourné, je patientais, espérant que mes médicaments parviendraient à se frayer un chemin à côté de la panique et à subrepticement me faire sombrer dans l'inconscience. Soudain, la porte s'est ouverte et Gregory a foncé aux toilettes. Au même moment, j'ai été subitement prise de crampes d'estomac. Quand Gregory a eu fini, je me suis affalée sur la cuvette, au comble du soulagement. C'était une intoxication alimentaire, et pas une nouvelle crise de mon esprit malade. J'étais bien là, et j'étais en sécurité.

Le lendemain, j'ai emmené Gregory au jardin du Luxembourg, où Nanny et moi avions passé tant de temps ensemble. Nous avons mangé des gaufres au sucre glace, une friandise que j'adorais quand j'étais petite. Nous avons regardé tourner le carrousel. Nous avons écouté le cliquetis des boules s'entrechoquant tandis que montaient au ciel des bouffées de fumée blanche émanant des cigares des vieux messieurs qui venaient jouer tous les jours. Nous avons senti le crottin des poneys, qui levaient la queue pour faire leurs besoins sans interrompre leur promenade chaloupée dans les allées, enfants sur le dos. Deux perruches d'un vert vif voletaient autour des marronniers. Tout en contemplant ce tableau idyllique, je me sentais en alerte ; ma poitrine était secouée de palpitations anxieuses, des filets de transpiration dégoulinaient de mes aisselles à mes poignets. Tandis que, non loin, un groupe de Parisiens âgés s'adonnaient au tai-chi, Gregory et moi avons passé en revue les règles de la confrontation imminente avec mon père, débattant de l'attitude à adopter s'il buvait, s'il s'énervait, si les choses s'envenimaient.

Mon père et moi avions décidé de démarrer nos « séances de thérapie » le lendemain. J'ai déballé tous les journaux de bord, couvrant une vingtaine d'années, que j'avais apportés, et les ai empilés sur la table du séjour, à côté de son propre tas de cahiers, retraçant cinquante ans de sa vie. À l'heure dite, nous avons pris place autour de la table, l'un en face de l'autre.

— Vous devrez tous deux suivre quelques règles, a déclaré Gregory, posté devant la table. Avant tout, la consommation d'alcool n'est pas autorisée durant ces séances.

J'ai regardé mon père. Nous avions conçu cette règle exprès pour lui. La dernière fois que je l'avais vu, il avait bu sept bières dans la soirée. Remarquant que nous guettions sa réaction, il a approuvé :

— Oui, oui, d'accord.

— L'un de vous parlera pendant une demi-heure sans interruption, à l'exception des demandes de précision, a poursuivi Gregory. Puis ce sera à l'autre de répondre, également sans interruption. Si la discussion devient trop houleuse ou difficile, chacun a le droit de se retirer à tout moment. Il n'aura qu'à dire « J'ai besoin d'une pause ». Si vous ne parvenez pas à suivre ces consignes, et ne pouvez vous empêcher de vous interrompre, je serai à côté ; si j'entends crier, j'interviendrai et vous inciterai à faire un break.

J'ai songé au caractère explosif, à l'impatience que j'avais hérités de mon père, au goût de la polémique qu'il m'avait transmis. J'espérais que nous parviendrions à respecter ces règles. En tout cas, c'était rassurant de savoir que Gregory était dans la pièce voisine, attentif aux intonations de nos voix, guettant le moindre signal de détresse.

— Alice et moi pratiquons de temps et temps ce que j'appelle des « discussions entre amis », a expliqué Gregory. On décide de ne rien prendre personnellement ; elle m'avoue quelque chose qu'elle n'aime pas chez moi, et je l'écoute comme si j'étais juste un bon ami. Parfois, alors que c'est de moi qu'il s'agit, je dis : « C'est un vrai connard, ma parole. » Cela légitime son ressenti, et cela permet d'atténuer l'intensité de sa colère à mon égard, si bien que je peux l'écouter sans être sur la défensive.

— Oui, oui. C'est très malin, a dit mon père.

On aurait dit un étudiant fébrile, impatient : le stylo en main, prêt à prendre des notes, les épaules en arrière.

— Toute modification peut être apportée à ces règles en cours de route, a enfin précisé Gregory. Vous êtes prêts ?

— Oui, je suis prêt, a dit mon père. Je ne sais pas à quoi exactement, mais je suis prêt.

— Bonne chance, a lancé Gregory avant de quitter la pièce.

J'ai lancé l'enregistrement sur mon téléphone, que j'ai placé sur la table entre nous. Mon père a allumé une cigarette. J'ai regardé ses joues se creuser tandis qu'il inhalait.

Nous avions tous les deux un cahier ouvert devant nous ; nous avons débouché nos stylos. J'ai sorti d'une pochette une dizaine de pages jaunies, que j'ai posées au milieu de la table. C'était le jugement de divorce définitif de mes parents.

— Je voulais te donner une chance de me raconter ta version de l'histoire, ai-je dit.

Il a lu les papiers, laissant s'allonger le cylindre de cendre au bout de sa cigarette. Il a soupiré.

— Je me souviens comment tout a commencé. Jennifer est venue me voir un jour et m'a dit que, vu que l'état de New York ne pratiquait pas le divorce sans égard à la faute, elle devait trouver une raison de demander le divorce. Il y a trois types de faute possibles dans un mariage : l'adultère, l'abandon et la violence physique. Comme c'est Jennifer qui m'avait abandonné et non l'inverse, cela ne marchait pas. J'avais commis un adultère avec l'actrice espagnole, je ne m'en suis jamais caché, mais puisque Jennifer et moi avions eu des relations sexuelles après, mon infidélité était considérée comme pardonnée.

Donc cela ne marchait pas non plus. Quant au troisième critère, la brutalité… je n'avais jamais levé la main, ni même le doigt, sur elle. Elle ne savait plus quoi faire. Moi, je ne voulais pas divorcer. J'ai consulté un ami avocat, à qui j'ai expliqué : « Il n'y a aucun motif de divorce. » Il m'a répondu, en me regardant droit dans les yeux : « C'est à cela que servent les avocats. Les motifs, on les invente. »

J'ai noté cette dernière phrase dans mon cahier, en soulignant le mot « invente ».

— Ils ont donc forgé cette idée de comportement inapproprié. Ils m'ont accusé d'avoir une relation « indûment excitante » avec toi, a-t-il précisé en citant les documents. J'étais un père très interactif. Telle fut notre ligne de défense. C'était sans doute très excitant pour toi, mais pas seulement sur le plan sexuel. Je t'apprenais des langues étrangères, on parlait de philosophie, on inventait des histoires, on jouait au Scrabble. Au cours du procès, ils ont dit que j'étais une mère très interacti… – ah tu vois ! s'est-il interrompu en riant de son lapsus. Un *père* très interactif. Et que Jennifer était une mère distante. Aux yeux de certains, j'étais trop proche de toi, je sortais de mon rôle de père. J'ai été écœuré que ce constat soit utilisé contre moi plutôt qu'en ma faveur. Tout mon comportement de l'époque – disons durant les quatre premières années de ta vie – a été déterminé par deux facteurs. Le premier, c'est que pendant tes six premiers mois, Jennifer et toi avez eu très peu de contacts physiques parce qu'elle avait contracté une infection qui lui faisait souffrir le martyre et l'empêchait de te porter ou de t'allaiter. Le second, c'est que tu étais allergique au lait maternisé et au lait de vache. La seule nourriture que tu supportais était le lait de chèvre. J'allais en acheter tous les matins dans une petite boutique au coin de la rue. Dans les premières années de ta vie, je t'ai de fait énormément maternée.

Je me le suis représenté, tout à sa mission de remplir des espaces vides : me remplir moi, du lait que je ne pouvais obtenir de personne d'autre ; remplir le vide entre moi et ma mère convalescente ; et à présent remplir les blancs laissés par le silence puis la mémoire défaillante de ma mère. Les circonstances avaient voulu qu'il ait le fin mot sur notre histoire. Je contemplais les ondulations qu'affichait mon téléphone en enregistrant les pics et les creux de sa version des faits. Je me méfiais de lui, des pages qu'il écrivait à sa guise. Ma poitrine s'échauffait, mon cœur commençait à s'emballer tandis qu'il imprimait ces faits dans les blancs de mon histoire. Je ne savais pas ce que j'attendais de lui, ce que j'aurais voulu l'entendre dire.

— À l'époque, je ressentais aussi le besoin de te protéger de Jennifer, a-t-il poursuivi.

— Me protéger de quoi ?

— De ses blessures et de sa froideur. Ce souci ne m'a pas quitté depuis ta naissance.

— Me protéger ? Dans ce dossier, il est écrit que tu étais contre le fait que je suive une thérapie. Tu penses que je n'avais pas besoin d'être suivie ?

— J'avais peur, pour toi et pour moi. Durant le procès, j'étais opposé en particulier aux psychiatres médico-légaux. Je me souviens d'une scène qui m'avait fait froid dans le dos. Lors d'un entretien, l'une des psychiatres judiciaires m'avait demandé : « Vous arrive-t-il de prendre des douches avec votre fille ? » J'avais répondu : « Non. » « Mais vous l'avez fait ? Jusqu'à quel âge ? » a-t-elle insisté.

J'ai dit : « Quatre ans. » Et elle a demandé : « Avez-vous déjà eu une érection pendant que vous preniez une douche avec elle ? » J'ai dit : « Non. » Elle m'a regardé et m'a dit : « Comment pouvez-vous être sûr qu'Alice n'était pas excitée ? » Je me souviens de m'être dit dans ma tête : « Je n'ai pas vérifié si son clitoris était dur. »

Après un petit rire ironique, il a repris :

— Je trouvais cela dégoûtant. C'est dans ces moments-là que je me disais : « Mais dans quel monde on vit ? » C'est là que le terme « inapproprié » a vraiment commencé à être débattu. Me serait-il permis de retenir un enfant s'apprêtant à traverser la rue au feu rouge, ou était-ce inapproprié ? J'étais contre les psychiatres médico-légaux car j'avais le sentiment que leur approche thérapeutique n'avait pas pour but de t'aider, mais uniquement de servir leur cause. Pendant les années qu'a duré le procès, tous les problèmes que tu as pu avoir m'ont été unilatéralement attribués. J'ai vraiment cru qu'ils allaient te laver le cerveau. Par ailleurs, tu allais de plus en plus mal. Et puis, c'est là que tu m'as dit que le Dr Shore t'avait frappée.

Il a feuilleté les pages du dossier.

— Attends… Écoute ça : « Quand la question d'un suivi psychologique pour Alice s'est posée, le Dr Neubauer leur a conseillé de consulter le Dr Shore. » C'est intéressant… J'avais dû poser la question d'une thérapie pour toi au cours de mes séances avec le Dr Neubauer. C'est moi le premier qui t'ai incitée à voir un psy.

Puis, jetant les documents sur la table, il a repris :

— Tu as été suivie par le Dr Shore pendant un an, et à la fin tu étais dans un état encore plus lamentable. Et pas seulement à cause de mon comportement. C'était l'atmosphère générale. C'est-à-dire : mensonges, conflits, exagérations, et attitude défensive de ma part. Pauvre gosse.

« Et personne n'a jamais suggéré de thérapie familiale : avec toi, moi et Jennifer, a-t-il poursuivi. Il n'est jamais venu à l'idée de personne, pendant tout ce putain de procès, alors que tu sombrais lentement dans la folie, que j'étais moi-même au bord du suicide, et que Jennifer luttait contre ses démons, personne n'a jamais songé à nous faire suivre tous les trois, en thérapie familiale.

— Ça a permis à Maman de disparaître encore plus, ai-je remarqué.

— Oui !

Il a frappé dans ses mains, comme pour y enfermer cette prise de conscience.

— Parce qu'elle n'est nulle part ici, ai-je ajouté.

— Non, nulle part ! a-t-il soupiré. Bon sang. Ça me met en colère.

J'ai scruté son visage. Il avait l'air plus triste qu'en colère.

— En fait, si j'avais accepté les conditions de Jennifer, si je ne m'étais pas battu, j'aurais probablement eu le droit de visite prévu initialement. Le résultat aurait été le même, mais sans détruire ta santé mentale.

Il frappa du poing sur la table.

— Je suis vraiment con, lâcha-t-il avec un profond soupir.

Je voyais mon père revisiter son passé, lointain et pourtant si proche. Il m'a fait de la peine. Il paraissait plus petit, plus faible que dans mon souvenir. J'ai repensé aux séances avec Diane, dans cette salle mal éclairée, où j'avais demandé que des gardes du corps attachent mon père à une chaise pour que je puisse l'affronter. À présent que nous nous faisions face, je ne me sentais aucunement en danger. Nous avons mis fin à la séance du jour. Je suis allée à la cuisine reprendre une tasse de café.

— Encore du café ? Après la quantité que tu as déjà bue ? s'est exclamé mon père.

— C'est du semi-décaféiné, ai-je précisé.

Dans un placard, j'ai pris un loukoum à la rose, de la taille d'un dé, que j'avais acheté auparavant, et j'ai mordu dedans.

— Tu manges ça maintenant ? Au milieu de la journée ? m'a-t-il demandé, d'un ton qui surjouait le dégoût.

— Oui, ai-je répondu, déstabilisée.

— Si on allait se balader ? a proposé Gregory.

Nous avons décidé d'aller jusqu'à Montmartre, ce qui représentait une marche de deux heures. J'ai attrapé des poivrons grillés et du couscous dans le frigo.

— Tu manges maintenant ? s'est étonné mon père.

— Oui, on part pour quatre heures de marche.

— Ah oui, c'est bien connu, les gens mangent quand ils partent marcher, a-t-il bassement ironisé.

— Parfaitement, ai-je répliqué.

J'ai proposé à Gregory qu'on passe acheter un mille-feuille à la pâtisserie, parce que cela faisait des années que je n'en avais pas mangé, et que je voulais qu'il goûte.

— Encore une sucrerie ? est intervenu mon père.

— Cela fait des années que je n'en ai pas mangé, ai-je lancé, d'une voix qui commençait à monter dans les tours.

Mon père est sorti sur la terrasse fumer une cigarette. Gregory l'a suivi. Je les observais depuis la table du séjour. Gregory lui a rappelé que j'avais beaucoup grandi depuis la dernière fois qu'il m'avait vue, dix ans plus tôt. Que je menais une existence plus saine qu'eux deux, que j'étais gentille, aimante, attentionnée et que je faisais énormément d'efforts. Mon père a écouté attentivement, en hochant la tête. Puis il s'est levé et il est sorti de l'appartement, en passant devant moi sans un mot. Un quart d'heure plus tard, alors que j'enfilais mes chaussures dans la chambre, j'ai soudain aperçu le sommet de son crâne au niveau de la poignée de la porte. Bientôt, le reste de son corps prosterné a suivi. Il avançait à quatre pattes, tout en me présentant d'une main, telle une offrande, une boîte en carton rose.

— Mea culpa, mea culpa, psalmodiait-il.

Il m'avait acheté trois pâtisseries à la boulangerie d'en face.

— Tu as parfaitement le droit de manger ce que tu veux. Je te demande pardon.

J'ai éclaté de rire. C'étaient bien là des excuses à son image : celle d'un homme drôle, créatif, passionné, qui avait toujours su rendre la vie si colorée, et surprenante. La rapidité avec laquelle il avait écouté puis enregistré l'information, décidé qu'il avait tort, imaginé un moyen original de reconnaître sa faute, et mis son plan à exécution avec un incroyable panache : tout cela me touchait.

Le lendemain, nous nous sommes de nouveau réunis autour de la table, avec nos cahiers.

— Je ne suis pas là juste pour parler des allégations du procès, ai-je déclaré, en feignant de prendre des notes pour ne pas avoir à affronter son regard. Tu as fait et dit des choses qui m'ont durablement affectée. Que j'ai ressenties comme des agressions. Tout est noté ici.

J'ai ouvert mon cahier à une page marquée d'un signet. Je lui ai lu la liste. Je le regardais m'écouter tandis que je racontais ce qu'il m'avait fait subir : lécher ses larmes, entendre des compliments sur mon cul ou des histoires sur la chatte de ma mère, être évaluée par un proxénète, être castée comme sa maîtresse dans un film incestueux. Il regardait dans le vague. Je ne savais pas comment il allait réagir. Allait-il s'énerver, allait-il simplement nier que tout cela ait eu lieu, allait-il me taxer de folle, m'accuser d'inventer ? Son visage tantôt s'illuminait fugacement, tantôt s'ombrageait douloureusement – ainsi du moins l'ai-je interprété –, comme le soleil est alternativement caché et découvert par la course des nuages.

— Tu te souviens de ces épisodes ? ai-je demandé.

— De certains j'ai un vague souvenir ; d'autres pas du tout.

— Tu te souviens quand tu me disais que j'avais un cul magnifique ? C'était ton compliment préféré.

— Non, c'était sûrement le plus inapproprié, mais absolument pas le seul : je faisais bien d'autres compliments à ton sujet.

Après un temps, il a repris :

— C'était ma façon, inappropriée, de plaisanter avec toi. Je suppose que c'était aussi une manière de commencer à prendre mes distances d'avec toi, de te laisser t'éloigner et te voir davantage comme une adulte. Je ne sais pas, je réfléchis.

— Une volonté de me voir davantage comme une adulte ? Alors pour toi, âge adulte égale sexualité ?

— Avec, avec des mots qui, enfin…

Il n'a pas terminé sa phrase.

— Ce n'était pas connoté sexuellement. C'était comme si je disais : « Tu as un joli nez. »

— Il y a une différence entre un nez et un cul, ai-je relevé.

— Freud dirait que non, a-t-il fait. C'était un simple constat. Tu as un cul magnifique, Alice.

Il a secoué la tête. Sa voix s'est faite moins forte et plus calme.

— On ne dit pas ça à sa fille, c'est parfaitement vrai.

Il a lu l'incident suivant dans mon cahier.

— « Lèche mes larmes. » Bon sang, ça me rappelle vaguement quelque chose maintenant que tu en parles. Attends…

Et il s'est mis à tourner les pages de ses cahiers, en remontant aux années 1980.

— Voilà, s'est-il écrié avant de lire un extrait de ses notes : « Alice a léché mon visage en rentrant de Lübeck. Puis elle lèche mon visage pendant que je fais la sieste, et dit : "C'est ma façon de faire des bisous." » Si tu as dit ça quand tu avais quatre ans, c'est ça, le 10 juillet 1989, peut-être était-ce un de nos rituels.

Le voyant ainsi passer au crible son stock d'histoires, je me suis sentie dépassée. Il avait des preuves écrites, datées, de ce que la petite Alice avait été, de ce qu'elle avait fait et dit. Mais la petite Alice ne lui appartenait pas, elle vivait aussi en moi, me suis-je rappelé en mon for intérieur.

— Je ne me souviens pas de ça, ai-je répondu. Mais tu m'as demandé de lécher tes larmes. Peu importe que je t'aie léché le visage trois ans plus tôt.

— La situation n'était pas anodine : tu voyais ton père en train de pleurer, a-t-il rappelé. Tu as sans doute agi ainsi par souci de moi, par compassion, à ce moment-là. Je tâchais vraiment de ne pas te laisser voir ma détresse, oui, vraiment. Mais je n'avais personne à qui confier mon désespoir, mon impuissance. Je me sentais menacé sur un plan existentiel. Je devais ouvrir les vannes chaque fois que je partais. Quand nous étions ensemble, j'interagissais beaucoup avec toi. On faisait plein de trucs ensemble. J'adorais ça, et toi, tu étais très réactive parce que tu étais très précoce. Je redevenais moi-même enfant, en un sens. Sans doute t'ai-je considérée comme une partenaire davantage que je n'aurais dû. Mais il n'y avait aucune implication sexuelle. Je n'ai jamais, absolument jamais nourri de fantasmes érotiques à ton égard. J'ai fait de toi ma complice. C'était un peu transgressif, sans doute, de faire ça avec son enfant.

— Mais dans quel but ?

— Pour être ton copain. Tu étais ma seule amie. C'était sans doute lié au fait que j'étais en train de perdre ta mère. Je perdais Jennifer, doublement : à cause de ma liaison avec l'actrice espagnole, et parce que Jennifer se perdait elle-même après la découverte des abus dont elle avait été victime. C'est après cela qu'elle s'est mise à craindre que je m'en prenne à toi. Elle déboulait dans la chambre complètement bourrée alors que je te lisais ton histoire du soir, et s'efforçait de me déloger. Ma famille était en train de voler en éclats. La peur de Jennifer que je ne t'agresse a été un élément déterminant.

— Mais il n'y avait pas que les craintes de Maman. Tu as réellement dit et fait des choses dommageables. Tu m'as dit que tu avais fourré ton orteil dans la chatte de Maman, tu m'as dit que tout père rêvait secrètement de coucher avec sa fille, tu m'as dit qu'on devrait tourner une scène de sexe tous les deux, lui ai-je rappelé.

— Je crois plutôt avoir dit que toute fille rêve secrètement de coucher avec son père : c'est le complexe d'Électre, a-t-il rectifié.

— Et c'est mieux ?

— Je n'ai jamais eu aucun fantasme érotique à ton sujet. Jamais. Jamais. Jamais.

Il a soupiré.

— Verbalement, je me suis comporté de façon tout à fait inappropriée. Je le reconnais parfaitement. J'essaie juste de comprendre ce qu'il se passait en moi quand je disais ce genre de choses. J'ai toujours eu des problèmes avec les limites. Juste avant de rencontrer ta mère, j'avais été pendant dix ans le protégé de Gilles Deleuze. J'étais anarchiste. Nous étions tous pour la révolution. Une révolution qui concernait aussi la sexualité. Je me prenais pour un révolutionnaire alors que j'étais jeune et bête, et j'étais en adoration devant Deleuze parce qu'il m'avait introduit dans son groupe. On se prenait pour une bande d'agitateurs de l'ombre, et mon comportement envers toi était sans doute aussi dans cet esprit-là. Je désirais vraiment être hors norme dans mon rôle de père : c'était une révolte puérile contre ma représentation du puritanisme américain. Mon comportement envers toi n'avait rien à voir avec la sexualité : il s'agissait plutôt d'affirmer mon originalité, mon anticonformisme.

Sa dernière phrase a résonné en moi comme un diapason. Toute ma vie, je m'étais efforcée d'atteindre ce registre élevé de la singularité, usant de mes fêlures mêmes pour me distinguer. Je savais ce que c'était de s'escrimer à combler les vides en soi. J'avais pour cela utilisé les coupures, les brûlures, les médicaments, les diagnostics, et pour finir les mots. Lui m'avait utilisée, moi. J'étais déchirée entre un sentiment d'affinité et la simple répulsion.

— Je comprends ce besoin de se distinguer. Mais la façon que tu as eue de te distinguer avec moi relevait de la sexualité, ou du moins était très sexuelle. Et pas uniquement en paroles. Tu as fait réaliser des photos de moi nue alors que j'étais « encore une Lolita », selon ta propre expression.

— J'ai vraiment employé le mot « Lolita » ? a-t-il demandé. Je ne m'en souviens pas.

— Je m'en souviens très bien, parce que j'allais fêter mes dix-huit ans.

— Ce qui a fait scandale, dans *Lolita*, ce n'était pas qu'un homme mûr tombe amoureux d'une jeune fille, mais l'idée que la jeune fille l'ait séduit. Qu'elle aussi y trouvait son compte, sexuellement.

Sa voix avait changé, il avait pris un ton dissertatif. Nous étions entrés dans l'abstraction ; il ne s'agissait plus de moi.

— Est-ce qu'une fille de treize ans peut séduire un homme mûr ? Son agentivité est-elle suffisante dans un tel contexte ? ai-je demandé.

— C'était précisément l'idée révolutionnaire et scandaleuse du livre. Est-ce que tu connais les théories de Freud sur la sexualité infantile ? Dans ces essais, il décrit des bébés qui se masturbent, développe l'idée que les enfants peuvent avoir des fantasmes sexuels et un comportement sexualisé. Il a failli se faire assassiner quand ce livre est sorti, mais ce fut une grande découverte, toujours mal acceptée aujourd'hui aux États-Unis, où on enseigne une version très puritaine de Freud. N'oublie pas ceci : j'ai peut-être simplement renforcé tes fantasmes œdipiens. Je me souviens d'une discussion que nous avions eue, quand tu avais seize ans : je te disais « Alice, je ne suis pas attirée par toi », et tu trouvais cela très insultant.

Une bouffée de colère m'a envahie. C'était tellement genré, de renvoyer ainsi la responsabilité sur les fantasmes latents ou affichés de la fille. Je me sentais offensée et horripilée par ce cliché. Je ne me souvenais pas de cette conversation, mais je pouvais tout à fait l'imaginer.

— Ça se pourrait bien, ai-je acquiescé d'un ton tranchant. Mais tu les as renforcés par ton comportement. Si ta fille te demande de la prendre en photo nue, tu dis non. C'était ton rôle de dire non.

— Je ne suis pas en train de plaider ma cause, a-t-il précisé. J'essaie juste d'expliquer. Tu pouvais te montrer très persuasive, très insistante. Je ne me rappelle pas avoir employé le terme « Lolita », mais si je l'ai fait, ce n'était pas parce que j'étais un homme mûr qui voulait voir sa fille de dix-sept ans nue ; mais parce que toi, tu insistais pour faire quelque chose de transgressif avant tes dix-huit ans. Je crois que c'est ça qui m'a donné l'idée de la reine des Amazones, inspirée de la pièce de Kleist *Penthésilée*. J'avais toujours été totalement fasciné par ce personnage. Non pas parce qu'elle avait seize ans, mais parce qu'elle avait été la première femme guerrière victorieuse. Nous avions imaginé le scénario ensemble. Tu n'étais pas une participante passive dans cette affaire, et de mon point de vue tu n'étais pas non plus une victime. Mais de toute évidence, c'est allé trop loin. J'étais moi-même choqué quand j'ai vu les photos. Choqué par leur dimension scandaleuse. Et en même temps, je les trouvais superbes.

— C'était ma vie. Pas une pièce de théâtre, une théorie psychanalytique ni un traité philosophique. Ma vie.

J'étais en colère, et ma colère me rendait plus lucide, plus solide.

Mon père a gardé le silence. Il s'est allumé une nouvelle cigarette et s'est massé le front. Il lisait et relisait les éléments de ma liste. Je voyais ses yeux aller et venir sur la page, les muscles de son visage se contracter et se relâcher alternativement.

— Le photographe qui a pris ces photos de moi était l'un de tes nombreux amis qui me tournaient autour quand j'étais ado. Tu te rappelles tous tes amis, avec qui on sortait dans des bars et des boîtes ? Ceux qui n'arrêtaient pas de m'embrasser et de me tripoter ? Tim, Karl, Johann ?

— J'ignorais totalement qu'ils t'embrassaient et te tripotaient, a-t-il réagi, avec une grimace de dégoût.

— Moi, j'avais l'impression que tu encourageais ces relations.

— Non, absolument pas. J'étais fier de toi, et j'avais envie que les gens te voient. Tu étais devenue une jeune femme resplendissante, intelligente, belle, éloquente, et j'étais fier de toi. J'avais beau faire, je n'arrivais pas à te sortir de ces boîtes de nuit.

— Mais c'est toi qui m'y as emmenée pour commencer, ai-je répliqué.

— Je me disais, bon, OK, elle a dix-sept ans. Et puis merde, elle est assez grande pour s'occuper d'elle. Tu tenais à y aller !

Il a élevé la voix.

— On était déjà allés en boîte avant. On sortait souvent. Tu étais une jeune adulte délurée.

C'était vrai. J'étais délurée. L'été en question avait marqué le début d'une suite de choix complètement aventureux de ma part. Où commençait mon imprudence, et où s'arrêtait sa transgression ? À quel âge étais-je devenue comptable de mes actes ? Je m'efforçais de m'accrocher à mes convictions, de revenir à mon vécu. Je me concentrais sur la colère qui montait en moi, ardente, brillante.

— Cette jeune adulte délurée était ta fille ! Pas ta petite amie, pas ta pote ! ai-je hurlé.

— J'ai même tenté de te faire sortir de là par les cheveux. Tu t'es moquée de moi et tu t'es cachée sous une table !

— Eh oui, je ne voulais pas partir : j'étais une ado ! Tu ne peux pas supprimer toutes les règles et t'attendre ensuite à ce que je les respecte quand ça t'arrange.

Mes paroles ont résonné dans la pièce. Je me préparais à sa riposte, mais le silence s'est installé. Mon père regardait ses mains. Gregory est apparu à la porte. Je lui ai fait signe de s'éloigner, et il a fait machine arrière.

— J'étais une loque, a dit mon père d'une voix douce et faible. Bettina m'avait quitté, elle avait emmené Elena à Venise. Pour la deuxième fois, je perdais mon enfant. J'avais des centaines de milliers de dollars de dettes. Je buvais. Pendant des années, je n'ai été qu'une putain de loque. Et je n'avais personne. Personne vers qui me tourner.

Il a posé la main sur ma liste, comme s'il prenait tout juste conscience de sa réalité.

— Je n'aurais jamais dû dire ni faire toutes ces choses, un point c'est tout. Je n'ai aucune excuse. Je suis extrêmement choqué, et j'ai honte.

Le silence nous a enveloppés. Il ne m'opposait plus d'excuses, plus de justifications. Il a laissé sa honte reposer entre nous, telle une offrande.

— Ce qu'il y a de plus tragique dans l'histoire, c'est que j'étais dans une symbiose absolue avec toi, et j'ai laissé tout cela arriver, a-t-il repris. C'était… je ne dirais pas pervers, mais… faire partager son intimité à sa propre fille… C'était franchir la ligne rouge. C'était purement par désespoir. Je n'avais personne d'autre avec qui partager mon désespoir. C'était… je n'aime pas le mot *inapproprié*. C'était inconsidéré et égoïste : j'ai pensé davantage à ma souffrance, à mon désespoir qu'à l'effet que cela produirait sur toi.

Je ne savais pas bien comment poursuivre. Sa vulnérabilité était si séduisante, si rassurante. Mais je voulais aussi l'éprouver.

— L'effet a été considérable, ai-je dit. Pourquoi tu ne m'as pas aidée quand j'ai été malade ? Je me souviens de m'être dit que la dimension dramatique de mon mal t'intéressait, je me souviens comme tu étais en colère quand tu es venu chez moi alors que je traversais mon premier épisode maniaque.

— J'étais moi-même instable, et cela m'a pris du temps de comprendre que tu étais malade, a-t-il expliqué. Tu étais toujours exubérante, surexcitée, et quand j'ai compris que là, c'était autre chose, j'ai essayé de t'accompagner. De t'accompagner et de trouver comment répondre à tes exigences maniaques et paranoïaques. Je n'avais aucune expérience en la matière, et tu m'as mis à la porte en me criant dessus. C'était la troisième fois qu'une personne que j'aimais me hurlait de dégager. J'avais peur, j'étais bouleversé, et je n'ai pas agi comme j'aurais dû.

— En réalité, tu avais déjà été confronté à cela… avec Till, ai-je avancé.

— J'aurais dû l'emmener à l'hôpital, a-t-il dit, et répété deux fois. Mais on ne peut pas forcer les gens.

Il y avait en lui une douleur dont je n'étais pas le centre, dont je n'étais pas l'objet.

— Et quand je t'ai vue souffrir comme mon frère, a-t-il repris, je me suis dit, qu'est-ce que je peux faire ? Qu'est-ce que je peux faire ? Je vois mon enfant sombrer dans la folie. Et là, je fais quoi ? Je m'assois et je prends un thé ? Je sais pas, je sais pas, je sais pas.

Il ne m'avait pas traversé l'esprit qu'il n'était pas venu exprès assister à mon désastre, mais parce que je l'avais appelé à l'aide, que cela n'avait pas été évident pour lui de venir à New York au pied levé, en interrompant un tournage dont il avait grand besoin.

— J'avais tout le temps peur que tu te suicides, m'a-t-il avoué. Pendant huit ans, je me suis réveillé tous les jours à quatre heures du matin, la peur au ventre de recevoir un coup de fil pour me prévenir que tu étais morte. Je ne savais pas qui le ferait le cas échéant. Je craignais même que personne ne me prévienne.

— Cela devait être atroce, ai-je reconnu.

En voyant ces années défiler sur le visage de mon père, j'ai eu une sorte de révélation, oppressante, terrifiante. Je me le suis imaginé dans son appartement, ignorant si sa fille était vivante ou morte, ignorant même si la femme qu'il avait aimée l'estimerait suffisamment pour l'en informer. J'ai compris qu'il avait été à la fois sur- et sous-dimensionné, en même temps trop immense pour être humain et trop insignifiant pour inspirer de la compassion. À présent, notre échange le remettait à l'échelle, le redimensionnait pour que nous tenions tous deux dans la même histoire.

Nous avons décidé de faire une pause. Gregory, mon père et moi nous sommes rendus au cimetière du Montparnasse, où se trouve la tombe de Jean-Paul Sartre et de Simone de Beauvoir. Mon père n'arrêtait pas de demander à des passants où se trouvait la tombe de Sartre. S'il parlait d'un ton apaisé et poli, son corps, grand, mince, vibrant, exprimait une forme de frénésie, d'urgence, qui impressionnait et poussait les gens à reculer d'un pas. Cette intensité m'était tellement familière ; j'étais pareille. Comme il l'avait toujours fait quand j'étais petite, il marchait loin, loin devant, sans se soucier de la distance croissante entre nous. Je me revoyais, enfant, contempler son dos quand il me laissait deux cents mètres derrière lui. Mais cette fois-ci, je n'étais pas seule. Je donnais la main à Gregory. J'ai regardé la silhouette de mon père rapetisser de plus en plus, et j'ai ri.

Quand nous sommes rentrés, mon père a couru dans la chambre, puis il m'a appelée. Au sol étaient exposés deux grands portraits, qu'il avait dessinés plusieurs dizaines d'années plus tôt : un de ma mère et un de lui. Ils étaient magnifiques. Il avait représenté ma mère en train de se maquiller ; elle faisait exactement la même tête que je l'avais toujours vue faire quand je la regardais s'apprêter pour sortir : les yeux écarquillés et la bouche ouverte en rond, comme si elle disait « oh ». Les rouges profonds qui dominaient l'œuvre étaient ponctués par l'intense note turquoise de ses grands yeux. C'était un moment d'intimité, de vulnérabilité. Je me suis sentie reliée à mon père, en réalisant que le même souvenir de ma mère nous habitait l'un et l'autre. Son autoportrait, tout en nuances de gris, le représentait debout, face au spectateur, une cigarette allumée à la main. Son regard était pénétrant et pourtant détaché. C'était un moment d'intimité, mais pas de vulnérabilité.

Tandis que nous contemplions les portraits, j'ai repris le fil de notre discussion :

— L'histoire que j'en suis venue à croire après mon séjour en Floride, c'est que les agressions étaient davantage physiques quand j'étais petite, et qu'ensuite tu avais stratégiquement changé d'approche au fur et à mesure que je grandissais et comprenais mieux ce qu'il se passait. Pour moi, c'était comme si tu étais le prédateur le plus intelligent du monde.

— Oh, mon Dieu. Tu peux répéter ça ?

Il est sorti de la pièce en courant pour aller chercher son cahier. Je l'ai suivi, me suis assise à côté de lui, en répétant ce que j'avais dit tandis qu'il notait.

— C'est ce qu'on m'a appris dans le groupe Traumas. Les premières années, c'était plus physique, puis quand j'ai grandi, c'est devenu dangereux pour toi de me dire ou de me faire certaines choses, parce que tu risquais de te faire prendre, alors tu as commencé à agir par procuration, par l'intermédiaire de tes amis.

Il écrivait furieusement dans son cahier.

— C'est ce que j'ai cru jusqu'à récemment. Jusqu'à ce voyage. Est-ce que ça te parle ?

— Ça me parle…

Marquant une pause, il a fixé ce qu'il venait d'écrire.

— … atrocement. Parce que s'il y avait quoi que ce soit de vrai là-dedans, alors je n'aurais vraiment plus qu'à me supprimer.

Il n'en dit pas plus.

— Pendant des années, j'ai fait des cauchemars, où tu me violais dans une chambre d'hôtel, ai-je confié, raclant les dernières miettes, les plus secrètes, de son emprise sur moi. Il m'arrivait de rêver qu'on couche ensemble et de me réveiller avec un orgasme. Et avec un profond sentiment de honte.

Il a pris sa tête dans ses mains, pour essayer de retenir ses larmes. Je ne l'avais jamais vu pleurer ainsi. De façon intime, discrète, non démonstrative.

— Je suis tellement désolé, a-t-il articulé à travers ses mains. Affreusement désolé. Pourras-tu me pardonner ?

— Je regrette qu'il nous ait fallu si longtemps pour…

— … en parler. Merci d'avoir eu le courage de venir ici. Merci.

Il était rivé sur son cahier, les épaules secouées de tremblements.

À mon tour, j'ai senti mon corps lâcher prise, la peur et la méfiance chevillées à moi depuis si longtemps s'échapper. J'étais fière de nous. Si la liberté de parole entre nous était en partie responsable de tout le mal fait, elle était aussi salvatrice. C'est uniquement parce que nous étions capables de parler de tout et n'importe quoi, que nous avons pu nous dire les mots dont nous avions besoin.

— « Pour moi, tu étais le prédateur le plus intelligent du monde », a-t-il lu à voix haute, en reprenant mes mots.

— Tu es flatté ? ai-je demandé, en lui offrant mon ironie comme un début de pardon.

— Au moins, c'est un superlatif, a-t-il avancé timidement.

Nous avons refermé nos cahiers en riant.

3

— Oh merde ! s'est exclamé mon père, au beau milieu de l'aéroport. J'ai oublié mon passeport, ma carte de crédit et mes papiers d'identité.

Gregory, mon père et moi nous rendions par avion de Paris à Hambourg. C'était la première fois depuis douze ans que je voyageais avec mon père. Les aéroports concentraient à peu près tout ce qui le faisait sortir de ses gonds : les files d'attente, les règles, les temps morts. Aller au supermarché avec lui, c'était comme avancer sur une corde raide entre deux immeubles. Être à l'aéroport, c'était comme désamorcer une bombe. Il s'est tâté partout en marmonnant « Merde, merde, merde », et a ouvert le zip de la pochette attachée à sa taille. Il est passé à l'action, arrêtant le premier type en uniforme qu'il a pu trouver, afin de lui raconter le mauvais coup que le sort lui jouait. L'homme en uniforme avait sa tête polie et patiente de professionnel, mais lorsqu'il eut compris de quoi il retournait – que mon père n'avait pas LE document nécessaire pour embarquer et espérait embarquer quand même –, son regard s'est durci et sa bouche raidie. Il ne pouvait pas l'aider. Il n'y avait rien à faire.

Nous avons filé au bureau d'accueil, où mon père a expliqué sa situation. Pas de carte d'identité. Pas de carte de crédit. Pas de passeport.

— Je suis navré, monsieur, vous ne pourrez pas voyager sans papier d'identité, a déclaré l'homme derrière le comptoir.

— Vous ne pouvez pas juste me googler ? a demandé mon père.

Quand on lui a expliqué, comme à un gamin, que personne ne pouvait monter dans un avion sans papier d'identité, que c'était tout bonnement impossible, le peu de sang-froid qui lui restait s'est envolé. Jetant ses bras de part et d'autre d'une grande colonne jouxtant le comptoir, il s'est mis à se balancer d'avant en arrière. Tandis qu'il s'agitait ainsi, son imperméable claquait dans son dos. Vu de loin, on aurait dit le clou d'un spectacle de danse. J'avais beau répéter son nom, il ne m'entendait pas. Il ne fut pas autorisé à embarquer.

Il était accablé, la rage et le désespoir ayant laissé place à la tristesse.

Il s'est excusé mille fois.

Nous avons décidé que Gregory et moi prendrions le vol prévu ; il nous rejoindrait plus tard. J'ai essayé de le réconforter.

— Le destin en a décidé ainsi. Mais regarde : quand tu arriveras chez toi, tes *deux* filles seront là pour t'accueillir, pour la première fois depuis douze ans.

Son visage s'est éclairé.

— Ça me plaît, ça, a-t-il dit. Tu as tout à fait raison.

C'était bon d'être capable de le réconforter.

Gregory et moi sommes donc partis à Hambourg, en abandonnant mon père sur place.

Quand notre taxi s'est arrêté devant chez mon père, Elena nous attendait, sa haute silhouette adossée au bâtiment. Quand elle nous a vus arriver, elle a couru m'ouvrir la portière et nous nous sommes prises dans les bras en nous balançant. Son enthousiasme, sincère et ostensible, faisait chaud au cœur. Cela faisait douze ans que nous ne nous étions pas vues. Trois ans plus tôt, à l'âge de dix-neuf ans, elle avait été finaliste dans l'émission de téléréalité *Germany's Next Topmodel*, et avait su transformer ce coup de projecteur en une belle carrière de mannequin et d'influenceuse Instagram. Je ne savais pas trop où j'en étais avec elle. Un jour, elle m'avait dit que j'étais son modèle. À quatorze ans, elle s'était fait tatouer l'intérieur de la lèvre inférieure par un mec louche, et elle avait choisi la lettre « A » comme « Alice ». Cela m'avait à la fois inquiétée et touchée. Je m'étais efforcée, autant que possible, de nourrir notre relation, malgré la distance et les épreuves que je traversais. Mais ce n'était pas facile de garder le contact. Nous nous retrouvions sur Skype environ une fois par an. Elle voyageait beaucoup, pour ses activités de mannequin et d'influenceuse, et de mon côté je vivais des choses, dont je supposais qu'elle ne les comprendrait pas.

Nous sommes entrés dans l'appartement de Hambourg où j'avais passé une bonne partie de ma jeunesse. Les murs étaient couverts de phrases et d'expressions, de dessins, de citations, de coupures de journaux que résidents ou invités avaient gribouillés ou affichés au fil des ans, telles des peintures rupestres racontant l'histoire de ce lieu et de ses habitants. Dans un cadre trônait une photo en noir et blanc d'une publicité que mon père avait faite pour la chaîne musicale VH1. Il était torse nu, et tenait à la main un journal en flammes. Au-dessus de sa tête se déployait une citation : « No more I love you's – a resolution I've broken again and again » (Plus de « Je t'aime » ; j'ai tant de fois échoué à tenir cette résolution), en référence à la chanson d'Annie Lennox. Je me rappelle que je la lisais et relisais inlassablement, trouvant que c'était la plus belle phrase que j'aie jamais lue. Une coupure de presse racontait que mon père avait mis à la porte sa petite amie Sonia, et l'avait remplacée par un rat de compagnie. J'ai repéré mes contributions : une reproduction en argile de la tête de mon père, que j'avais faite au collège ; la transcription d'une comptine qui parlait d'araignées sur le plancher, que mon père, ma petite sœur et moi chantions ensemble à tue-tête dans la rue ; une citation anti-George W. Bush. J'existais encore en ces lieux, malgré ma longue absence. Le chagrin m'a d'abord saisie à la lecture de ces épitaphes en mémoire de celle que j'avais été, mais il fut bientôt chassé par un doux réconfort : sur ces murs, dans ces vies, des traces de moi subsistaient, étaient chéries.

D'autres personnes avaient apposé leur marque sur les murs, à l'aune desquelles je mesurais combien de temps, de moments partagés j'avais laissé passer. Un gigantesque poster de ma sœur était affiché dans le salon. La jalousie me rongeait, tandis que j'évaluais l'espace mural qui nous était dévolu à l'une et à l'autre, le succès que lui avait valu d'être la fille de mon père ; les déboires et les naufrages que je devais à cette filiation. J'ai songé à ces dix ans où je m'étais mise en retrait. En 2013, deux ans après ma sortie du centre de soins, j'avais reçu un e-mail de mon père. En apercevant son nom dans ma boîte, je m'étais raidie. Quel tour allait-il encore me jouer ? En ouvrant, j'avais lu ceci : Après avoir subi deux AVC, Oma voulait « à tout prix mourir », et mon père allait l'aider. Cela avait toujours été son désir profond, de mourir dans les bras de mon père, aussi était-il chargé de préparer l'injection léthale. Ma tante Mareike, mon père et Opa se réuniraient le lendemain soir pour lui dire adieu, et l'aideraient à partir. J'ai appelé chez mes grands-parents le lendemain à six heures du matin. Cela faisait des années que je n'avais pas composé ce numéro. Me fallait-il justifier mon absence ? M'excuser ? C'est Opa qui a décroché. Devais-je lui dire combien il m'avait manqué ? Combien j'étais désolée, pour sa femme qui s'apprêtait à mourir, désolée de me tenir ainsi éloignée d'eux ?

— Tu as une voix jeune, lui ai-je dit.

Sans un mot, il a passé le téléphone à mon père, qui l'a collé à l'oreille de ma grand-mère. Cela faisait douze ans que je n'avais pas parlé allemand, et j'avais du mal à trouver mes mots en évoquant des souvenirs des moments partagés avec elle à Lübeck. J'ai marqué une pause, avant de lui dire que j'étais fiancée. Imaginant bien que mon père écoutait, j'avais hésité à le lui annoncer, car je m'efforçais de suivre les conseils de Diane et d'éviter tout contact avec lui, néanmoins je voulais faire savoir à Oma que j'étais aimée. Pour finir, je l'ai assurée que je l'aimais et lui ai dit adieu. Deux ans plus tard, Mareike développa un cancer de la vessie, et demanda à mon père de l'aider à mourir à son tour. Je ne suis pas allée la voir. J'étais trop en colère, et je ne voulais pas risquer de m'exposer à la perversité de mon père. Opa, déclinant de plus en plus, finit lui aussi par demander à mon père de l'aider à mourir. Je ne lui ai pas reparlé avant sa mort. Ainsi, la toute dernière chose que je lui ai dite, c'est qu'il avait une voix jeune.

Je suis restée à distance jusqu'à ce qu'il soit trop tard, jusqu'à ce que presque tout le monde ait disparu. Et à aucun moment, je n'ai imaginé la douleur de mon père. Alors qu'il avait assumé la lourde tâche d'abréger, avec amour, la vie de tous les membres de sa famille d'origine, je n'avais pensé qu'à me demander en quoi c'était peut-être une tentative pour me manipuler, un « jeu », pour le dire comme Diane.

Je n'avais jamais expliqué à ma sœur pourquoi je ne venais plus. Je suivais sa vie, et sa vie avec mon père, grâce à Internet. Il n'y avait pas besoin de chercher très loin pour constater à quel point elle s'en était bien sortie, comme elle était brillante, indépendante et populaire, à l'âge où moi j'avais plongé de plus en plus profond ; pour voir l'amour pur qui la liait à une mère qui lui avait toujours consacré toute son attention et son énergie, et à un père qui ne lui avait pas dit trop de choses, n'était pas devenu plus qu'il n'était. Un magazine avait fait leur portrait croisé, dans un article intitulé « Entre eux, il n'y a pas de secrets », imprimé au-dessus de leurs deux visages réjouis. J'avais fait une capture d'écran de l'article, auquel je jetais régulièrement des coups d'œil rageurs. Je les détestais dans ces moments-là. Je me sentais périmée et laissée-pour-compte. Par mon silence et mon absence, je le protégeais, et je me retrouvais sans rien. J'étais jalouse de ce qu'ils avaient, et parfois je me réconfortais en m'imaginant que mon père ne l'avait pas trouvée aussi irrésistible que moi. Il ne l'avait pas recrutée comme partenaire, elle, c'est donc moi qu'il trouvait spéciale. J'avais bien conscience que ces ruminations étaient des surinterprétations mesquines et tordues, mais mon ressenti n'en était pas moins réel. J'étais en colère. En colère contre Diane et ses histoires ; contre ma sœur, qui n'avait pas besoin de moi dans les siennes ; contre moi-même et mon besoin désespéré de croire en l'une d'elles. Mais en réalité, j'étais surtout extrêmement triste.

Mon père nous a prévenus par texto qu'il était dans un taxi, en route vers son appartement. Nous sommes sortis pour l'accueillir.

Gregory, mon père, Elena et moi étions réunis dans le salon. Après avoir échangé des banalités quelques minutes, mon père a expliqué ce qui nous avait occupés la semaine précédente.

— Si Alice s'est tenue à l'écart pendant toutes ces années, c'est parce qu'elle croyait que j'étais un pédophile, a-t-il dit à ma sœur.

J'ai observé le visage d'Elena. Il était calme et grave. Elle a commencé à protester que ce n'étaient que des rumeurs, des histoires inventées par Jennifer.

— Non, l'a interrompue mon père. Je ne suis pas un pédophile, mais je me suis très mal comporté.

Elena gardait le silence, tout en hochant la tête.

— C'est une bonne chose que vous fassiez cela tous les deux, a-t-elle conclu.

En entendant mon père avouer ainsi la vérité nue, et ma sœur l'accueillir sans résistance, je me suis sentie soutenue. Mon père avait pris mon parti, confirmé ma réalité, invité ma sœur à y entrer aussi, et elle avait accepté l'invitation. Je voyais là, très clairement, des marques de la chance qui, tel un courant électrique, avait éclairé ma vie entière, et qui m'avait conduite à découvrir l'amour caché au cœur de nos échecs et de nos infortunes.

Nous avons marché jusqu'à un restaurant voisin. Je donnais le bras à mon père, tandis qu'Elena cheminait avec Gregory, quelques mètres plus loin.

Elle lui avoua qu'elle avait été un peu stressée à la perspective de ces retrouvailles.

— Nous aussi appréhendions de venir, a répondu Gregory. Mais sache que ce qu'il s'est passé entre eux marque le début de quelque chose de vraiment spécial. C'était très salvateur.

— Cela me fait vraiment plaisir, a dit ma sœur.

Quand, ensuite, je me suis rapprochée d'Elena, mon père et Gregory ont discuté entre eux. Mon père l'a interrogé sur notre vie commune, sur son rétablissement durable. Il lui a demandé conseil pour mieux s'entendre avec moi.

— Tu n'es pas toujours obligé de répondre, ai-je entendu Gregory expliquer. Parfois, le silence est la meilleure réponse.

Le lendemain, Gregory, mon père et moi avons loué une voiture pour nous rendre à Lübeck, au cimetière où étaient enterrés mes grands-parents et Till. Mon père avait apporté un seau et des brosses pour nettoyer les tombes, comme Oma le faisait jadis. Après une heure à frotter les pierres tombales et arracher les mauvaises herbes, nous sommes remontés en voiture pour faire le tour de mes endroits préférés à Lübeck. Nous avons mangé des pancakes de pommes de terre au Kartoffel Keller, qui ne propose que des plats à base de pommes de terre. Nous avons posé devant les vitraux de l'église Sainte-Marie représentant une Danse macabre. Nous avons longé des rangées et des rangées de cochons en massepain, de pommes de terre en massepain, de villes entières en massepain au café

Niederegger, le vaste bâtiment en pierre où le massepain fut inventé. Pour finir, nous avons visité mon monument préféré à Lübeck : le Holstentor, avec sa chambre de torture.

Je me souviens d'avoir songé, enfant, que cette pièce pouvait contenir toutes les productions de mon imagination bouillonnante, même les sédiments les plus glauques, les plus répugnants susceptibles de remonter à la surface. À présent, à trente et quelques années, je passais la main sur la manivelle dentée d'un instrument destiné à écarteler ses victimes ; je scrutais à l'intérieur du tonneau de torture, pour voir les clous censés transpercer la poitrine du supplicié. Il m'a paru bien plus petit, bien moins menaçant qu'à l'époque. J'ai d'ailleurs remarqué qu'il n'y avait pas de piques à l'intérieur du tonneau. Ma jeune imagination les avait ajoutés. Les grésillons, exposés dans des vitrines, semblaient minuscules et sans danger. La ceinture de chasteté avait l'air de pouvoir être brisée facilement. Une vulgarité inoffensive avait remplacé le puissant sentiment de cruauté et de transgression que m'inspiraient autrefois ces lieux.

J'ai acheté un mug à la boutique de souvenirs, et nous sommes partis. À la sortie, un homme s'est approché de mon père pour lui demander un autographe.

— S'il vous plaît, s'il vous plaît, implorait-il tandis que mon père allongeait le pas, en répétant : « Nein, nein. »

Au début, je l'ai houspillé :

— Pourquoi tu ne lui donnes pas un autographe et on n'en parle plus ?

Parce qu'il n'avait pas envie, parce que c'était son temps libre, parce que ces gens voulaient toujours discuter, parce qu'il n'avait pas envie. J'ai entrevu le combat de mon père pour se libérer lui aussi de son histoire, prendre ses distances avec celui que les autres voyaient en lui : une célébrité ou un pédophile. J'ai observé le fan poursuivre mon père, et j'ai vu un homme fatigué, qui voulait se détacher de son passé. Et j'ai compris. J'avais le choix moi aussi, je pouvais décider de laisser derrière moi les démons qui m'avaient poursuivie et définie si longtemps. Je pouvais également choisir d'arrêter de définir mon père.

Nous sommes retournés à Paris ; Gregory est rentré à Nashville. Je suis restée pour passer encore un peu de temps avec mon père et ma sœur. Elena et moi sommes allées au palais de Tokyo. Je l'ai emmenée voir un drag show ; nous avons été fascinées par les queens musclées, qui chantaient du Gainsbourg la cigarette au bec et naviguaient sur scène en talons aiguilles.

Tout en marchant dans Paris, je la regardais de temps en temps à la dérobée. Son visage, que j'avais si bien connu de la petite enfance aux années collège, portait la marque du temps où je n'étais pas là, la marque de mes manquements en tant que sœur. J'avais été une présence régulière dans sa vie jusqu'à ses douze ans, puis je m'étais volatilisée. Les souffrances qu'elle avait pu endurer de son côté, pendant ce temps, ne m'avaient pas effleurée jusqu'à maintenant. Je l'avais abandonnée, petite fille qui aimait sa sœur, et j'avais disparu sans explication. À présent, je voulais connaître cette personne qui avait tracé sa route sans moi, traversé elle aussi des blessures et des déceptions, dont je faisais sans doute partie.

— Je suis désolée de ne pas avoir été là pour toi, lui ai-je dit. Je suis désolée de ne pas t'avoir dit ce qu'il se passait. Je voulais protéger Papa. Préserver l'image que tu avais de lui, pour être sûre de ne pas projeter mes histoires sur ta relation avec lui.

— C'est très courageux et gentil de ta part.

À ma propre surprise, je me suis mise à pleurer. Elena m'a passé un bras sur l'épaule.

— Je suis désolée qu'on ait perdu autant de temps, ai-je dit encore.

Nous avons continué à marcher, mon corps calé contre le sien, voguant dans les rues, en évitant les passants.

— Je suis désolée de ne pas avoir été là, ai-je redit. Est-ce que tu me pardonnes ?

— Je crois que tu as surtout besoin de te pardonner à toi-même, a répondu Elena. Je ne t'en veux pas. Quand j'étais petite, j'ai vu Papa souffrir à cause de tout ce qu'il se passait avec toi, et peut-être que je t'en ai voulu, de ce qu'il était aussi mal, parce que je t'associais à cette souffrance. Mais aujourd'hui, je ne t'en veux plus.

D'un doigt, elle a caressé mon bras, et ce petit geste traduisait un accord rassurant : je ne l'avais pas perdue.

Le lendemain, Elena est rentrée à Hambourg ; je suis restée seule avec mon père. Ces derniers jours à Paris, nous avons beaucoup ri. Nous sommes allés au musée d'Orsay ; mon père m'a raconté des anecdotes sur Paris, ses monuments, son histoire. Pendant le dîner, il m'a fait écrire tous les verbes allemands que je connaissais commençant par *ver-* et il m'a précisé lesquels avaient plusieurs significations. Cela m'a rappelé les histoires et les jeux avec les mots de mon enfance. Nous avons regardé l'un de ses films préférés, *Lawrence d'Arabie*, sur un matelas par terre. Assis côte à côte, nous suivions l'épopée sur le petit écran de son ordinateur portable, luttant pour entendre les dialogues sur ses enceintes pourries. J'avais remarqué comme l'espace entre nous avait été neutralisé. Il n'était plus chargé de cette électricité écœurante. Si nos épaules se touchaient accidentellement, ou s'il me pressait le bras pour m'indiquer l'imminence d'une très, très bonne scène, je ne me rétractais pas à son contact. Je l'accueillais, au contraire. À trente-quatre ans, pour la première fois de ma vie, j'éprouvais son contact comme dénué de désir – une main qui ne réclamait rien à mon corps, à ma personne. En voyant ma sœur balayer négligemment un cheveu du visage de mon père, ou marcher bras dessus bras dessous avec lui dans la rue, je m'étais dit que ces situations m'étaient impossibles, inatteignables.

Et voilà qu'à présent, j'y avais accès moi aussi.

J'en apprenais beaucoup sur mon père. J'avais oublié comme il cuisinait bien. J'avais oublié comme il pouvait être drôle. Je le regardais s'occuper de ses plantes sur sa terrasse, et découvrais en lui une tendresse que je ne lui connaissais pas. Je me suis surprise à relever chez lui les signes du vieillissement. Il entendait moins bien d'une oreille. Je comptais les taches sombres sur son bras, le regardais quand il changeait de chemise, comme si, par mon seul regard, j'avais pu fortifier son corps frêle comme un fil. Je sentais mon cœur s'ouvrir : une nouvelle blessure dont j'ai fini par comprendre que c'était de l'amour différé. Une après-midi, je lui ai spontanément caressé la tête alors que nous regardions la télé. J'ai souri intérieurement, en sentant que la température en moi n'augmentait pas, que le rythme dans ma poitrine restait celui, tranquille, d'une ode ordinaire, comme si mon corps me disait qu'il n'y avait finalement rien de plus dans cette histoire.

4

La voix désincarnée de ma mère m'appelait depuis la chambre. Elle voulait une cigarette, et aussi me dire que la présentatrice des infos régionales était trop maquillée. Ma mère était en train de mourir, mais elle ne le savait pas.

Deux ans après notre voyage en Europe, mon père s'est vu diagnostiquer un cancer. Je lui ai promis de venir m'occuper de lui pendant sa radiothérapie, et Gregory et moi avons pris des billets d'avion pour Paris. Un mois plus tard, peu de temps avant notre départ prévu pour l'Europe, on trouva à ma mère une leucémie aiguë myéloïde, avec deux semaines d'espérance de vie. Gregory et moi avons rejoint New York en avion, puis Amagansett en bus.

Nous avons emmené ma mère voir un hématologue pour confirmer le diagnostic. Comme il nous a pris en retard, il nous a fallu faire feu de tout bois pour distraire ma mère. Je lui ai fait écouter *Poses*, de Rufus Wainwright ; Gregory lui a montré des vidéos d'animaux rigolos. Tout en faisant les cent pas dans la salle d'attente, je lui lisais les questions les plus loufoques postées sur

« Yahoo! Questions/Réponses » (*Comment décuire un gâteau ? Pourquoi mon bras se met à trembler et devient tout rouge quand je mange de la terre ?*).

Après l'avoir examinée, le médecin a voulu nous parler à l'écart de ma mère. Il a confirmé le diagnostic et nous a conseillé de nous renseigner à la réception sur les soins palliatifs.

Je me suis approchée du bureau d'accueil.

— J'aurais besoin du numéro des soins palliatifs, ai-je demandé d'une voix brisée.

— Donc elle ne viendra pas à son rendez-vous du 9 août ? m'a répondu la secrétaire.

— Non, elle est en train de mourir. Pouvez-vous m'indiquer le numéro des soins palliatifs ?

— Alors vous souhaitez annuler ce rendez-vous ?

— Je suppose que oui.

La dame a noté un numéro sur un bout de papier, que j'ai plié et replié avant de le glisser dans ma poche. Sur le trajet du retour, ma mère s'est allongée sur la banquette arrière, la tête sur mes genoux. D'une petite voix, elle m'a demandé si elle pouvait me tenir la main. Une telle douceur m'a inspiré de la crainte, de l'effroi. J'ai ouvert ma main pour accueillir la sienne. Ses os jouaient sous sa peau fine et chaude : on aurait dit de l'argenterie enveloppée dans une serviette en soie.

— Je te serre trop fort, peut-être ? m'a-t-elle demandé.

— Tu peux me serrer aussi fort que tu veux.

J'ai tourné la tête du côté de la vitre, gagnée par l'émotion : le cœur dans la gorge, les larmes se pressant à mes paupières. Je ne pouvais pas pleurer là, devant ma mère. Gregory, qui conduisait, a glissé sa main gauche entre la portière et le siège pour attraper ma main libre.

Poses, la chanson de Rufus Wainwright, passait de nouveau.

— C'est qui, qui chante ? a demandé ma mère, quand bien même je venais de répondre à la même question.

— Rufus Wainwright.

— Il est assez génial, non ? a-t-elle commenté.

Nous avons écouté la chanson, en silence. Puis elle a demandé :

— Et il ressemble à quoi ?

Je lui ai montré une photo de lui jeune, datant de l'époque où il avait enregistré l'album.

— Sa broche est hideuse, a-t-elle relevé.

Une fois à la maison, pendant que ma mère dormait, j'ai appris la nouvelle à ma tante, mon oncle et aux deux personnes qui l'aidaient au quotidien. À son réveil, j'ai été soulagée de l'entendre réclamer une cigarette ; en revanche, elle ne voulait pas manger. J'ai essayé de lui faire envie en lui proposant des chips, du bacon, de la nourriture chinoise. Ses péchés mignons. Pour finir, j'ai acheté trois litres de glace haut de gamme au marché de producteurs. Debout à côté du lit, je la lui ai donnée à la petite cuillère, tout en lisant à haute voix le texte inscrit au dos du bac, qui décrivait le processus de fabrication de la crème glacée au thé Earl Grey.

Gregory est entré pour lui donner ses médicaments, qu'elle prenait depuis des années.

— Qu'est-ce que c'est que ça ? a-t-elle demandé.

— Ce sont des médicaments pour te transformer en sirène, a-t-il répondu.

— Encore ? a-t-elle répliqué en entrant dans son jeu.

Allongée sur le lit à côté d'elle, je lui ai montré la photo de la couverture de mon livre, que je venais de recevoir.

J'avais terminé mon texte quelques mois plus tôt, et signé avec un éditeur. Seules quelques personnes étaient au courant – dont ma mère, à qui j'avais annoncé mille fois la bonne nouvelle. Aux anges, elle avait encore du mal à y croire. J'ai tourné mon iPad pour qu'elle voie bien et zoomé sur la couverture.

— Magnifique, s'est-elle exclamée.

Je lui ai parlé de mon syndrome d'imposture, de ma peur de l'avenir.

— J'ai tellement peur, ai-je dit.

— N'aie pas peur.

— Pourquoi ?

— Parce que à quoi bon ?

J'ai pris conscience que ce n'était pas seulement ma mère qui allait me manquer, mais aussi Jennifer Bartlett. J'avais toujours rêvé de m'asseoir avec elle, la grande artiste, la brillante intellectuelle, et discuter de mon travail, mais elle n'était plus cette personne-là. Je ne serais jamais son homologue, en revanche, je pouvais être la fille dont elle voulait tenir la main.

Quelques jours plus tard, des représentants de l'équipe de soins palliatifs sont passés me faire signer des papiers et me remettre les médicaments dont ma mère aurait besoin : une boîte de morphine, une boîte de lorazépam et des seringues pour injecter les produits sous la langue. Ils m'ont également donné un livret qui décrivait précisément le processus de la mort : à quel spectacle, à quels bruits s'attendre. Je l'ai rangé dans un dossier sans même le feuilleter.

J'avais commandé un lit médicalisé pour elle ; pendant que le lit était installé dans sa chambre, nous avons fait venir ma mère au salon. Elle n'arrêtait pas de gémir et de se plaindre. Pour la distraire, j'ai cherché sur Google des photos de Marlon Brando, notamment une où il exhibait ses muscles. Chaque fois que je lui mettais la photo sous les yeux, elle arrêtait de geindre.

— Il est merveilleux, disait-elle.

— Qu'est-ce qui te plaît chez lui ?

— Tout.

Mais bientôt, elle se remettait à maugréer.

— Qu'est-ce que je fais là ? demandait-elle.

— Tu veux voir une photo de Marlon Brando ?

— Bien sûr, disait-elle d'une voix faible.

Je lui montrais la photo sur mon téléphone.

— Oh, il est merveilleux, disait-elle d'une voix plus énergique.

— Qu'est-ce qui te plaît chez lui ?

— Ses lèvres. Ses cheveux. Ses yeux. Son cou.

Et ainsi de suite jusqu'à ce que le lit soit prêt.

Nous l'avons ramenée dans sa chambre ; je me suis assise à son chevet pour écrire tandis qu'elle s'assoupissait.

— Qu'est-ce que tu fais ? m'a-t-elle demandé.

— J'écris.

— Ah, c'est bien.

Plus tard dans la journée, ma tante Julie nous a rejoints. J'étais dans la chambre de ma mère, occupée à lui lire *David Copperfield* à voix haute. Je suis sortie pour les laisser toutes les deux. Je les ai entendues rire. Ma mère avait passé une bonne journée, à réclamer des cigarettes, écouter de la musique, boire un smoothie, rire. Mais dans la nuit, la situation s'est rapidement dégradée. Elle s'est mise à gémir, m'a demandé ce qu'il lui arrivait.

— Tu as de la fièvre, lui ai-je dit.

Je me suis levée pour aller réhumidifier la compresse que je tenais sur son front.

— Ne t'en va pas, s'est-elle écriée.

Je me suis allongée à côté d'elle.

J'aurais voulu l'enlacer, la prendre dans mes bras et la serrer fort. Mais je n'ai pas bougé.

— Tu veux me tenir la main ? ai-je proposé.

— Oui.

Je lui ai pris la main.

Je n'ai pas pu m'empêcher :

— Je t'aime très fort, ai-je dit.

À ces mots, son visage s'est contracté.

— Pourquoi ? a-t-elle demandé d'une voix rocailleuse, chargée de mépris.

Je ne savais pas quoi dire. J'avais cru pouvoir entrer en douce, atteindre son cœur tendre, mais ses remparts étaient toujours là. Elle s'est tortillée dans le lit.

— Où est-ce que je peux aller ? a-t-elle demandé.

Sa panique était palpable.

— Tu veux aller à la plage ?

— Oui, a-t-elle soufflé, en fermant les yeux.

— Tu veux aller nager dans l'océan ?

Elle avait toujours adoré l'océan.

— Oui, dit-elle.

— Est-ce que la mer est calme ou agitée ?

— Calme, a-t-elle répondu.

— L'eau est-elle sombre ou peux-tu voir le fond ?

— Je vois le fond.

Je lui ai demandé jusqu'où elle allait nager.

— Aussi loin que possible, a-t-elle dit.

— Veux-tu que quelqu'un t'accompagne ?

— Non.

— Tu aimes bien être seule, n'est-ce pas ?
— Oui.
— Reviendras-tu sur le rivage ensuite ?
— Non.
— Que vas-tu faire là-bas, toute seule dans l'océan ?
— Rester là-bas et passer un très bon moment.
Deux jours plus tard, elle est morte.

L'infirmière de l'unité de soins palliatifs est venue confirmer le décès, puis ma tante et moi avons lavé le corps de ma mère. Nous l'avons vêtue d'une robe Shamask rose vif, et je l'ai aspergée d'une bonne dose de l'incontournable Fracas. J'ai porté à mon nez son poignet déjà presque froid, pour sentir le parfum sur sa peau une dernière fois.

Ce jour-là, la météo annonçait une tornade isolée, ce qui était à mon sens la meilleure définition que l'on puisse donner de Jennifer Bartlett. La tornade prévue n'eut jamais lieu – très certainement, ai-je supposé, parce que la disparition de ma mère, ma tornade isolée à moi, ne laissait pas suffisamment d'air pour cela.

Le lendemain, toute la journée, j'ai cru entendre ma mère m'appeler. Je n'arrêtais pas d'entendre prononcer « Alice », depuis la chambre. À moins que ce n'ait été « Alice ! » Ou encore « Alice ? »

Une voix désincarnée qui désormais n'existait plus que dans ma tête.

Une semaine plus tard, nous avons dispersé ses cendres dans l'océan. J'ai affrété un voilier, et ma tante, mon oncle, mes cousins jumeaux, Gregory et moi avons embarqué dans un bateau-taxi, qui nous a convoyés jusqu'au *Starlight*. Le temps était gris et pluvieux, mais le capitaine et l'équipage étaient sympathiques ; nous avons partagé notre repas avec eux.

Une fois au large, nous avons jeté l'ancre. Au son de *Sketches of Spain*, de Miles Davis, projeté par une enceinte Bluetooth, nous avons vidé une bouteille de vin blanc dans la mer. À l'instant où l'alcool a touché la surface de l'eau, les nuages se sont fendus, découvrant, qui s'étalait à l'horizon, la plaie flamboyante d'un soleil couchant qui s'offrait sans scrupule en spectacle. Une épaisse lumière dorée a illuminé nos visages, tous tournés vers l'extravagante plongée de l'astre solaire. On aurait dit, très exactement, une interminable, une excessive peinture à l'huile. Il y avait là, dans cette beauté extrême, ostentatoire, quelque chose de presque insolent. Qui m'était familier. Gregory, les yeux baignés de larmes et de lumière, a dit :

— Jennifer a l'air bien, là-haut.

Nous avons ri. J'ai enfilé mon maillot de bain et me suis immergée dans l'Atlantique. J'ai nagé, en tenant à bout de bras les cendres de ma mère. Nous étions aussi loin que possible. Je ne voulais pas la quitter, mais il lui fallait être seule.

Remerciements

Je remercie Vincent Katz et Bob Holman, qui ont accompagné sur la durée le rêve fiévreux d'où est issu ce livre, et qui ont cru possible de le communiquer au public. Merci à Jan Hashey, Peter Schlesinger et Eric Boman, qui l'un après l'autre ont été des rouages essentiels de l'usine à gaz qui l'a propulsé du pays des rêves et de la maladie dans le monde réel. Merci à David Plante pour son enthousiasme et ses conseils dès le début du projet. Merci à Jane Rosenman pour son retour « franc et chaleureux », notamment sur la chronologie. Merci à Julian Lethbridge pour son soutien et son amitié. Merci à ma famille de cœur, qui m'a soutenue dans toutes les épreuves racontées ici et plus encore : Leah Aron, Oliver Barry, Kate Biggart, Jacob Bills, Erica Blinn, le chat Bracket, Nancy Brooks Brody, Paula Cooper, Jessica Craig-Martin, Thelma Denyer, Jamie Diamond, Amelia Edelman, Sophie Ellsberg, Caitlin Evanson, Ilian Georgiev, Daisy Holman, Trinity James, Adèle Jancovici, Molly Josephs, Effie Kammer, Joan LiPuma, Jessica Losch, Julie Manheimer, Ricky Manne, Julián Mesri, Kristine Michelsen-Correa, Rachel Eve Moulton, J.P. Nocera, Gavin O'Neill,

Jessica Pearson, Eduard Riddle, Ivy Shapiro, Kevin Smith, Amanda Stone, Anna Della Subin, Tiffany Taalman, Aaron Lee Tasjan et Emily West.

Je remercie Nicole Dewey, Cindy Spiegel, Andy Tan-Delli Cicchi, Nora Tomas, Liza Wachter et Alexis Hurley.

Merci également à Strick & Williams pour la couverture absolument parfaite.

Toute ma reconnaissance à Kimberly Witherspoon et Maria Whelan de chez InkWell Management pour votre perspicacité et votre efficacité. Je vous adore toutes les deux.

Je remercie ma maison d'édition, Spiegel & Grau, pour m'avoir offert un cadre professionnel et créatif accueillant.

Un grand merci à mon éditrice et amie, Julie Grau. Tu as mis ma vie entre deux couvertures brillantes, et mon rêve entre mes mains. Pour reprendre tes mots (à toi qui as tant contribué à améliorer les miens), il y a certaines personnes dont on ne saurait se passer.

Merci à Maxime Catroux et Claude Moureau Bondy qui m'ont fait sentir en famille dès notre rencontre, et merci à Madison Cox, qui montre comment vivre dans le monde en en faisant une famille.

Merci à Colombe Pringle pour son indéfectible soutien à la famille Carrière.

Merci également à mes beaux-parents, Gary et Patricia Lattimer, pour leur confiance et leurs encouragements, loin de tous les clichés sur les belles-familles.

À Julie, Takaaki, Max et Julia Matsumoto, ma famille de sang mais aussi de cœur, merci d'être vous, merci pour les parties de rigolade.

Merci à ma sœur, Elena Carrière, pour son ouverture d'esprit et son grand cœur.

Remerciements

Merci à Eileen Denys Maynard, « Nanny », pour son amour, son esprit de sacrifice et pour son application à documenter nos vies.

Merci à ma mère et à mon père. Merci pour tout ce que vous avez réussi et tout ce que vous avez raté.

Merci enfin à Gregory Lattimer, qui m'a guérie, et qui a toujours su.

Table

NORD COMPO
multimédia

Composition et mise en pages
Nord Compo à Villeneuve-d'Ascq

CET OUVRAGE
A ÉTÉ ACHEVÉ D'IMPRIMER
SUR ROTO-PAGE
PAR L'IMPRIMERIE FLOCH
À MAYENNE EN MARS 2025

N° d'édition : 639997-0. N° d'impression : 106752
Dépôt légal : avril 2025
Imprimé en France